—上外文库—

本书获中央高校基本科研业务费专项资助

本书为国家社会科学基金项目优秀结项成果

上外文库

中国现当代文学海外传播与接受

杨四平 著

图书在版编目（CIP）数据

中国现当代文学海外传播与接受 / 杨四平著.
—北京：商务印书馆，2024. —（上外文库）.
— ISBN 978 - 7 - 100 - 24300 - 1

Ⅰ．I206.7

中国国家版本馆 CIP 数据核字第 2024M3A834 号

权利保留，侵权必究。

中国现当代文学海外传播与接受

杨四平 著

商 务 印 书 馆 出 版
（北京王府井大街36号 邮政编码 100710）
商 务 印 书 馆 发 行
北京盛通印刷股份有限公司印刷
ISBN 978 - 7 - 100 - 24300 - 1

2024年11月第1版	开本 670×970 1/16
2024年11月第1次印刷	印张 23½

定价：120.00元

总　序
献礼上海外国语大学 75 周年校庆

  光阴荏苒，岁月积淀，栉风沐雨，历久弥坚。在中华人民共和国 75 周年华诞之际，与共和国同成长的上海外国语大学迎来了 75 周年校庆。值此佳际，上外隆重推出"上外文库"系列丛书，将众多优秀上外学人的思想瑰宝精心编撰、结集成册，力求呈现一批原创性、系统性、标志性的研究成果，深耕学术之壤，凝聚智慧之光。

  参天之木，必有其根；怀山之水，必有其源。回望校史，上海外国语大学首任校长姜椿芳先生，以其"为党育人、为国育才"的教育理念，为新中国外语教育事业铸就了一座不朽的丰碑。在上海俄文专科学校（上海外国语大学前身）开学典礼上，他深情嘱托学子："我们的学校不是一般的学校，而是一所革命学校。为什么叫'革命学校'？因为这所学校的学习目的非常明确，那就是满足国家的当前建设需要，让我们国家的人民能过上更加美好的生活。"为此，"语文工作队"响应国家号召，奔赴朝鲜战场；"翻译国家队"领受党中央使命，远赴北京翻译马列著作；"参军毕业生"听从祖国召唤，紧急驰援中印边境……一代又一代上外人秉承报国理念，肩负时代使命，前赴后继，勇往直前。这些红色基因持续照亮着上外人前行的道路，激励着上外人不懈奋斗，再续新篇。

  播火传薪，凤兴外学；多科并进，协调发展。历经 75 载风雨洗礼，上外不仅积淀了深厚的学术底蕴，更见证了新中国外语教育事业的崛起与腾飞。初创之际，上外以俄语教育为主轴，为国家培养了众多急需的外语人才，成为新中国外交事业的坚实后盾。至20世纪50年代中期，上外逐渐羽翼丰满，由单一的俄语教育发展为多语种并存的外语学院。英语、法语、德语等多个专业语种的开设，不仅丰富了学校的学科体系，更为国家输送了大批精通多国语言的外交和经贸人才。乘着改革开放的春风，上外审时度势，率先转型为多科性外国语大学，以外国语言文学为龙头，文、教、经、管、法等多学科协调发展，一举打造成为培养国家急需外语人才的新高地。新世纪伊始，上外再次扬帆起航，以"高水平国际化多科性外国语大学"为目标，锐意进取，开拓创新，在学术研究、国际交流与合作等方面取得了显著成果，逐渐发展成为国别区域全球知识领域特色鲜明的世界一流外国语大学。

格高志远，学贯中外；笃学尚行，创新领航。习近平总书记在党的二十大报告中强调："着力造就拔尖创新人才，聚天下英才而用之。"新时代新征程，高校必须想国家之所想、急国家之所急、应国家之所需，更好把为党育人、为国育才落到实处。上外以实际行动探索出了一系列特色鲜明的外国语大学人才培养方案。"多语种+"卓越国际化人才培养目标，"课程育人、田野育人、智库育人"的三三制、三结合区域国别人才强化培养模式，"三进"思政育人体系，"高校+媒体"协同育人合作新模式等，都是上外在积极探索培养国际化、专业化人才道路上的重要举措，更是给党和国家交上了一份新时代外语人才培养的"上外答卷"。"上外文库"系列丛书为上外的学术道统建设、"双一流"建设提供了新思路，也为上外统一思想、凝心聚力注入了强大动力。

浦江碧水，化育文脉；七五春秋，弦歌不辍。"上外文库"系列丛书的问世，将更加有力记录上外学人辉煌的学术成就，也将激励着全体上外人锐意进取，勇攀学术高峰，为推动构建具有深厚中国底蕴、独特中国视角、鲜明时代特色的哲学社会科学大厦，持续注入更为雄厚的智识与动能！

目录

绪　论　发现、传播、接受及其可能 ……… 1

　　第一节　世界文学地理与发现中国 / 3

　　第二节　世界—中国："外译中"少于"中译外" / 12

　　第三节　中国书写与世界的"中国观" / 17

　　第四节　文化全球化与中国文学经验 / 22

第一章　中国现当代文学海外传播与接受的发生 ……… 33

　　第一节　传教士文学译介中的文化帝国主义 / 35

　　第二节　留学生在文化间际漂泊与拓荒 / 48

　　第三节　中国学家的理性译介与研究 / 62

　　第四节　文学输出与意识形态的国家管控 / 85

第二章　中国现当代文学海外传播与接受的历史脉络 ……… 103

　　第一节　晚清至新中国成立前：中国现代文学的

　　　　　　远游 / 105

　　第二节　"十七年"：冷战语境下的东西分流 / 112

　　第三节　新时期：本土经验与全球化迷梦 / 117

第四节　后新时期：文学资本、资本文学与
　　　　文学交往 / 120

第三章　中国现当代文学在不同国家和地区的传播与接受 …… 127

第一节　中国现当代文学在日本的流布 / 129

第二节　中国现当代文学在苏俄的接受 / 144

第三节　中国现当代文学在欧美的行旅 / 156

第四章　中国现当代文学在海外的不均衡传播与接受 ……… 165

第一节　中国学家译介与普通读者接受的不平衡 / 167

第二节　中国古典文学与中国现当代文学价值评定的
　　　　不对等 / 173

第三节　多个作家"合集"与单一作家选本出版的
　　　　热与冷 / 179

第四节　文学交往对政经交往的依赖以及区域性
　　　　不均衡 / 189

第五章　中国现当代文学海外传播与接受的差异性 ………… 197

第一节　文化传统与国家价值观差异 / 199

第二节　语言的"字思维"与"词思维" / 207

第三节　意识形态认同与西方的"固执" / 212

第四节　文学的历史、观念与审美差异 / 220

第六章　中国现当代文学海外传播与接受的影响力 ………… 231

第一节　"中国学热"时起时伏 / 233

第二节　中外现当代作家交往日趋频繁 / 239

第三节　中国现当代作家作品的海外译介及影响 / 251

　　第四节　中国现当代作家海外获奖 / 260

第七章　中国现当代文学海外传播与接受中的中国形象塑造 … 269

　　第一节　中国形象塑造的制约性因素 / 271

　　第二节　西方歧视话语形塑"贫弱中国"形象 / 275

　　第三节　海外激进话语形塑"红色中国"形象 / 283

　　第四节　海外理性话语形塑"开放中国"形象 / 289

结　语　"走出去""走进去""走下去"与"中国现当代学"建构的文化战略 …… 297

　　第一节　文学译介与"走出去""走进去""走下去" / 299

　　第二节　"中国现当代学"的理性建构 / 311

附录一　北岛海外诗歌的传播与接受 …… 321

附录二　莫言小说的海外传播与接受 …… 343

后　记 …… 361

— 绪 论 —
发现、传播、接受及其可能

第一节
世界文学地理与发现中国

试想,如果没有跨时代、跨语际、跨文化、跨区域和跨国族的交流,如果没有不同国家和地区之间文学的传播与接受;那么,人类世界将是何等冷清,人类思想将是何等黑暗,人类文明进程将是何等迟缓,更不会有什么"世界文学"之视域。何为"世界文学"?乐黛云给出的答案是,"在古—今文学的时间轴和中—外文学的空间轴形成的坐标上,其中的任一点,与一个阅读主体相联结,就是世界文学的一个组成部分"①。那么,是谁最早,又是在哪一个点上,把"中国文学"②链接上"世界文学"的呢?

从朱光潜给《歌德谈话录》所作的注解里,我们得知:歌德在读了《好逑传》等中国文学作品后,为其"世界性"深感震撼。1827年1月31日,在与爱克曼的谈话中,歌德首次提出了"世界文学"的概念。他说:"民族文学在现代算不了很大的一回事,世界文学的时代已快

---

① 乐黛云:《序》,张健主编:《全球化时代的世界文学与中国:"当代世界文学与中国"国际学术研讨会论文集》,中国社会科学出版社2010年版,第2页。
② "世界"正式表述里的"中国",或者说,作为一个主权国家术语,"中国"一直迟至1689年才以拉丁文、满文和俄文出现在中俄《尼布楚条约》里;而它首次以汉语表述则出现于1842年的中英《南京条约》。从此以后,"中国"就真的彻底不是"天下"之"中国",而成"世界"之"中国"了!

来临了，现在每个人都应该出力促使它早日来临。"① 从那时起，歌德"发现"了中国，"发现"了中国文学，并把中国文学作为一个重要的文学地标，试图勾画出世界文学的地理图谱。质言之，歌德通过中国文学"发现"了"世界文学"。20年后，马克思、恩格斯在《共产党宣言》里进一步指出，"民族的片面性和狭隘性越来越不可能了，于是从许多民族和地方文学中，出现了一种世界文学"②。马克思、恩格斯在许多场合多次谈及中国。③ 他们提出的世界文学格局中本就应该有中国文学的一席之地。由此，我们看到，"世界文学"的提出与"中国文学"视界有关。是中国古典文学启发了歌德、马克思、恩格斯等人预见到了超越民族文学边界的"世界文学"，为"世界文学"的提出及其初步构架提供了最初的视域、材料、动力和愿景。我在叙说这些弥足珍贵的历史点滴的时候，难免在对文学世界主义的想象中流露出民族主义的自豪感。那么，中国现当代文学有没有传承中国古典文学的这份荣耀？换言之，中国现当代文学有没有给世界文学奉献新的成就？如果

---

① [德]爱克曼辑录，朱光潜译：《歌德谈话录》，人民文学出版社2008年版，第104页。
② 中共中央马克思恩格斯列宁斯大林著作编译局译：《共产党宣言》，人民出版社1997年版，第31页。长久以来，世界文学经典序列由欧美列强规划，换言之，我们既有的世界文学经典格局也是"西方中心主义"在世界文学关系领域里的权力体现。当人类进入后经典时代，大卫·达罗姆什、杜威·佛克马等都反对这种本质化、僵硬化和帝国化的世界文学格局。他们把世界文学经典区分为超经典、次经典、影子经典和反经典。他们认为，眼下，"超经典"在瓦解，"次经典"依旧停留在次要位置，"影子经典"因为虚幻最终消失，"反经典"在涌入。他们主张世界文学经典具有普适性和相对性，即超民族性、流通性、疆域性、翻译性、多样性、多元性、经典性。大卫·达罗姆什说："超经典指的是那些过去的二十年里一直保持着自己地位或者甚至地位越来越重的'大'作家。反经典主要是指非主流的、有争议的作家，他们在进行文学创作时使用的语言人们学的较少，或者虽然他们使用的是大国的主流语言，但是他们隶属于小的非主流的文学传统"，"旧的'小'作家越来越隐身退去，退到了后面的背影里，变成了一种为老一代学者所熟知的（也许可以说，在很久以前的阅读中留下美好回忆的）影子经典"。参见[美]大卫·达罗姆什：《后经典、超经典时代的世界文学》，大卫·达罗姆什主编，刘洪涛、尹星译：《世界文学理论读本》，北京大学出版社2013年版，第162页。
③ 马恩著作里有120多篇涉及中国问题。《资本论》里有20多处提到中国。

有，那它们又是些什么？这是本书要深入追问和求证的命题。

如上所述，19世纪，不仅是外部世界"发现"了中国，而且中国文学自身也在努力促成这种"发现"。较早在世界文坛上"发出声音"的是陈季同。他被视为"东学西渐第一人"。[①]据法国文学大师罗曼·罗兰在1889年2月18日的日记里记载："在索邦大学的阶梯教室里，在阿里昂斯法语学校的课堂上，一位中国将军——陈季同在演讲。他身着紫袍，高雅地端坐椅上，年轻饱满的脸庞充溢着幸福。他声音洪亮，低沉而清晰。他的讲演妙趣横生，非常之法国化，却更具有中国味。这是一个高等人和高级种族在讲演。透过那些微笑和恭维话，我感受到的却是一颗轻蔑之心：他自觉高于我们，将法国公众视作孩童……他说，他所做的一切，都是在努力缩小地球两端的差距，缩小世上两个最文明的民族间的差距……着迷的听众，被他的花言巧语所蛊惑，报之以疯狂的掌声。"[②]由此，我们不难想象，当世界第一次听到中国文学的"声音"时，是何等如痴如醉！这其中固然有陈季同个人的演讲才能和人格魅力在起作用，而那时的西方世界渴望了解中国的迫切心情也显露无遗。质言之，陈季同当年在法国各地演讲，目的是促使中法交流，显示出不同国族间加强沟通的必要性和重要性。不仅如此，1890年，陈季同还在法国出版了法文小说《黄衫客传奇》。他以唐传奇《霍小玉传》为蓝本，用一个"现代"的爱情悲剧故事"改写"了中国古典小说里常见的"痴心女子负心郎"的元叙事结构：小说叙述了青年风流才子李益与名妓霍小玉之间一见倾心的爱情故事，但因封建门第与名分之类的封建等级观念，受到了李益母亲的极力阻挠，致使返乡后的李益发疯而亡。虽然小说的题材是中国的，

---

① 岳峰：《东学西渐第一人——被遗忘的翻译家陈季同》，《中国翻译》2001年第4期。
② 转引自孟华：《前言》，李华川：《晚清一个外交官的文化历程》，北京大学出版社2004年版。

是从中华民族传统中继承而来的,但在爱情的观念上与小说写法上却是现代的,"非常法国化的"。陈季同接通中国文学民族性、世界性与现代性的初步尝试,取得了巨大成功。法国《图书年鉴》发表了热情洋溢的颂词,称赞道:"这是一本既充满想象力,又具有独立文学色彩的小说。通过阅读这本书,我们会以为自己来到了中国。作者以一种清晰而富有想象力的方式描绘了他的同胞们的生活习俗。"[1]陈季同把中国的"风俗"展现在世人面前,在世界文学领域再次发出了迷人的"中国声音",使得世界文学又一次陶醉于中国文学的魅力。

也许正是有感于此,1898年,回国后的陈季同在与曾朴的一次谈话中又将现代国族意义上的"中国文学"与现代理性意义上的"世界文学"勾连起来:"我们现在要勉力的,第一不要局限于一国的文学,嚣然自足,该推扩而参加世界的文学。既要参加世界的文学,入手方法,先要去隔膜,免误会。要去隔膜,非提倡大规模的翻译不可,不但他们的名作要多译进来,我们的重要作品,也须全译出去。"[2]这是迄今为止我们所能见到的很早就谈及中国文学对外译介与中国文学追寻世界性的重要资讯。晚清有识之士想把"重要"的中国文学"全译出去",传播到域外去,进入世界文学对话进程,自觉融入世界文学版图。十分显然,陈季同、曾朴、王韬等晚清人士的文学世界性视野和中国文学全球发展的战略眼光在那个年代是难能可贵的。难怪严家炎在近年来的文学史研究中,从理论主张、国际交流和创作实绩等方面,把中国现当代文学的源头、发生、起点和标志性作家作品追溯到了陈季同和曾朴那里。[3]这些胸怀世界的"先进"知识分

---

[1] 参见陈季同著,李华川译:《黄衫客传奇》,人民文学出版社2010年版,第118页。

[2] 曾朴:《曾先生答书》,胡适:《胡适文存三集》(卷八),黄山书社1996年版,第559—566页。在曾朴的记载中,此话是陈季同所说。但据《梁实秋文集》(第4卷)(鹭江出版社2000年版,第103页)所述,此话却是曾朴讲的。

[3] 严家炎主编:《二十世纪中国文学史》(上册),高等教育出版社2010年版,第7—12页。

子是这样想的、说的，也是这样做的。旅法期间，陈季同用法文出版并介绍中国古代诗人诗作的《中国人自画像》，由《聊斋志异》翻译而成的《中国故事》，以及评说中国古代戏剧的《中国戏剧》，深受法国读者喜爱。辜鸿铭除了翻译《论语》和《中庸》，还出版了精讲中国文化和中国古典文学的《春秋大义》。据日本汉学家樽本照雄统计，清末民初，中国古典文学作品被翻译成外文的多达1101种。① 在"外译"中国文学的同时，曾朴花了20多年时间，翻译了50多部法国文学作品，成为郁达夫所说的"中国新旧文学交替时代的一道大桥梁"②。然而，在对外译介中国现代文学方面真正称得上"筚路蓝缕的先行者"③的，是萧乾。从1931年起，他就在北平协助美国人威廉·阿兰编辑英文期刊《中国简报》，并在这份刊物上推介了鲁迅、郭沫若、茅盾、郁达夫和沈从文等人的作品。1932年，他翻译了田汉的《湖上的悲剧》、郭沫若的《王昭君》和熊佛西的《艺术家》，发表在当年的《辅仁学报》上。1939年，在作为《大公报》记者被派往伦敦的五年时间里，他陆续出版了英文版著作《苦难时代的蚀画》《中国而非华夏》《龙须与蓝图》和《蚕》，竭尽全力向西方读者宣讲，现代"中国"已非西方人记忆中古典的"华夏"，而是具有现代气象的"现代国家"。

几千年来，帝制中国总以为自己就是"天下"④"世界"，并把自

---

① ［日］樽本照雄：《反映时代的小说目录——关于〈增补新编清末民初小说目录〉》，樽本照雄编著，贺伟译：《增补新编清末民初小说目录》，齐鲁书社2002年版，第2页。
② 郁达夫：《记曾孟朴先生》，曾虚白1935年编印《曾公孟朴讣告》。
③ 符家钦：《记萧乾》，时事出版社1996年版，第6页。
④ "天下"语出《史记》《汉书》，秦"平定天下，海内为郡县，法令由一统"，汉"并有天下，海内莫不率服"。由此可知，"天下"这一概念到秦汉方才完备。它既指地理范畴和疆域界限，也指政权宰制和人文内涵。秦皇汉武，开启了天下一统、源远流长、生生不息的中华帝国时代。中华帝国以皇权代表民族和国家，并以朝廷代表天下。其中，汉朝、唐朝和明朝是世界帝国，而宋朝是却是本土帝国。而且，清朝之前的朝代更迭，仅是中华帝国内部的改朝换代，而清朝的覆灭则属于世界性事件；自此，中华帝国彻底退出历史舞台，中华民国诞生，最后才是中华人民共和国成立。

己的文学视为"天下之文""天下之诗"。"在一个狭隘的意义上这就意味着,中国文学从前并不属于世界文学,因为它作为天下的文学自身就是世界文学。只有当帝国的这种自我意识遭到质疑,具有普遍约束力的经典开始被重估时,这种情形才开始改变。"① 长久以来,这种天朝中心的封建思想将中华帝国自绝于真正的现实世界之外;只有到了1861年总理衙门和1862年同文馆的设立,中华帝国才开始与传统的"天下"意识告别,才像"睡美人"那样慢慢睁开双眼看外面的世界,才挥别"天下之中国"转而成为"世界之中国",才开始自觉地把自己视为现代世界大家庭中的一员。这里需要特别说明的是,"睡美人"是胡适对拥有古老灿烂文明的旧中国之喻。西方殖民者总偏好将自己喻为孔武有力的男性,而把被殖民者比作弱不禁风、迷迷瞪瞪、沉睡不醒的女性。当然,也有人把旧中国比喻成"睡狮"。这又分两种情况。如果是西方殖民者把旧中国比喻成睡狮,那就意味着,他们也承认旧中国伟大,只是在近代落伍了,像狮子一样"沉睡"了,一旦它醒来,就会对他们构成潜在的威胁。显然,这是西方"黄祸论"的另一种说法。如果是中国人自己把旧中国比作睡狮,并且期盼它早日醒来,重新发出振聋发聩、动地摇山的吼声,那么它应该成为中华民族复兴论的正义呼声。鲁迅当年在谈"黄祸"时,批判了那种睡狮醒来过后就想称王称霸的霸权思想。明治维新后的日本渐渐走上军国主义的道路就是例证。鲁迅认为如果是那样的话,这些人(应该包括日本人在内)依然没有觉醒。任何所谓的政治帮扶、文化救助、道义责任和语言纵欲,都是对象化的目的论。因此,在处理国家与国家之间关系时,需要运用多元化的关系主义。

---

① [德]顾彬著,范劲等译:《二十世纪中国文学史》,华东师范大学出版社2008年版,第3页。

从以上简单的梳理中，我们了解到，世界文学"发现"中国大约要比中国文学"发现"世界早 70 年。针对中外文化交流中习见的"冲击—回应"的消极化模式及其背后隐含的"西方中心观"，美国中国学家柯文在他那本著名的《在中国发现历史——中国中心观在美国的兴起》中提出了与之针锋相对的"中国中心观"[①]的历史阐释范式。他主张从中国历史本身来寻找它发展的原动力。他的功绩是打破了西方学者在研究中国问题时对"西方中心主义"的迷思，而他的欠缺是由此也衍生出了"文化相对主义"。季进剖析了其中的吊诡与两难。他认为，柯文的问题在于：其一，"漠视现实世界的文化流是永恒的'不平流'"；"其二，'文化相对主义'的另一极端是导向'文化孤立主义'，将'文化多元'变成'文化保守'，'中国立场'变为'中国本位'"。[②]总之，与以往西方赤裸裸的"西方中心观"不同，柯文的"中国中心观"究其内里其实是一种变相的西方中心观，因为他只是告诉西方人必须调整观察中国历史的视角、立场和方法，而与他的"论敌"一样无视中国人自己对中国历史的看法。

无论是"西方中心观"，还是"中国中心观"，都是西方文化霸权思想之体现，均不能平等地看待世界各地（尤其是非西方的国家）存在的文化多样性。因此，我们要摒弃文化上的任何"中心观"，以"平等观"来看待周遭的一切。可以这样说，在这个世界上谁也离不开谁，尤其是在全球化的今天，你中有我，我中有你，你我共存，你我共美。中国与欧美之间的关系更需要如此。美国比较文学学者纪廉说："只有当世界把中国与欧美这两种伟大的文学结合起来理解和

[①] Paul A. Cohen. *Discovering History in China: American Historical Writing on the Recent Chinese Past*. New York: Columbia University Press, 1984.
[②] 转引自季进：《跨语际与跨文化的海外汉学研究——以海外中国现代文学研究为对象》，《"中国文学海外传播"国际学术研讨会会议论文·摘要汇编》，北京师范大学文学院 2011 年 4 月自印，第 380 页。

思考的时候，我们才能充分面对文学的重大的理论性问题。"①反过来说，如果世界文学领域里少了中国文学这支重要力量，少了中国文学的声音，那么它就显得非常残缺、苍白、无力，乃至再也不能称之为"世界文学"。世界各地出版的各类具有国际权威性的百科全书，几乎都收录了鲁迅和茅盾等中国现代名家名作的条目。以茅盾为例，列有茅盾条目并给予他世界文学大师地位的百科全书有《不列颠百科全书》《苏联大百科全书》《大拉鲁斯百科全书》《卡斯尔世界文学百科全书》《东方文学大辞典》《大日本百科事典》等。除此之外，还有不少中国现当代作家的作品被国外出版的"世界名著"之类的权威选本收入，如穆旦的《饥饿的中国》和《诗八首》的节选就被选入赫伯特·克里克莫尔编辑出版的《世界名诗小金库》。尤其值得指出的是，鲁迅、钱锺书和张爱玲等中国现当代作家的小说已经跻身于享誉世界的"企鹅丛书"。当下，在国际中国学界已经形成这样一种共识：中国现当代文学既是中国的，也是世界的。

只有秉持平等交流文化观念的海外中国学家，才有可能去发现中国文学之美，同时在欣赏中国文学之美的过程中，进一步了解中国的现实、历史和文化。捷克汉学家普实克原本以研究中国历史和中国古典小说为业。1932 年，他来到中国，在中国生活的两年时间里，在中国朋友的推荐下，开始阅读鲁迅的作品，结果"发现"了鲁迅的伟大，自此改弦更张，着手研究中国现当代文学。他在 20 世纪 50 年代写的《回首当年忆鲁迅》里说，当初他来中国的目的是"打定主意认识一下这个新的，正在战斗着的中国"，"我就想，认识中国的最好途径也许是新的文学"，"鲁迅的著作不仅为我打开了一条理解新的中国文学和文化的道路，并且使我理解了它的整个的发展过程"，"鲁迅对

---

① [美]纪廉：《比较文学的理论与发展》，干永昌等编选：《比较文学研究译文集》，上海译文出版社 1985 年版，第 72 页。

于我来说是一扇通向中国生活之页——中国新文学、旧诗歌与历史等等——的大门"。①也就是说,普实克是从欣赏中国传统文化和文学之美开始,到慕名来到中国,再到认识鲁迅,认识新文学,最后认识新中国的。这表明,在中外文化交流中,文学有时会发挥"引领""向导"的作用。换言之,文学是中外文化交流中的"排头兵"。一个多世纪以来,在"汉学热""中国热"的助推下,在汉学家、中国学家的努力下,中国现当代文学不断流布海外,在世界文学版图上留下了自己的印记,使海外读者认识到现当代中国也有像鲁迅这样的世界级的文学大师。

进入20世纪90年代,海内外的情况有所变化,海外"发现"的中国,除了此前常见的"意识形态"的中国外,还多了"市场经济"和"文化亲和"的中国。也就是说,在世人眼中,此时的中国已经成为一个中国特色社会主义的现代化国家;中国作家只有书写中国式现代化的中国的"复杂性",才能被海外读者所接受,并最终有望获得"世界性"。德国中国学家顾彬说,西方的"文学批评者越来越倾向于将莫言或者其他作家那里的过度暴力渲染,阐释为1949年以后中国道路的寓言或者是对中国传统的戏仿";"除了一种暗藏的对于主流意识形态的批判外,通过重写艺术还得以重新返回到完整的故事。这就说明了为什么中国小说家自90年代以来在世界市场上会获得成功,通过美国的文学代理商推销,他们在这段时间进入了每一家书籍俱乐部";"相反,不管是在本国还是在外国的读者中,那种(后)现代主义的叙事方式,如马原,早期的余华或者格非,都难以接受"。②原因很简单,毕竟后者所追寻的"先锋"其实是西方技法和西方观念的中国翻版,"中国色彩"和"中国味"稀少。这种状况表明,只有把当

---

① [捷]普实克:《回首当年忆鲁迅》,《解放日报》1956年11月17日。
② [德]顾彬著,范劲等译:《二十世纪中国文学史》,第347页。

代中国的意识形态、市场经济因素和文化亲和力巧妙地糅合起来，而不是一味地为世界性而世界性，中国现当代文学才能真正进入世界文学市场。

值得特别指出的是，世界文学地理中的中国，应该不只是政治意义上的、主权上的、疆域上的中国，还应该是文化意义上的、超越疆域的"大中国""大中华"。像白先勇和郑愁予，在大陆出生，在台湾成长，后来加入美国国籍。像北岛，在中国内地成名后出国多年，最后到中国香港工作。他们都用中文写作，都有作品被译介到世界各地，拥有一定的"世界公民"身份。因此，他们的写作，作为"文化中国"的文学板块，同样应该纳入世界文学版图。

第二节
世界—中国："外译中"少于"中译外"

曾几何时，中国不只是自己把自己视为世界的中心，而且域外他国也的确这么看。可以说，大约在明朝中期之前，中外文化交流几乎是单向度的——中国单向度地对外传播自己的文化。换言之，明朝中期之前，外国大量译介中国典籍，而中国很少译介外国典籍，因而出现长达数千年的单向的"外译中"而罕见"中译外"。据现有资料记载，中国文学被译介到日本并影响日本文学已经有1500多年的历史了，而最早在中国介绍日本文学则是明朝万历年间的事。[①]那

---

① 参见王晓平：《中外文学交流史：中国—日本卷》，山东教育出版社2015年版，第594—595页。

些罕见的跨国译介到中国来的文学,并不是为了学习和借鉴外国文学的经验,而仅仅是为了佐证中国文化"泽被四夷",抑或是为了彰显"同文之盛"。无怪乎黄遵宪在《日本杂事诗》里发出了这样的感慨:"日本与我仅隔衣带水,彼述我事,积屋充栋,而我所记载彼,第以供一噱。"① 这种"外译中"强盛的局面到了晚清发生了根本性的逆转。

由晚清至五四时期,中国文学之所以发生转型,之所以要用中国现代文学取代中国古典文学,并非孰优孰劣的问题(所谓的文化转型,并不意味着旧的文化就错了,只是表明旧的文化解答不了现实问题),而只是因为中国古典文学已经不适应中国现代化的时代要求(古典资源解决不了现实问题),因而要创制一种适应现代化要求的新型文学,这就是中国现代文学。而要创制中国现代文学,在本土文学传统里难以找到相应的资源,因此人们不得不"别求新声于异邦",唯西方马首是瞻。陈独秀说:"若是决计革新,一切都应该采用西洋的新法子。"② 那时,为了创造中国现代文学,新文学家们倾力输入西方近现代文学,很少考虑把中国现代文学输出去。也就是说,在最初几十年的中外文化商谈中,中方主动放弃话语权,因此造成长期以来中国文化在世界上失语的困境,形成了"中国—西方"文学的"输入—输出"的不对等。一个多世纪以来,这种状况一直延续至今,使得中国成为一个文学交流意义上的输入型国家。尽管在晚清就有陈季同等极少数几个人讨论"译出去"的话题,尽管在20世纪初也有了一些零星的中国现代文学的域外传播,但它们并非完全是由现代中国本土文化自信所致,反而主要应归功于海外有识之士的识见与作为。如

---

① 黄遵宪:《日本杂事诗》(卷二),黄遵宪著,吴振清等编校整理:《黄遵宪集》(上卷),天津人民出版社 2003 年版,第 75 页。
② 陈独秀:《今天中国之政治问题》,王树棣编:《陈独秀文章选编》(上),生活·读书·新知三联书店 1984 年版,第 271 页。

前所述，20世纪30年代初，美国人威廉·阿兰较早意识到向海外传播中国现代文学的必要性和可行性。于是，由他出资，并请当年还是燕京大学的学生萧乾帮忙，一起编辑出版英文期刊《中国简报》，尝试着向英语世界译介中国现代文学。但是，这种拓荒工作举步维艰，《中国简报》出到第8期就被迫停刊了。也许《中国简报》出版本身并不那么重要，重要的是，它较早自觉地把中国现代文学带入世界文学的关联场域，置于同一时空里，并将中国现代文学的"输出"作为中国现代文学走向世界的一个重要途径和手段。整体而言，最初的中国现代文学对外译介遭遇到了寒潮。后来，萧乾在回忆当年出版《中国简报》的境况时，十分无奈地说："当时，住在北京的不是外交官就是传教士。他们的兴趣在高尔夫球和赛马上，谁会对现代中国文学感兴趣！"①

以上那种冷冷清清的"外译中"的窘况至少还能说明当年在中国本土曾经有人着手对外译介中国现代文学，只是因为曲高和寡才无疾而终；但是比这更显凄凄惨惨戚戚的是，在海外，当时连有这种自觉意识的人都几乎没有。中国现代文学头两个十年，几乎没有什么重要的作品在海外被译介，可以想见，当时中国现代文学在世界文学领域里缺席与失语的程度何其之严重！美国中国学家斯诺说："我想了解中国知识分子真正是怎样看待自己的，他们用中文写作时是怎样谈和怎样写的……然后当我去寻找这种文学作品时，使我感到吃惊的是实际上没有这种作品的英译本。重要的现代中国长篇小说一本也没有译过来，短篇小说也只译了几篇，不显眼地登在一些寿命很短或者读者寥寥无几的宗派刊物上。以上是1931年的事。"② 这种在世界文

---

① 萧乾、傅光明：《风雨平生——萧乾口述自传》，北京大学出版社1999年版，第56页。
② [美]埃德加·斯诺编，文洁若、陈琼芝译：《活的中国——现代中国短篇小说选》，湖南人民出版社1983年版，序言第2页。

学舞台上西方文学"独语"而中国文学"无声"的状态,直到1935年《天下》月刊的创办,才有些微改观。林语堂继承和发扬陈季同和曾朴等人把"译进来"与"译出去"结合起来的传统,成为20世纪把中国现代文学"送出去"的"送去主义"的践行者。他十分注重中西文化的双向交流,尤其看重在世界文化交流中中国文化的自信与自尊。只可惜像林语堂这样具有"文学/文化输出"的自觉意识和超前意识的中国现代作家少了些。毕竟大多数中国现代作家还在忙着从域外"拿来"呢!

中国现当代文学对外传播严重"入超","文学赤字"很大。"到了2011年,中国图书版权引进与输出比例为2:1,相比2003年时的15:1已是一个很大的突破。"[①] 但是,"有关英译本的年度出版种类连续三年都未达到两位数"[②]。"美国翻译家白睿文提供了几个数字:2009年,全美国只出版了8本中国小说,仅占美国外国文学出版总数的4%。"[③] 此种严重的不对称状况形成的原因颇为复杂。"针对接受空间来看,美国经济状况对于出版业的负面影响、该国受众的接受取向与中国文学的隔阂,无疑是无法回避的障碍。此外,相关专业翻译人员的匮乏,如同葛浩文那样资深且颇为投入的译者并不多见,因而翻译特别是高水平相应译本的明显缺乏使译介工作因无法满足日益增长的有关需求,而成为一把双刃剑,本应为中国现当代小说走向世界的桥梁,但因无以承受之重而时或沦为屏障,进而影响相应文本的国际化进程。再有是研究对象的选取失之过窄,多囿于鲁迅、张爱玲以及沈从文等热点作家,明显缺乏对于中国现当代小说的全面考察与

---

① 傅小平:《国外专家、学者聚焦"中国文学走向世界"话题——如何与西方文学传统求得共识?》,《文学报》2012年9月6日。
② 胡燕春:《中国现当代小说在美国的传播与研究》,《黑龙江社会科学》2011年第5期。
③ 傅小平:《国外专家、学者聚焦"中国文学走向世界"话题——如何与西方文学传统求得共识?》,《文学报》2012年9月6日。

整体研究，且总体而言体现出重现代轻当代、重内部考察轻外部观照等诸种褊狭。"①即使在日本，中国现当代文学的翻译出版也难以乐观。据日本翻译家饭冢容介绍，1990年以后，日本泡沫经济的崩溃导致了出版业的急剧衰落；由于资金短缺，出版市场环境恶化，近年来中国当代文学的翻译出版只能是零散的、带些偶然性的，缺乏整体统筹。②当然，这种国与国之间文学输入与输出之间的不对等现象也存在于西方国家内部，比如，美国引进的国外图书，只占本国原创图书的3%。

晚清以来，"中译外"远远大于"外译中"，申言之，国外文学的"输入"远远大于中国现当代文学的"输出"，已是一个不争的事实。我们应该加强对这种"世纪顽症"的跨文化研究。它不仅是一个现象性问题，也不仅仅是一个意识形态的问题，更是一个中国与世界其他国家之间存在语言、文化和思维等方面差异的问题。在处理"西方—中国"关系的时候，我们总是难以深入反思，不是"东倒"就是"西歪"，不是盲目西化就是自怜自爱，"难于在两种文化的碰撞中找到恰当的安身立命之处，在心平气和的兼容并蓄中创造一种新文化"③。看来，我们只有正视这种中外文学输入与输出之间的不平衡，理性地看待中外语言、文化和思维之间的差异，克服跨越文化思维中的"落后情结"，深入思考和研究中外文学关系，才能寻找到跨越中外文化的共同的文学规律，最终或许能够找到解决中外"文学贸易"不对等的方法和门径。

---

① 胡燕春：《中国现当代小说在美国的传播与研究》，《黑龙江社会科学》2011年第5期。
② 转引自苏向东：《海外译介难进主流市场，中国文学何时真正走向世界》，https://culture.ifeng.com/gundong/detail_2010_08/17/1967345_0.shtml，访问时间：2024年5月9日。
③ 陈平原：《文化思维中的"落后情结"》，《光明日报》1988年10月13日。

第三节
中国书写与世界的"中国观"

中国与世界的勾连,从汉代就已开始,之后的"一带一路"更是热络。但终因古代中国总认为自己是"中心""老大"而无必要主动与外界联系,乃至还常常推行闭关锁国政策,导致与外部世界难以产生实质性的"交集",更难以有"深交"。在文学方面的中外交往就更晚更少。而中国文学开始追寻现代性历程始自晚清。不管人们对这种现代性发生的认识是持"外发性"的观点,还是持"内生性/继发性"的观点,还是持两者兼而有之的观点;不少人(包括中国人)认为,自晚清以来,西方就等于世界,西方标准就是世界标准,西方名著就是世界名著;因而集体无意识地把中国文学置于以西方为首的世界文学格局中,且以西方现代性和西方文学经典为准绳,评判其优劣。陈思和说:"在现代化的全球性语境里,中国与世界的关系成为一种时间性的同向差距,中外文学关系相应地趋向于这种诠释:中国的现代文学是在世界文学思潮的影响下形成的,中国文学惟有对世界文学样板的模仿与追求中,才能产生世界性的意义。"[①]对中国现当代文学而言,对中国的"世界观"和世界的"中国观"的思考都牵扯到中国文学的现代性与世界性问题,说到底就是一个文学价值上的"承认的政治"问题。乍一看,既然中国现当代文学历史性地与西方近现代文学存在一个"时间性的同向差距",那么中国现当代文学始终就存在一个赶超或超越西方文学的问题,而且其有没有实现,实现得怎样,最终的裁决权全部落在西方文学手中。当然,也有学

---

① 陈思和:《20世纪中外文学关系研究中的"世界性因素"的几点思考》,《中国比较文学》2001年第1期。

者对此提出质疑,认为纵然中国文学不能一边当运动员一边当裁判员(其实西方文学也不能像它们惯常所做的那样一边当运动员一边当裁判员),但历史悠久、内涵丰富、艺术高超、成就斐然的中国文学书写经验本身理应成为"世界文学标准"的一部分。所以,孟繁华说:"对世界性问题的回应,同样是中国本土的问题以及与中国文化传统相关作为出发点的","学院批评家在评价中国作家作品的时候,也总是不经意地将其置于世界文学的背景下作出评价。这种意识和眼光不是刻意作出的,它本身就是批评的'世界性'意识的反映和表达。如果是这样的话,我们是不是可以认为,文学与'世界'的关系已经内化为我们的思维方式的一部分,或者说,现在如一部小说,从结构、语言、情节展开、人物塑造等技术层面,作家即使没有刻意模仿哪位西方作家,但西方文学的影像已经无意识地存在了。但它的前提是'中国'本土的文学传统已经先于西方影像存在了"。[1] 莫言和北岛等当代中国作家的创作实践表明,中国古典文学传统与西方现代文学传统的融合,文学的民族性与世界性的有机统一,是中国现当代文学"走向世界"并最终"融入世界"的要件。比如,莫言的"高密魔幻小说"系列,固然有马尔克斯和福克纳的影子,但最根本的还是中国古典小说传统和鲁迅传统潜在地、持续地发生作用。[2] 又如,北岛的诗歌除了明显受到西方现代主义影响外,中国古典诗歌传统也流入了它们的血脉,他经常写到的"岁月"和"衰老"就是中国古典诗歌常见的主题,而这一点往往被中外文学研究者所忽视。十多年前,美国汉学家宇文所安撰文《什么是世界诗歌?》向北岛发

---

[1] 孟繁华:《民族传统与"文学的世界性"——以陈季同的〈黄衫客传奇〉为中心》,《"中国文学海外传播"国际学术研讨会会议论文·摘要汇编》,第133页。
[2] 莫言自认为给他影响最大的中外作家作品分别是鲁迅的《铸剑》和马尔克斯的《百年孤独》,前者的神秘、强烈情感、民间民族血脉以及后者用最现代的方法处理民间民族问题均给他以很大启发。

难。他认为，北岛在海外创作的诗歌，一改在国内创作的对抗美学色彩极浓的朦胧诗的风貌，对中文读者来说，意象残酷，语言和结构陌生化，意境荒凉而悲恸，便于外文翻译并在西方世界流布，成为"世界诗歌"。正是在这个意义上，宇文所安说："北岛以更加传统的方式在诗歌中展现他在反抗极权政治时的'政治正确性'，从而还清了他的政治债务。"[①] 其实，作为一名始终勇于担当的道义诗人，不管是在国内还是在国外，北岛一直没有放弃对抗的姿态。换言之，对抗是北岛永在的写作姿态。只是，对抗的语境，对抗的对象，对抗的方式，对抗的实质，已经发生变化。如果说北岛在国内时期对抗的是极左意识形态，那么他在国外对抗的是存在于全人类的所有压抑人性与破坏文明的体制和文化。而且，对身在海外的诗人北岛来说，宣告什么已经不重要了。话说回来，在宇文所安所指认的北岛"世界诗歌"的背后，其实已经透露出西方文化霸权的信息，仿佛只有那些被西方世界认可的或者说符合西方世界文学标准的文学才能称得上世界文学。显然，北岛的写作没有那种急功近利的功利主义色彩，倒是个别流亡海外的中国作家在海外的创作不排除意识形态因素的诱惑。众所周知，1987年《人民文学》1—2期合刊发表马建的《亮出你的舌苔或空空荡荡》后，该刊很快遭到查禁，主编刘心武因此"下岗"并做出深刻的"检查"，作家马建流亡英国。2001年，根据自己的海外生活经历，马建创作了长篇纪实小说《红尘》。第二年，该书被译成英文、法文、意大利文、荷兰文和日文。外媒称此书为"一国之尘"[②]。其英译本入围美国克路雅玛亚太平洋图书小说奖，并获当年托马斯·科克国际旅行文学图书大奖。法国《阅读》

---

① Stephen Owen. "What Is World Poetry?" *The New Republic*, November 19, 1990, p. 31 in pp. 28-32.

② Philip Marsden. "Dust of a Nation." *The Observer*, June 10, 2001.

2002年第5期还把马建推选为21世纪全球50位作家。而且，马建是其中唯一的中国作家。2004年，马建的长篇小说《拉面者》英文版在伦敦出版，封面正中是红色的大五角星，以突显其以1989年为背景的小说内容。这固然与西方出版商故意渲染"红色中国"以赚取卖点有关，但也不排除作家投其所好的迎合心理在作怪。中国的文学书写丰富多彩，但是一些西方读者总是偏好接受其中那些以政治对抗为主调的部分。换言之，西方读者阅读中国现当代文学的首选是该作品有没有揭示中国现当代政治的弊端与危害。在这种背景下，中国的文学书写，尤其是海外的中国文学书写，往往面临着两种截然不同的选择，并由此而塑造两种不同的世界"中国观"：一种是如北岛那样，对西方读者的政治期待保持高度警惕，出国后的写作愈来愈"超现实"和"非政治化"，因而带给世界的是"文学中国"的美学境界，对西方读者习惯的阅读嗜好具有调节乃至纠偏之效；一种是如马建那样，由一开始无意识的政治写作，到最终卷入流亡生涯后自觉地从事政治化写作，主动坐上西方读者对中国文学书写的政治化期待的"战车"而不能自已，因而带给世界的是"政治中国"，乃至"极权中国"的政治图景，进一步增强西方读者对中国政治景观的猎奇趣味。虽然它们都获得了西方世界的承认，但其价值所指截然不同。当然，占据中国文学书写主流的前者是西方对中国文学书写的审美价值的承认，而后者仅仅是西方世界对中国书写的政治价值的鼓励。这就要求我们，在考察中国现当代文学海外传播与接受时，要仔细区分不同面向的中国书写及由此塑造的迥然不同的世界"中国观"。

中国书写渴望获取"世界性"，大体反映出它们需要获得西方"承认"的政治。从某种角度上讲，这是中国现当代文学缺乏自信的表现，更是一种异质化的、以西方文学为参考体系作祟的"主动殖民"的结果，仿佛中国现当代文学只有一个西方的"奶妈"，而忘记了它们的亲生父母，即那种与生俱来的像血液一样流贯于自身的文学传统，而后者才是中国现当代文学的基因和染色体。如前所述，这份"本土性"的传统先于"外援性"的西方文学传统就存在于它们的基因和染色体里了。所以，我们在不间断文学输入的同时，也要把体现我们自己文学基因和胎记的作品输出去，把借鉴他人与不失自我结合起来，把接受海外与传播海外结合起来，才能渐渐克服"影响的焦虑"。何况海外关注和接受中国文学的"语调"和"模式"正在悄然发生改变与转型！2008年10月，在北京师范大学文学院与美国《当代世界文学》共同主办的"当代世界文学与中国"国际学术研讨会上，美国知名学术期刊《当代世界文学》的社长戴维斯·昂第亚诺说："1935年到今天的发展轨迹见证了《当今世界文学》的发展，同样见证了20世纪西方世界对于中国的关注。举例来说，Chih Meng写于1935年的论文指明了中国用文言进行文学创作的两千年古老传统，并勾勒出1917年前后古典文学是如何吸收本土影响的。在这篇文章中，最让人震惊的一点是它讨论的话题和假设没有太多关联，而此文的作者也没有任何关于中国汉字和文学的知识，因此这篇文章充满了教科书的味道。《当代世界文学》随后对中国文学的报道，尤其是关于莫言和北岛的两期特刊，从另一个更深入的角度讲述了和中国文学文化相关的故事。从20世纪90年代到现在，西方发现了中国文化的丰富性和力量，以及它在21世纪日益增长的影响力。《当代世界文学》对于中国的关注在报道语调上不再是表面而遥远的，而是融入和参与的。《当代世界文学》对于中国的报道模式已经开始变得深入，深入探寻它的文化，这也是西方文化开始慢慢认识到中国丰富的文化传统和它在现代世界的影响力的一个过程。从1935年以来的模式已经显示出了这样一种转型，即从带有批判性的遥远的学术视角变成了一种参与和合作的视角。也就是说，为了达到互相理解这一目标，我们用创造性的学术合作代替了曾经的那种对中国文学严厉的学术审视。"[①]改革开放以来,中国书写随着中国的崛起而不断丰富与发展,其影响力也在不断扩大,尤其是在市场经济的大潮中,这种影响力令西方刮目相看,改写了西方人长期以来固有的"中国观",使他们从以前的简单、草率、傲慢、轻视、隔膜慢慢转变为现今的参与、合作、融入。反过来看,这种世界"中国观"的改变,有利于中国书写,尤其是当代中国书写,在全球化或逆全球化的复杂的当代,在海外广泛传播和深入接受。

第四节
文化全球化与中国文学经验

全球化既是一种远景,也是一种方案,还是一种实践。1887年,波兰眼科医生柴门霍夫创造了举世闻名的"世界语",试图重建被上帝毁坏的通天神塔——巴别塔,克服自此之后人类因语言不通而导致的交流障碍,使人类用这种世界共通语言,了无障碍地、自由自在地进行顺畅的交流。国外应者云集。在中国,刘师培、蔡元培、钱玄同、鲁迅、胡愈之、巴金、冰心、叶圣陶、夏衍等文化名家积极响应并大力推行。2004年,在北京成功召开了第89届国际世界语大会。尽管受到了各种因素和压力的牵制,但世界语依然具有不可小觑的生命力。全球化往往与"逆全球化"相伴相生、相生相克、相克相竞。全球化很有可能带来趋同化,当今世界艺术的近亲繁殖和克

---

① [美]戴维斯·昂第亚诺:《闭幕式致辞》,张健主编:《全球化时代的世界文学与中国:"当代世界文学与中国"国际学术研讨会论文集》,第2页。

隆现象十分突出，这是全球化带来的负面效应。但是，我们不能因噎废食，更应该看到全球化的积极贡献。毕竟像马克思所说的那样，人是社会关系的总和，人类文明也是各种文明交流互鉴、交互发展的成果。与经济和科技全球化所要求的一体化、规范化不同，文化全球化并非着力于使全球文学趋同化、一体化，而是追求在全球化视野下不同国家、民族和地区的文化在全球范围内相互交流、交融共生。文化全球化不是一种文化归化、驯化、征服、吞并、欺侮、对抗另一种文化，而是不同文化之间的互识、互证、互存、互补、互生。由此可知，文化全球化不但不排斥中国文化和中国文学的本土经验，反而强化中国文化与其他文化之间进行深层次的"关系性对话""建构性对象""生成性对话"，兼顾本土经验、国外经验与"普世价值"之间的辩证。① 质言之，文化全球化给中国文学书写带来的是自我不断调适、完善、充实与提升，乃至还有可能产生一些新形、新变、新质；同时，也使中国文学经验被海外读者接受的可能性增大，接受得更快捷、更深入。

早在"五四"初期，周作人就明确表示：既要做"世界民"，又要做"地方民"；既要克服"褊狭的国家主义"，又要保有"乡土的气味"。他的原话是这样说的："不过我们这时代的人，因为对于褊狭的国家主义的反动，大抵养成一种'世界民'（Kosmopolites）的态度，容易减少乡土的气味，这虽然是不得已却也是觉得可惜的。我仍然不愿取消世界民的态度，但觉得因此更须感到地方民的资格，因为这二者是相关的。正如我们因是个人，所以是'人类一分子'（Homaraus）一般。"② 尽管周作人不是在全球化语境下，而是在当年的世界语与民族

---

① 刘江凯：《本土性、民族性的世界写作——莫言的海外传播与接受》，《当代作家评论》2011年第4期。
② 周作人：《〈旧梦〉序》，刘大白著：《旧梦》，商务印书馆1924年版。

语戏剧性对抗论争中，反思五四语言革命的同一性与差异性命题，但它对我们今天思考全球化与中国性之间的辩证关系同样具有启发意义。中国现当代文学，几乎都是在西方现代文学的诱导和启发下产生的。西方现代文学资源和精神作为中国现当代文学的一种经验已经"内化"到中国现当代文学的血液里了，成为中国现当代文学不可分割的有机部分。刘醒龙说："莎士比亚的戏剧、托尔斯泰的小说、波德莱尔的诗——中国人对外来文学作品的由衷欣赏，中国作家对他国作家作品的跟踪研究，中国出版界对世界文学精华全面及时的翻译出版，是世界各国中所罕见的。在中国，每一家书店，都能见到外国文学作品的译本；每一个家庭书柜，都藏有外国作家的著作；每一个读书人，都有少则几种，多则几十种外国文学作品。是有如此基础，才会有 20 世纪 80 年代，发生在中国文学界的欧美现代文学狂飙。2004 年春天，我在巴黎对一位法国出版商说，因为我有固定住所的时间不长，个人藏书不多，即使如此，我所拥有的法国作家作品的中文译本，也要数倍于全法国翻译出版的中国作家作品。那位法国出版商说，这很重要吗？我说，重要和不重要，你自己去判断，至少被中国人戴了几百年的闭关自守的旧帽子，应当戴在你们欧洲人头上。"[①] 刘醒龙的这番话让我们再次认识到中国现当代文学海外输出的赤字确实很大。当然，我们不能简单地把它看成是西方意识形态的"固执"与偏见以及由此而来的"闭门自守"，这里面还有文化传统、文化自大、语言特性、思维习惯、文学审美观念和文学实绩等因素在起作用。也就是说，文化全球化与民族文学"寻根"之间的对立统一，使得中国现当代文学海外传播与接受充满了变数与张力。据大韩出版文化协会 2010 年的数据统计，以语种划分，在韩国，中文书的翻译数量仅仅

[①] 刘醒龙：《一种文学的"中国经验"——在突尼斯国际书展上的讲演》，《文艺争鸣》2010 年 10 月号（上半月）。

位居第五,前四名依次是英语、日语、法语、德语;若以国别划分,中国则屈居第六,前五位的国家依次是日本、美国、法国、英国、德国。在世界文学交流互进中,民族文化、地方特色、时代精神、文学修辞和文本成绩有时是起重要作用的因素,是极其重要的"影响因子",如被列宁誉为"俄国革命的镜子"①的托尔斯泰的《复活》《安娜·卡列尼娜》《战争与和平》等;但是有时候,地域色彩、民族精神、时代脉搏的影响并不大,乃至可有可无,如兰波、瓦雷里等人的"纯诗"就没有什么"地方色彩"和"时代精神",而它们照样享誉世界。这就告诉我们,在评判一部作品的价值时,不要拘泥于其中有没有地方色彩和时代精神,而是要看它是如何表现的,表现得高不高明、精不精彩!具体到中外文学交流而言,中国经验是一把双刃剑,它既滋养着也限制着中国现当代文学在海外的传播与接受,比如某些方言、歇后语、成语、用典②和某些民风、民俗就因其极具"地方性"(褊狭的地方性)难以翻译或者误译了。至于中国文学全球化进程迟缓的原因,韩国的中国学家归纳了四条:"第一,冷战时期交流的对峙与交流的断绝是全球化滞缓的根本原因。社会意识形态的差异造成了双方间长期的误会和隔阂,这对文学的交流和传播是致命的打击。第二,新中国成立后不久到改革开放之前,国内发生的一系列巨大的社会变动对中国文学自身的发展起到了阻碍作用。第三,尽管中国在政治、经济、科技等各方面取得了举世瞩目的成就,但世界各国对中国还欠缺了解。这无疑是中国文学全球化滞缓的绊脚石。第四,中国

---

① 中国当代作家柳青20世纪70年代写的长篇小说《创业史》,从中国的土地改革,写到农村发展"互助组"、初级合作社、高级合作社、人民公社,可以说是"现当代中国农村革命的一面镜子"。
② 中国诗人用典着眼于其弦外之音的寓意,普通的外国人是难以理解的。而松尾芭蕉能以庄子笔下的"鹤胫"这一形象来描绘他眼前的事物——"五月雨,鹤胫一时短几许"。可惜现在像日本汉文学时期如此精通中国典籍和中国文化的国外人士已经很少了。

文学的对外宣传和翻译工作还未得到足够的重视和充分的支援。"①

中国现当代文学的发展，既离不开学习外国，也离不开学习民间，还离不开学习中国古典。在学习外国的过程中，由于我们始终坚持"本我"，我们慢慢成熟起来。有的作品能够看得出借鉴的痕迹，而有的作品一点也看不出来，都"化"掉了。傅斯年当年就主张，"欧化"即"化人"。只有"化人"了，才能避免译介失序与承继失当。在全球化进程中，我们为了防止文学趋同化而提倡中国经验，但并不意味着就不用向国外学习。那种"越是民族的，就越是世界的"观点需要理性对待和具体分析。②如果我们以此为借口再次"闭关锁国"，并把"国渣"视为国粹而沾沾自喜，那就是典型的中国文化自大狂，就会重蹈20世纪20—30年代"东方文化派"和"中国本位文化派"的覆辙，那就大错而特错了。何况，中国文学有没有原创性和创新性与学不学外国文学没有必然联系。因此，在全球化语境下，我们应该结合中国文学实际，以更加开放的心态，更加积极的态度，主动"走出去"，把"走出去""请进来"和"走下去"结合起来，加深彼此了解，增进彼此互信，才能使中国现当代文学更好地在海外传播与接受。中印是两个相邻的大国，但除了佛教交流外，两者文化与文学交流甚少，两者的现当代文学交流就更少。除了泰戈尔、普列姆昌德、斯瓦鲁普等极少数印度现当代作家诗人外，我们对他们知之甚少，反之亦然。这样的反常现象应当引起中印两者有识之士的高度重视。2009年2月13日，北岛等一行7人以民间方式到印度访问，与印度9位学者、作家和诗人对话了三天，克服了时空阻隔和文化差异，加深了彼此理解。作为回应，2010年5月21—22日，印度作家访华，在

---

① [韩]李永求：《在韩国审视中国文学的全球化实践战略》，《"中国文学海外传播"国际学术研讨会会议论文·摘要汇编》，第113页。
② 莫言曾说，土是他走向世界的原因。但有人认为，这种观点只对海外华人和海外华文文学有效。他们生活在异国他乡，比较容易把民族的想象成世界的。

北京西郊与中国作家进行了两场对话。我也于2007年、2009年和2010年先后应邀赴印度、墨西哥和美国出席"世界诗人大会",与各国诗人进行坦诚交流,增进了彼此沟通。如果说以上这些文学活动和文学交流还有些"务虚"的话,那么有些作家、诗人、翻译家、评论家能在全球化语境中把文学传播与接受工作做得更艺术、更有实效。比如,残雪能巧妙地化用中国经验,从而使自己的作品在海外获得广泛的认同与赞赏,她的《陨石山》同意大利著名作家普里莫·列维的短篇小说一道,在纽约文化景点"交响空间"剧院,由美国著名演员当场朗诵,并向全美广播,把美国读者带入冥想之中。这表明,在新的全球化条件下,如何调适本土"全球化"(globalization)及其反题"全球本土化"(glocalization)之间的紧张关系,如何能够在母语写作中不会丢失中国作家身份而成为"他者",如何有效地把本土经验和"普世价值"融为一体,尤其是,把不同历史时期的具有中国特色的核心价值,如政治价值、权力价值、经济价值、文化价值、思想价值,与全人类固有的"普世价值"有机糅合起来,是中国现当代文学域外传播与接受领域里一个十分重要的课题。

有一种观点认为,晚清以降至新中国成立之前,在西方这个"大他者"[①]面前,中国由之前的"大自我"变成"小自我"了。中国社会特殊的现代化经历,决定中国文学的现代化是以反传统文学和追摹西方文学经验的形式而存在的。从文学创作、文学批评和学术研究的多个层面看,在中西文学交好、竞争、敌对、分化和重组上,作家、批评家、翻译家和文学研究者均重视西方文学对中国文学的影响,而轻视中国文学的海外传播与接受。加上新中国成立以后文学

---

① 在西方这个"大他者"之前,庞大伟力的天朝上国只需要偶然面对那些无足轻重的"小他者"——东夷、西戎、南蛮、北狄。历史上凉州都督李大亮上疏写道:"世界一棵树,中国是树根,四方蛮夷是树叶。"由此可见,所谓的"四方蛮夷"不是"他者",而是自身的一部分。

翻译常常受制于中国特定历史时期的覆盖性的文化政治、文学传播与接受的修辞性策略，以及国内对中国文学海外传播与接受情况掌握不够，大陆学界对中国现当代文学海外传播与接受很难展开深入研究。改革开放以来，这条长期被忽视的中外文学接触和交流的线索，开始引起学界关注，学术研究取得了明显的突破：第一，个案探析方面有王家平的著作《鲁迅域外百年传播史：1909—2008》、李岫的编著《茅盾研究在国外》、宁明的著作《莫言作品的海外传播研究》、姜智芹的编著《莫言作品的海外传播研究》、王国礼的著作《北岛世界声誉的形成机制及其相关问题研究》等；第二，史料整理方面有李昌银的论文《中国当代文学（1949—1976）在国外》、刘洪涛与黄承元主编的《新世纪国外中国文学译介与研究文情报告（北美卷）：2001—2003》和《新世纪国外中国文学译介与研究文情报告（北美卷）：2004—2006》等；第三，国别文学、区域文学研究方面有钱林森的著作《法国汉学家论中国文学：现当代文学》、刘江凯等的著作《中国当代小说海外传播的地理特征与接受效果》、谢丹凌的著作《中国当代文学英译本海外传播评估研究》等；第四，"断代"研究方面有姜智芹的著作《中国新时期文学在国外的传播与研究》、石嵩的著作《英语世界的新时期中国电影研究》等；第五，专题研究方面有耿强的论文《文学译介与中国文学"走出去"》、谢天振等的著作《翻译与中国当代文学海外传播》、刘洪涛的著作《海外汉学家视域中的中国当代文学研究》等；第六，通观论述方面有王宁的论文《中国现当代文学研究在西方》、施建业的著作《中国文学在世界的传播与影响》等；第七，有的高校成立中国文学海外研究机构并出版相关译著，如苏州大学成立"海外汉学（中国文学）研究中心"，出版《海外中国现代文学研究译丛》第一辑和第二辑，又如北京师范大学中国文学海外传播研究中心出版《中国文学海外传播研究书系》等；第八，有的高校专门召开此类会议并出版会议论文集，如2011年北京师范大学文学院等单位一起联合主办"'中国文学海外传播'国际学术会议"出版《会议论文·摘要汇编》，2021年北京师范大学又举办"中国当代文学海外传播的回顾与前瞻：中国当代文学海外传播研究丛书"出版学术研讨会，又如2023年武汉大学举办中国文学传播与接受国际学术会议研讨会和辽宁师范大学文学院与中国文学批评研究中心联合主办"中国当代文学的海外传播"国际会议等；第九，21世纪以来有些研究生以此为题撰写学位论文，壮大了专业研究队伍，培养了新生力量，如2016年南京大学陈心哲的学位论文《莫言作品海外英译和传播研究》，2022年北京外国语大学王慧敏的学位论文《余华作品在泰国的传播与接受》等；第十，进入21世纪以来，相关网站及其数据库建设也已开启，如网络平台"中国文化译研网"等。

在海外，20世纪20年代以来，一批传教士、留学生、汉学家和中国学家为了寻找"中国才智"，开始零星译介中国现当代文学，如法国传教士文宝峰的著作《新文学运动史》等。到了20世纪60年代以后，许多国外中国学家如夏志清、李欧梵、王德威、陶普义、宇文所安、普实克、高利克、顾彬、竹内好、山口守、坂井洋史、伊藤敬一、萩野脩二、青野繁治、柴坦芳太郎、安季波夫斯基、谢曼诺夫、罗季奥诺夫、斯乌普斯基、朴兰英、王润华等从中国学的立场去评说中国现当代文学，比如"布拉格汉学学派"的重要代表高利克撰写的论文《中国现代知识分子史研究之六：青年冰心》等。以及由季进和王尧主编的"海外中国现代文学研究译丛"第一辑和第二辑等重要著述，丰富了海外中国现当代文学传播与接受研究的视角、方法、主题和层次。

从上述我们简略而扼要地分析的国内外已有研究成果中，我们不难发现：中外学者或认真梳理中国现当代文学海外传播与接受的具体内容，或深入探析中国现当代文学的海外译介的方法和原则，或把中国现当代文学的海外传播与接受研究置于深广的中国学背景中。这些有益探索，奠定了本书的研究基础。不过，与中国现当代文学海外传播与接受的大量事实相比，已有的这些研究无论是在深度上还是在广度上以及对中国文学的价值判断等方面，还有不少有待拓展、调整甚至是纠偏之处，主要表现在三个方面：一是它们大多只是就自己所掌握的部分资料进行评介，很多重要的现象因缺乏原典性资料而没有得到应有的介绍，结果形成了此详彼略、此有彼无的局面；二是不少研究忽视了对中国现当代文学在海外传播与接受的文献整理与分析及其整体性研究；三是因文化背景、视域和价值取向的不同，存在诸种宗教的、政治的和文化的偏见与臧否失当的现象。对此，国内学者如陈思和、季进、刘洪涛、郜元宝、王彬彬、栾梅健等做出了尖锐的批评性回应。

当前，中国作为现代大国已经崛起。如何让中国文学走出国门，在海外读者心目中建构起符合中国文学实际状况的健康和理性的"文学中国"形象，已成国人共识性的问题。故此，有亟待展开务实研究的迫切性和重大意义。它的理论方面的意义有：第一，打破目前仍然将"现代"和"当代"分隔开来研究的格局①，首次以专著形式"通观"研究中国现当代文学海外传播与接受；第二，可以帮助我们在更宽广的世界文化／文学背景中，探寻中国现当代文学的自我定位，突破晚清以降"被殖民"体验下形成的文化／文学的民族自卑心理；第三，打破单一维度的"西方—中国"的文化／文学比较模式，正视中国现当代文学海外传播与接受研究的成就，丰富中国现当代

---

① 严格来说，在本书修订版前后，国内以图书形式出版的同类著作只有寥寥几种，如姜智芹的著作《中国新时期文学在国外的传播与接受》（齐鲁书社 2011 年版）和《当代文学海外传播与中国形象建构》（江西教育出版社 2020 年版）以及刘江凯的《认同与"延异"：中国当代文学的海外接受》（北京大学出版社 2012 年版）等。它们均着眼于"当代中国"，而没有去研究"现代中国"，更没有将"中国现当代"这方面的情况做"整体"贯通观照并展开深入研究。

文学、比较文学和世界文学的研究范型、视域与手段，乃至提出"外国文学学"以及基于"汉学""中国学""中国现代学"的"中国现当代学"之崭新理念和概念；第四，在相关史料梳理、分析、研究和阐释的基础上，形成关于中国现当代文学海外传播与接受的不同专题的观念，由此规划出它们的问题域，进而设定并建构有关中国现当代文学海外传播与接受的较为系统的叙事框架、基本论题、研究范型、价值评判，乃至提炼出它们的实质和规律，甚或提供某种方法论启示；第五，为读者提供较为全面、系统和深入的中国现当代文学海外传播与接受的谱系；第六，有望融创出"文学中国学""外国文学学""中国现当代学"的新的学科生长点。它的实践方面的意义有：第一，通过对相关资料的整理和数据的采集，梳理出中国现当代文学海外传播与接受的基本情况，为其他研究者的研究提供资料和学术参考；第二，通过对中国现当代文学海外传播与接受的经验总结和理性反思，为文化／文学管理部门提供制定中国文学海外输出文化对策的学术依据；第三，有利于促进在世界范围内提升中国的国家文化形象和文化软实力。

我的基本思路是：以"中国现当代文学海外传播与接受"为中心，从现实状况、过程动态、文本接受、形象塑造和未来发展等五大方面展开对中国现当代文学在海外传播与接受的系统研究。换言之，本书的论证逻辑和结构框架围绕"一个中心、五个单元"展开；从中国现当代文学在海外文化语境中的传播与接受着眼，探析海外读者传播与接受中国现当代文学时，在多大程度上、在何种层面受制于本土语言、文化、历史、审美、政治和经济以及中国现当代文学在海外文化范式中的改写与重塑；论从史出，关注问题意识，着眼未来发展，在反思问题的基础上提炼未来中国文学在海外传播与接受的路径与方法。与之相应的研究方法是，以译介学、传播学、跨文化和接受理论为主导，综合运用影响研究、原典实证、比较文学形象学、"旅行理论"、文化批评理论、现代阐释学、读者反映批评等方法,进行交叉、整合、归纳、演绎,通过相关对比和比较,加以系统研究。

概言之,本书首次勾画出中国现当代文学海外行旅与接受的谱系,反思语言思维、历史文化、诗学观念、意识形态、政治经济与中国现当代文学海外传播与接受的复杂纠缠,分析中国形象在中国现当代文学海外传播与接受过程中的塑造,以及从文化战略层面思考中国现当代文学"走出去""走进去""走下去"与"中国现当代学"建构之新世纪新命题。

第一章

中国现当代文学海外传播与接受的发生

第一节
传教士文学译介中的文化帝国主义

我们在这里讲的西方传教士,主要指明清以降来华传播基督教的修道者。1842年以来,随着一系列不平等条约的签订,中国政府被迫向西方国家开放门户,并给洋人治外法权。在清政府发动自强性的洋务运动的同时,大批传教士不请自来地来华传教。以美国为例,19世纪80年代,美国国内掀起了狂热的"学生志愿到海外传教运动"。据司徒雷登在《在华五十年》里记载,从1886年至1918年,美国向海外共派出传教士8000多人,其中2500人来到了中国。[①]

其实,任何教派都具有极强的排他性。在人类历史上,政治和宗教之间有着复杂勾连,时而政教合一,时而政教分离,时而政教"交集"。在西方基督教看来,中国是一个人口庞大的异教徒国家。这也是他们脑海里"黄祸论"执念形成的重要原因之一。因此,从他们自身所谓的安全着眼,为了消除所谓的"黄祸",他们主动来华传教,企图把中国变成一个基督教国家,最终实现从主权政治到思想文化的全面控制。基督教"落地"中国后,难免有个"中国化"过程。在此过程中,进一步彰显传教士来华传教动机和目的的复杂性。大体而言,来华传教士分两派:一是"直接基督教化派"。他们固守基督教

---

① [美]司徒雷登著,程宗家译:《在华五十年》,北京出版社1982年版,第25—26页。

"灵魂拯救"教义，照本宣科，常以道德领袖自居。一是"间接基督教化派"。他们曲折传教，通过灌输蕴含自由主义理念的现代科学技术文化，试图改变生活方式，移风易俗，进而达到"改造社会"之目的。也有人把来华传教士细分为三派，即热衷传播西学并参与政治活动的自由派，把"救身"视为"救灵"前提的社会福音派，死守"救灵"传统教义的基要主义派。① 据现有资料来看，如果以美国来华传教士为参考，我们发现，从每派人数所占的比例上看，"基要主义派"高居榜首，其次是"社会福音派"，最后才是"自由派"。由此可知，大部分来华传教士对帝国政治采取了不闻不问的态度；换言之，尽管他们都是直接或间接受教会委派来华传教，但他们在华布道、兴学、出版、行医的传教行为，并非完全如人们所想象的那样都是文化侵略。基于此，我们不得不反思长期以来我们对于来华传教士的那些先入为主的、高度政治化的感性认知。

当然，反思并不等于否定已有观念，相反是为了加深认识。来华传教士有的怀有宗教目的，有的怀有政治目的，有的既有宗教目的又有政治目的。不管来华传教士抱有哪种目的，在他们的主观意识里至少有一种文化上的、信仰上的优越感。这种优越感至少包括两方面的预设：第一，把中国社会、政治和文化视为一个整体；第二，以他们的方式、方法和观念对其加以"洗礼"，乃至取代。那么，他们将如何实施"洗礼"？这取决于他们对政治与文化孰重孰轻的态度。如果侧重于政治要素，那么他们的传教就是政治传教，表现的就是政治帝国心态；如果侧重于文化因素，那么他们的传教就是文化传教，表现的就是文化帝国心态；如果是政治与文化并重，那么他们的传教就是政教帝国心态。他们认为中国是"撒旦的主要堡垒，中国巨大人口的皈依，意味着对世界范围异教徒形成强有力的威胁并在未来的太平盛

---

① 朱维铮：《音调未定的传统》，辽宁教育出版社1995年版，第98页。

世中独占鳌头"[1]。来华传教士把自己想象成救苦救难的全能上帝,而把异国"他者"视为生活在地狱般苦海里的难民,需要他们代表上帝来播撒福音,实施拯救。这种思维和行动本身就是一种"文化沙文主义"。换言之,把西方文化视为优势文化,而把中国文化视为劣等文化,此乃萨义德所说西方带有帝国殖民色彩的"东方主义"。赛珍珠称之为"精神上的堂皇的帝国主义"[2]。她说:"在传教士当中,有人拥护西方在亚洲的政治霸权,有人充当官方代理人或兼职官员,有人看不起整个亚洲文化,有人则认为亚洲有不少东西可以教给西方。总之,不管他们之间具体分歧如何,他们可以被恰如其分地称为'文化帝国主义者',因为他们竭力以自己的宗教伦理观念取代别国土生土长的价值观体系。"[3] "东方主义者"马克斯·韦伯就固执地认为,中国儒教低劣于西方清教(英国基督教新教的一支):儒教长期利用封建统治势力,所以与资本主义之间缺乏亲和性,从而阻碍了中国民族资本主义的发展;清教强调的是人神之间的紧张关系,倡导禁欲苦行的宗教伦理,通过信奉上帝达到对现世的主宰,致使自我人格的自足完整;儒家没有基督教的"原罪意识",只有对非"仁义礼智信"的"耻辱意识"("耻感意识"),因而中国人缺乏西方人那样的独立完整的人格。韦伯说出了"片面的真理"。中国向来重视"群"而轻视"个"。但是重视"群"或者重视"个",各有各的好处,也各有各的"片面"。其实,不同文化间既相互平等,又相互冲突;求同存异、和而不同、和合为美,才是至高境界。1990年12月,在主题为"人的研究在中国——个人的经历"的演讲中,费孝通提出"各美其美,美人之美,美美与共,天下大同"。

---

[1] [美]赛珍珠著,林三等译:《东风·西风》,漓江出版社1998年版,第86页。
[2] 同上,第220页。
[3] 转引自保罗·A.多伊尔:《赛珍珠》,春风文艺出版社1991年版,第45页。

赛珍珠经历着从来华"传教"到"反向"向西方"传教"的身份与思想的转变。与父亲赛兆祥执守"基要主义"和母亲对基督教的半信半疑以及他们最终均沦为传教运动的牺牲品不一样，赛珍珠于1934年解除基督教身份，反思传教之得失，最终成为一位跨文化交流、秉持人道主义和世界主义的"尘世传教者"，向西方世界传播反霸权、反种族歧视、进行多元文化间平等对话、充满人间烟火味的"尘世福音"。难怪赛珍珠将《水浒传》翻译成《四海之内皆弟兄》。只可惜像赛珍珠这样放弃充当中国人道德导师的西方有识之士太少了。基督教抑人崇神与力主人本的、理性的、现实的中国文化相抵牾，还有如"衣食基督教""健康基督教"和"朋友基督教"等客观原因，以及中国文化自身强大的惰性、活力、和合、定性和定力的影响，西方基督教历经400多年，在中国苦心经营的传教运动，终因"水土不服"与中华文明的强大，最后失败了。西方人士曾叹息道："在任何时期，皈依基督教的人数都没有超过中国总人口的百分之一。到二十世纪中期，传教士的努力已趋白费。"[①]

据现有资料显示，来华传教士中最早比较集中对中国现代文学进行译介的是法国和比利时的天主教圣母圣心会教士。传教士来华本来是为了传教，怎么就"不务正业"地翻译、介绍、研究和传播起中国现代文学来了呢？换言之，传教士当初是如何发现"文学中国"的？或者说，传教士是如何发现"文学中的道德中国"的？他们是怎么知道要用中国现代文学中的道德故事去感染中国民众，进而尽可能地使中国民众能够皈依基督教的呢？这与传教士来华后根据中国社会发展变化的实际而做出相应的传教策略性调整有关，是传教士在华传教"与时俱进"的选择结果。

[①] Kang Liao Pearl S. Buck. *A Cultural Bridge the Pacific*. Westport, Conn: Greenwood Press, 1997, p. 93.

16世纪末以来，当意大利的利玛窦、德国的汤若望和比利时的南怀仁等传教士来华传教时，他们走捷径，想事半功倍、一劳永逸地使基督教在中国遍地开花、生根发芽、结出硕果；同时，根据中国特有的"家天下"国情，他们直接走上层路线，向中国最高统治者皇帝及其精英阶层传播西方先进的科技文化，采取"文化传教"的策略，取得了一些显著效果。但"礼仪之争"①后，来华传教士传教的情况有起有伏。从20世纪20—30年代起，来华传教士继续走自上而下的传教路线，以"文字传教""学问传教"为着力点，以成立中华公教教育联合会、创办印书馆、出版期刊著作为抓手，乃至通过圣约翰大学、燕京大学、金陵大学、震旦大学等各级各类教会学校，着力向中国知识分子传教。这是"大环境""大趋势"，是来华传教士译介中国现代文学的主因。除此之外，还有法国中国学家安必诺和何碧玉在《西方传教士——中国现代文学的首批读者》里谈到的四点原因：第一点是"形势所迫"。比如，1941年珍珠港事件爆发后，大批来华传教士被送到北平耶稣会的"沙巴尼学院"。1943—1945年，日本侵略者又把传教士集中关押在潍县和北平的集中营。这些传教士"为排遣郁闷，开始编写小说的图书馆记录"。对中国现代文学素有研究的中国学家、法国耶稣会士明兴礼说："我们学习中文的'沙巴尼学院'变成了一座从内蒙古来的圣母圣心会神父的集中营。听到的都是佛拉芒语。耶稣会学校校长和几名耶稣会士客居在那里。每天早晨，每人领到半块修院里做的面包作为一整天的食物。气氛倒很欢快。到一个你不熟悉，可别人却了解你的地方是件相当奇怪的事。他们知道我的名字，因为看过我写的关于中国文学的文章。我见到的是一群辛勤的劳作者，他们精读中国小说，一边做简短的分析，标明哪些人可以读这

---

① 它指当时在天主教内部围绕中国人对孔子、祖先和天的祭祀以及关于天主的名称和内涵等问题引发的教派争论。

些小说。"[1]这是"小环境"。第二点是"道德使命"。来华传教士要"洁德",要维护"德性"。他们以"天主十诫"为指针,以教会审查图书的尺度,审阅中国现代文学作家作品,并按基督教的伦理原则,评定出作品等级,从中遴选出可供会士阅读的"健康"的书籍。第三点是编写教材所需。战后圣母圣心会教务总会决定让一批传教士专门向中国知识分子传教。第四点是要培养基督教文学新人,催生基督教文学。[2]有的学者在考察"文学研究与传教方式改革之内在联系"后得出的结论是,"基于内在的主动意识和外在的鼓励帮助,在集中营的闲暇时间里,圣母圣心会士们才会着手进行这样评介中国文学的研究性工作"[3],显然,这种归结略显笼统。

其实,从深远的意义上讲,传教士译介和研究中国现代文学有更大的抱负。那就是在"和合"思想的指导下,通过译介和传播中国现代文学作品,促进中外文学和文化交流。比利时传教士善秉仁神父在《中国现代小说戏剧一千五百种》的序言里坦陈了他编著该书的动机是,"既指导青年人于每书的本身的伦理价值,知所去取,又想向外国读者介绍当代中国文艺"[4]。当然,这其中也不排除他们本人对中国现代文学发自内心的喜爱。有的传教士,如文宝峰,回国后,继续操持旧业,乃至将其作为一生的志业,并出版了相关著作。这进一步表明来华传教士在华传教已不局限于"政治传教"与"侵略传教"。

---

[1] 明兴礼1944年9月的书信,《回声与新闻》,《中国锡兰马达加斯加》(特刊)1946年版,第8页。

[2] [法]安必诺、[法]何碧玉著,孔潜译:《西方传教士——中国现代文学的首批读者》,钱林森编:《法国汉学家论中国文学——现当代文学》,外语教学与研究出版社2009年版,第76—93页。

[3] 刘丽霞:《近代来华圣母圣心会士对中国现代文学的评介》,《中国现代文学研究丛刊》2011年第2期。

[4] 转引自谢泳、蔡登山编:《中国现代小说戏剧一千五百种》,香港秀威资讯科技有限公司2011年版。

为了达到上述目标,来华传教士的首要工作是,广泛收集中国现代文学方面的资料。他们又是通过何种渠道、以何种方式来收集这些材料的呢?据现有资料介绍,我们得知,他们主要是通过到城里书店去购买,或者从图书馆借阅,或者从朋友那里借用,还有就是在与中国作家的"文学接触"中掌握大量资讯。比如,对周氏兄弟十分崇拜的文宝峰,大约在1943—1944年间,给周作人写了一封英文信,希望能从周作人那里学习中国新文学。不知何故,周作人将他"转介"给常风,同时也给常风去信,叫他帮助文宝峰,于是,文宝峰又给常风写信联系。又如,1948年9月,善秉仁带着刚出版的新书《中国现代小说戏剧一千五百种》从北平南下上海,特邀沪上作家茶聚,听取意见,增进友谊。《文艺春秋》的主编范泉希望善秉仁今后不仅"典集"作品,而且能够"移译"作品,做中外文艺交流的"桥梁";同时,约请他为刊物写稿。事后,善秉仁给刊物投了篇名为《和上海文艺界接触后》的稿子。他在文中写道:"此次和上海文艺作家接触后,引起我新兴的情绪和决心,格外加紧努力研究中国现代文艺,以便介绍到外国去,引起无限的广大的同情","中国现代的文艺诞生之后,有不少具有盛名的作家和极有价值的作品,以质量言,均造极峰,是极有地位的。中国文艺应该出现于世界文坛之上,占一个重要的位置,我们不但具有此种正义感,并且以为是极应该如此的"。[①]尽管善秉仁的有些话说过了头,恭维得厉害,但字里行间掩饰不住他与中国作家接触后的兴奋之情,表达出了来华传教士积极乐观的"中国文学观"。传教士对中国现代文学的同情心和"正义感",虽然闪烁着强烈的打抱不平的精神,但他依附的是西方世界主导的"世界文坛",是弱者向强者的臣服,显示出了某种文化沙文主义色彩。

来华传教士在中国现代文学的译介、出版、研究和传播方面到底

---

① 孙海珠:《法国神父善秉仁的上海之行及其他》,《新文学史料》2007年第3期。

做了哪些工作？他们又是从哪些维度来开展这些工作的？并且，在这些工作中又是如何或隐或现地体现他们的文化帝国主义思想的？

由于法国传教士是"西方首批中国现代文学读者和批评家"[①]，这里我们仅以法国传教士在20世纪40年代出版的具有代表性的论文和著作为例。1946年，作为由北平普爱堂印行的"文艺批评丛书"之一，文宝峰出版了法文版的《新文学运动史》，除序言和导论外，共15章：1.桐城派对新文学的影响；2.译文和最早的文言论文；3.新文体的开始和白话小说的意义；4.最早的转型小说——译作和原创作品；5.新文学革命：A.文字解放运动，B.重要人物胡适和陈独秀，C.反对和批评，D.对胡适和陈独秀作品的评价，E.新潮；6.文学研究会；7.创造社；8.新月社；9.语丝社；10.鲁迅：其人其作；11.未名社；12.中国左翼作家联盟和新写实主义；13.民族主义文学；14.自由运动大同盟；15.新戏剧。从目录上就可以看出，作者不仅掌握了丰赡的中国现代文学史资料，而且具有宏大而科学的文学史观及文学史构架，按线性逻辑进行文学史叙述，以文学社团、流派、人物和事件为中心，点面结合，较为客观地梳理出了中国现代文学发展的轨迹与实绩。比起此前国内已有的比较笼统的中国现代文学史著作来，可谓史料翔实、观念现代、方法先进、结构科学、史述精当、高屋建瓴，尤其是，它能注意到新文学与旧文学的关联，以及翻译文学给新文学"输血"的功能，是之前国内外文学史家及其史述难以望其项背的。当然，我们也不能否认他是站在国内外中国文学史家的肩上，全面吸取了这些已有文学史论著的滋养，化用它们并超越它们。尽管这种继承与发展的关系明显，但是由于文宝峰的文学史观始终受制于基督教观念，所以他认为，"五四"绝大多数中国作家因热衷于"社会现实主义"而缺乏形而上的大觉大悟。他批评巴金"没有深入挖

[①] 钱林森编：《法国汉学家论中国文学——现当代文学》，第3页。

掘人类命运的神秘性","曹禺的戏剧中缺乏人和包围他、引领他走向命运的上帝之间的对话",常常给人"空洞的印象"。毕竟文宝峰想要透彻了解中国现代文学的真实目的主要还是借此了解真实的中国,以便最终实现更好地在中国民众中传教,"有时文学会为我们提供比哲学体系更忠实的图景"①。

善秉仁等近 40 位传教士合编的《说部甄评》也是当时影响较大的著作。其实,在全书收录的 600 种读物里,除了小说外,还有诗歌、剧本、随笔等文体;因此,为避免"名不符实",在出版中文版时,更名为《文艺月旦》,此乃"甲集"。"乙集"为 1948 年辅仁大学出版的英文版《中国现代小说戏剧一千五百种》。而在 1500 部作品中真正属于中国现代文学作品的只有 519 部。《中国现代小说戏剧一千五百种》原本属于"普爱堂出版社"计划出版的一套丛书。该丛书分五个系列。第一个系列为"批评和文学研究",共有四本书,《中国现代小说戏剧一千五百种》属于其中的第三本,苏雪林挂名总编,以善秉仁撰写的那部分内容的标题做书名。该书分三大块,由三个人共同完成,依次是:苏雪林写的"中国当代小说和戏剧",赵燕声写的"作者小传",善秉仁写的"中国现代小说戏剧一千五百种"。贾植芳说:"善秉仁还出版过一本《中国文艺批评》,但是大多数人说没有见过。我想他说的《中国文艺批评》是不是就是这两本书或者是其中的一部?"②来华传教士们把中国文学分为三六九等,并且在为每一部书撰写的"提要"后面标注出该书所属的等级,作为教友们阅读书籍或图书馆采购书籍的选择指南。这两本书资料性很强,天主教教义成为其压倒性的评判标准。虽然有些评价是宗教评价和道德评价,但其社会伦理评价

---

① [法]安必诺、[法]何碧玉著,孔潜译:《西方传教士——中国现代文学的首批读者》,钱林森编:《法国汉学家论中国文学——现当代文学》,第 89 页。
② 贾植芳:《贾植芳文集·理论卷》,上海社会科学院出版社 2004 年版,第 212 页。

有值得肯定之处。我们不能因为它们主要是基督教评价与道德评判就全盘否定这些来华传教士们所做的这项工作的价值，毕竟文学具有认知、审美和教育等多种功能。尤其值得提出的是，像善秉仁对部分作品的评价，既能注重作品的基督教价值和道德价值，又能兼顾作品的艺术价值和审美价值。《中国现代小说戏剧一千五百种》里提到了张爱玲当时出版的《传奇》《流言》《红玫瑰》，善秉仁在给它们"定级"时，把《流言》定为适合所有人阅读的书，把《传奇》和《红玫瑰》定为不适合推荐给别人阅读的书，但又对《传奇》的自由叙述和现代风格赞不绝口。在回忆李长之的文章里，梁实秋回忆起与善秉仁等传教士一起聚集时的情景，还说这些来华传教士是一些饱学之士。① 看来，这种评价并不为过，应是实至名归。

1942—1948 年，布里埃尔在《震旦学报》和《中国传教通讯》上发表了以鲁迅、茅盾、巴金、苏雪林、胡适、林语堂、郭沫若等为研究对象的论文，其中以《鲁迅：一个深受大众喜爱的作家》最为有名。布里埃尔依据鲁迅前后期创作的变化，以线性叙述方式为研究框架，将全文分为"短篇小说家"和"笔战和讽刺作品"两大主体部分，并始终关注鲁迅的翻译家身份。他认为，鲁迅早期"对文学艺术有着很高的信仰"。这种信仰来自鲁迅对斯拉夫文学、斯堪的纳维亚文学、俄罗斯文学和日本文学的译介及"当代现实主义流派"。而且正是这种文学信仰使得鲁迅小说"突显出的是那个社会的贫困和缺陷"，"表现因为经济原因而引发的苦难和抗争"，以及由此深入挖掘中国社会"文化失去活力的原因"。正是在这个意义上，布里埃尔说，鲁迅的小说"是中国风俗和中国人物的画卷"。只不过，鲁迅在表现这些沉重的现实时，"往往在其中加一点幽默的成分"。如果说布里埃尔

---

① 梁实秋：《忆李长之》，刘天华、维辛选编：《梁实秋怀人丛录》，当代世界出版社 2007 年版。

对鲁迅小说的评价还比较客观和科学的话，那么他对鲁迅后期杂文的评价就有失公允。在布里埃尔看来，因为鲁迅后期接受了马克思主义的文艺理论，致使鲁迅的文学观发生了巨变，"他带着蔑视告别了文学"，专写非文学性的"笔战和讽刺"，渐渐形塑了自己作为"中国的高尔基"的形象。显然，布里埃尔认为，鲁迅走的是一条文学的"下坡路"。他还认为造成这种局面的原因，除了马克思主义的文艺思想外，更为根本的是鲁迅缺乏"创造的想象"。他觉得鲁迅后期越来越往大众化方向上走，成了一名通俗文学作家，而传教士普遍瞧不起通俗文学家。问题是，对一个自己并不完全心仪的作家，布里埃尔为什么要花如此大的精力，用上万字的篇幅来研究鲁迅呢？他这样做的目的是什么？这样做对他到底有什么好处？其实，在这篇长文的开头，他就坦言："对他这方面（笔战与讽刺——引者注）的研究让我们和中国现代社会中的一个重要现象联系起来，并让我们深入到那些震撼整个中国现代文学界的问题中去。"[1]质言之，布里埃尔研究鲁迅的目的，并不在意于鲁迅的文学创造，而是要借此了解中国现实中存在的"重要现象"、"震撼"问题，好让他们能够"对症下药"，有效地进行传教。

还值得提到的是，1947 年，明兴礼以《中国当代文学：见证时代的作家》和《巴金小说〈雾〉的翻译、导论及注解》为题做博士学位论文，通过了巴黎索邦大学博士学位论文答辩。此外，他还在法文期刊上发表高质量的研究论文如《巴金的〈家〉所展示的人类境遇》《曹禺的世界》《文明的诉讼：曹禺的〈北京人〉》《两类人和两代人：老舍的〈二马〉》等。

从文体上看，在来华传教士研究的中国现当代文学里，以小说为

---

[1] ［法］布里埃尔著，唐玉清译：《鲁迅：一个深受大众喜爱的作家》，钱林森编：《法国汉学家论中国文学——现当代文学》。

主。在《文艺月旦》导言里,善秉仁说:"现代小说表现的是轻佻的生活,常常是堕落的生活;表现的是颠覆性观念和不尊重人的尊严的人物形象。"为了避免这种可能给天主教青年造成"不良影响"的"危险","禁止和取缔某些小说文学,以此显示自身愈来愈重要的道德教化作用","引导人们的阅读使灵魂受益"。[①]据此,他们对浩如烟海的中国小说(分"现代之部""旧体之部"和"译本之部")进行逐一审查、评介、汇编,并直言"此项工作的首要目的是传教"。他们列出了四条原则,把中国文学(中国小说),包括被翻译成汉语的外国文学,划分为四类:第一类是"公众阅读",指是那些"对道德没有任何危险"的文学。这类书可以供教友们尽情阅读。第二类是"限制阅读",指含有错误观念(如离婚)但作家又没有明确为之辩护的文学。这类书只供城市居民阅读。第三类是"特别受限",指含有"公开对抗权威观念"的文学。这类书被"特别受限",仅供特定人群阅读,比如教会方面的决策者和研究者等。第四类是"禁止阅读"。在这类教会部门禁止阅读的名单里,首当其冲的是那些"淫秽不堪的书",或者说是那些"具有妓院气息"的书。在由来华传教士所负责审查的中国文学作品和被译成中文的外国文学作品中,只有1/4的书没有问题。

正是在这四种分类的严格规约下,皈依天主教的苏雪林和张秀亚的作品,以及"新教徒"冰心的作品,成为传教士的热门推荐读物。苏雪林的长篇自传体小说《棘心》乃至被推举为"公教文学"的杰出代表作。张秀亚被目为天主教文学代表性的新生代作家。此外,鲁迅、巴金、叶圣陶等作家虽然不是基督教徒,但是他们的有些作品在传教士看来"有时隐约看到了关于上帝存在的真理"而被适量入选。像丁玲等作家的某些在来华传教士看来"读起来没有危险"的小

[①] [法]善秉仁:《文艺月旦·导言》,圣母圣心会编:《文艺月旦》,北平司各特出版社1946年版。

说最终也能通过这样严苛的宗教审查。

总之,传教士在选介中国现代文学(包括中国现代翻译文学)时综合考虑了基督教、道德、政治和社会等因素。比如,他们批评创造社及其所谓"颓废"的浪漫主义,提倡"健康"的新传统主义,尤其把形而上的上帝作为最高的律令。又如,他们对中国现代作家的政治归属和中国现代文学团体及其活动颇感兴趣。这是因为他们十分关心中国现实政治生活的力量。当然,他们对"现实中国"的高度关注,与他们始终考量在华传教的利弊息息相关。明兴礼欣赏"介入文学"。他认识到在现代中国社会里"占主导的社会主义—共产主义思潮"。布里埃尔把主要精力集中于对从鲁迅到蒋光慈这一拨左派作家的研究上。与此同时,对那些回避现实的作家进行了无情的批评,比如,他们批评新月派的"过分贵族气";将沈从文降格为二流作家;对通俗文学嗤之以鼻,并把张爱玲列入此类。

正如夏志清在《新文学的传统》里所说,虽然来华传教士对中国现代文学的某些评论,因受天主教伦理道德之局限,"往往荒唐得离谱",有时难免失之公允,比如将张爱玲和钱锺书视为通俗作家等;但是他们的编著(如上所述)"至今仍有很高的参考价值"。再往深一点讲,他们对"文学中国"的发现,他们对它所做的有些研究,不仅为我们提供了看问题的新视角、新方法、新理念,而且对中国文学的现代变革,对新文化运动和新文学的发生发展均产生了深远的影响。[①]毕竟"传教士汉学"比起"游记汉学"和"专业汉学"来更"真实"也更"充实"。还需进一步指出的是,来华传教士对中国现代文学的编著、研究和传播,使得中国现代文学走出国门,走上世界文学的舞台,让国外读者认识到了较为现代的"中国文学"、较为复杂的"道德中国"、较为震撼的"现实中国"和较为真实的"文学中国"。

---

① 参见[美]夏志清:《新文学的传统》,新星出版社2005年版。

第二节
留学生在文化间际漂泊与拓荒

中国传统文化向来看重文化的内敛，而非文化输出和文化竞争。《礼记》云："礼闻来学，不闻往教。"意思是说，按照"礼"的标准和要求，历来只听说过有虚心上门求教的，没听说过有主动上门去教授别人的。孔子广招前来求学的各路门徒。古代大儒如朱熹、陆九渊、王阳明、张栻、司马光、范仲淹、程颐、程颢等开设书院研学和传学，如白鹿洞书院、岳麓书院、应天书院和嵩阳书院等。而一般的中国古代乡村知识分子和城里的"士"则在城乡开设家塾、学馆、义塾、村塾（族塾、专馆、经馆）等。除了家塾是聘任老师为家庭教师前往家境殷实的大户人家教书外，其他古代学校都是学生到校上课。

当这种有着几千年历史以静制动的超稳定的传统世界被西方现代科技文明和坚船利炮打破后，中华民族民族自强的呼声日渐高涨；加之国外领导人如美国前总统罗斯福认为，"让西方给东方输入思想"[1]，以降低对立风险；中国留学生的历史序幕就此揭开。尽管政治博弈、文化竞争、思想演化和社会变迁等外在境遇与内在紧张给中国留学生造成了诸多压力，但是，他们还是冲破种种阻力，克服重重困难，虚心勤勉学习，带着竞合心态，既是中外文化交流的主体之一，又能充当中外文化交流使者的中介角色。

在讨论留学生与海外中国现当代文学关系时，对其中"留学生"的角色定位和理解，有以下五种情况需要细加区分。

第一种情况是，人们在谈论留学生与中国现当代文学关系时，总

---

[1] ［美］史黛西·比勒著，张艳译，张猛校订：《中国留美学生史》，生活·读书·新知三联书店 2010 年版，第 54 页。

是一厢情愿地把"留学生"单方面地指认为到海外去学习深造的中国留学生，而且还按时代分期将他们分成四拨：第一拨是"五四"留学热中的鲁迅、郭沫若、胡适等，第二拨是20世纪50—60年代台湾留学热中的於梨华、白先勇等，第三拨是新时期留学热中的查建英、虹影、严歌苓等，第四拨是20世纪90年代以来一直到现今的更大的留学热里更多的留学生们。其实，我们在谈论留学生与中外文化交流时，既要考虑到到国外去的中国留学生，也不要忘了来中国留学的外国留学生。质言之，在思考留学生对外传播中国现当代文学的问题时，除了要考虑中国留学生的参与度和贡献度外，还应该考虑到外国留学生的参与度和贡献度。而我们往往只看到了前者，而忽视了后者。这是特别需要提出来的一个重要视域。的确，在国门被帝国主义的坚船利炮打开之后，中国留学生才认识到了弱国子民的落后、闭塞、贫穷、愚昧，出于"睁眼看世界"的愿望和浓烈的"文化爱国主义"，他们负笈远游，学习国外先进科技与现代文明，同时催生了中国现代文学，尤其是中国留学生文学。但是，正如上面我们所说，在看到中国留学生对中国现当代文学的发生发展[1]做出了重要的历史性贡献的同时，我们也不要忘了外国留学生在中外文学交流中的桥梁纽带作用。在一定程度上，在某些侧面，他们也为中国现当代文学的发展贡献了才智和力量。例如，20世纪70年代，首批获准来华的德国留学生中有个叫阿克曼（Michael Kahn-Ackermann）的，现在是中国歌德学院院长。他来到中国后，被中国文化、中国文学尤其是中国现当代文学深深吸引，乃至还被中国女人征服，娶了一个中国女子为

---

[1] 胡适在美国留学期间，一直尝试着创作出中国历史上第一批"白话新诗"，为他回国后提倡"文学改良""文学革命"，从事轰轰烈烈的新文化运动，提供了前期的思想基础和文学储备。此外，中国现代文学史上一批名家当年就是在海外留学时创作出自己第一批现代文学作品，有的为新文学奠基（如郭沫若《女神》里很多新诗是在日本留学时创作的），有的为新文学添砖加瓦。

妻,并长期留在中国工作和生活。他认为,文学是"用语言描述的灵魂事件"。他不喜欢仅仅描述暴力故事的《三国演义》《水浒传》,而喜欢《红楼梦》《金瓶梅》和一些当代中国作家的作品。他翻译了张洁、王朔、阿城、高行健、苏童等人的小说。在选译这些作家作品的过程中,他之所以选译了这些而没有选译那些,不是因为他不喜欢,甚至也不是因为时间和精力不够用,而是因为有些作品寄寓太深,令他只可意会不能言传。如阿城的《棋王》,在他看来称得上是伟大的作品,但是,由于作品里的道家思想太过深刻,作为"老外"的他,感觉难以抓住其"精神深意",所以最终放弃翻译。阿克曼说:"在读他们的作品时,就像在阅读那个时代,可以在其中和真实的中国、人文思辨对话,这是其他间接撰写的中国书籍中所读不到的。"当然,他也读韩寒的作品,尽管这些新派作品"缺乏一种原始的力量",但是它们能够让他完整地了解变化发展中的中国和中国文学。他说:"我想读到的是整个中国。"阿克曼不仅亲自翻译中国小说,而且还或帮助中国政府和中国作家参加国外大型书展,并长期组织一项关于中国书籍的推介活动。因为在他看来,尽管中外有不少人士一直致力于加强中外文化交流,但是,西方对中国的了解还是太少太少。他说:"西方人一直在讨论中国,但其中却没有中国的声音,所以我们之前就在中国开展了一项关于'书'的交流活动,由中国读者推荐给德国读者一本他们觉得应该读的中国书籍。书中会附上中国读者的推荐理由、email,如果德国的读者喜欢这本书,他们俩之间就可以作进一步的交流。"[①] 显然,阿克曼只是无数来华的外籍留学生中的一个代表。他们中的有些人是因为爱好中国文化而来华留学的;来到中国后,也许是由于某种特殊的机缘,他们进而爱上了中国现当代文学,并有选择性地向本国读者译介,由此推进了中国现当代文学在海外的传播与接

---

① 未冉、李雁刚:《阿克曼:情迷中国文学》,《明日风尚》2009年第12期。

受。顾彬的情况与阿克曼类似。他也是20世纪70年代来华留学,并与中国女子张穗子结婚。回国后,他长期在德国柏林自由大学和波恩大学任教。他一边开足马力从事汉学研究,一边大量翻译中国当代文学作品,一边与中国当代作家广泛接触,有的还成为他的好友。他时常邀请中国诗人到德国去朗诵诗歌并与读者进行交流。他撰写的著作《二十世纪中国文学史》,深刻地影响着中国现当代文学学界。晚年他在汕头大学和中国海洋大学担任特聘教授,2023年又被上海外国语大学国际文化交流学院聘为特聘教授,目前主要在上海外国语大学工作。他现在在中国的影响要远比阿克曼影响大。

第二种情况是,即使有些学者注意到了中外留学生在留学期间传播中国现当代文学,但他们几乎没有看到中外留学生在"非留学"期间或者说"后留学"期间仍然在传播中国现当代文学。也就是说,有些留学生在完成留学归国后由于某种原因再度出国,只不过,这次不再是为了留学,而是工作或居住于国外。他们继续承担起在海外传播中国现当代文学的大业。先举林语堂为例。1919年,他偕夫人廖翠凤赴哈佛大学文学系留学。1922年获硕士学位后,他接着赴德国莱比锡大学攻读比较语言学博士学位。1923年获博士学位后回国。随后,他再度出国,开启了他人生履历中的"后留学时代"。1935年,他在美国用英文创作了《吾国与吾民》《生活的艺术》等,在法国创作了《京华烟云》等。其中,《吾国与吾民》蜚声海内外,仅版税就有"约六千美金"。国内有人俏皮地说:"语堂发了财,所以要到美国了,一本书卖三美元,买一万本就是三万美元","将My Country and My People译成'卖Country and 卖People',意思是出卖国家人民"。[①]1944年,林语堂回国。1947年,任联合国教科文组织美术与文学主任。1952年在美国与友人一起办《天风》杂志。1954年,赴新加坡筹建南

---

① 林太乙:《林语堂传》,陕西师范大学出版社2002年版,第134页。

洋大学并任校长。1966年定居台湾。第二年受聘为香港中文大学教授，直至1976年病逝于香港，才停止他的文学创作与中外文化交流事业。林语堂一生用英文创作的文学作品数量惊人。其实，囊括了几乎所有的林语堂用中文和英语创作的《林语堂全集》早已被闽南师范大学的老师编好。我2011年到该校开会时有幸目睹了《林语堂全集》的打印稿。它们被摆放了满满一桌子。当时由于涉及复杂的版权问题，只得等它们的版权满了50年后，它们才能正式公开出版。好在2017年闽南师范大学已经启动出版规模庞大的《林语堂全集》。我相信，《林语堂全集》的出版必将是中外文学交流史上的一大盛事，将会催生很多中外文学交流的新话题。在周作人身上也出现过类似的"后留学"情况。比如，1941年4月，周作人访日时，在京都与心仪已久的谷崎润一郎见面了。这是他期待已久的一次会见和交流，因为他们之间的精神倾向与文学趣味比较接近，都看重个性化和对传统的回归。[①] 其实，早在1926年，谷崎在第二次访华时，经内山完造的引介，就曾与创造社同人餐聚，餐叙后，郭沫若和田汉又到谷崎下榻的旅馆继续深谈，只是那时周作人无缘与之畅谈。

第三种情况是，现有的研究几乎都把全部精力和笔墨聚焦于中国留学生如何如何学习国外现当代文学和人文思潮，然后又是如何如何以此为鉴，最终创化出中国现当代文学。换言之，这些研究都是在谈论中国留学生"别求新声于异邦"，从异国他乡给中国文学输血，进而确立中国文学的现代品格。其实，这种把中国留学生锁定于此的认识是片面的，因为它几乎没有考虑过中国留学生在海外传播中国现当代文学的情况。这方面的例子太多，暂不列举。难怪季羡林当年也只是说："对中国的近代化，留学生可以比作报春鸟，比

---

① 赵京华：《周作人与永井荷风、谷崎润一郎》，《中国现代文学研究丛刊》1998年第2期。

作普罗米修斯，他们的功绩是永存的。"①

第四种情况是，有的学者认为所有参与海外传播中国现当代文学的那些留学生都是作家。其实不然，有的留学生仅仅因为喜欢中国现当代文学，并以此为"志业"，在海外高校和科研院所从事中国现当代文学的教学、研究和译介，安身立命，成为"三高人才"的海外新移民。他们真正实现了"走出乡愁，迈向多元"，走出边缘，融入海外主流的中外文化交流的"和合"的理想境地。比如刘禾，哈佛大学比较文学博士毕业后，长期任教于伯克利加州大学和密歇根大学，现为哥伦比亚大学教授，在跨文化交流和新翻译理论等领域成绩卓著，其《跨语际实践：文学，民族文化与被译介的现代性（中国，1900—1937）》等学术专著在海内外学界产生了巨大影响，1997年摘取美国学界和艺术界最高荣誉之一的古根汉基金奖。她还常常受邀到欧亚等地讲学，成为高水准的中外文化交流和中国现当代文学海外传播的"持灯的使者"。

第五种情况是，有的学者没有注意到有些在海外传播中国现当代文学的留学生，既是作家，又是学者，而且还是在海内外响当当的资深学者。比如李欧梵，1961年赴美留学，1964年、1970年先后获哈佛大学硕士、博士学位，毕业后留在美国知名高校如哈佛大学、普林斯顿大学、印第安纳大学、芝加哥大学执教，讲授中国现当代文学和文化批评等课程，为海内外中国现当代文学研究界培养了大批硕士、博士、访问学者等高层次人才；他尤其在中国现当代文学的"现代性"研究方面、在20世纪30年代都市文化研究方面以及鲁迅研究方面，有很高的造诣，其研究成果《中国现代作家的浪漫一代》《上海摩登》《铁屋中的呐喊》等既别开生面又见解独到。正是这些开拓性和经

---

① 李兆忠：《过客・边缘人・国际人——20世纪留学生文学的三个层面》，《中华读书报》2000年9月13日。

典性的研究工作及学术功绩,使其成为美国中国现当代文学研究领域的代表性人物,成为美国举足轻重的中国学家。在研究之余,他还从事长篇小说创作,出版了有一定影响的小说《范柳原忏情录》《东方猎手》。当然,他的真正影响还是在中国现当代文学和文化研究方面。

在向海外传播中国现当代文学过程中,如前所述,尽管中外留学生都参与了,并且也都做出了各自成绩,但毕竟中国留学生是主体。接下来我要把主要篇幅留给中国留学生。中国留学生身份和心态的不同,以及留学国家和地区的不同,自然会影响到他们对中国现当代文学的海外传播。1915年,《二十一条》签订之前,留学欧美和留学苏联的青年学子比较少,而留学日本的青年学子比较多。一是因为日本比较近,留学成本较低,专业选择多样,乃至择业机会也多些。二是因为日本通过明治维新赶上了西方,而中国要想成为强国,是否可以借鉴日本模式,成为许多留日学生的"适中"选择。《二十一条》签订后,留日的学生数明显下降,而留学美、英、俄的学生数上升。[①] 当然,这种留学格局和态势,在此后战争频仍的情势影响下,不断发生改变,至"文革"时期,中国政府一度中止中西文化交流。1978年,中国恢复派遣留学生赴海外学习制度。这之后尤其是1981年批准自费留学后,大批青年纷纷走出国门,到世界各地留学。欧美国家成为他们首选的留学目的地。许多留学美国的中国青年,一边圆着"美国梦",一边创作"留学生文学",一边传播中国现当代文学。

那么,中国留学生在海外留学期间到底是怎样传播中国现当代文学的呢?或者说,他们到底采用了哪些方法和途径?纵然由于语言隔阂、文化差异、意识形态不同和中国现当代文学作品自身等复杂原因,中国现当代文学、留学生文学、新移民文学难以进入国外文学的主流领地,但这并不影响中国留学生在海外传播中国现当代文学,也

---

① [美]史黛西·比勒著,张艳译,张猛校订:《中国留美学生史》,第10页。

不影响他们成为在海外传播中华文明的主力军。他们在海外传播中国现当代文学主要有以下方式。

第一，中国留学生在海外开展了一系列演剧活动。1907年6月1—2日，春柳社在东京公演《黑奴吁天录》。该剧本是按照现代话剧分幕并用口语写就的。欧阳予倩说它是中国话剧第一个创作的剧本。此后，他们还演出了革命话剧《社会钟》，呼应了日本国内的左翼思潮，也赢得了日本观众的赞誉。此外，1935年4月27—29日，中华同学新剧会在日本神田一桥大学的"一桥会堂"公演《雷雨》[①]，使日本观众第一次欣赏到这部具有奠基意义的现代中国戏剧。通过戏剧舞台展示中国现当代文学的最新发展状况及成就，比起静态地译介中国现当代文学作品来，易于消除隔阂，便于沟通与互动，使海外观众乐于接受中国现当代文学。

第二，中国留学生在海外报刊（包括他们自己在海外创办的报刊）上发表作品。比如，1920年2月29日，田汉在写给郭沫若的信里说："我在《日华公论》上看见了日本人译了你那首《抱儿浴博多湾》和一首《鹭》，我爱前首，因为既知道了你的career就知道了你的诗，都是你的生之断片啊！那首诗的日译也不错，很天然"[②]，"我虽没有读过这首诗的原文，可就这首译诗也有可传的价值了。那本杂志上同时译了我一首《梅雨》，一首《朦胧的月亮》，可是都译错了一些，我于是感译人家的诗之难哩"[③]。又如，郭沫若与佐藤富子结婚后写的

[①] [日]饭塚容：《1930年代中国旅日留学生的演剧活动》，日本中央大学《人文研究纪要》2001年10月第4号。这次公演的导演是吴天、刘汝醴、杜宣。随后，该校学生邢振铎将其译为日文，于1936年出版了《雷雨》最早的日译本。需要说明的是，现今的中国大陆的"中国现代文学史"将这次公演认定为《雷雨》的首次公演，但其实，它的首次公演是1934年12月2日在浙江绍兴春晖中学进行的。参见严禄标编著：《春晖的历程》，浙江摄影出版社2021年版，第170—172页。

[②] 宗白华、田汉、郭沫若：《三叶集》，安徽教育出版社2006年版，第56页。

[③] 同上，第57页。

《死的诱惑》，被译成日文发表在大阪的报纸上，厨川白村读后给予了高度评价："我没有想到，中国的诗歌也有如此民主的气息，这里已经表现出了那种近代的情调，很难得。"① 还如，为了与那些整日在饭店、茶园、妓馆和大街上混日子的拖着长辫的同胞区分开来，留学日本的鲁迅故意把辫子剪掉，还为此写下"我以我血荐轩辕"以明志。在决定弃医从文后，鲁迅一边写《文化偏至论》《摩罗诗力说》等，一边与周作人、许寿裳等人一起筹办、编辑、出版偏重理论和翻译的《新生》杂志，只可惜那时人们比较看重有实用价值的东西，对文学没有多大兴趣，该刊最后流产了，鲁迅只得把原本准备发表在该刊上的这几篇论说文改投给《河南》。此外，鲁迅还与周作人一起着手翻译弱小民族国家的小说，出版了两卷本《域外小说集》（第 1 卷在日本仅卖出 21 册，第 2 卷在日本仅卖出 20 册）。周氏兄弟在日本写作、办刊与翻译均产生了一定的影响。日本的中国学家山田敬三认真分析了周作人对日本情感起伏的三个阶段：留学日本时，周作人对日本是亲和的，追随日本"白桦派"，乃至娶了日本女子羽太信子为妻；后来有一段时间是"彻底的排日"；最后"附逆"做了日本的官员。山田敬三还说："周作人对日本的理解超出了日本人之上，并要娶日本人为妻，可以说是一位倍胜于他人的知日派。"② 这种情况表明，中国留学生中有一部分人能够主动融入所留学国家和地区的文化，使他们创作的作品具有所留学国家和地区的"味道"，易于为所留学国家的报刊所接受和发表。这就为他们的作品在所留学国家和地区广泛传播与接受提供了可能。

第三，中国留学生直接与海外文人接触和交往。有的还产生了深

---

① 转引自陈龄：《"创造社"成员留日活动》，《解放军外语学院学报》1997 年第 3 期。
② ［日］山田敬三著，姜小凌译：《清末留学生——鲁迅与周作人》，《鲁迅研究月刊》1996 年第 12 期。

情厚谊。从《胡适留学日记》里，我们不难发现，当年留美的胡适好像很少有文化"边缘人"的困境和自卑。他常常与美国中产阶级知识分子聚集在一起，并以"上等人"自居。他翻译了美国意象派诗人蒂斯黛尔的诗《关不住了》，同时，在留美期间尝试写白话诗。他的翻译和创作势必会影响到他的那些美国友人。在 1916 年 11 月 9 日的日记里，胡适写道："吾友舒母（Paul B. Sehumm），为康南耳大学同学。其人沉默好学能文，专治'风景工程'（Landscape Architecture），而以其余力拾取大学中征文悬赏，如诗歌奖金，文学奖金之类。"① 在同年 12 月 20 日的日记里，胡适记载了他以写打油诗回答同在美国留学的、后来成为陈衡哲丈夫的任鸿隽（叔永）对白话诗和"文章革命"的看法。② 这些早年在异国他乡的关于文学革命的论争也许在海外有些影响。还有，1922 年 7 月，在伦敦的文艺圈子里，徐志摩结识了约翰·默里，约翰·默里邀请徐志摩到他家做客，这样徐志摩就认识了他的妻子、小说家凯瑟琳·曼殊菲尔并一见如故。6 个月后凯瑟琳·曼殊菲尔去世了，徐志摩为此写了一首诗和一篇散文悼念她，并把翻译她的几个短篇小说辑成一册，交北新书局出版。此外，日本的中国学家稻叶昭二在《郁达夫：他的青春和诗》一书的附录部分，详细记述了郁达夫的留学生活，以及他与日本诗人服部担风之间的交谊：1916 年春天，郁达夫专程拜访了住在尾张弥富的汉诗诗人服部担风，此后两人成为交谊很深的文友。同样是在海外留学，胡适和徐志摩等人在强大的西方帝国没有明显的自卑、沮丧、忧郁，而郁达夫在强势的日本却有明显的孤寂、焦虑、苦闷，乃至像他小说里的主人公那样沉沦。但这并不妨碍他在日本交朋结友并创作和传播中国现代文学。

第四，中国留学生在海外创办文艺社团，编辑出版文艺刊物，有

---

① 胡适：《胡适留学日记》（下册），海南出版社 1994 年版，第 321 页。
② 同上，第 325 页。

时还举行沙龙性质的"艺术聚餐会"。创造社就是1921年6月8日在郁达夫的寓所东京帝国大学第二改盛馆成立的。创造社成员与日本文人如服部担风、泽村幸夫、金子光晴等交往频繁。有关这方面的详细记载可以参看陈龄撰写的《"创造社"成员留日活动》。[①] 胡风在日本留学期间成立了"新兴文化研究会",出版《文化斗争》《文化之光》,发表左翼思想的文章。1933年,在日本法西斯甚嚣尘上之时,林焕平在请教了日本左翼作家江口涣后,在东京重建了"东京左联",并在江口涣的指导下创办《东流》,不但发表东京左联同人的文章,也发表其他旅日留学生的文章。此后,中国留学生还在日本创办了《杂文》《质文》《诗歌》。随着来日留学人数的剧增,其中的文艺青年,以同学会和同乡会为主体,以"艺术聚餐会"的形式凝心聚力,影响较大的有:杜宣主持的"留日学生艺术界聚餐会",魏猛克主持的"艺术聚餐会"和陈素主持的"东京中国艺术者座谈会"等。[②] 为了达到广而告之的效果,增加"艺术聚餐会"的人气,扩大其影响,他们往往在聚会前刊发广告,如1936年1月10日第15期的《留东新闻》就刊登这样一则启事:"留东艺术界同人"将于1月12日下午4点在神田神保町的"桃花园"召开"聚餐会",并说已向"各艺术界人士及各学术团体"发出了会议通知。除了发布通知和刊登广告外,他们还在会前精心筹备,在会间认真组织。这些艺术聚餐会像磁场一样,把各路人马紧紧聚集在一起,把各种文艺活动串联起来,形成了中国留学生在日本传播中国文学艺术的热闹局面。据当事人回忆说:"在《诗歌》座谈会上,骆驼生哭着朗诵了艾青的《大堰河——我的保姆》。"[③] 此

[①] 陈龄:《"创造社"成员留日活动》,《解放军外语学院学报》1997年第3期。
[②] [日]小谷一郎:《论东京左联重建后旅日中国留学生的文学艺术活动》,《华文文学》2006年第1期。
[③] [日]秋吉久纪夫:《林林采访记——解析30年代中日文学运动》,日本九州大学《文学论辑》1987年12月第33号。

外，还值得特别指出的是，20世纪50—60年代，以台湾留学生白先勇、於梨华、陈若曦等为中心，在北美形成了广有影响的"北美华人作家群"。

在海外，中国留学生以身作则地创作和传播中国现当代文学，不仅在当时当地产生了不小影响，而且还在此后的彼时彼地仍然产生持续的影响。据赵毅衡的研究，20世纪20—30年代，第一个美华左翼文学家蒋希曾在美国曾以中国革命和美籍华人走向革命的历程为题材，创作了不少革命诗歌，还用英文出版过革命小说《中国红》和《"出番"记》。这些作品当年遭到了美国评论界的嘲讽。他本人也曾因此被美国当局逮捕。[①] 随着冷战结束与中国改革开放后的国际影响越来越大，西方对中国现代革命也渐渐能够理解和宽容。1978年2月3日，在美国华盛顿国会图书馆柯立大厅举行了一场纪念著名音乐家西格夫人的演出会，节目中有两首歌的歌词是蒋希曾写于20世纪30年代的《萨柯——梵塞蒂》《支那人——洗衣匠》。与当初中西之间存在严重对立以及中外文化交流贫乏不同，20世纪90年代以来，在全球化语境中，中西文学交流的环境、氛围、心态和密度发生了很大变化，出现了前所未有的良好态势。比如，到美国留学的严歌苓本身就是一位优秀作家；在美国的课堂上，她慢慢克服了中西"观念"差异的问题，在老师和同学"个性和开放"的感染下，渐渐能与他们一起讨论中外文学，尤其是文学中的性描写和同性恋等问题，最终能够融入美国文化，被美国的老师和同学所接受，成为在美国广有影响的新移民作家。[②] 她写于2005年的中篇小说《金陵十三钗》，以13个妓女抗日爱国的故事，避免了革命话语和民族话语对女性身体叙事的遮

---

① 赵毅衡：《对岸的诱惑：中西文化交流记》（增编版），上海人民出版社2007年版，第105页。
② ［美］严歌苓：《我的美国同学和老师》，《北京文学》1995年第8期。

蔽，使民族大义和人性之美灿烂绽放。这篇小说被张艺谋看中后，于2011年搬上银幕，反响良好，获第69届美国金球奖最佳外语片提名。小说与电影、名作家与名导演的再次"嫁接"，使中国现当代文学再次在海外刮起一股强劲的艺术旋风。

当然，我们在看到成绩的同时，也不要满足于此；在着眼长远的同时，也要反观中国留学生在传播中国现当代文学过程中所遇到的"麻烦"。比如，誓为"两脚踏中西文化，一心评宇宙文章"的林语堂，直接用英语创作了大量作品。在赛珍珠等美国友人的帮助下，在美国找到了出版他著作的经纪人和出版社。那就是赛珍珠的丈夫沃尔什和他创办的庄台公司。该公司出版了很多林语堂的小说和散文。其中，《吾国与吾民》还跻身"美国畅销书"行列，赢得了西方读者的尊重。1940年，赛珍珠与瑞典汉学家高本汉一起提名林语堂的《吾国与吾民》和《京华烟云》入选诺贝尔文学奖（赛珍珠1938年荣膺此奖）。只可惜，时值"二战"，瑞典皇家学院最后决定该年度不予颁奖。为了在世界大战中保持中立，1940—1943年诺贝尔文学奖没有颁奖。等到1944年重新评奖时，林语堂当年获奖而终因战争原因未授奖一事再也没有拿出来讨论。个中原因是否与林语堂同赛珍珠夫妇关系的前后变化有关呢？众所周知，20世纪30年代中后期至40年代中期，林语堂与赛珍珠夫妇之间的关系处于甜蜜期；但是后来由于版税原因，他们一度断交。林语堂后来单方面的辩解是："我发明中文打字机，用了我十万多美金，我穷到分文不名。我必须借钱度日，那时我看到了人情的改变，世态的炎凉。人对我不那么殷勤有礼了。在那种情形下，我看穿了一个美国人。后来，我要到南洋大学去做校长，给赛珍珠的丈夫打了一个电报，告诉他我将离美去就新职。他连麻烦一下回个电报也不肯。我二人的交情可以说情断义尽了。我决定就此绝交。"[①] 尽管

---

① 林语堂：《林语堂自传》，江苏文艺出版社1995年版，第111页。

如此，赛珍珠并不计较林语堂与她的丈夫之间的是是非非，于1950年继续提名林语堂角逐诺贝尔文学奖。但是，到了1953年，林语堂还在到处说，赛珍珠夫妇在每次出版他作品的时候多抽取了40%的版税（据说美国一般出版社的版税是10%，而赛珍珠丈夫的出版社抽取了50%）。[①]1975年，刚刚当选为国际笔会会长的林语堂，在大会上获得一致通过，以该笔会的名义，被推荐为该年度诺贝尔文学奖的候选人；但阴差阳错的是，该年度的诺贝尔文学奖最终颁给了意大利诗人蒙塔莱。我想，林语堂与赛珍珠夫妇之间的关系由亲密到生疏最终闹到分裂，不是简单的借钱和版税纠纷的问题，甚至也不仅仅是他们之间政治分歧的问题——林语堂一直"亲蒋"，而赛珍珠夫妇"反蒋"，尽管这会影响到赛珍珠夫妇，包括他们的朋友斯诺、史沫特莱和拉铁摩尔等对林语堂的看法，但是从后来赛珍珠推荐林语堂角逐"诺奖"这件事情上可以看出，纵使在林语堂这一方认为他们之间绝交了，但是在赛珍珠夫妇那边几乎从来没有把问题想得如此严重。据费正清夫人乔志高的回忆，1949年，老舍在归国前也因稿酬问题与赛珍珠夫妇疏远。[②]但是，我们是否就此可以为林语堂找到开脱的理由呢？历史如云烟一样飘散了，其中的恩恩怨怨剪不断理还乱。我想，他们之间的分分合合，也许是中西文化差异所致的文化误读之使然吧。试想，如果能像周作人那样比日本人还了解日本文化，林语堂比美国人还了解美国文化，至少能够像美国人一样了解美国文化，他们之间也许就没有那么多误会，说不定当年林语堂获诺贝尔文学奖的奇迹就会出现！毕竟林语堂有很高的文学成就，尤其是出版了那么多用英文创作的文学作品。毕竟林语堂在英语世

[①] 林语堂：《林语堂自传》，第111—112页。
[②] 舒济编：《老舍和朋友们》，生活・读书・新知三联书店1991年版，第37页。

界的文学影响非同一般。① 当然，历史又有谁能说得清楚呢？历史不容许任何猜想！

综合上述，中国留学生不只是把西方的普罗米修斯请到中国来，也把中国文学的薪火传递到海外异地去，而且这种吸收与传递永不会停息。

第三节
中国学家的理性译介与研究

一

传统汉学是指海外对中国传统文化的研究。而中国学是指现代以来海外研究现代中国的学问。"二战"后，美苏之间为了"争夺"中国，均强化了对中国的研究、接触和交往。具有象征意味的事件是：1946年，美国国务院邀请老舍访美；而作为及时性的外交回应，苏联政府则于同年邀请茅盾访苏。在这种冷战对抗和对立思维的影响下，在美国政府与学术界的合谋和助力下，美国的中国学进入了前

---

① 参见［瑞典］马悦然：《想念林语堂先生》,《另一种乡愁》(增订本)，新星出版社2015年版。瑞典汉学家高本汉称林语堂为"林老"。他当年推荐《京华烟云》《吾国与吾民》获"诺奖"的理由是，它们"是报道中国人民的生活和精神非常宝贵的著作"。当年的诺贝尔文学奖小组认为它们"活泼的、机智的和富于很强幽默感的想象力"。另一位对诺奖具有影响力的瑞典汉学家马悦然对林语堂也是推崇备至。他称林语堂为"林公"。他说："啊，多么遗憾我没有机会跟作者（林语堂——引者注）见面。"他说，1937年是林语堂的《生活的艺术》完全改变了他的人生。据说，1950年当赛珍珠再次力荐林语堂角逐"诺奖"时，评奖小组以林语堂是以英文写作不能代表中文文学而给否了。殊不知，泰戈尔曾以英文（而非他的母语孟加拉语）创作的《吉檀迦利·饥饿的石头》摘取了1913年的"诺奖"奖章。

所未有的发展期,并最终居世界中国学之首,引领世界中国学的潮流。尤其值得提出的是,1974年11月,美国学术团体理事会和美国社会科学理事会在纽约召开"关于优先考虑中国研究的规划会议",确立"以后十年一定要继续采取以发展中国研究为主的方针"。[1]德国中国学家顾彬说:"二战之后,英语在高奏凯歌的同时,也在中国学研究领域造成了这样的印象:第一流的汉学研究似乎多半只存在于美国","作为讲英语的汉学家,其优势在于享誉世界并遍及全球的读者"。[2]的确如此,国家和地区强盛,其语言也随之而强盛,海外人士趋之若鹜;反之亦然。曾几何时,中国出现了"俄语热"。而改革开放后,"英语热"取代了"俄语热",并且一直势头不减。21世纪以来,"汉语热"开始兴起。此乃中国现当代文学更好地走向世界的最佳契机。

历史悠久的欧洲汉学与后来者居上的新兴的美国中国学之间的乾坤颠倒,自然影响了中国现当代文学海外译介与研究格局的调整。需要特别指出的是,汉学与中国学的逻辑起点、研究范型和最终目的都是海外的(主要是归属西方)。无论是传统汉学,还是现代中国学,都满足不了中国人自己研究自身现代性的紧迫需求。因此,王一川提出"专门研究中国现代性或现代化的文化学科",即"中国现代学"。他认为,"中国现代学正是为弥补国学和汉学及中国学所留下的空缺而产生的,它致力于从中国人的视野研究鸦片战争以来中国在古典性文化衰败以后寻求全面的现代性过程时的种种问题"[3]。只可惜,这种具有正面积极建构意义的学科的学理倡导在学界并未得到应有的回响与推广。

---

[1] 转引自宋绍香:《世界鲁迅译介与研究六十年》,《文艺理论与批评》2011年第5期。
[2] [德]顾彬、王卓斐:《汉学:路在何方?——对汉学状况的论辩》,《中国图书评论》2010年第11期。
[3] 王一川:《中国形象诗学》,上海三联书店1998年版,第23页。

从历时性的角度来看，在中国现当代文学的译介与研究方面，最早是亚洲中国学界，然后是欧洲中国学界，最后才是美国中国学界。

据现有文献资料显示，世界上最先关注与译介中国现当代文学的国家是日本。1909年，《日本和日本人》杂志第808号"文艺杂事"栏报道了"周氏兄弟"《域外小说集》的出版信息。1920年9—11月，日本的《支那学》月刊1卷第1—3期连载青木正儿的《以胡适为漩涡中心的文学革命》对唐俟（鲁迅）的诗歌与《狂人日记》进行了精到的点评。青木正儿说，鲁迅的诗是"平淡的"[1]，而《狂人日记》"达到了中国小说家至今尚未达到的境界"[2]。此乃日本中国学家研究中国现当代文学的开山之作。有趣的是，朝鲜中国学家梁白华很快把它译成朝鲜文，发表于当年11月至第二年2月的《开辟》上。

那么，欧洲最初的情况又如何？1926年1月12日，侨居瑞士的罗曼·罗兰给巴黎《欧罗巴》月刊的编者巴查尔什特写信，推荐中国在法国的留学生敬隐渔用法文节译的《阿Q正传》。罗曼·罗兰说："我相信，巴黎的任何刊物或出版社都没有接触过当代中国文学。"[3]随后，《阿Q正传》发表在《欧罗巴》5—6月号上，由此开启了以法国中国学界为主体的欧洲中国学界译介中国现当代文学的先河。

美国中国学界在这方面要迟缓些。当时在中国报道战事的美国记者、后来成为有名的中国学家的埃德加·斯诺说，20世纪30年代之前，由于很多英语世界的人士认为中国现代文学"没有什么有价值的东西"，所以它们只有"很少的零零星星的几篇被译成英语"。[4]针对

---

[1] [日]青木正儿：《以胡适为漩涡中心的文学革命》，北京鲁迅博物馆鲁迅研究室编：《鲁迅研究资料》（第13辑），天津人民出版社1984年版，第98页。

[2] 同上，第99页。

[3] [法]罗曼·罗兰：《鲁迅的〈阿Q正传〉》，《人民日报》1982年2月24日。

[4] [美]埃德加·斯诺：《鲁迅——白话大师》，西北大学鲁迅研究室编：《鲁迅研究年刊》，陕西人民出版社1979年版。

英语世界的读者对中国现代文学所表现出来的令人难以忍受的贬低、漠视、高傲与偏见，埃德加·斯诺愤愤不平。他花了五年的时间，译出了《活的中国——现代中国短篇小说选》；同时撰写了论文《鲁迅——白话大师》，一开始发表在美国的《亚洲》杂志上，后经修改作为《活的中国》的"前言"。像不少中国学家那样，埃德加·斯诺把鲁迅比作中国的高尔基。

以上是亚洲中国学界、欧洲中国学界和美国中国学界早期译介与研究中国现代文学的大致情况。

二

海外中国学家群体中既有专事"文学研究"的中国学家，又有"非文学研究"的中国学家，后者也为中国现当代文学海外译介与研究做出了不可小觑的贡献，如耶鲁大学历史系和东亚研究中心主任史景迁教授。他以研究中国历史见长，是蜚声国际的中国学家。他论及梁启超、康有为、鲁迅、瞿秋白、闻一多、徐志摩、邵洵美、老舍、巴金、沈从文、丁玲、胡也频、萧军、臧克家、邵荃麟、吴晗、北岛等现当代中国作家、文学评论家和思想家。又如，麻州卫斯利学院亚洲研究和历史学教授柯文在他的《在中国发现历史——中国中心观在美国的兴起》这本影响甚巨的中国学著作里，也无独有偶地谈到萧军。还如，美国神学家陶普义，1994年在《传教工作研究》1月号发表《论老舍对中国基督教会和"三自"原则的贡献》，从神学和文献学的研究角度，披露了不少青年老舍加入基督教的过程以及中国基督教的发展历史；1999年，美国陶氏基金会出版了他的著作《老舍：中国讲故事大师》。他还在美国建立"陶氏老舍藏书"和"老陶网站"。他对老舍情有独钟。这些海外"非文学研究"的中国学家把中国现当代作家作品带到了更为广阔的学术时空与思想天地。那么，海外中国学家是通过哪些常态化的有效手段翻译、传播和接受中国现当代文学的呢？大部分中国学家是单打独斗地译介与研究中国现当代文学。除此以外，海外中国学家传播与接受中国现当代文学大约还有以下八种常见的合作互动的方式。

第一，海外中国学家与海外中国学家合作。如1951年日本中国学家铃木择郎等集体翻译大部头的《四世同堂》①，该书上市后成为畅销书，并在日本刮起了一阵"老舍旋风"②。《四世同堂》之所以在日本广受欢迎，是因为"这部描写抗日战争中中国人民所蒙受灾难、牺牲的巨作，正触动人们心灵的隐痛，加深了人们的忏悔"③。在由海外中国学家组成的合作团队中，师徒之间的合作尤为抢眼，如捷克最杰出的中国学家、布拉格学派创始人普实克，曾与他的波兰弟子斯乌普什基合译《老舍短篇小说集》。

第二，海外中国学家与中国学者联手。如翻译界的夫妻搭档戴乃迭与杨宪益，从20世纪50年代开始就一起参与创办外文版的杂志《中国文学》，又从20世纪80年代初开始与朋友们一道向海外不断推出系列"熊猫丛书"，为建设中国现当代文学海外传播这一宏大工程及其著名平台做出了不可估量的历史贡献。这方面的例子太多了。北京师范大学、苏州大学等高校通过中外联合办会、办刊等形式，加

---

① 2014年，老舍的《四世同堂》英文原译稿在美国被发现。它的第三部分《饥荒》中遗失的部分，被回译为中文，上海东方出版中心等相继推出《四世同堂》完整版。

② 老舍作品在世界的传播与接受多次形成热潮。第一次"老舍热"是20世纪40年代中后期由《骆驼祥子》在美国被译介而兴起的。第二次"老舍热"是20世纪50年代在日本和苏联（老舍在50年代3次访苏）兴起的。第三次"老舍热"是20世纪60年代在日本兴起的。第四次"老舍热"是20世纪80年代至20世纪末在欧美、日本和东南亚兴起的。此间，日本中国学家伊藤敬一还首倡"老舍学"。第五次"老舍热"是21世纪以来根据老舍作品如《骆驼祥子》《茶馆》的改编以及在欧美和日本演出而兴起的。

③ 孟泽人：《印在日本的深深的足迹——老舍在日本的地位》，《新文学史料》1982年第1期。

强海外中国学家与中国学者的联络与合作。

第三,海外中国学家与外籍华人学者合作。如有海外翻译中国现当代文学"第一人"美誉的葛浩文与他的妻子——已退休的美国圣母大学教授的美籍华人林丽君——合译毕飞宇的《玉米》,并获2010年度英仕曼亚洲文学奖。哈佛大学的宇文所安教授与他的美籍华人妻子田晓菲教授一起从事中国文学译介与研究也是有力的佐证。

第四,海外中国学家与中国作家本人合作。如曾以《萧红评传》获印第安纳大学博士学位的葛浩文,虽然对萧红有所偏爱而对萧军多有苛责,但这并不影响他对萧军的关注并与之交往。1942年,葛浩文翻译的《八月的乡村》,成为首部被译成英文的现代中国长篇小说。"他发表的首篇文章(1975年与郑继宗先生合作)是关于萧军的,第一篇中译英小说是萧军的《羊》,第一封寄到大陆的信是写给萧军的,而其到大陆访问见到的第一位作家也是萧军。此后,两人曾数次在北京、哈尔滨以及美国等地互访并切磋。葛浩文曾将1942年版的《八月的乡村》的英译本送给萧军,而后者也曾将自己的多部作品赠与前者。在获取了大量资料并与萧军取得了直接联系又从其处获得了一些手抄本、照片等原始文献的基础上,葛浩文在多部著述与数篇文章中论及萧军的生活与创作。"[1] 又如,曾以《沈从文笔下的中国社会与文化》获哈佛大学博士学位的金介甫,为了深入研究此项课题,来到中国,七下湖南,十访沈从文,最后写出了30多万字的《沈从文传记》。20世纪30年代,王际真为了更好地翻译沈从文作品,曾经写信给沈从文,向他讨教。当年还是斯坦福大学博士的许芥昱,1973年拜访了沈从文,回美国后发表了《沈从文会见记》;该文随后收入1975出版的《中国文学大观》。再如,1946年4月至1949年9月,老舍赴美国讲学,除将手头正在写作的《鼓书艺人》手稿逐章交给郭镜秋翻

---

[1] 胡春燕、张鹤、宋立英:《论美国汉学界的萧军研究》,《作家》2011年第10期。

译外，还经常晚上去埃达·普鲁依特家。他们联袂翻译《四世同堂》：由老舍口授，埃达打字，最终共同译出《四世同堂》的英文节译本。[①]澳大利亚中国学家杜博妮为了翻译好阿城的小说，除了征求阿城本人的意见和建议外，又专程到阿城小说中描写的西双版纳，进行田野调查，还参观了陈凯歌拍摄电影《孩子王》的现场，并与该片的导演和演员进行交流。最后如，顾彬与中国当代"前线"诗人有着密切的接触，他与北岛、杨炼、欧阳江河、王家新、西川、张枣等是关系亲密的诗友。他们的诗歌大多是经顾彬翻译成德文，流播到德语世界。值得指出的是，顾彬不仅对中国哲学、中国古典文化和中国古代文学有精深的研究及其丰硕的成果，他对中国现当代文学的研究也造诣颇深。2008年，华东师范大学出版社出版他的学术专著《二十世纪中国文学史》就是这方面成就斐然的明证。他与他的德籍华人妻子张穗子一起现在主要在中国生活与工作。目前，他正在我所任教的上海外国语大学做特聘教授，开设系列讲座如"德国与中国的浪漫主义"。我有幸经常主持他的讲座，并同他就中国现当代文学的某些话题进行切磋。

第五，海外中国学家委托中国著名作家推荐中国现当代作家作品。比如，1932年，日本改造社计划编译、出版《世界幽默全集》，其中的中国文学部分由增田涉负责。他请求鲁迅推荐中国现代文学作品。鲁迅向他推荐了张天翼的《皮带》和《稀松的爱情故事》。又如，1933年，左联的朝鲜朋友金湛然想用世界语编一部"世界文学"；他向他的朋友王志之求助，而王向他推荐张天翼，但他不知道选张的哪部作品为好，于是写信请鲁迅推荐张天翼的作品。再如，1934年，鲁迅和茅盾一起为美国中国学家伊罗生编译的名为《草鞋脚》的现代中国小说集推荐具体的选目。

[①] 参见舒济编：《老舍和朋友们》，第175页。

第六，海外中国学家、中国作家与海外出版机构合作。如前所述，赛珍珠的丈夫沃尔什从中国回到美国后，创办了庄台公司。林语堂在美国期间共有13本书由其出版。老舍在回国前的作品也交由其出版。尽管他们两人均因版税最终与赛珍珠夫妇关系疏远，但是，他们最初的合作还是愉快的，而且为林语堂和老舍在英语世界的声名远播起到了催化的功效。又如，海外权威的出版机构，在确定了中国现当代文学作品的翻译选题后，通常会挑选他们认为最合适的，也最权威的海外翻译家和中国学家进行翻译。葛浩文是英语世界翻译界里的热门人选，所以他就顺理成章地成为向英语世界译介中国现当代小说最多、口碑也最好的翻译家。比如，英国企鹅出版集团聘请他翻译《狼图腾》，获得了巨大成功。现如今"葛浩文译本"成了世界顶级品牌，无人能及。

第七，海外中国学界与中国学术机构合作。2011年4月底，北京师范大学文学院与美国俄克拉荷马大学文理学院及其《当代世界文学》杂志社和《今日中国文学》杂志社在北京召开"中国文学海外传播"国际学术会议，共有11个国家的中国学家出席会议，共商中国文学海外传播大业。此前，北京大学、清华大学、苏州大学、北京语言大学等国内知名大学，或召开这方面的学术研讨会，或邀请海外知名中国学家来中国讲学，加强沟通，探究中国现当代文学海外传播的诸多问题。

第八，海外中国学家与中国作家协会、国务院新闻办合作。近年来，中国作家协会面向海外中国学家提供相关的项目和资金，如"中国作家百部精品工程""国家图书推广计划工程"等。由国务院新闻办主导的"中国图书对外推广计划"也面向全球中国学家。也就是说，它们均是站在文学"走出去""走进去"的国家战略层面，期待与海外中国学家携手共进。

毕竟中国现当代文学海外译介的难题是传统意义上的翻译学解决不了的！它远非在中文与外语之间进行语码转换那么简单。它涉及目的语国家的文化传统、国家价值观、意识形态、读者的思维习惯，以及文学的历史、观念与审美等传统翻译学之外的诸种复杂因素，因此，我们要把它放到文学社会学、译介学、翻译研究文化学派、传播学、接受美学和跨文化研究等多种领域里来考察它。而以上海外中国学家们所采取的种种合作方式，恰恰是为了应对中国现当代文学海外译介的繁复境况，同时，也为中国现当代文学在海外的传播与接受降低了成本和风险，促使其发挥更大的效应：除了让中国文学"走出去"，让世界了解中国文学，乃至还有可能使中国现当代文学深入影响到目的语国家的主流文学系统。

三

各种外文期刊、网站、图书馆、专集、高校等公共空间是海外中国学家推介中国现当代文学的重要介质和渠道。外文期刊有美国的《现代中国文学与文化》《今日中国文学》《当代世界文学》等。外文网站有"中国现代文学与文化资源中心""港书网"等。海外图书馆有美国华盛顿大学图书馆、加拿大阿尔伯塔大学图书馆、澳大利亚国家图书馆等。英文专集有1936年斯诺编译的《活的中国——现代中国短篇小说选》，1944年王际真编译的《当代中国小说选》，1946年袁家骅、白英合编的《当代中国短篇小说选》和赵景深编译的《当代中国短篇小说选》，1961年米尔顿、克里夫德合编的《亚洲现代小说宝库》，1965年翟楚、翟文伯父子合编的《中国文学宝库：新散文文集，包括小说和戏剧》，1971年夏志清编选的《20世纪中国短篇小说选》，1972年白之编译的《中国文学选集》第二卷，1979年芒罗编译的《革命的创始：中国现代短篇小说集》，杜博妮、罗宾逊编译的《遗腹子》和刘绍铭、夏志清、李欧梵合编的《中国现代短篇小说和中篇小说：1919—1949》，1981年伊沛霞编译的《中国文明与社会》，1995年刘绍铭、葛浩文合编的《哥伦比亚中国现代文学选集》，2002 年沙博理编译的《中国现代名家短篇小说选》以及由王德威长期与哥伦比亚大学出版社合作推广的"中国文学翻译系列"等。设有中国文学研究机构的国外高校也是数不胜数：美国有哈佛大学、耶鲁大学、普林斯顿大学、哥伦比亚大学、斯坦福大学、布朗大学、圣母大学、加利福尼亚大学圣塔芭芭拉分校和伯克利分校等；日本和韩国也有很多大学设立中国文学研究机构等。

海外中国学家还经常邀请中国当代作家到国外去朗诵、讲学，进行文学交流，充分利用各种艺术氛围浓烈的公共空间，如城堡、教堂、图书馆和会馆，向海外传播中国文学。在这方面顾彬为当代中国作家所付出的辛劳是值得称道的。如，1997 年，欧阳江河在波恩大学美丽节大厅这座古老城堡中"唱诗"之前，顾彬"邀请了所有人到隔壁的典雅的波恩大学的元老大厅，在那里有满堂的面包和酒"。又如，2004 年 12 月，当郑愁予、杨炼和张枣在波恩举办朗诵会时，除了精心安排朗诵外，顾彬还"给来听关于中国文学的大约五十人做饭，有酸辣汤和木犀肉等"。再如，2011 年，为了向德语公众推广欧阳江河的德语诗集，顾彬特意安排了欧阳江河在德国和奥地利举行巡回诗歌朗读会。因为欧阳江河的《舒伯特》《泰姬陵之泪》等诗与宗教有关，顾彬努力说服了波恩大学老城堡教堂的皇家牧师，使得诗歌朗读会最终在那个圣洁的地方成功举行。之后，顾彬回忆道："我让大家不要有以往的自由提问和高谈阔论，因欧阳江河坐的地方和我站的地方是进入或靠近教堂高坛的地方。我想尊重那圣洁的场合。我们用一个小时以德语和汉语做了简短介绍，大约五十人的听众静静地坐在那。对我个人来说这是我一生中最好的朗诵会，它有不可抗拒的魅力。"[①] 像

---

① ［德］顾彬著，林源译：《城堡、教堂、公共会馆：如何向外国传播中国文学》，《当代作家评论》2011 年第 5 期。

这样美好的中外文学交流故事还有不少。中国正在进一步扩大对外开放，中国与世界正在相互奔赴与热烈拥抱，"请进来""走出去"已经成为中外文学交流的常态。尤其是当下通讯的迅猛发展与网络的惊人发达，使得中外文学交流在网上得以及时展开；这不但突破了时空的阻隔，而且使中外交流的时效性大大提高。

四

选择什么样的中国现当代文学作品译介到海外，或者说，制约中国现当代文学名典海外译介的因素是什么？这些制约性因素左右着中国现当代文学在海外的译介与接受。我想，至少有以下五种。

第一，与海外中国学家的个人兴趣和文学趣味有关。据有关材料统计，日本最早翻译郁达夫的作品是《过去》，而不是他的代表作《沉沦》；在日本，郁达夫的小说被翻译、复译、收入作品集频率最高的是《过去》，其次是《春风沉醉的晚上》。首次把《过去》译成日文的大内隆雄说："对我来说，在郁达夫的作品里，最难忘的是《春风沉醉的晚上》和《过去》。最大的原因是因为自己翻译了这些作品，同时我自己也觉得是杰作。"① 冈崎俊夫曾公开表示，他最喜欢郁达夫的《春风沉醉的晚上》。他说："我对那主人公，在上海一个陋巷的卖垃圾的二层，被蜡烛照着呆呆看书的神经脆弱的他，喜欢得不得了。"② 大久保洋子说："日本作家小田岳夫编选的《现代支那文学杰作集》所收录的作品在一定程度上说明译者喜好的倾向。这部译文集除了他自己翻译的《过去》以外还收录：鲁迅的《孤独者》（佐藤春夫译）、郭沫若

---

① ［日］大内隆雄：《中国文学杂记——郁达夫の作品に就いて》，《书香》1931年5月第26号。
② ［日］冈崎俊夫：《粗陶器上的郁达夫》，《中国文学月报》1935年6月第4号。

的《喀尔美萝姑娘》(武田泰淳译)、落华生的《春桃》(松枝茂夫译)、沈从文的《灯》(松枝茂夫译)等。可见这些作品在风格上有一定的相通之处,他还在后记里向中国新文学初学者极力推荐这些作品。"① 当然,需要说明的是,除了个人的文学审美趣味左右着海外译者的选择外,外部环境的因素和作品本身的质量等也是海外译者考量的因素,比如,像《沉沦》那样带有鲜明中华民族情感的爱国主义作品在日本是不被看好的。

第二,与海外中国学家所属国家、民族和地区的历史命运有关。比如,中韩两国一衣带水,文化交往源远流长,原本同属汉文化圈,长期共享汉文化成果。进入现代以来,中国的东北与韩国都经受着日本法西斯的侵略和蹂躏,产生了相似的民族情感及其文学现象:中韩现代文学曾经一度都抒写在日本军国主义入侵下,大地的苦难、人民的悲剧、文化的积弱和生命的痛苦体验。所以,此期韩国中国学家就特别倾心于译介"东北作家群"的作品。又如,早在20世纪50年代中期,日本中国学家把《骆驼祥子》改编成名为《一个名叫骆驼的人》的广播剧,在东京电台广播,使祥子和小福子的名字家喻户晓。它的日译文学作品(同一作品被反复翻译)、剧本及广播剧在日本十分普及,甚至就连小饭店的老板都能谈小福子。最后如,日本人之所以喜欢观看《白毛女》,主要是因为日本底层民众对白毛女悲惨的遭遇感同身受。关于这一点,我在《贺敬之文学创作在海外的传播与接受》②一文中有较详细的论述,这里就不赘述了。

第三,与海外中国学家所属国家、民族和地区的意识形态有关。比如,当纽约雷诺与希区考克出版社把译介老舍小说纳入出版计划,在考虑选择译者时,之所以最终选定了伊文·金,是因为他曾经在中

---

① [日]大久保洋子:《郁达夫小说研究在日本》,《中国现代文学研究丛刊》2005年第5期。
② 杨四平:《贺敬之文学创作在海外的传播与接受》,《文艺理论与批评》2012年第4期。

国做过外交官,还写过《亚洲人的亚洲:日本人占领的手段》[1],对中国社会和文化比较了解。1945年,他翻译了《骆驼祥子》。1948年,他又翻译了《离婚》。在翻译中,伊文·金对老舍的这两篇小说都有不同程度的改写,如把《骆驼祥子》的结尾——祥子最终成了"个人主义的末路鬼"——改成祥子抱着奄奄一息的小福子冲进树林"自由了",祥子与小福子大团圆,"他们现在自由自在了"。伊文·金这样做的动机和目的是配合美国国务院邀请老舍访美的政治需求,彰显了强国对弱国惯有的文化霸权心态。在文化学派翻译理论家图里看来,"没有哪篇译文能跟原文完全一致,因为文化准则总会使原文文本结构发生迁移"[2]。虽然老舍很不满意伊文·金的改写,但是这样的译文客观上在美国产生了良好反响,广受欢迎,《骆驼祥子》因此成为当年美国的"每月一书"里的畅销书。这种情况表明,海外中国学家对中国现当代文学名典的"改写",既符合他们所属国家意识形态的政治需要,又能满足海外读者的个体需求,虽然有损于中文原作,但却在海外实现了双赢。又如,20世纪50年代初期,《四世同堂》成为日本人的必读书和进行反省的教科书。再如,《狼图腾》在海外出版时,出版商也打出了意识形态这张牌:在进行"作家生平简介"时,着力含沙射影地渲染作者经历与中国当代敏感历史里的"时间节点"之间的关联,迎合了某些西方国家读者的政治口味,销量特好。环视一下当今世界,凡是在中国大陆被禁止出版的或有争议的文学作品,在西方世界都会受到热捧,比如,卫慧的《上海宝贝》、阎连科的《为人民服务》和李晓的《门规》等。

第四,与海外中国学家所属国家的文化传统有关。比如,老舍一

---

[1] Evan King. *Asia for the Asiatics: The techniques of Japanese occupation*. Chicago: University of Chicago Press, 1945.

[2] 转引自廖七一编著:《当代西方翻译理论探索》,译林出版社2002年版,第69页。

再称赞但丁及其《神曲》使他懂得了肉体与灵魂的关系。老舍具有强烈的基督教情怀,他一生博爱舍己。这表明老舍笔下的市民意识和市民形象是走向世界的。如前所述,老舍作品多次在海外掀起热潮,仅在日本就形成四次。那么,为什么老舍的作品如此受到日本读者的喜爱呢?我想至少有以下五点原因:第一,中日有相通的文化,如日本有"猫文化""猫情结",夏目漱石写《我是猫》,老舍写《猫城记》等;第二,中日对小人物(庶民)的命运容易产生共鸣;第三,老舍文学与日本文学界有共同的西洋背景;第四,日本学者尤其是日本的中国学家更加看重老舍文学作品的艺术价值;第五,日本民众也痛恨法西斯。尤其是在21世纪,老舍作品被改编成各种剧作在海外热演,再次受到海外观众的青睐。2002年11月,京剧《骆驼祥子》在日本一共演出了7场,且场场爆满。2015年9月,原创歌剧《骆驼祥子》在意大利巡演,好评如潮。《茶馆》延续了20世纪80年代以来在海外热演的热度。① 2005年8月,《茶馆》在美国5座城市演出了16场。2018年10月,孟京辉执导的先锋戏剧《茶馆》在乌镇首演之后,便开启了欧美等地巡演之旅。又如,陆文夫因《美食家》赢得了"作家中的美食家"之美誉。《美食家》自1987年被译介到法国后,十分热销,仅在巴黎就销售十万余册,此后还年年加印,成为中国当代小说在法国最畅销的作品之一。之所以选译《美食家》进行翻译,是因为法国有着深厚的美食文化传统,法国人崇尚美食文化。译者之一陈丰在回忆当初选译它的动机时说:"凭直觉我觉得像中国人一样崇尚食文化的法国人最能体会书中的酸甜苦辣,便把《美食家》推荐给了那时刚成立而如今名扬欧洲的专门出版远东文学的法国比基埃出版社

---

① 1980年,《茶馆》赴西德、法国、瑞士的15座城市演出了50天,被誉为"东方舞台上的奇迹";1983年,《茶馆》在日本演出,好评如潮;1986年4月,《茶馆》在加拿大一共演出了12场;同年6月,《茶馆》在新加坡一共演出了6场;等等。

（Philippe Picquier），并和安妮·居里安女士合作把作品翻译成法文。法文版书名是《一位中国美食家的生活与激情》，为的是与19世纪法国著名美食家布里亚·萨瓦兰的名著《美食家的生活与激情》相呼应。"① 陆文夫多次被邀请到法国出席各种文学活动或美食节，每每受到法国各界的好评，同时，也促销了《美食家》，使之声名远扬。陈丰在回忆性散文《陆文夫先生和美食文化》里写道："2004年在法国波尔多市举行的一次介绍中国文学的活动中，一位中国厨师按照《美食家》中的菜谱炮制的一桌菜肴把活动推向高峰，与会者狼吞虎咽地吃光了菜，买光了展台上的《美食家》。"②

第五，与海外中国学家所属国家读者的审美习惯有关。如果说夏志清是20世纪在英语世界里传播张爱玲的第一人，那么李安就是通过拍摄影片《色·戒》获奖而成为21世纪在英语世界宣传张爱玲的第一人，随即，《纽约时报书评》把张爱玲的作品集列为"经典图书"。西方读者喜欢读苏童的小说，也与他们难以改变的审美习惯有关。由于受到电影《大红灯笼高高挂》的影响，在西方读者那里，苏童被绑定在"《大红灯笼高高挂》小说原本的作者"上面。尽管苏童小说题材多种多样，但是法国读者只喜欢他的新历史主义小说和"妇女系列"小说，如《妻妾成群》《红粉》《米》和《我的帝王生涯》等。而且，由于译者考虑到法语读者阅读欣赏的习惯，对它的结构和叙述方式都进行了改写：将原小说里没有加引号的对话全部加上引号；将多处对话结束处的句号改成感叹号；还把许多长段改成短段。为了促销，出版社还特意将巩俐的照片用作图书封面，同时，在封底赫然标明它是电影《大红灯笼高高挂》小说原著。对于此类在翻译中进行大幅度改写，就连《米》的法国译者诺埃尔·杜特莱也表示出不满。他说："在形式

---

① 陈丰：《陆文夫先生和美食文化》，《南方周末》2005年8月25日。
② 同上。

方面,苏童将对话融于叙述之中,没有使用引号将其明显地标示出来,有时会令人难以分辨这些话是出自对话还是人物的内心独白。英文版保留了这种手法,而遗憾的是法国出版社并没有这样做。"①

总之,海外翻译家和中国学家将何种中国现当代文学作品译介到国外,取决于他们自己的个人兴趣和文学趣味,他们各自所属国家、民族和地区的历史命运、意识形态、文化传统,以及那里读者的审美惯习。

五

人们常说的"欧美中国学界"或曰"西方中国学界"这样的学术共同体,其内部也是存在差异和分歧的。当夏志清的《中国现代小说史》出版后,一时颇获好评。芝加哥大学的大卫·洛埃的观点具有代表性。他认为,这是"专论中国现代小说的第一本严肃英文著述,更令人稀罕的,现有各国文字书写的此类研究中,也推此书为最佳"②。与美国中国学界的一片叫好声不同,欧洲中国学家却发出了抨击之声。1961年,普实克发表《中国现代文学史的根本问题》,就夏志清此书所表现出来的强烈的意识形态和冷战思维进行了严厉的批评。他说:"我素来反对以武断的偏执和无视人的尊严的态度进行学术讨论。"③ 他的意思是,尽管夏志清口口声声宣称,自己是以"优美作品之发现和评审"④来取舍经典作家作品,并进行科学的评说,但他这

---

① 转引自杭零、许钧:《对于苏童的小说,历史只是一件外衣——苏童小说在法国的翻译与接受》,《文汇报》2007年3月5日。
② 转引自[美]夏志清著,刘绍铭等译:《中国现代小说史》,复旦大学出版社2005年版,第11页。
③ [捷]雅罗斯拉夫·普实克:《中国现代文学史的根本问题》,李燕乔等译:《普实克中国现代文学论文集》,湖南文艺出版社1987年版,第211页。
④ 转引自[美]夏志清著,刘绍铭等译:《中国现代小说史》,第15页。

种所谓的新批评性质的客观标准,由于背后受到"反共"意识形态的政治驱动,而常常显得十分感情用事:但凡共产主义作家及其左翼作品都会遭到他强烈的批评与有意的冷落,而对当时中国大陆文学史中缺席的或者不那么重要的作家(如张爱玲和沈从文等),则给予异乎寻常的位置和高度的评价,似乎是故意与大陆意识形态唱反调,最终落得个"反共学者"的"骂名"。1963年,夏志清发表反批评文章《关于中国现代文学的"科学"研究:答普实克教授》予以回应。这就是海外中国学界众所周知的有名的"普夏之争"。海外中国学界向来认为,以普实克为代表的海外中国学左派战胜了以夏志清为代表的海外中国学右派。而在普实克的高足高利克看来,这是海外中国学家制造出来的"普实克神话"。其实,这是一场没有输赢的论争。后来,普夏还偶然会面,私下保持良好关系。高利克回忆说:"在他们的学术对话和偶尔见面时一直保持着友好态度。"①这是不是可以说,人类历史上有不少论争,不是从表面上看到的对与错之争,而是对与对之争。

普夏之争表明,因学术背景、立场、观点和现实要求等方面的差异,海外中国学家在译介和研究中国现当代文学名典时的视角和维度也不尽相同。

第一,史学维度。海外中国学家普遍比较重视中国现当代文学资料的搜集、整理和汇编,以稳固其研究根基,如伊藤虎丸等编辑了《创造社资料汇编》。他们也看重实证性的索引考据,如北冈正子撰写了《摩罗诗力说材料来源考订》。他们又不只是满足于单一的资料考订,而是在丰赡史料的基础上,用火热的史心,形成科学的史识和史观,体现汇通文史的学术抱负和思想修为,比如,受费正清和史华

---

① Marian Galik. "Jaroslav Prusek: A myth and reality as seen by his pupil." *Asian and African Studies*, No. 7, 1998, pp. 151–161.

慈等前辈的影响，李欧梵对中国现当代文学进行了像《上海摩登》那样卓越的文史兼备的学术研究。

第二，思想维度。以美国的中国现当代文学研究为例，从夏志清到李欧梵，再到王德威，似乎可以勾勒出它发展的三个学术思想基点。他们都主张以"日常生活叙事"消解"五四叙事"和"左翼叙事"（其实，它们之间并不总是处于剑拔弩张之中，它们之间有交互纠缠之关联），尤其是王德威主张的"晚清现代性"产生了持续的影响，如他的《历史与怪兽：历史、暴力和叙事》着重阐释了历史、暴力与叙事之间的关系，把现代性与"怪兽性"勾连起来。他认为，相对于历史叙事，文学虚构更能道明中国现代史的晦暗与不明。此乃他所说的"史学正义"与"诗学正义"之辩证。[①]美国的中国现当代文学研究专家们对"现代性"的阐发，打通了晚清与"五四"，把中国现当代文学向前拓展到晚清乃至晚明，重新厘定了中国现当代文学经典之格局，创新了中国现当代文学史的述史范式，出现了晚清叙事、启蒙叙事和新左派叙事三足鼎立的中国现当代文学史的史述流向。

第三，哲学维度。海外中国学界，尤其是欧美中国学界把主体性、民族国家、公共空间、本体论等哲学视点引入中国现当代文学研究领域，促使海外中国现当代文学研究向纵深掘进。比如，在《抒情与史诗——现代中国文学论集》中，普实克对鲁迅小说的抒情性与史诗性进行了那个时代最高水平的学术研究，认为主体性与抒情性的熨帖结合是鲁迅对中国现当代小说所做出的巨大贡献。[②]当然，东亚中国学界也不乏从哲学层面研讨中国现当代文学的成果，比如，韩国中国学家李福熙在《论萧红小说的悲剧意识》中说："萧红小说的历史性

---

① [美]王德威：《历史与怪兽：历史、暴力和叙事》，台北麦田出版社2004年版。
② [捷]普实克著，李欧梵编，郭建玲译：《抒情与史诗——现代中国文学论集》，上海三联书店2010年版。

考察，在哲学的意义上确认了萧红小说悲剧意识，在形式的层面上分析了萧红小说中的悲剧意象"；"萧红所体验到的悲剧已远远超出了像阶级压迫、社会不公、封建礼教、红尘等层次，而是作为存在本体的生命悲剧"；"正是这种生命意识，使得她的作品打通了生与死的界线和人与动物的界线，使她的悲剧精神表现出十分罕见的广度和深度"。①无疑，这已把萧红小说的悲剧意识置于存在主义的哲学范畴加以深究。

第四，美学维度。在这方面，美国中国现当代文学研究专家们已然形成了特色独具的"学术传统"，比如，夏志清的"优美美学"，李欧梵的"浪漫美学"和"颓废美学"，王德威的"怪诞美学"和"抒情美学"。正如有的学者指出的那样，"美国汉学界的诸位相关学者基于美学视域对于中国现当代小说予以了独到而深入的考察。其中，夏志清、李欧梵与王德威等批评家的相应小说批评实践展现出从优美美学、浪漫美学、颓废美学、怪诞美学到抒情美学的审美范式与标准的转向，不仅从不同视角印证了当代西方美学的发展轨迹，而且从不同层面揭示了其所涉及的小说文本的诸种美学特质"②。海外中国学家的这些深入研究对中国大陆的中国现当代文学的美学研究确实具有很大的启发性，影响比较深广。

第五，跨文化维度。有的海外中国学家用比较文学的研究方法研究中国现当代文学，如松山久雄的《鲁迅与漱石》。有的海外中国现当代文学研究属于地域文化研究，如李欧梵的《上海摩登》，运用文化研究和现代性视点对"上海文化"和"海派文学"进行宏观而新颖的研究；又如史书美的《现代的诱惑》，以现代中国"半殖民主义"的文

---

① [韩]李福熙：《论萧红小说的悲剧意识》，《中国现代文学研究丛刊》1998年第3期。
② 胡燕春、徐昭晖、马宇飞：《论美国汉学界的中国现当代小说研究的美学视域——以夏志清、李欧梵与王德威为例》，《兰州学刊》2011年第11期。

化政治及实践为理论研究对象,从全球性和地区性的双重视野研究京派与海派,勾画出了中国、日本与西方现代主义交叉之处,以及中国现代主义的跨国路线图。有的海外中国现当代文学研究属于性别文化研究,如周蕾的《妇女与中国现代性》,从电影影像、大众文化、主流文学及心理学等多种角度,深入剖析女性主义理论的洞见和不见,同时,检讨了在中国现代化进程中,女性主体的建构与反挫;又如刘剑梅的《革命与情爱》,从社会和历史的角度考察了革命与情爱之间的互动,认为这一经典主题的重述是不断变化着的文化存在,革命话语的变化促成了文学对性别角色和权力关系的再现,而女性身体又突显了政治表现与性别角色之间的复杂纠缠。

第六,原型批评视角。比如,因为茅盾1929年底写过《北欧神话 ABC》,高利克就把"北欧神话"与《子夜》的创作过程联系起来进行比较研究。高利克说:"从《北欧神话》中借来的悲剧和庄严的要素贯穿了整个小说:'众神末日'的母题渗透了整个情节,实际上相当促进了小说情节的发展,只是在最后时刻,'夜、黎明和白昼'的母题参加进来,占据了主要地位,以缓和夕阳的沉重和朦胧。"[1]他乃至认为,茅盾由起初取名《夕阳》到最后定名《子夜》,除了时代精神、现实因素和作家信念之外,北欧神话中的"夜之子"的典故也是茅盾的一个重要考量。[2]如此视野新颖的原型阐释,无疑有助于深化人们对《子夜》文化内涵的理解和认识。

第七,传记维度。比如,柳亚子之子柳无忌20世纪70年代在印第安纳大学教授传记文学课时,33岁的葛浩文投奔到他的门下,以"萧红评传"为博士学位论文选题,攻读博士学位,1974年,葛浩文

---

[1] [捷]马立安·高利克著,伍晓明等译:《中西文学关系的里程碑》,北京大学出版社1990年版,第125页。

[2] 同上,第126页。

依此顺利获取博士学位。两年后，美国杜尼公司出版了英文版的《萧红评传》。这是海外第一本从传记角度研究萧红并用英文出版的"萧红传"。由此，英语世界的萧红研究展开了深度研究的旅程。此后，美国的中国现代作家传记研究不断结出硕果，如金介甫的《沈从文传记》、胡志德的《钱锺书》、梅仪慈的《丁玲的小说》等。

第八，文学本体维度。这属于文学的"内部研究"，有利于对中国现当代文学进行深层互释，如李欧梵在《中国现代作家的浪漫一代》中，比较了《八月的乡村》中的铁鹰队长与法捷耶夫《毁灭》中的莱奋生之间的异同，用的是所谓的"文本交易"方法考察中外文学之间的"互文"关联。这种对中国现当代文学本体进行文本细读，在夏志清的《中国现代小说史》里也随处可见。

当然，有不少译介和研究是以上多种维度和视角同时并用。美国著名左翼学者、中国学家詹明信在研究中国现当代文学时，将意识形态分析、思想文化分析与艺术形式分析统合起来，体现了海外学院派的高水准。他的《处于跨国资本主义时代中的第三世界文学》把鲁迅作品视为第三世界文学的典范。他既从力比多和寓言结构维度切入《狂人日记》和《阿Q正传》内部，又以之为参考体系，反思和批判西方第一世界文学及其西方知识分子的困境。他认为，在西方的现实主义文学和现代主义文学、诗学与政治、公与私之间存在严重的分裂，而在第三世界文学那里，这种分裂被共同的民族意识所弥合。[1] 可以说这种研究是"视域融合"的学术典范。毋庸讳言，海外的中国现当代文学研究也的确存在"史学想象"与"过度阐释"之弊端。就像中国大陆学界有人曾经提出的警觉那样，要警惕海外中国现当代文学研究因脱离中国的历史文化背景和现实生活语境而导致的"空心化""空洞化"。

---

[1] [美]詹明信：《处于跨国资本主义时代中的第三世界文学》，张旭东编，陈清侨等译：《晚期资本主义的文化逻辑》，生活·读书·新知三联书店1997年版。

六

与通常意义上的传教士、留学生、作家（当然他们中的有些人本身就是汉学家、中国学家）、记者和外交官译介与研究中国现当代文学相比，海外中国学家的中国现当代文学译介与研究表现出如下几个方面的特点：第一，选题对象的名典性。一般而言，必须是现当代中国经典作家作品才能进入海外中国学家的法眼，因此，鲁迅、胡适、郭沫若、茅盾、郁达夫、萧红、沈从文、丁玲、张爱玲、老舍、赵树理、王蒙、张洁、北岛、莫言、苏童、余华、残雪等就成为中国学家之首选。第二，研究视角的多样性，如我们前面讲到的史学视角、哲学视角、思想视角、美学视角、跨文化视角、传记视角和文本视角等。第三，译介和研究的系统性和学理性。有的海外中国学家长期研究某一位中国作家或者以研究某一位中国作家为主，如竹内好就有"竹内鲁迅"之称，葛浩文以研究萧红见长，梅仪慈是丁玲研究专家等。有的海外中国学家主要研究某一中国现当代文学的专题并在该领域取得了卓越成就，如王德威对晚清小说的研究，张英进对中国现当代文学中文学与电影关系的研究，刘剑梅对革命加恋爱这一重大主题的重新阐发等。第四，研究成果的代表性和经典性。海外中国学家并非因为他们选择的中国现当代文学名家名典而出名，而是因为他们的研究成果而名世。像夏志清的《中国现代小说史》、普实克的《抒情与史诗——现代中国文学论集》、高利克的《中西文学关系的里程碑》、李欧梵的《中国现代作家的浪漫一代》和《上海摩登——一种新都市文化在中国1930—1945》、王德威的《被压抑的现代性——晚清小说新论》、周蕾的《妇女与中国现代性：西方与东方之间的阅读政治》、刘禾的《跨语际实践：文学，民族文化与被译介的现代性（中国，1900—1937）》、奚密的《现代汉诗——1917年以来的理论与实践》等都是蜚声海内外的海外中国现当代文学研究的标杆性著作，而且对中国大陆文学史的"重写"以及研究方式、方法、视角、选题、观念和范式都产生了深刻影响,宛如一股股强劲的学术冲击波,震荡了整个中国现当代文学研究界。

海外中国学界译介与研究中国现当代文学的价值和意义,除了向世界翻译、介绍和传播中国现当代文学,让外国人了解现当代中国及其文学外,还使中国现当代文学在特定年代在中国大陆受挫的危情下,在海外却能保持一定的历史延续性,如20世纪60—70年代,大陆对郁达夫的研究几乎是一片空白,但海外中国学家却一如既往地研究他。这一点,我们不难从《郁达夫研究资料索引(1915—2005)》[①]中见出。另外,需要指出的是,尽管当年歌德提出"世界文学"的视域与他"发现"中国文学有关,尽管陈季同在19世纪末就提出了要把中国重要作品全都翻译出去的愿景,并在世界文坛上不断发出中国文学的声音,尽管中国书写真切地影响了世界"中国观"的形成,尽管中国文学经验在全球化语境中最终赢得了"诺贝尔文学奖"的认同,但是,中国现当代文学在海外的影响远不及欧美文学、日本文学、俄罗斯文学、美洲文学,甚至不及印度文学,而且也不及中国古代文学。质言之,在中外文学交易中,我们的输入远远大于输出,"文学赤字"十分严重!面对如此令人扼腕的事实,我们也不必自暴自弃。毕竟,海外中国学家对中国现当代文学的翻译、传播与研究,经过时间的长期淬炼后,有一些作家作品最终还是能消弭现当代中国与目的语国家、民族和地区之间文化传统的差异、国家价值观的分歧、意识形态的壁垒、"字思维"与"词思维"之间的沟壑、文学历史观念和审美趣味之间的不同,对目的语国家的主流文学系统产生了不可小觑的影响。当然,也有人,特别是国内某些学者排斥海外中国学家及其研

---

① 参见李杭春等主编:《郁达夫研究资料索引(1915—2005)》,浙江大学出版社2006年版。

究成果，认为他们译介和研究中国现当代文学仅仅是因为他们在受到本国主流学术界排挤后的无奈选择，还说他们传播了中华文明的同时也损害了中华文明。残雪等人对之很是激愤，认为这种自闭式的观点是过去自大的"天朝中心"的当代翻版①，在全球化进程中是逆历史潮流而动的，终会成为历史的笑柄。

第四节
文学输出与意识形态的国家管控

　　文学是一种特殊的意识形态，即审美意识形态。文学既有审美特性，又有社会生活因素和其他意识形态特性。从目的、方式和态度三个方面来看，在文学审美意识形态中，功利性与非功利性、形象性与理性、情感性与认识性彼此渗透融汇。自晚清以降，文学被视为启蒙、革命、抗战、建设、改革和发展的利器。也就是说，中国现当代文学被委以建设现代民族国家的重任。文学被高度意识形态化。而这种高度意识形态化的中国现当代文学，出于建设现代民族国家的需要，常常被组织化、政治化和社会化，也常常被纳入国家对内对外宣传进行管控的"口子"。在诸多公共空间里，文学这种特殊话语既表现为一种知识，也表现为一种权力。用福柯的话来讲，话语、知识和权力之间彼此建构，彼此支配。谁掌握了文学这种"话语实践"，谁就主导了社会舆论，谁就能使之为我所用。现当代中国在这方面一直抓得很紧，从20世纪30年代以来的左翼文学力量，到新中国成立以

---

① 转引自赵晋华：《中国当代文学在国外》，《中华读书报》1998年11月11日。

后发展起来的极左力量，一直到"文化大革命"把文学当作国家政治生活的中心工作，将文学提升到关乎国家兴亡的地位与高度。这给文学带来了巨大影响，发挥了管控舆论和引导舆论的作用。粉碎"四人帮"后，尽管党和国家努力给文学解套、松绑，渐渐以商品意识形态去冲淡此前愈演愈烈的政治意识形态，让文学经受市场的考验；尽管中国现当代文学的输出并非全都受到了国家意识形态的操控，有时也出现"逸出"的现象，表现为具有共谋色彩或批判角色的非官方意识形态的精英知识分子对中华文化和中华民族身份的认同，以此来回应西方的压力，缓解可能被世界文学边缘化的焦虑；但是文学领域里的"国家干预"并没有淡出，而是变换了形式，有所为、有所不为地进行管控和治理，进而达到高扬主旋律的目的。

所谓文学对外输出的国家管控，是指国家对那些有利于宣传本国主流意识形态、主导价值观和正面国家形象的文学，有计划、有组织地进行输出前、输出中和输出后的全方位的有力监控、取舍和评价。国家有许多相关的政府组织和民间智库，有一系列与之配套的制度措施，有多种输出通道，有由官员、专业人士和亲政府的外籍专家，以及媒体人员组成的精英团队。美国好莱坞大片、日本卡通和漫画、韩国歌曲和电视剧，在文化输出及其国家管控方面是人们津津乐道的成功范例。它们在给全世界提供消费娱乐的同时，巧妙地宣传了他们的生活方式、自由的价值观和美式民主的国家意识，以及强大的国家形象。

当然，意识形态国家掌控的前提是民族国家的统一。换句话说，一个四分五裂的、内忧外患的国家来谈意识形态的国家管控显然是不切合实际的。新中国成立前，中国先是被半殖民化，接着是军阀混战，然后是日本侵略，最后是国共内战。那时，我们国家基本上没有什么国家掌控层面的文学的对外输出，反倒是西方传教士和日本侵略者带着他们"文化殖民"的目的来中国传播他们的宗教和他们的意识形态。好在中华文明具有极强的吸附性、归化性和主体性，使得这些外来的文化殖民和文化同化的企图以失败告终，就像当年罗马人虽然用武力征服了希腊，但在文化上罗马文化反而被希腊文化征服了那样。

文学输出的意识形态的国家管控，不只是中国在管控自己的文学输出，输入国也在管控中国文学在他们各自国家的传播与接受。也就是说，中国现当代文学海外传播遭遇到了作为"输出国"的中国和作为"输入国"的目的地国家的双重操控——一出一进的管控。只有经受了国内国外双重操控的考验，中国现当代文学海外传播才能顺利进行。比如，从韩国中国学家朴宰雨的《韩中现代文学交流史考》里，我们知道："二战"前，由于中韩两国共同经历了被日本法西斯侵略的梦魇，两国现代文学的流播顺畅；战后，由于意识形态的分野，随着两国断交，除了民间形式的间或沟通外，两国之间的文化交流几乎中断；直到1992年两国恢复邦交正常化，中韩文学交流才重新回到正常的轨道上来。

新中国成立前，虽然没有中国现代文学在国家操控下输出到国外去，但是一些国家的中国学家自愿地做了一些译介工作。当然，这种跨文化、跨语际的文学交流常常受到两国关系或国际关系的影响。有些中国学家会随着国际政治形势的变化而改变他们此前对中国作家作品的看法。20世纪20年代末期，在苏联和日本左翼思潮的影响下，不但中国国内的激进力量否定以鲁迅和茅盾为代表的五四文学，贬之为"封建余孽"，而且鲁迅在苏联的传播与接受也走向负面。苏联是海外最早译介鲁迅作品的国家。1925年4月17日，时任国民军第二军苏联顾问团翻译的中国学家瓦西里耶夫（即王希礼）用中文写信给曹靖华，希望他把自己引荐给鲁迅，以获得翻译《阿Q正传》的许可；5月，鲁迅为其撰写了《俄文译本〈阿Q正传〉序及其著者自叙传略》。到1929年，以《阿Q正传》为集名、包括8篇小说的鲁迅小说集才由列宁格勒激浪出版社出版。瓦西里耶夫的这封信当年在中国报刊发表时取名为《一个俄国的中国文学研究者对于〈呐喊〉的观察》。据说这封信是苏联最早评价鲁迅的文字。此时的瓦西里耶夫高度赞扬鲁迅："他的取材——事实都很平常，都是从前的作家所不注意的，待到他描写出来，却十分深刻生动，一个个人物的个性都活跃在纸上了！他写的又非常诙谐，可是那般痛的热泪，已经在那纸的背后透过来了！他不只是一个中国的作家，他是一个世界的作家！"[1]但是，到了1932年，瓦西里耶夫的这种"文本文艺观"被当时苏联盛行的"阶级文艺观"所取代，致使他对鲁迅的评价前后判若两人。他说："鲁迅爱怜地塑造了属于小资产阶级的乞丐典型，可是同情的笑声使人们不能看到他们生存的困境，使人们忽视他们的局限性"，"鲁迅既没有把握住工业资本家的精神病苦，也没有把握住无产阶级的心理"。[2]他嫌鲁迅冷静客观的写作不够激进。他嫌鲁迅落后于时代。到了20世纪30年代中后期，苏联对鲁迅的评价又回到了常态。"二战"后，美苏冷战开始，两国为了争夺中国，发动了针锋相对的文化对抗和文化竞争攻势：1945年，郭沫若、丁西林和茅盾应邀访问苏联并参加苏联科学院220周年纪念大会；美国不甘落后，于1946年，由国务院邀请在他们看来与中国共产党若即若离的老舍和曹禺到美国讲学一年；同年底，茅盾夫妇又应苏联对外文化协会邀请访苏……这种文化上的"拉锯战"历时半个世纪。

新中国成立后，西方所谓的"毛时代"开始了。新中国开始了"一体化"进程。为了把中外文化交流置于党和国家的领导下，国家专门成立中央外事小组和中国外文局，确定了"既要以我为主，又

---

[1] ［俄］瓦西里耶夫：《一个俄国的中国文学研究者对于〈呐喊〉的观察》，《京报副刊·民众文艺》1925年6月16日。
[2] 转引自［美］查尔斯·艾尔勃：《苏联的鲁迅研究概述》，贾植芳主编，顾放勋、梁永安译：《中国现代文学的主潮》，复旦大学出版社1990年版，第208—209页。

要考虑读者接受水平"的方针,后来将其简化为"以我为主,兼顾读者"①,突出了在中外文学交流中的"国家主体性诉求"。按照新中国的文艺政策及主流意识形态,把作家、作品、题材和文体分为不同的优劣等级,其中,工农兵文学独占鳌头,成为符合"十七年"意识形态的宠儿。据现有资料统计,战争题材、农村题材和工业题材作品的译介占到了中国当代文学译介的76%②,其他是中国现代文学作品和中国古典文学作品的译介。这些作品先是组织人员翻译,然后通过官方刊物发表,最后再对外发行。为此,1951年10月,由中国外文局创办《中国文学》杂志外文版,正式揭开了中国文学对外输出国家控制的序幕。据当事人回忆说:"1950年,新中国诞生不久,有些外国朋友想了解中国20世纪40年代初至新中国成立这10年间的文学。那时,赵树理、李季、丁玲等作家反映新中国新的社会面貌、新的人物的作品,确实很少为外国读者所知晓。在时任对外文化联络事务局局长洪深的热心倡议下,在文化部副部长周扬的支持下,1950年,由刚刚从英国回来的作家叶君健负责筹备、创办英文版《中国文学》杂志,以从事对外文化交流。1951年,《中国文学》英文版创刊,1964年,法文版问世。"③从一开始,杨宪益、英籍专家戴乃迭、美国专家沙博理参与了《中国文学》的英译工作。1951年10月出版《中国文学》第一辑,发表了《新儿女英雄传》(沙博理译)和《王贵与李香香》(杨宪益、戴乃迭译)。1952年出一辑,发表了杨宪益、戴乃迭夫妇合译的《阿Q正传》。1953年,《中国文学》出版了两辑,其中有由戴乃迭翻译的《太阳照在桑干河上》。1954年丛刊改为季刊,虽然茅盾担任主编,叶君健任副主编,但后者实际上扮演了主编角色,审定

---

① 罗俊:《回顾四十年中的十五年》,中国外文局五十年回忆录编辑部:《中国外文局五十年回忆录(1949—1999)》,新星出版社1999年版,第68页。
② 于爽:《汉籍小说在当代的译介(1950—1978)》,《语文学刊》2008年第12期。
③ 徐慎贵:《〈中国文学〉对外传播的历史贡献》,《对外大传播》2007年第8期。

中文和英文,一直持续到"文革"开始。也就是说,从新中国成立到"文革",中国已经建立起了主流意识形态控制下的文学对外译介的体制和机制。

与我们主动"送出去"工农兵文学不同的是,以"毛时代"文学为例,欧美国家感兴趣的是一些在他们看来有异议的作家作品,并把它们视为了解中国当代社会发展的文献情报资料。西方有相当一部分中国学家把兴趣投放到一些老作家新中国成立前后身份的变化以及作品题材和主题的更换上。施友忠的《狂热者与逃避者:老一代作家》把巴金说成是"热情歌颂新时代的喧嚣的、狂热的宣传家之一"[1],把沈从文说成是新政权的"逃避者"。在《茅盾:一个批评家》里,他把茅盾说成是"教条的马列主义毛泽东文艺思想的代言人"[2]。又如,谷梅在《共产主义中国异己文学》里说,艾青新中国成立后"投诚"了,何其芳成了"政党文学路线的代言人以及组织工作活跃的领导人"[3];同时,她注意到艾青、何其芳表面上仿佛归顺了新政权,内心却没有完全失去知识分子的反抗精神,着力渲染他们身上这种内外之间的"矛盾"和痛苦,从而给人造成一种新政权压迫知识分子作家的强烈印象,在给予这些作家同情的同时,也向西方国家传递出了新中国的负面影响,无形之中加剧了中西意识形态之间的对立、对抗。1963年,针对1961年夏志清出版的《中国现代小说史》,旅美的中国学家夏志清和捷克的中国学家普实克在法国汉学杂志《通报》(*T'oung Pao*)上分别发表火药味较浓的论战文章,史称"普夏之争"。美国《中国现代文学通讯》主编迈克尔·戈茨在《西方中国现代文学研究的进展》

---

[1] Vincent Y. C. Shih. "Enthusiast and Escapist: Writers of the Older Generation." *The China Quarterly*, No. 13, 1963, p. 92–107.

[2] Vincent Y. C. Shih. "Mao Tun: The Critic (Part I)." *The China Quarterly*, No. 19, 1964, p. 85.

[3] Merle Goldman. *Literary Dissent in Communist China*. Cambridge, Mass: Harvard University Press, 1967, p. 248.

一文里,把西方的中国现当代文学研究的学者划分为"反共研究流派""布拉克学派"和"自由主义研究流派"("社会学派"和"文学批评学派")。他把普实克划入"布拉克学派",说其思想是"马克思主义和人道主义的混合物",因为普实克主张中国现当代文学是"抒情性"和"史诗性"的辩证。同时,他把夏志清划入"反共研究流派"。的确,在夏志清的"小说史"中,凡是共产党作家、左翼作家,都遭到了贬低性批评,而对自由派作家如张爱玲、沈从文等则一律给予"拔高"式的赞扬,乃至把张爱玲说成是比鲁迅还重要的作家,仿佛前者比后者更"感时忧国"。[1]夏志清对郭沫若的评价常常被人作为恶意反共的证据被提及。在还未展开对郭沫若作品进行具体分析前,夏志清就先入为主地下结论说:"他的译作是否可靠,译文是否可读,大有研究余地。他对古代中国的研究无价值,也有问题。至于文名所系的创作,实在说来,也不过尔尔","民国以来所有公论头号作家之间,郭沫若作品传世的希望最微"。[2]显然,夏志清所说的郭沫若浪得虚名与实际情况不符。但是,与之形成映衬的是,在谈到张爱玲时,夏志清一上来就对张爱玲1955年在美国出版的具有反共性质的政治小说《秧歌》评价极高,称"张爱玲该是今日中国最优秀最重要的作家","《秧歌》在中国小说史上已经是本不朽之作"。[3]其实,张爱玲那时正在麦卡锡执掌的美国中情局新闻处任职,并接受其资助。她借写《秧歌》向美国政府表忠心的意图和努力是显而易见的。同她的经历类似的是,那时的夏志清也接受了有美国政府背景的洛克菲勒基金资助,作为美国政府的民间智囊,开展中国研究,让美国政府了解中国,为的是更有效地控制中国,明显有为美国政府效力的"御用"之嫌。所

---

[1] [美]迈克尔·戈茨:《西方中国现代文学研究的进展》,《近代中国》1976年7月号。
[2] [美]夏志清著,刘绍铭等译:《中国现代小说史》,第70页。
[3] 同上,第254页。

以，夏志清站在美国政府反共的立场"棒杀"左翼作家、共产党作家作品就是"情理"之中的事情了。当然，我们也不能完全以意识形态的评判标准抹杀夏志清对中国现当代文学研究的历史贡献。毕竟他还是欧美中国现当代文学研究的拓荒者，他的那本《中国现代小说史》毕竟还是欧美中国现当代文学研究的开山作；同时，我们也不能因为张爱玲后期写了反共小说《秧歌》就否定她前期的文学成就。换句话说，我们不能因噎废食，不能把孩子和脏水"和盘"泼出去！

虽然苏联的情况稍微好些，但是这也并不等于说他们就全盘接纳了中国当代文学作品，有些中国当代作家的某些作品在他们看来就因"不够激进"而受到批评。比如，丁玲1949年出版了《太阳照在桑干河上》，1951年摘取社会主义阵营里的最高文学奖"斯大林奖金"。那时，人们把诺贝尔文学奖视为资本主义阵营里的最高文学奖。社会主义国家的作家不屑于获诺奖，乃至以获诺奖为耻，而以获得斯大林奖金为无上荣耀。就是这样一部获奖作品也因"苏俄版的后记招致了积极意识缺乏的指责"，因为丁玲在描写土改时经常把它写得十分复杂，就像后来德国的中国学家顾彬阐释的那样，"农民其实更愿意把移交到他们手里的土地归还给原来的主人，而不是自己利用。共产党人不是图画书上的共产党人，他们有他们的人性弱点，经常是自吹自擂的牛皮大王，从纯粹机会主义出发来从事党务的也不乏其人"[①]。

此外，中东、非洲和拉丁美洲也出版了少量的中国当代文学作品。比如，在叙利亚，大马士革出版社经理多次访问过中国，组织翻译家把《青春之歌》《林海雪原》等翻译成阿拉伯文，并把这些中国图书发行到沙特、卡塔尔、科威特、阿联酋等国家和地区。又如，在拉美地区，乌拉圭共产党人创办的人民联合出版社就曾经翻译出版过西班牙文的《在延安文艺座谈会上的讲话》和《李有才板话》，还翻译出

---

① ［德］顾彬著，范劲等译：《二十世纪中国文学史》，第196页。

版了《春蚕集》等。那时，我们国家的对外宣传战略目标就是要把体现毛泽东思想和反映中国革命胜利经验的作品输送给世界上所有被压迫的民族、国家和人民。

到了"文革"时期，极左意识形态高度一致，国家对文学的向外输出与向内引进控制极其严格，除了政策明文规定外，具体体现在挑选作家及篇目，撰写前言、后记和导读，删节、改写、集体翻译等环节上。此期的中国现当代文学对外译介几乎成了"四人帮"在国内外进行政治斗争的工具，严重偏离了正常的文学轨道。

有学者指出："'文革'期间，中国的对外文学翻译虽然受到严重影响，但依然以一定的规模存在，成为当时文化输出的重要手段，也是对外政治宣传的重要形式。伴随着外国文学翻译所出现的低谷，这段时间也成为近代以来中外双向文学传递中'逆差'较小的一个阶段，中国译者在文学作品的'拿来'和'送出'方面达到了相对比较平衡的局面，在'文革'前期甚至出现了短期的'出超'。这是中国文学翻译史上一个颇为独特的现象。"[1] 从1966年5月到1971年11月，没有一部外国文学译作在大陆出版。纵观"文革"期间，中国向海外传播的只是批判"苏修文艺"的文章、毛泽东诗词以及少数的革命文学，包括样板戏。与其说是文学输出，不如说是革命意识形态输出。在此期间，特别是1969年3月，苏联一边攻击我国搞所谓的"军事官僚专政"，一边发动了侵略我国珍宝岛的战争。对此，毛泽东回击苏联是在搞"非斯大林运动"，是搞什么物质刺激，利润挂帅，不提倡无产阶级政治挂帅，并在全国范围内发起了批判赫鲁晓夫和那些被视为"外国修正主义文艺的中心"的"苏修文艺"，因而，肖洛霍夫、西蒙诺夫、爱伦堡、特瓦尔多夫斯基和《静静的顿河》《一个人的遭遇》

---

[1] 马士奎：《文学输出和意识形态输出——"文革"时期毛泽东诗词的对外翻译》，《中国翻译》2006年第6期。

《被开垦的处女地》《人·岁月·生活》以及人道主义、人性论和"活命哲学"等受到公开点名批判[①]，且不准阅读、效尤。与此同时，林彪先后借苏联十月革命 50 周年和缅共中央政治局决议，借题发挥，把毛泽东说成是"世界无产阶级的领袖"，把中国看成是世界无产阶级革命的中心。因此，除了组织翻译、出版和输出外文版的《毛泽东选集》外，还紧锣密鼓地组织翻译《毛泽东诗词》。其实，早在 1958 年，毛泽东诗词就被译成英文，发表在英文版《中国文学》上，同年，外文出版社出版了英文版的《毛泽东诗词十九首》。为了统一和规范毛泽东诗词的外译，中央决定将毛泽东诗词外译的民间个体的学术行为升格为官方集体的政治行为。因此，1960 年，"毛泽东诗词"英文版"定稿组"成立，袁水拍任组长，严把政治关，乔冠华负责与毛泽东沟通，钱锺书和叶君健负责翻译，赵朴初负责对原作润色，英文专家苏尔·艾德勒负责对译文润色。为了确保翻译的准确性、艺术性和有效性，不仅毛泽东亲自过问，答疑解难，而且定稿组还多次向高校师生征求对译稿的意见，乃至还给远在美国的记者安娜·路易斯·斯特朗写信征求意见和建议。难怪有人说，当年翻译《毛泽东诗词》那架势、那场面有点像汉唐时期翻译佛经的"译场"，只不过是微缩的、当代版的"译场"。由于"文革"的原因，《毛泽东诗词》(*Mao Tse-tung Poems*)英文版迟至 1976 年 5 月由外文出版社隆重出版，其他语种如日语、俄语、荷兰语、朝鲜语、阿拉伯语、印地语、印尼语、世界语的翻译均以此为蓝本。"毛泽东诗词"本身既是文学文本，又是政治文本，是高度意识形态化的文本，完美地体现了我在前面所说的那种"审美意识形态"。对此，顾彬的分析比较到位。他说，毛泽东诗词在形式上似乎不合时宜，但其后含有深刻的纲领：披上中式外衣，树立一种体现中国传统形式的美学范例，抵制国际上的现代派，服从于

[①] 师红游：《揭穿肖洛霍夫的反革命真面目》，《人民日报》1967 年 10 月 22 日。

国家意识形态的需要。① 与之相应地，译介毛泽东诗词的工作就不仅是一种专业性极强的文学翻译工作，而且也是一项意义非凡的外宣工作。"毛诗翻译受重视程度之高，翻译过程持续时间之长，参与人员之复杂，规格之高，译入语种之多，总印数之大，在世界诗歌史和文学翻译史上是罕见的。"② 总之，《毛泽东诗词》的翻译堪与古代佛经的翻译、《圣经》的翻译、新中国马列著作的翻译和《毛泽东选集》的翻译媲美。1970 年，翻译家许渊冲接受"劳动改造"期间，因偷偷摸摸地用英法两种语言翻译毛泽东诗词被"造反派"发现后抽打了 100 鞭子。这表明，毛泽东诗词在特定历史时期是不允许个人私下翻译的，更不允许所谓的"走资派"染指。毛泽东诗词的海外接受对象主要是中东、非洲、拉丁美洲以及欧美大陆和英语国家的各国共产党和左派团体等。

除了毛泽东诗词的对外译介外，样板戏也走出了国门。拿《白毛女》为例，1972 年 7 月 10 日，上海芭蕾舞剧团在日本演出《白毛女》一个月，9 月 25 日日本首相田中角荣正式访华，实现了中日邦交正常化，史称"芭蕾外交"。1976 年 9 月 28 日，受时任奥地利外长，后任总统的基希施莱格之邀请，中央芭蕾舞团派出 120 多人的庞大队伍，前往奥地利演出《白毛女》。张春桥在团队出发前接见全体成员并进行了政治训话。③《白毛女》的演出在奥地利这个老牌的资本主义国家刮起了一股"红色的旋风"。

改革开放以来，特别是苏联解体与冷战结束，由此前的政治挂帅，渐渐过渡到由政治意识形态与商品意识形态联合发力。在经济强国的前提下，中国推行文化强国和文化"走出去"的国家方略，加

---

① ［德］顾彬著，范劲等译：《二十世纪中国文学史》，第 282 页。
② 马士奎：《文学输出和意识形态输出——"文革"时期毛泽东诗词的对外翻译》，《中国翻译》2006 年第 6 期。
③ 俞建章：《红色芭蕾舞国外演出忆往》，《文史精华》2007 年第 3 期。

上中国加大改善同世界各国的外交力度,以和平崛起和参与世界事务的姿态出现在国际舞台上,致使西方国家慢慢改变对中国的看法。也就是说,西方的东方主义和东方的西方主义有了和解的意向。詹明信说:"我们蔑视那种相互对立的关系"[1],"任何世界文学的概念都必须特别注重第三世界文学"[2],那种认为第三世界文学"过时了"的观点是非常狭隘而有害的[3]。中国占世界人口的1/5,中国有那么多好的作家、作品和读者,也许顾彬是从这个意义上说:"中国文学本身就是世界文学。"[4] 现在流行的"文化搭台,经济唱戏"或者"经济搭台,文化唱戏",就是国家对意识形态管控在新形势下所采取的新形式。质言之,改革开放后,我国的文学输出的国家管控机制更加灵活,形式更加多样,平台更加丰富,内容更加精彩,效果也更加显著。

在这种大好形势下,《中国文学》对外传播进入了黄金时期。仅英文和法文两种版本的《中国文学》的总印数就在6万份以上,发行到100多个国家和地区。而且,发行地区也发生了变化:此前,《中国文学》的订户主要分布在亚非拉等第三世界;此期,欧美地区的订户多了起来。据统计,1986年英文版《中国文学》在美国有1731个订户,在芬兰有1195个订户;法文版《中国文学》仅在巴黎一地就有1026个订户。在这种利好的情势下,《中国文学》新任主编杨宪益于1981年倡议出版"熊猫丛书",取名受到了"企鹅丛书"命名的启发,由此可见主编的雄心壮志。该丛书将《中国文学》上已译载过的,但还没有出过书的作品结集出版。此外,增加了新译的作品。该丛书主要用英、法两种文字出版,也出版了少量的德语、日语等语种的

---

[1] [美]詹明信著,张旭东编,陈清侨等译:《晚期资本主义的文化逻辑》,第520页。
[2] 同上,第521页。
[3] 同上,第518页。
[4] [德]顾彬著,范劲等译:《二十世纪中国文学史》,第3页。

版本。1986年,中国文学出版社正式成立,承担出版《中国文学》杂志、"熊猫丛书"和其他中文文学书籍的任务。1981年以来,"熊猫丛书"发行到150多个国家和地区,出版合集的有《三十年代短篇小说选》、《五十年代小说选》、《当代优秀短篇小说选》、《中国当代女诗人诗选》、《中国当代七位女作家作品选》、《中国当代女作家作品选》(七册)、《当代优秀短篇小说选》、《中国小小说选》和《中国当代寓言选》等等;出版专集的有鲁迅、茅盾、巴金、老舍、冰心、叶圣陶和沈从文等70多位作家;女性作家的作品尤其受到青睐,如丁玲、萧红、茹志鹃、张洁、谌容、程乃珊、王安忆、铁凝、张辛欣、桑晔、陆星儿、池莉和迟子建等都出版过专集。由于是国家机构发动的对外译介,因此,在题材的选择上要符合主流意识形态,如当年的伤痕小说和反思小说等现实性较强的作品就被大量译介,而那些非现实主义的作品就很难得到译介,比如,当年影响很大的朦胧诗和先锋小说,就遭到了有意的排斥。当年在海外产生一定影响的译本有:法文版《艾青诗100首》于1984年出版发行后,艾青获法国最高文学勋章;张辛欣和桑晔的《北京人》被海外500多家图书馆馆藏;《爱,是不能忘记的》《沙狐》等一二十篇小说被美国的《国际短篇小说选》选载;还有诗和寓言被泰国、俄罗斯等国转译。此外,还有资料显示,印度人读了《中国文学》上译载的《冰着的》和《白沙岛》两首诗后,特意通过印度驻华使馆邀请两位作者免费参加印度诗歌节;美国一家庭主妇将《中国文学》上译载的《我感到了阳光》一诗谱成曲,并制成光盘寄到出版社,社里的英文专家白霞又把它拿到中国国际广播电台播放。据统计,《中国文学》杂志一共出刊590期,"熊猫丛书"出书190多种,介绍作家、艺术家达2000多人次,译载文学作品3200篇。[①]需

[①] 详见外文局民间刊物《青山在》2005年第4期发表的《中国文学出版社"熊猫丛书"简况》和徐慎贵的《〈中国文学〉对外传播的历史贡献》。

要补充说明的是,《中国文学》与"熊猫丛书"的出版经历了起起伏伏的曲折过程。大体而言,以 1989 年为界,此前,除了受到"文革"冲击外,总体还算顺利,而此后的情况就一落千丈:一方面因为国内的市场经济改革,另一方面因为西方对中国的敌意,还有就是此时的西方读者已经拥有了除图书外的更多了解中国的渠道,这些综合因素致使《中国文学》和"熊猫丛书"在海外的发行量急剧下降;尽管有关人员想方设法力图挽救如此颓势,比如主动向中国驻各国领事馆和国内各大涉外宾馆免费赠阅这些书刊,但终难逃脱在 2000 年停办的命运。

进入 21 世纪后,在新的历史条件下,在国家决策部门的精心组织和领导下,中国现当代文学再次开启了主动"走出去"的新征程。"熊猫丛书"开始恢复出版,但大多是旧作的重印。比如,在 2005 年出版的 16 种图书中,只有陆星儿的《达紫香悄悄地开了》和迟子建的《原野上的羊群》是新译本。又如,在 2009 年法兰克福书展上,作为主宾国的中国带去参展的 40 种"熊猫丛书"全都是旧译本的再版。它们是鲁迅的《阿 Q 正传》《呐喊》和《彷徨》,茅盾的《子夜》,老舍的《骆驼祥子》和《茶馆》,曹禺的《雷雨》,巴金的《憩园》,郁达夫的《春风沉醉的晚上》,闻一多的《红烛》,丁玲的《莎菲女士的日记》,萧红的《小城三月》,叶圣陶的《稻草人》,冰心的《相片》,沈从文的《湘西散记》,吴组缃的《簌竹山房》,铁凝的《麦秸垛》,刘恒的《伏羲伏羲》,贾平凹的《天狗》,阿成的《空坟》,史铁生的《命若琴弦》,王蒙的《蝴蝶》,刘震云的《一地鸡毛》,梁晓声的《这是一片神奇的土地》,孙力和余小惠的《都市风流》,陆文夫的《美食家》,池莉的《不谈爱情》,张洁的《爱,是不能忘记的》,储福金的《裸野》,周大新的《香魂女》,王安忆的《流逝》,陆星儿的《达紫香悄悄地开了》,张贤亮的《绿化树》,马丽华的《藏北游历》,霍达的《穆斯林的葬礼》,扎西达娃的《西藏:系在皮绳扣上的魂》,张承志的《黑骏马》、杨书案的《孔子》、凌力的《少年天子》、邓友梅的《烟壶》、冯骥才的《神鞭》，以及《雅盗：中国当代小小说选》。此外，由国务院新闻办主导的"中国图书对外推广计划"和"中国文化著作翻译出版工程"加大了支持中国作家和作品的推广力度。2006年，"中国图书对外推广计划"正式实施，通过资助翻译费来鼓励国外出版机构翻译出版中国图书；2009年"中国文化著作翻译出版工程"启动，以资助系列图书为主，不仅资助翻译费，而且资助出版费和推广费。由中国作家协会开展的、与对外译介文学相关的工作就有三项：一是中国作家百部精品工程，二是国家图书推广计划的工程，三是中外互译出版。中国作协资助在境外出版当代中国小说选的多语种版本，涵盖了100位中国当代作家的中短篇小说。除了以上这些翻译出版外，还举办了系列有声有色的推介活动。比如，2009年10月，中国作为主宾国参加法兰克福书展，许多中国作家参加，国家副主席出席。又如，2012年4月16日伦敦书展开幕，中国以"市场焦点"主宾国身份参加，31位中国作家集体亮相，时任中央政治局常委的李长春同志出席，等等。还有，以国家名义，我们也把外国作家、翻译家、中国学家"请进来"。从2009年起中国作协在境内举办了中美、中法、中德、中西、中意、中澳、中日韩论坛，中国作协主办了两届"全球视角下的中国文学翻译"国际研讨会，还在庐山、唐山和天津开办了"国际写作营"等。

尽管新时期以来中国现当代文学的海外传播与接受出现了历史上最好的时期，情况出现了前所未有的松动，但这并不意味着国家就放弃了对意识形态和文学输出的国家掌控。比如，留法博士陈丰回忆道："1987年陆文夫随中国作家代表团访问法国。这是改革开放后第一个访问法国的中国作家代表团。我于是有幸结识了这位美食家和《美食家》的作者。不过那时随团活动时间、行动甚至言谈都很受约束。他们很紧张，整个团队被大巴从一地拉到另一地讲演，几乎没有自由活动的余地，无怪张辛欣大发脾气：'怎么像大熊猫巡回展似的。'"①

西方国家对当代中国的"禁书"②十分感兴趣。这也是中西意识形态差异乃至对立暗中作祟。比如，当《上海宝贝》因大肆渲染性欲而被中国大陆查禁后，西方出版社发现其中隐藏着所谓中国大陆"人权"和言论自由问题，猜想其暗藏的巨大商机，购买其版权，并批量印行；只是事与愿违，市场反应平淡，没有他们想象的那样"火"。又如，阎连科的《为人民服务》被禁后，黑猫（Blackcat）出版社很快就出版了该书的英文版本，并在封面上赫然写着"Banned in China"，"The Sexy Satirical Sensation"。再如，由张艺谋导演的《活着》，由于没有通过国家电影局而被视为违规参加戛纳电影节，至今被大陆禁映。就是一些在国内公开出版的热销书，在西方出版时，也被出版商刻意加以政治化处理，以满足西方那些仍然具有冷战思维的读者需求。比如，《狼图腾》英文版的"作者小传"也竭力渲染中共对自由、民主和学生运动的"压制"，彰显一种反共的意识形态倾向。

根据中国当代小说改编的电影在国外获奖，也促进了中国现当代文学在海外的热销。比如，张艺谋导演的《红高粱》《大红灯笼高高挂》等电影在国际获奖后，莫言、苏童等人的小说在海外的知名度显著提高。表面上看，这些小说和电影似乎挣脱了政治意识形态而受制于商业意识形态，似乎是市场杠杆调整的结果，其实这里面也隐含了西方国家的政治意识形态，因为对西方读者来说这些小说的"异国情调"——落后的中国——依然是它们在西方受到欢迎的原因。

当然，国家意识形态的管控并非滴水不漏，换言之，"国家干预"并不总是能发挥它应有的作用，比如，20世纪中叶以来较长一段时

---

① 陈丰：《陆文夫先生和美食文化》，《南方周末》2005年8月25日。
② 中国官方明令不许出版、发行、销售、阅读、传阅和收藏的书籍。

间中国大陆与马来西亚之间公开的直接的文化交流中断了,但是,通过台港这样的"中转站",中国现当代文学还是能够流通到马来西亚,而且,马来西亚学校课本上的选文中仍有不少是中国现当代文学作品。这种状况显示了中马之间中国现当代文学的交流既疏离又亲和的复杂关系。到 20 世纪 70 年代中期两国恢复邦交后,这种局面才得以改观。

概言之,在中外文学交流过程中,我们只有彼此都保持"适度"的主体性,像当年美日之间进行有效的跨文化交流那样,真正掀起双向的或多向的译介、传播与接受风潮,规避文化冲突和文化霸权,才能使中外文化共生互融,造福于人类。

第二章

中国现当代文学海外传播与接受的历史脉络

第一节
晚清至新中国成立前:中国现代文学的远游

从目前掌握的资料来看,中国现代文学第一次走出国门,发生在20世纪初。它们漂洋过海,着陆日本,随后又散播到周边国家。据东京大学中国学家藤井省三在《日本介绍鲁迅文学活动最早的文字》里披露,1909年3月2日,当鲁迅和周作人合译的《域外小说集》第1册由东京神田印刷所出版后①,5月1日,东京《日本与日本人》杂志第508期的"文艺杂事"栏里,刊登了署名为"○□▲"撰写的消息:"在日本等地,欧洲小说是大量被人购买的。中国人好像并不受此影响,但在青年中还是常常有人在读着。住在本乡的周某,年仅二十五六岁的中国人兄弟,大量地阅读英、德两国语言的欧洲作品。而且他们计划在东京完成一本名叫《域外小说集》,约卖三十钱的书,寄回本国出售。已经出版了第一册,当然,译文是汉语。一般中国留学生爱读的是俄国的革命的虚无的作品,其次是德国、波兰那里的作品,单纯的法国作品之类好像不大受欢迎。"②这是目前我们可以读到的世界上最早评说周氏兄弟的文章,也是有关中国现代文学的信息(翻译出版信息)在海外传播的肇端。它比五四"文学革命"正式提出的时间早八

---

① 周氏兄弟合译的《域外小说集》第2册于1909年7月27日出版。
② [日]藤井省三:《日本介绍鲁迅文学活动最早的文字》,《复旦学报(社会科学版)》1980年第2期。

年,比国内最早点评鲁迅作品的时间早四年。①可能是因为在地缘上日本是中国的近邻,中日又同属汉文化圈,文旅与商贸活动频繁,加上那时大批中国青年留学日本以及他们之中许多才俊先后"从文",所以日本自然就成为世界上最早关注和传播中国现代文学的国家。

1909年是清朝宣统元年。这一年的这件事,仅仅是海外传播中国现代文学的一个辽远的历史回响。它所传播的全部是用文言文翻译的国外"弱小民族文学"的出版资讯。因为它记载的是中国现代文学之父早期的文学活动,而且《域外小说集》后来对中国现代文学也产生了一定影响,所以,我们还是可以把它视为中国现代文学海外传播的源头之源头。

而真正严格意义上的中国现代文学海外传播与接受,则发生在1920年。那年9—11月,日本中国学家、"支那学社"创始人青木正儿在《支那学》月刊第1卷第1—3期连续刊发长文《以胡适为漩涡中心的文学革命》。该文对以胡适为中心的文学革命,进行了很高的评价。青木正儿不但全景式地鸟瞰了文学革命发生的时代背景,而且对文学革命先驱们创作的白话诗和现代小说也做了精当的评价,尤其是把胡适的白话诗和鲁迅的现代小说作为文学革命最杰出代表,体现了他非凡的识力。他说:"现今在诗歌方面的一个新的事实,就是刘半农、沈尹默、唐俟等人急速地跟了上来,得以成为白话诗的伙伴。他们之中,胡适只要作诗,便会闪现出西学的新知识,而且具有新鲜气息","在小说方面,鲁迅是一位属于未来的作家。他的《狂人日记》(《新青年》四卷五期)描写了一个迫害狂的惊怖的幻觉,达到了中国小说家至今尚未达到的境界"。②青木正儿的这篇宏文拉开了海外研

---

① 1913年,当鲁迅以周逴为笔名,在《小说月报》第4卷第1号发表《怀旧》时,主编恽铁樵配发了10条点评文字和"焦木附志"。
② [日]青木正儿:《以胡适为漩涡中心的文学革命》,《支那学》1920年9—11月第1卷第1—3期。

究、传播与接受中国现代文学的大幕。随后，朝鲜中国学家梁白华①翻译了这篇文章，并将其连载于同年11月至第二年2月朝鲜的《开辟》上。尽管朝鲜人能够直接阅读现代汉语的原文，但是用朝鲜文来全面译介中国现代文学恐怕还是头一回吧。

以上我们所讲的还只是海外中国现代文学传播的"杂事"和研究，还没有真正触及中国现代文学作品在海外的翻译情况。据我所知，中国现代文学作品首次被译成外文的应该是1922年6月日文刊物《北京周报》第19期发表的"鲁迅作，仲密译"的《孔乙己》。②不过，这毕竟是中国人译中国人自己的作品，而且，还是弟弟译哥哥的作品，总有点文学领域里"过家家"的感觉。那么，最早翻译中国现代文学作品的外国人是谁呢？据现有资料看，应该是把鲁迅小说翻译成朝鲜语的朝鲜人柳树人。1926年，他翻译的《狂人日记》发表在《东光》杂志上。他回忆说："我和许多朝鲜青年在1920年初在延吉第二中学读书的时候，通过进步青年教师读到了刊载在《新青年》上的《狂人日记》。最初我们不懂，读几遍，讨论几次后，激动得我们几乎要发狂了。那时认识到，鲁迅先生不仅写了中国的狂人，也写了朝鲜的狂人。从那时起，鲁迅先生成了我们崇拜的第一位中国人。"③在老师的启发和导引下，他们这些当年在中国东北求学的朝鲜进步青年（包括金日成）可以直接阅读中文报刊和书籍，直接进入现代中国的文学系统，零距离地把握中国现代文学的心跳和魂灵，可贵的是，他们还能由"中国的狂人"感同身受地想象出"朝鲜的狂人"。这就是中国现代文学对外交流过程中出现的文学"形象迁移"的现象。他们不但自己欣赏中国现代文学，还把它们传播到自己的国家中去，让本国人民也

---

① 梁白华翻译的《中国短篇小说集》1929年由开辟出版社印行，成为朝鲜第一部中国现代文学集。
② 参见戈宝权：《谈鲁迅"以日文译自作小说"的发现》，《读书》1979年第7期。
③ 转引自李政文：《鲁迅在朝鲜》，《世界文学》1981年第4期。

能分享到这份艺术创造与思想盛宴。因此，他们成为沟通中朝现代文学的桥梁。

至此，我们了解到，最早在世界范围内传播与接受中国现代文学的是东亚中国学界；其中，日本中国学界引领潮流，朝鲜中国学界紧随其后。他们对以鲁迅和胡适为旗手的中国现代文学在海外进行传播和译介，标志着海外中国学界传播与译介中国文学／文化的现代转型。也就是说，以往海外中国学界仅仅关注中国古典文学／文化，还不知道当时正在发生的、努力与现代世界文学接轨的中国现代文学；有了这些海外传播中国现代文学的先驱者，把这些新近发表的、堪与中国古典文学媲美的中国现代文学摆放在世人的面前，必将令那些传统的汉学家们如阿勒克谢耶夫等大开眼界，进而调整自己对中国文学／文化的固有看法，努力跟踪中国文学的现代化转型与创生。

在译介中国现代文学方面，欧洲中国学界比东亚中国学界稍晚。最早把中国现代文学译介到欧洲的是，当时还在法国里昂中法大学留学的中国留学生敬隐渔和他的同窗徐仲年。他们共同为法译中国现代文学开疆拓土，其中，敬隐渔又是第一个"吃螃蟹"的人。当年，他把自己法译的《阿Q正传》交给一直与中国保持友好关系的法国文豪罗曼·罗兰，毕竟敬隐渔是罗曼·罗兰《约翰·克利斯朵夫》的中文译者。罗曼·罗兰从敬隐渔的译文中欣喜地看到了鲁迅的天才表现，因而十分乐意将其推荐给在欧洲久负盛名的权威刊物《欧罗巴》。于是，1926年5—6月，《阿Q正传》发表在《欧罗巴》第41—42期上。就现有资料来看，这是在欧洲出现的第一个中国现代文学的法译本。而罗曼·罗兰谈论《阿Q正传》的信，则成了欧洲中国学界对中国现代文学所做出的最早评论。这封信标志着欧洲中国学界接受中国现代文学的华丽而高贵的开端。罗曼·罗兰在信中写道："阿Q传是高超的艺术底作品，其证据是在读第二次比读第一次更觉得好。"① 这封信在20世纪20年代中国文坛还曾引发过一段公案——敬隐渔在给罗曼·罗兰寄去法译《阿Q正传》并收到罗曼·罗兰的回信后，就给鲁迅写了一封信，转告了罗曼·罗兰对《阿Q正传》的高度评价，并说罗曼·罗兰给他的这封信他已经寄创造社了；后来，创造社在扣下这封信的同时，于1926年3月2日在《京报副刊》发表了柏生的《罗曼·罗兰评鲁迅》，文中引用了莫须有的敬隐渔在法国所谓的同学全飞的所谓来信，信中的内容除了与评价鲁迅的意见一致外，说罗曼·罗兰在提到郭沫若时是"不晓得好处"，还说敬隐渔的"中文不甚好"，译的《阿Q正传》"恐与原意有许多不合处"。② 直到1981年法国文学研究专家罗大冈从罗曼·罗兰夫人处获得了这封信，真相才得以大白天下。随后，这封信发表在《人民日报》上。③ 从这段公案的是是非非中，我们强烈地感受到中国人对于欧洲"意见"的重视，把欧洲神话化了。也就是说，中国人的"欧洲梦"与欧洲人"寻找中国才智"，共同促成了中国现代文学在欧洲大陆的最初传播。敬隐渔的努力得到了大师和名刊的双重肯定后，欢欣鼓舞，继续翻译包括鲁迅在内的中国现代文学作品。接下来，就有了1929年巴黎里埃德尔书局出版的《中国当代短篇小说家作品选》。这是法国最早出版的中国现代文学作品选集，集中选译了鲁迅、茅盾、郁达夫、落华生和陈炜谟的小说，其拓荒性和奠基性使其影响力迅速从法语世界辐射到英语世界。20世纪30年代初，根据这个选本转译而成的英译本《阿Q的悲剧及其他当代中国短篇小说》得以问世。徐仲年也不甘落后。1931年，他在《法兰西杂志》第2期"中国文学专栏"介绍《呐喊》。两年后，在出版译著《中国诗文选》的同时，他在法文版《上海

---

① 敬隐渔：《敬隐渔致鲁迅》，北京鲁迅博物馆鲁迅研究室编：《鲁迅研究资料》（第12辑），天津人民出版社1983年版，第28页。
② 柏生：《罗曼·罗兰评鲁迅》，《京报副刊》1926年3月2日。
③ 罗大冈：《罗曼·罗兰评〈阿Q正传〉》，《人民日报》1982年2月24日。

日报》"今日中国文学"专栏里推介鲁迅的《离婚》和丁玲的《水》等。由此,我们可以看到,与前面提到的20世纪20年代初期"鲁迅作,仲密译"《孔乙己》的"本土译介模式"相似,20世纪20—30年代在欧洲也是最先由中国留学生翻译现代中国作家的作品,并都是在外文报刊上发表,只不过后者因为有异国他乡文学大师的推荐,并在国外主流媒体出版,在海外产生了较为广泛的良好反响。

到了20世纪40年代,一些滞留中国的传教士,主要是法国和比利时等国的欧洲传教士——如明兴礼、文宝峰、善秉仁、布里埃尔等——继续译介和研究中国现代文学。只不过,他们译介与研究中国现代文学的目的,已经从20世纪20年代罗曼·罗兰们"寻找中国才智"转变为"净化道德",当然,其中也不乏他们对中国现代文学艺术探索的敬意。他们功劳卓著。如前所述,明兴礼在法文杂志《教务委员会档案》和《震旦学报》等发表了《巴金〈家〉所展示的人类境遇》(1942年)、《曹禺的世界》和《文明的诉讼:曹禺的〈北京人〉》(1944年)、《两类人和两代人》(1945年)等;1947年,他还以《中国当代文学:见证时代的作家》和《巴金小说〈雾〉的翻译、导论及注释》为题做博士学位论文并获得了巴黎索邦大学博士学位。文宝峰出版学术专著《新文学运动史》(1946年)。善秉仁等人一起联手编辑《文艺月旦》(1946年),1948年出英文版时更名为《中国现代小说戏剧一千五百种》。1942—1948年,布里埃尔在《中国传教通讯》和《震旦学报》等法文刊物上发表评论鲁迅、胡适、郭沫若、茅盾、巴金、林语堂和苏雪林的系列论文。

通过以上的梳理,我们知道,20世纪20—40年代,欧洲中国学界传播与接受中国现代文学经历了留欧中国学生的译介到在华欧洲传教士的译介,从寻找中国智慧,到纯洁道德,进而到学术研究的译介嬗变。

而美国中国学界译介中国现代文学更晚,基本上可以说起步于来华的美国记者斯诺夫妇。20世纪30年代中期,他们共同编译了《活的中国——现代中国短篇小说选》,1936年由纽约雷纳尔赫希契科克公司(Reynal and Hitchcock)出版,收录了姚莘农译的鲁迅的6篇小说《药》《一件小事》《孔乙己》《祝福》《风筝》《离婚》和萧乾译的14位作家的17篇小说,它们是郭沫若的《十字架》、茅盾的《自杀》《泥泞》、巴金的《狗》、郁达夫的《紫藤与茑萝》、丁玲的《水》《消息》、柔石的《为奴隶的母亲》、沈从文的《柏子》、林语堂的《忆狗肉将军》、张天翼的《移行》、沙汀的《法律外的航线》等。这个选本较早地把现代中国小说译介到英语世界中去。在该选集出版的前后,斯诺夫妇就接二连三地撰写研究鲁迅的论文,认为鲁迅是世界级作家,并以此纠正西方人常以"文学老大"自居的偏见与不见。比如,1935年1月,美国《亚洲》杂志发表了埃德加·斯诺的第一篇专门研究鲁迅的论文《鲁迅——白话大师》。该文认为,随着时间的流逝,鲁迅从五四文学革命的先驱者渐渐转变为革命文学的"激进论者",强调了鲁迅小说鲜明的本土特性,并由此推测"鲁迅肯定会在外国驰名"。[①]又如,1936年,海伦·斯诺在伦敦的《今日生活与文学》第15卷第5期发表《现代中国文学运动》。这很可能是第一篇在英国刊物上发表的研究以鲁迅为代表的中国现代文学的论文。她说:"在一九一九年的五四运动以前,除了一些实验性质的诗歌和新闻评论之外,几乎没有什么新的创作。鲁迅的《狂人日记》以及随后发表的两个短篇小说《孔乙己》和《药》是先驱。他的小说集《呐喊》(其中包括《阿Q正传》)在一九二三年轰动了全国,至今仍然是现代中国小说的畅销书。他立即被称为中国的高尔基或契科夫——各有各的称法。"[②]虽然史沫特莱比斯诺夫妇接触鲁迅还早,交情也很深,也写过不少评介鲁迅的

[①] [美]埃德加·斯诺著,佩云译:《鲁迅——白话大师》,西北大学鲁迅研究室编:《鲁迅研究年刊》。

[②] 转引自张杰:《英国鲁迅研究掠影》,《鲁迅研究动态》1987年第10期。

文章；但是她的文章当时几乎都被译成中文发表在中国本土的刊物上，并没有在海外造成事实上的影响，故而我们在此搁置。这之后，在美国的中国学界影响较大的是王际真翻译的由哥伦比亚大学出版社于 1944 年出版的《当代中国小说集》和《阿Q正传：鲁迅小说选》，后者是新中国成立前在海外用英文出版的唯一的一个鲁迅小说选本。此外，20 世纪 40 年代，在美国的中国学界还有一些有影响的中国现代文学的英译选本，如伊文·金翻译的《骆驼祥子》(1945 年)，哥伦比亚大学出版社出版的王际真编译的《抗战时期的中国小说》(1947 年)，纽约的雷纳尔赫希契科克公司出版的伊文·金翻译的老舍的《离婚》(1948 年)等。这些选本在英语世界均产生了较大影响，代表了新中国成立之前中国现代文学在英语世界传播与接受的主要成绩。

第二节
"十七年"：冷战语境下的东西分流

众所周知，"二战"中，美、中、苏、英、法等国为了共同抗击德、意、日法西斯而结盟。但随着"二战"结束，尤其是到了 20 世纪 40 年代末期，东西方①对抗的格局基本成形；至 50 年代，东西方对抗已成主调，其重要标志是，1949 年形成的代表资本主义阵营的"北约"和 1955 年形成的代表社会主义阵营的"华约"之间的军事集团化对抗，史称"冷战"。前者还在扩张，而后者已经解体。新中国奉行

---

① 我在本书里所说的东方与西方(有时表述为中方与西方)，不是铁板一块的本质化的东方或西方。在一种总体论框架下，它们具有多样性和差异性，就像我们在谈论东方时，我们对伊斯兰教的东方与印度教的东方也是相对陌生的。

不结盟的独立自主的和平外交政策,没有加入其中任何一方。虽然同属社会主义国家,中国也一度亲苏,但因苏联的大国沙文主义日趋高涨,致使中苏关系在 50 年代末、60 年代初不断恶化并最终破裂。同时,朝鲜战争使得中国成为"北约"的对立面。在与世界两大阵营关系均已恶化的困局中,新中国开始经营以亚非拉为主体的第三世界。直到 70 年代初,中美、中日关系改善,80 年代中苏关系回暖,新中国才得以重新融入国际关系新秩序之中。

在政治封锁的境况下,在国家外事部门和国家外文出版机构的政治推动下,新中国主动对外输出自己的意识形态,以文学先行,以那些很好地遵循了"二为"方向、"双百"方针的文学领头。这是冷战时期中国现当代文学海外传播与接受的重头戏。国家创办的外文版《中国文学》为此做出了巨大贡献。《毛泽东诗词》被高度政治组织化地对外译介,也成为此期具有标杆性意义的外宣事件。据于爽在《汉籍小说在当代的译介(1950—1978)》[1]中的统计,工农兵题材的"当代"作品,占了此期整个文学对外译介的 76%。比如,革命战争题材的作品有《长征的故事》《人民志愿军的故事》《林海雪原》《红日》等;农业题材的作品有《创业史》《铜墙铁壁》《登记》《李有才板话》《红旗谱》《暴风骤雨》《不能走那条路》等;工业题材的作品有《百炼成钢》《上海的早晨》等。此期,除了鲁迅、茅盾、郭沫若等个别中国现当代作家的作品可以被译介外,大多数中国现当代名家的作品被有意忽略。质言之,人们把精力花在译介与当代中国政治紧密联系的工农兵题材作品上。显然,这与新中国对外输出意识形态的鲜明意图密切相关。也就是说,此期,文学译介与对外宣传是捆绑在一起的。

除了我们主动"送出去"外,国外也主动译介中国现当代文学作品。苏联、日本、东欧和美英等国家和地区的中国学家热切地关

---

[1] 于爽:《汉籍小说在当代的译介(1950—1978)》,《语文学刊》2008 年第 12 期。

注着解放区文学与革命文学。据宋绍香在《在异质文化中探寻"自我"——国外汉学家中国解放区文学译介、研究管窥》里统计,苏联在 1949—1959 年这十年间共出版解放区文学作品 137 种,日本出版 107 种;仅以出版丁玲和赵树理的作品来计算,东欧有 20 多种,美英也有近 10 种。此期,苏联的中国学家有上百人,是世界上中国学家人数最多的国家。他们几乎都参与了译介中国现当代文学。这个时期是苏联译介与接受中国现当代文学最繁盛的时期,直到 20 世纪 60 年代初才有所降温。所以,宋绍香说:"笔者认为上世纪 50 年代是日本、俄苏、东欧译介中国解放区文学作家作品的最佳期和高峰期。"[①] 其中,赵树理的作品被翻译的种类和版次最多。这是翻译方面的情况。与此同时,这些国家和地区的中国学家对中国现当代文学的研究热情也比较高涨,发表了一批有价值的科研成果,比如,苏联有彼特罗夫的《艾青评传》,日本有尾坂德司的《丁玲入门》和竹内好的《赵树理的新文学》等。

比较而言,西方国家译介中国现当代文学的局面比较冷清。但是,欧美内部的情况又各不相同。法国的情况比美英的情况要好些。毕竟此期中国与欧美的关系正处于重大调整布局时期,"我们看到,在相对沉寂的局面中却孕育着发展的态势"[②]。在法国与新中国正式建交前,法国一批批友好人士、艺术家、作家、诗人和中国学家纷纷来华访问,与新中国的作家、诗人和艺术家进行面对面的接触、交谈、对话。回国后,他们或写追忆性的散文、随笔,或写学术性的评论,或翻译中国现当代文学作品;有的回国后,还反复来到中国,以便更深入了解中国或与中国现当代作家继续深入交流。他们写的文章许多

---

① 宋绍香:《在异质文化中探寻"自我"——国外汉学家中国解放区文学译介、研究管窥》,《文艺理论与批评》2006 年第 2 期。
② 钱林森编:《法国汉学家论中国文学——现当代文学》,第 4 页。

发表在当年罗曼·罗兰推荐发表《阿Q正传》的欧洲老牌刊物《欧罗巴》上，延续并发扬了罗曼·罗兰看好中国现当代文学的传统。1953年，《欧罗巴》推出"中国新文学专号"，发表鲁迅的《药》和艾青的诗等，而且还配发了来华访问过的艾丽斯·阿尔伟德和克罗德·卢阿等中国学家撰写的评论文章，并表示这是为了"向沐浴在曙光之中的中国表示敬意！"[①] 同年，巴黎联合出版社推出包括中国现当代文学名典的"认识中国丛书"。1955年，萨特与西蒙·波伏瓦来中国旅行。[②] 他们对鲁迅情有独钟，把鲁迅与契诃夫进行比较，撰写了回忆性散文集《长征》，对法国读者进一步深入了解鲁迅和中国起到了促进作用。此外，值得再次提到的是，传教士明兴礼归国后，继续研究中国现当代文学，并于同年出版了专著《中国当代文学的顶峰》，把巴金、冰心、林语堂和苏雪林等作为中国现当代文学的"顶峰"进行系统研究。

虽然英美没有法国那样的译介和接受中国现当代文学的热情，但还是表现出了"部分"的兴趣。整个20世纪50年代，只有极少数中国现当代文学作品在英美被译介与研究，如1954年美国的《中国文学》第3期发表了丁玲的《生活与创作》等。1962年，伦敦召开了中国新文学研讨会，提交大会的论文随后大多发表在《中国季刊》1963年第13期上。有些英美中国学家尽管展开了对中国现当代文学的研究，但在意识形态博弈对垒的政治思维下，往往戴着"有色眼镜"来看待中国现当代文学。他们称这一时代的中国文学为"毛时代文学""共产主义文学"，比如美国中国学家西里尔·贝契的《共产党中

---

① ［法］查尔斯·多勃辛斯基：《中国：冲击与变革》，《欧罗巴》1985年4月号。
② 1964年，萨特获得诺贝尔文学奖，但拒绝领取该奖，因为他反对一切来自官方的奖励，反对作家因此而"被转变成机构"。萨特提倡的"介入文学"，与鲁迅的"立意在反抗，指归在动作"，有相通之处。在中国"文革"时期，萨特在巴黎大街张贴"大字报"，予以遥遥回应。西蒙·波伏瓦撰写的大部头著作《第二性》对世界女权运动及其女性主义影响至深。当代中国女性作家如翟永明等深受其影响，推动了当代中国女性主义文学的发生发展。

国的小说家——赵树理》，艾伯特·保罗维次的《共产主义中国的小说（1949—1953）》，莱默斯·雷蒙德的博士学位论文《中国共产主义者为宣传而作的代表性剧作研究》，以及那本广受争议的夏志清的著作《中国现代小说史》等。这些美英中国学家既把新中国"十七年文学"视为"异端"，又将其作为了解新中国的窗口。换句话说，除了白之、杜博妮等个别美英中国学家是严肃认真地对待毛泽东时代的文学外，大多数西方学者仅仅把它们当作现当代中国革命的文献来读。

出于不同的需求，此期海外中国学家，尤其是苏联、日本和东欧各国的中国学家将主要的译介与研究精力放在丁玲、赵树理、艾青和周立波及其作品那里（丁玲和周立波分别获斯大林奖金二等奖、三等奖）。可以说，中国现当代文学中的"人民性"或者说"人民文学"[①]是苏联、日本和东欧中国学家格外关注中国当代文学的重要原因。像赵树理等人的小说、散文、诗歌等都得到了热情的译介，而且往往在译作的前后附有"引言""后记"或"书评"。这些中国学家选择和译介中国现当代作家作品几乎与中国大陆"同步"，并且受到中国大陆政治气候的较大影响。比如，1953年，费多连科出版了《中国现代文学概述》。这是新中国成立后第一部在苏联出版的研究中国现当代文学的专著。该书除了简略介绍新文学的创始人外，把主要篇幅给了鲁迅、茅盾和郭沫若，其他作家几乎忽略不计。又如，同年，艾德林出版了《当今的中国文学》。它既写了中国古典文学，又写了20世纪20—30年代的中国现代文学，这之后就只讲鲁迅一人。

需要补充说明的是，由于"文革"的极左狂潮与法国当年的左翼激进主义文化思潮合拍，在中国大陆举国上下掀起"鲁迅热潮"的时候，法国也积极向国内译介鲁迅，也相应地出现了"鲁迅热"，并由此拉开了新时期法国热情译介和研究中国现当代文学的序幕。

---

① 日本学者称之为北方文学或解放区文学。

第三节
新时期：本土经验与全球化迷梦

粉碎"四人帮"后，中国需要现代化（"四化"）的呼声日渐高涨。在此大背景下，除了大量译介和研究外国作品①外，我们也急于把自己的作品"送出去"。这种紧迫的形势及其繁重的任务，显然是已有的《中国文学》这本外文杂志承载不了的；因此，国家又适时地、及时地推出"熊猫丛书"②。由于几乎都是本土译者翻译，加上受到国内政治因素的影响，该丛书并没有产生预期的效果，有人将其喻为"沉睡的熊猫"。尽管如此，但它毕竟还是产生了某些方面的、某种程度的历史性影响，还是为不少中国当代作家作品赢得了一些海外声誉，如古华和他的《芙蓉镇》《浮屠岭及其他》。该丛书的有些本土译者，既想讨好外国读者，又想顺利"借船出海"。这种两边"讨好"的态度，最终伤害的只有作品和作家。比如，为了配合影视剧改编的需求，有些译者对郑义和刘恒的作品进行随意删节。好在，后来有些作品被海外中国学家重译，如葛浩文重译了刘恒的《黑雪》，部分挽回了中国当代作家作品在海外的声誉。像这样的中外文学交流过程中

---

① 外国文学发展具有不平衡性、阶段性、差异性和交融性，加上我国国情自身的变化与意识形态掣肘，直接影响到我国外国文学研究及其学科发生发展的进程。回望其来路和进路，我们不难发现，我国外国文学研究经历了从不自觉到自觉、从自觉到专业、从专业到学科、从学科到学问的进程，即从外国文学研究、专业知识储备、学科渐进建构到"外国文学学"（就像西方将对中国的研究称为"汉学"和"中国学"那样，我们不妨把我国对外国文学研究及其研究的再研究名之为"外国文学学"）学问创生的嬗变深化历程。

② "企鹅丛书"是西方知名的图书出版品牌，是西方出版界的"老字号"。我国取名"熊猫丛书"的用意是，一方面是想与"企鹅丛书"产生呼应，另一方面是因为"熊猫"是我们的国宝，我们要向世界推出我们中国的国家图书出版品牌。从当代营销学的角度来讲，品牌往往比产品重要。

"惊慌失措"的现象，反映了改革开放初期的中国，在西方大潮的冲击下，在对全球化的迷思中，人们还没有准备好与之相适应的从容心态、理性态度、适度对策和更有效举措。

在我们主动"送出去"的同时，外国也想了解中国。因此，新时期海外译介中国现当代文学出现了回暖的趋势，而且在某些国家还出现了中国现当代作家热。如上节末所述，20世纪70年代，法国掀起了"鲁迅热"。在"鲁迅热"的鼓舞下，法国加紧了对其他中国现当代文学名家名作的译介。比如，法译茅盾小说有：1972年出版的《子夜》重译本，1980年出版的短篇小说集《春蚕》，1986年出版的《虹》等；法译老舍作品有：1973年出版的《骆驼祥子》，1974年出版的《老牛破车》，1977年出版的《全家福》，1982年出版的中短篇小说集《北京市民》，1986年出版的《正红旗下》《离婚》，1989年出版的《牛天赐传》等。此外，郭沫若、巴金、丁玲、艾青等作家作品也得到了广泛的译介。当然，继"鲁迅热"后，在"面"上铺开的同时，真正在法国形成译介热潮的中国现当代作家是巴金。1978年，巴金专家玛丽·约瑟·拉丽特夫人翻译的《寒夜》在巴黎出版后，震撼了法国读书界、知识界和文艺界。人们把巴金称为"中国的左拉"。同年4月，巴金应邀访法，法国掀起了"巴金热"。也就在这一年，林曼叔等主编的《中国当代文学史》由巴黎第七大学东亚出版中心出版。1980年6月16—19日，在巴黎召开了中国抗战文学国际研讨会。欧美近百余名中国学家出席。大会分7个专题：抗日战争及其在东北的预发征兆；延安的大作家，向丁玲致敬；大后方的大作家们；文学里的抗战、革命与民族主义；四川才子；诗人们：向艾青致敬；戏剧与口头文学。在7个专题中，值得注意的是"延安的大作家，向丁玲致敬"和"诗人们：向艾青致敬"，在同一个国际会议上，两次呼吁欧美中国学家向两位现当代中国作家"致敬"，足见欧美中国学家对中国现当代文学态度的"转变"和尊敬。后来，有专家在评价这次高规格的国际学术会议时说，这次会议"是对中国抗战文学的全面大检视，也开创了法国和西方中国学家跟中国作家直接对话、共同探讨学术的先例，是'接受者'与'施与者'一起探求'异常多彩的中国文学流派和文学天才'的尝试，有益于法国学界对中国现代文学进行更深层次的开发、探究"①。会后出版的会议论文集《抗日战争时期的中国文学》成为中国现当代文学研究的重要参考书籍。在如此高调赞美中国现当代作家的背景下，欧美乃至出现了"丁、艾热"②。仅仅在1980—1981年间，法国就出版了丁玲的《太阳照在桑干河上》《我在霞村的时候》《在医院中》。

新时期以来，苏联对中国现当代文学的译介也在转暖中。1977年，苏联《译丛》第8期发表丁玲的《在医院中》，发出了修复中苏文学交流关系的重要信号。1978年，切尔卡斯基翻译出版了《40诗人：20—40年代中国抒情诗》；1980年，又出版了《中国诗歌》。有人说："80年代中苏政治关系恢复正常以后，当时的苏联文坛也出现过译中国现当代文学的热潮。"③对此，苏联中国学家李福清分析了三点原因：一、"文革"后的中国文学是"真正的文学"；二、苏联人同情中国人民曾经遭受的苦难命运；三、中国人在"文革"中遭受的磨难与不幸使苏联人想起他们自己在斯大林时代的梦魇。④

虽然改革开放促进了中国文学与外国文学交流的回温，但步子还是比较缓慢。据金介甫在其长文《中国文学（一九四九——一九九九）的英译本出版情况述评》中统计，自1978年以来，英美出版的中国短篇小说和中篇小说集共有19种，平均每年不到两种。他说，比较

---

① 钱林森编：《法国汉学家论中国文学——现当代文学》，第13页。
② 我曾撰写文章《海外诗家向艾青致敬》，发表于《人民日报（海外版）》2021年2月4日。
③ 汪介之、陈建华：《悠远的回响——俄罗斯作家与中国文化》，宁夏人民出版社2002年版，第28页。
④ [苏]李福清：《中国现代文学在苏联》，台湾新北淡江大学淡江时报社1991年版，第221页。

起中国经济的腾飞来，新时期文学显得"落后"了，"无论在国际上还是在华文圈，都没有像八十年代前期那样重要了"。[1] 加拿大阿尔伯塔大学中国学家梁丽芳说："1976年以前，在海外所见的中国当代文学的英译本不多，排起来不占图书馆一个书架"，"长期所冷落的中国文学，在海外近年来已经改观，在选本方面，其表现在于：第一，选本的数目增多了，而且内容不限于小说；第二，多了自动去编译选本的编译者；第三，海外的出版社愿意出版；第四，在一些比较大的书店可以买到；第五，读者范围扩大，不限于专家教授和本科生"。[2] 她在《海外中国当代文学的英译选本》中开列了从1979—1991年的13个英译中国当代文学选本，平均每年一本。

概言之，新时期，中国现当代文学在法国和苏联的译介、研究与接受都比较红火，但是在英语世界比较冷清；然而，它们有两个共同特点，那就是，都已进入译介和研究中国现当代文学的理性期，而且研究水平高了很多。

第四节
后新时期：文学资本、资本文学与文学交往

1989—1992年，西方世界，尤其是西方的媒体和青年学生，对中国改革开放的信心一度降低，但这并没有削弱海外译介与接受中国

---

[1] ［美］金介甫：《中国文学（一九四九——九九九）的英译本出版情况述评》，《当代作家评论》2006年第3期。

[2] ［加］梁丽芳：《海外中国当代文学的英译选本》，《中国比较文学通讯》1992年第3期。

现当代文学的潜能和势能。自从中国着力推行市场经济以来，中外文学交流进一步加快。也就是说，到了后新时期，因为受到由海内外的社会的、经济的、政治的、诗学的因素共同构筑的权力关系网络的诸种影响，中国现当代文学在海外的译介与接受发生了一些新变。用法国著名社会学家皮埃尔·布尔迪厄关于"文化／文学生产场"的理论来讲，就是中国现当代文学海外传播与接受的"场域"和"资本"之间的关系发生了新变。所谓"场域"，"可以被定义为在各种位置之间存在的客观关系的一个网络或一个构型。正是这些位置的存在和它们强加于占据特定位置的行为者或机构之上的决定性因素之中，这些位置得到了客观的界定，其根据是这些位置在不同类型的权力（或资本）——占有这些权力就意味着把持了在这一场域中利害攸关的专门利润的得益权——的分配结构中实际的和潜在的处境，以及它们与其他位置之间的客观关系"。[1] 所谓"资本"，"资本是积累的（以物质化的形式或'具体化的'、'肉身化的'形式的）劳动，当这种劳动在私人性，即排他的基础上被行动者或行动者小团体占有时，这种劳动就使得他们能够以物化的或活的劳动的形式占有社会资源"。[2] 由此可知，场域是各种权力争夺的场所，资本"意味着对于某一（在某种给定契机中）场域的权力"[3]，而拥有资本的多寡就成为决定显潜、优劣和胜负的重要因素。质言之，在权力的较量中，资本的逻辑最终决定了场域的逻辑；具体到中外文学交往来讲，海外中国现当代文学的传播与接受是否顺当，对海外读者来说，中国现当代文学这种特殊的资本具

---

[1] ［法］皮埃尔·布迪厄、［美］华康德著，李猛等译：《实践与反思》，中央编译出版社1988年版，第211页。

[2] ［法］布尔迪厄著，包亚明译：《文化资本与社会炼金术》，上海人民出版社1997年版，第189页。

[3] Pierre Bourdieu. *Language and Symbolic Power*. edited by J. B. Tompson. Cambridge: Polity Press, 1991, p. 230.

有至关重要的作用。在全球化浪潮的冲刷下，在后现代消费主义的文化语境中，中外文学交往中文学与资本的关系日益凸显。哪些东西可以成为"文学资本"？何种文学才能称得上"资本文学"？文学与资本，文学与市场，文学与生产、流通和消费之类的新课题不期而然地摆在后新时期中国文学的面前，规约着中国现当代文学的发展以及对海外的传播与接受。

这一时期，伤痕文学、寻根文学、先锋文学以及一些中国当代名家名作这样的"文学资本"几乎都得到了译介，译介工作呈现蓬勃发展的良好态势。即使是一些比较"偏门"的文学，也作为"文学资本"得以译介，比如，1990年，俄罗斯出版《中国现代戏剧选》，其中，既有1961年田汉写的《谢瑶环》，也有20世纪80年代的先锋探索剧如刘树纲的《一个死者对生者的访问》等，使海外读者能够较为全面地了解中国现当代戏剧的发展变化；该选本宛若一部中国现当代戏剧的微缩的"百科全书"。大多数"文学资本"并不满足于像过去那样仅仅在中国学家"书斋"式、圈子内的小范围传播，而是要走向海外市场，走向海外公众，竭力打入海外主流传媒。像莫言、苏童、余华、刘震云等中国当代作家的小说既凭借自身的文学魅力和思想力量，也仰仗张艺谋、陈凯歌、冯小刚等当代著名导演的影视改编和获奖，乘着电影的东风，使得其"文学资本"在海外市场发挥了良好的市场调节作用。姜戎的《狼图腾》成为热销全球的小说，也是各种"合力"促成的成功范例。

如今，有些海外出版商看好中国当代作家作品。他们事先为中国当代作家作品挑选最合适的、最好的海外译者，然后量体裁衣地出版外文"普通本"；等书出版后，他们就邀请作家本人到国外各地进行新书推广，还在国外报纸、电视和网络上"造势"，并为中国当代作家举办图书展、朗诵会、报告会，通过各种有效方式、有影响的平台邀请中国作家本人与海外读者进行深入交流；而且，还慷慨地给那些拥有丰厚"文学资本"的中国当代作家支付较高版税或者预付版税；如此等等。当然，他们也为九丹、韩寒、卫慧、棉棉等人的"资本文学"鼓吹、买单。换言之，在后新时期，中国现当代文学的海外传播与接受是一把双刃剑，福祸相依，利弊共存。

此期，法国依然是译介、研究与接受中国现当代文学的重要国家。但是，在选题方向上，老牌的出版社与年轻的出版社之间存在较大差异。比如，老牌的嘉里玛出版社拥有品牌的"七星丛书""认识东方丛书"。它们对中国古典文学的译介与传播功德无量，而对中国现当代文学的译介相当吝啬。与大量译介现代日本文学的情况完全不同，到目前为止，"七星丛书"从未出版过一本中国现当代文学作品；而"认识东方丛书"也仅仅出版过鲁迅的《故事新编》、郭沫若的《屈原》《我的童年》《诗选》、钱锺书的《人·兽·鬼》。而年轻的出版社做法不同，比如，1986年成立的菲利普·毕基耶出版社，已经出版16部新时期文学作品，如《美食家》《透明的胡萝卜》《红粉》等；此外，还有中国蓝出版社、南方书编出版社、弗拉马里翁出版社等出版了不少新时期文学作品。在法国，尽管中国现当代文学的翻译与出版形成了一定的规模，但是"中国当代文学还根本没有融入法国的文学系统"①，法国著名中国学家、巴黎第三大学比较文学系张寅德教授在《中国当代文学近20年在法国的翻译与接受》里说："中国当代文学在法国的译介呈现出既及时又分散的局面"，"阿城1989年至1992年发表在香港《九十年代》杂志上的随笔，一经收笔，同年法译本已上读者书案"。② 这种"紧盯式译介""及时性译介"尽管不会使中国当代文学在海外缺席，但它们的翻译质量是否有保障？翻译家是否受到

---

① ［法］张寅德：《中国当代文学近20年在法国的翻译与接受》，《比较文学》2000年第1期。
② 同上。

了"文学时尚"误导？诸如此类的问题需要时间来回答。我赞同张寅德的主张，应该提倡"跟踪翻译和系统介绍"[①]，这样就可以少走弯路。葛浩文说，莫言每出一本新小说他都看，见到"好"的就翻译；因此，他成了翻译莫言小说最多的，也是最好的英文翻译家。尽管只是在英语世界里，但葛浩文长期跟踪翻译莫言小说的成功事例是很有说服力的。

在张寅德看来，中国当代文学在海外翻译、出版、发行的形式，使外国读者感觉它们是一种"昂贵的文学"，毕竟印数越少就越贵。中国现当代文学要突破海外出版市场"普通版"的高价瓶颈，就只能进入比较低价的"袖珍本"的出版形式，毕竟印数越多价格越低，价格低，书就卖得好，书卖得好，才能得到普及性传播，也就能使"文学资本"与"资本文学"形成良性互动，能使精英小说市场化、大众化。那么，到底是什么样的小说才有可能出版"袖珍本"呢？首先从文学写作本身来看，必须题材多样、价值多元，其中尤其以敏感题材和地域文化特色的题材优先；从接受心理来看，有的是国内推荐性翻译，有的是影视剧的成功改编，一句话，既要突显文化差异的民族性和本土性，又要具有世界性和普适性。"袖珍本"固然是行销海外的畅销书，的确能够使中国现当代文学在海外得到广泛的传播与接受，产生较大影响，但是，其他渠道也不可忽视，也能发挥它们的有效作用，比如，海外公共图书馆就是传播与接受中国现当代文学的十分重要的窗口。此外，大学教学同样也十分重要。比如，1992年中韩正式建交以来，中国学热了起来。许多韩国大学设置"中韩翻译系"，开设"中韩同声翻译专业"。《中国现代文学》和《中国语文学论集》已

---

① [法]张寅德：《中国当代文学近20年在法国的翻译与接受》，《比较文学》2000年第1期。

是韩国名列前茅的学术期刊。[①] 据有关材料统计，2004年、2005年韩国大学里中国文学相关的硕士、博士学位论文分别是120篇、100篇，当然其中包括中国古典文学。试想，如果我们把这些渠道及其力量引导好、利用好，引到中国现当代文学海外译介与接受上来，中国现当代文学"走出去"何愁不红火！

此外，2012年莫言获得诺贝尔文学奖，他的作品已成"体制"化的文化资本[②]，正在加速经典化，必将有助于进一步把中国文学推向世界，使更多的海外读者渴望了解并最终接受到越来越多的中国现当代文学作品及其资讯。

---

① ［韩］文大一：《新世纪韩国的中国文学译介与研究——文情报告2001—2005》，《焦作大学学报》2011年第3期。
② 布尔迪厄说，文化资本有"体的状态""可观的状态"和"体制的状态"；"体制的状态，以一种客观化的形式，这一形式必须被区别对待（就像我们在教育资格中观察到的那样），因为这种形式赋予文化资本一种完全是原始性的资产，而文化资本正是受到了这笔财产的庇护"。参见［法］布尔迪厄著，包亚明译：《文化资本与社会炼金术》，第192—193页。

— 第三章 —

中国现当代文学在不同国家和地区的传播与接受

第一节
中国现当代文学在日本的流布

中日两国具有地缘、政缘、商缘、文缘,文化交流源远流长。但在近代一百多年的时间里,却发生了中外文化交流史上罕见的大逆转。江户末期以来,日本几乎人人都学汉学,奉汉学为国学。但是,到了明治维新时期,为了所谓的"文明开化",日本政府大力推行"脱亚入欧"[①]的改良国策。经过像黄遵宪、梁启超等人频繁的中日文化交往,以及自1890年开始清政府向日本派遣留学生,日本的文学改良反过来影响到中国的文学革命。总之,从全局看,以明治维新为界,中日文学交流几乎都是单向的:之前,是日本向中国学习;之后,是中国学习日本。只不过,那时的中国人到日本留学,是想看看日本是如何通过学习西方走上现代化道路的,更是想把日本当作"中转站",借道日本,学习西方的现代科技文明,毕竟日本文化既没有中国文化的根性足,也没有西方文化的现代性充分。如前所述,早在1909年日本报刊就报道了周氏兄弟译介、出版《域外小说集》的信息,让日本人最早知道了鲁迅、周作人的名字和作为;真正学理性地介绍中国文学革命情况的是京都帝国大学"支那语支那文

---

① 19世纪,日本推行"脱亚入欧"的国策。福泽谕吉在《脱亚论》里宣称:"我们要从内心谢绝亚细亚东方的坏朋友。"他所谓的"东方的坏朋友"主要指当时的中国和朝鲜。20世纪末,这种陈词滥调死灰复燃,如1989年长谷川庆太郎发表《别了!亚洲》。

学"讲座教授狩野直喜的弟子青木正儿撰写的《以胡适为漩涡中心的文学革命》。

中国现代文学作品在20世纪20年代在日本就有译介。详细情况，我在"中国现当代文学海外传播与接受的历史脉络"那一章里已经交代过。这里单拿《阿Q正传》为例，从中国现代文学海外接受的国别关系这个角度继续加以说明。据日本文学研究专家王晓平在《梅红樱粉——日本作家与中国文化》一书里的"《阿Q正传》的振幅"一节的介绍得知，1928年，一个当时以"吃喝嫖赌戏"著称的所谓"中国风俗史研究家"井上红梅翻译了《阿Q正传》，发表在《上海日日新闻》上；1929年，他把这个译文改名为《支那革命畸人传》，发表在一本名叫《千奇百怪》(有人译为《奇谈》)的色情刊物上，该期刊物的目录上也没有署上鲁迅的姓名，而是把它与《近代游荡文学史》等杂乱无章的东西混搭在一起。① 尽管这是被庸俗化的、被扭曲的传播与接受，但是，它至少从一个侧面反映了日本民众对以鲁迅为代表的中国现代文学的喜爱。后来，在日本专门成立了像"鲁迅友之会"这样的以专业人士和家庭主妇为主体的群众团体。该《会则》规定：一、每隔一年召开一次全体会议；二、召开定期的读书会、研究会和演讲会(大体半个月一次)；三、每年发行两期以上的《会报》；四、收集有关文献和资料。这样的群众组织和读者群体在鲁迅海外接受史上是极其独特的。所以，有的专家充满感慨地说，这样的群众基础"不仅决定了日本鲁迅研究的规模和深度，而且也决定了它能够不断深入和发展"②。此后，

---

① 王晓平：《梅红樱粉——日本作家与中国文化》，宁夏人民出版社2002年版，第156页。
② 刘柏青：《鲁迅与日本文学》，吉林大学出版社1986年版，第208页。据现有材料来看，在世界读者中，日本普通读者尤其喜欢阿Q形象。阿Q在日本与"太郎""长松"一样已经成为普通名词，也被当作推理上的荒谬、行动上的怯懦、原则上的动摇的同义词。

日本译介中国现代文学走上了更加专业化、学术化、集团化的道路。1927年后，在华的日本记者、日本无产阶级文学作家鹿地亘和中野重治等及时向日本译介中国无产阶级文学和"左联"的情况。"二战"结束后，日本一度掀起了"《讲话》热"。从1946年第一个日译毛泽东《在延安文艺座谈会上的讲话》版本开始，此后出了不少新版本，而且还有相应的研究论著出版。

如今，日本各大高校如京都大学、爱知大学、庆应大学、东京大学、早稻田大学等的大学图书馆和较大的书店几乎都有中国现当代文学名家的名作陈列，连新时期以来的一些名家的名作如凌力的《少年天子》、二月河的《康熙大帝》、钱钢的《唐山大地震》、贾平凹的《废都》、陈忠实的《白鹿原》和王朔、莫言、余华等人的作品都可以看到。"据东京大学文学部藤井省三介绍，1977年至2006年11月，中国小说有448部单行本被日本翻译出版，其中大陆作家作品计233部。"[①] 日本广有影响的"岩波文库"也收录了中国现当代作家作品。以巴金为例，饭塚朗翻译的《家》（上下册）从1956年由"岩波文库"出版后，到2019年2月已重印8次；立间祥翻译的《寒夜》1978年收入集英社出版的《世界文学全集》，2016年由"岩波文库"重印面世。日本对中国现当代文学的译介与研究，除了日本无产阶级文学派学者外，还有日本"中国文学研究会"的几代学者。他们在中国现当代文学思潮、文学史、作家作品研究等方面均取得了丰硕成果。比如，1997年，藤井省三和大木康合著的《新中国文学史》，从元朝文学[②]一直写到了"邓小平时代的文艺复兴"，乃至写到了1996年出版的《丰乳肥臀》。又如，2005年，日本放送出版协会出版了藤井

---

① 转引自孟长勇：《从东方到西方——20世纪中国文学与世界文学》，复旦大学出版社2007年版，第44页。

② 日本有些人承认他们是元朝成吉思汗的后裔。

省三的专著《二十世纪的中国文学》，独辟"日本人怎样解读现代中国"一章。虽然中国古典文学依然是日本学界研究汉学的首选，但是我们并不能因此菲薄日本的中国现当代文学译介与研究。日本中国学家是想通过阅读中国现当代文学作品满足了解现实中国的实际需要，而不是像阅读中国古典文学作品那样是为了获取归属感、亲和感和凝聚力。中国现当代文学在日本的译介和研究有以下几个方面的特征：

第一，日本译介和研究中国现当代文学可以分为三个时段。第一个时段是在1931年"九一八"事变之前。第二个时段是从日本入侵中国到抗战结束。第三个时段是战后。在第一个时段，日本中国学界除了对像鲁迅、郭沫若等个别作家作品比较看重外，总体上不大看好中国现代文学。青木正儿说："我对鲁迅引起注意是在大正七年左右，在《新青年》杂志第四卷第五号上，我读到他的处女作《狂人日记》。此后，在大正九年，我们的杂志《支那学》创刊了，我从创刊号到第三期相继介绍了正在中国兴起的所谓的文学革命的运动，其中评及鲁迅说：在小说方面，鲁迅是一位未来的作家，其《狂人日记》所描写的一个狂人的惊怖的幻觉，是迄今为止中国小说家中的空谷足音。但是，令人遗憾的是，在'新思潮'同人的创作功力中，大都只有我国中学生作文一样的程度。"[1]当年，青木正儿还把发表他文章的《支那学》杂志寄给鲁迅和周作人，周氏兄弟回信予以答谢。青木正儿说20世纪20年代中期前后的中国现代文学"大都只有"日本"中学生作文"的水平，显然低估了第一个十年的中国现代文学。这种说第一个十年的中国现代文学远远"落后"于日本现代文学的看法在当时的日本相当普遍。日本人总觉得中国现代文学是日本现代文学的"徒弟"，至少是西方文学的"学徒"。这种无视中国现代文学原创性与现代性的

---

[1] ［日］青木正儿：《鲁迅〈中国小说史略〉》，《中国文学月报》1937年4月第3号。

看法显然是片面的。第二时段与日本侵略中国和中华民族奋起抗战息息相关。[①]1928—1929年间,在中国左翼文坛集中译介日本无产阶级文学理论和作品的同时,日本进步文学界也开始大量译介与接受中国左翼文学理论和作品。1931—1937年,日本中国学界翻译鲁迅的作品最多。此期,仅鲁迅作品选集的日译本就有井上红梅编译的《鲁迅全集》(1932年)、佐藤春夫和增田涉合译的《大鲁迅全集》(1935年),以及改造社出版的七卷本《大鲁迅全集》(1937年)。在出版"鲁迅全集"的基础上,日本中国学界加足马力研究鲁迅,乃至形成了独具日本特色的日本"鲁学",产生了竹内好、增田涉等一批精研鲁迅的专家。"竹内鲁迅"(后面再述)就是日本研究鲁迅的著名品牌。我们也可以从"大鲁迅"的冠名中品味出日本中国学界对鲁迅的崇敬与爱戴。鲁迅逝世时,受中国国内将鲁迅高度政治化和民族化的影响[②],国际左翼文学界给鲁迅之死涂抹上了过度政治化阐释的悲剧色彩,而竹内好则努力"去政治化"。他认为,鲁迅去世后,少数派与多数派之间的对立消失了,原本分裂的文坛统一起来了。这一时期,在日本的中国学界发生了一件重要的事件,那就是,1936年底,竹内好、冈崎俊夫和武田泰淳一起创立了"中国文学研究会"。该会先后出版了《中国文学月报》和《中国文学》。这两份杂志设有"时报""随笔""作家论""讲演""漫画与木刻""资料""文艺杂志的变迁""杂录"等栏目;一大批中国现代作家如鲁迅、茅盾、吴组缃、丁玲、林语堂、艾芜、周作人、鲁彦、魏金枝、蒋牧良等纷纷亮相,同时,它们还介绍了小品文论争和大众语论争等现代中国文艺论争。从抗战全面爆发到"二

---

① 费孝通认为,近代以前,中华民族一直处于一种自在状态;之后,慢慢自觉起来;到了抗日战争时期,中华民族彻底觉醒了,并取得了空前的团结,那时,中华民族统一起来了。
② 当年鲁迅棺椁的棺盖上覆盖着由沈均儒书写的"民族魂"三个大字的旗帜。对此,曾经有人发出微词,说什么用一个人来代表一个民族的灵魂,是不恰当的。

战"结束期间，愈来愈恶劣的战时环境，使得中国现代文学海外（尤其是在日本）传播与接受严重受挫。第三时段是战后。虽然日本战败了，但是由于日本追随美国，并与美国签订了"安保条约"，一些日本人"好了伤疤忘了疼"，依然把中国视为弱国。但是，日本进步人士在20世纪60年代初开展了反对日美"安保条约"运动，使得中日左翼进步力量再次团结在一起。尤其是日本的中国学家，通过强化对中国现当代文学的研究，深刻反省日本文化自身的问题，出现了以竹内好等为代表的日本第一代中国现当代文学专家，确立了中国现当代文学研究这一"新兴学科"在日本的历史地位；崛起于20世纪70年代中后期的日本第二代中国现当代文学专家以丸山升等为代表；第三代指20世纪80年代以后的日本学者。中国现当代文学的译介与接受随之在日本重现生机。原来已经翻译过的作品有的被重译，有的被再版；原来没有翻译的作品也部分得到了译介；像鲁迅的《故乡》《藤野先生》等中国现代文学作品被编进日本中学的《国语教科书》，纳入日本经典化和知识化的进程。正如北京大学著名日本学专家严绍璗指出的，以抗战胜利为界，自"五四"到抗战胜利前，日本的中国现代文学研究有两个明显的特点，"一是作为研究的对象，集中于中国大城市的作家和作品；二是作为研究的观念，集中于文学主义的探讨和解释"；而战后至新时期，"中国现当代文学作为'人民文艺'进入日本，它的首要任务，是通过对文学的研究，来理解半个世纪以来中国人的思想情绪、民族苦难，他们所追求的理想，和为之进行的艰苦卓绝的斗争。毋庸置疑，这一研究，包含有促进日本在战后反省的意义"。[1]尤其是进入新时期后，日本成为世界上拥有庞大的中国学家队伍的国家，"若以1988年10月1日日本现代中国学会公布的会员数为例，

---

[1] 转引自孙立川、王顺洪编：《日本研究中国现当代文学论著索引1919—1989》，北京大学出版社1991年版，第3页。

共有研究家364位,其中当然有不少非文学研究家,但文学研究家也不会少于三分之一"[1]。据李朝全查阅中国国家图书馆馆藏图书后的统计,以中国当代文学作品的日译为考察对象,1949—1966年日译43部,1967—1976年日译9部,1977—1989年日译44部,1990—2010年日译163部。除了"文革"期间很少外,"十七年"时期和改革开放时期日译中国现当代文学作品的数量大体持平。1989年后,尤其是中国推行市场经济以来,日译中国当代文学作品数量激增。就世界范围来看,在中国当代文学作品外译的国家中,日本略微低于法国。除了1990—2010年被法国远远超过外,在其他三个时段,日译中国现当代文学作品的数量都高于法译。[2]

我们可以老舍在日本多次形成译介、传播和接受热潮为例。从20世纪40年代开始,老舍的作品就断断续续地被译介到日本,并有10多篇评论老舍及其重要小说的文章发表。50年代,日本对老舍的译介越来越多,还出版了《老舍论》《老舍年谱》;而且把《骆驼祥子》改编成名叫《一个名叫骆驼的人》的广播剧在东京电台广播,如此一来,祥子和小福子的名字在日本社会扩散开来。60—70年代,日本发表了老舍研究的文章80多篇,且以综合性研究见长。80年代到20世纪末,仅《骆驼祥子》就出版10余种日文版。1984年成立了全日本老舍研究会。1981—1983年,10卷本的《老舍小说全集》在日本出版。此外,20世纪80年代以来,日本发表研究老舍的论文400多篇,出版10余种"老舍年谱",《茶馆》也在日本热演,伊藤敬一还首倡"老舍学"。进入21世纪,老舍在日本依然热度不减。2002年11月,京剧《骆驼祥子》在日本演出7场。由此可见,从20世纪50年

---

[1] 转引自孙立川、王顺洪编:《日本研究中国现当代文学论著索引1919—1989》,北京大学出版社1991年版,第3—4页。

[2] 参见李朝全:《中国当代文学对外译介成就概述》,《文艺报〈周二版〉》2007年第42期。

代至今，老舍在日本时常掀起译介、传播、研究与接受的热潮。

第二，由于日中之间具有特殊的侵略与反侵略的历史，与苏联中国学界相比，日本在译介和研究中国现代文学方面一度呈现出政治性极强的特色。日本中国学家相浦杲指出："日本的中国现代文学研究自三十年代始，而同时也正当日本帝国主义对中国的侵略时期。因此，这一良好的开端从一开始就背负着不幸的时代命运。"[①] 日本侵华战争是中国现代文学在日本传播与接受的最大障碍。最有代表性的、影响巨大的例子是《华威先生》的"出国事件"。1938年2月，张天翼急就于战时长沙的《华威先生》，讽刺一位在抗战时期"包而不办"的、一味争夺领导权的抗战官僚形象。1938年11月，其时已成为日本军国主义喉舌的日本《改造》杂志发表了这篇小说，还别有用心地加了编者按，大肆攻击、诬蔑、歪曲中国的抗战和英勇抗战的中国人民，企图借此鼓舞日本侵略者的"士气"。这篇政治讽刺小说被日本军国主义利用，作为宣扬日本军国主义所谓"圣战"的教材。这方面的信息反馈到中国国内后，在大后方激起了关于"讽刺与暴露"的论争。林林在《谈〈华威先生〉到日本》里说："可资敌作反宣传的资料，像《华威先生》这样，不仅不该出洋，并且最好也不要在香港地带露面"；这是"减自己的威风，展他人的志气"。[②] 四天后，冷枫发表了持不同意见的文章《枪毙了的华威先生》，认为出国的华威"毕竟是一具僵尸"，日本军国主义者借此大做文章，处处掩盖他们没落的真相，欺骗日本民众，恰恰说明他们的心虚与胆怯。[③] 张天翼也在回应的文章《关于〈华威先生〉赴日——作者的意见》里说："华威先生是生长在我们民族身上的小疮，我们把它揭出来，说明我们民族之健康，说

---

① [日]相浦杲：《海峡两岸的中国文学之交叉与日本》，《咿哑》1987年12月第23期。
② 转引自苏光文：《大后方文学论稿》，西南师范大学出版社1994年版，第101页。
③ 同上。

明我们之进步；日本人想拿华威先生这个人物来证明我们全民族都是泄气的家伙，而向他们本国人作宣传，那只是白费力，是最愚蠢的，效果一定相反；加上日本人被他们的法西斯叫昏了头，而看不见他们这家帝国主义的死症，只欢天喜地的来发现对方的毛病，则其愚尤不可及。日本被压迫民众绝不会这样的。"①无独有偶，日本军人山县初男出于政治宣传目的，在1939年6月将张恨水的《满城风雨》译成日文，并更名为《支那的自画像》发表。其实，这也是张恨水的作品首次被译成日文。只可惜，首次被译成日文就被无奈地政治化、妖魔化、变异化。

需要说明的是，日本对张天翼的《宝葫芦的秘密》《大林和小林》《秃秃大王》等儿童文学作品的译介并未受战争因素影响，不但没有被歪曲，而且得到了充分肯定。伊藤敬一认为，张天翼的儿童文学作品"创造了一个光怪陆离的神话世界"；《奇怪的地方》《奇遇》《失题的故事》"确立了新现实主义童话"；"这两点是他在中国童话史上的功绩"。②但这仅仅是个别现象。这些个别现象并不影响战时日本主要从政治角度接受中国现代文学的大局大势。日本讲谈社出版冰心的《寄小读者》时，故意不把其中表明冰心反战态度的文字翻译出来，之后，受到了冰心的"斥责"。1951年6月，冰心在东京大学演讲时，还进一步强调说："中华民族从来就是爱好和平的民族，中国文学的基本流派也是和平主义。"③新中国成立后，在东西方两大对抗阵营中，日本追随美国，并于1952年与台湾缔结《"日华"和平条

---

① 张天翼：《关于〈华威先生〉赴日——作者的意见》，《救亡日报》1939年3月15日。
② ［日］伊藤敬一：《张天翼的小说和童话》，《世界儿童文学》1960年12月第4号。
③ 转引自［日］新岛淳良等：《中国现代儿童文学流派——以作家与主人公为中心》，《世界儿童文学》1960年12月第4号。不像培根说的那样——尚武的人种和国家才伟大；利玛窦很早就说过，世界上最难的事情就是把中国人看成战士。

约》,公然与中国对立,直到1972年,在"尼克松旋风"①的吹刮下,中日双方在暂时搁置争议的情况下建交。此间,日本民间友好人士悄悄"绕道"访华,在签订第一个中日民间贸易协议时,周总理把电影《白毛女》的拷贝作为礼品送给日本友人。他们回国后,积极推动《白毛女》在日本的公演,还在1955年把《白毛女》改编成芭蕾舞剧在日本上演,影响了日本民众。有人把这一在中日外交史上具有象征性意义的事件描称为"芭蕾外交"。②它与中美建交时两国政治家共同创造的外交佳话——"乒乓外交"——有异曲同工之妙。此外,有的日本中国学家偏好编译出版所谓《世界名作选集》《世界名家辞典》等冠名"世界"之类的书籍,在我看来,也是日本某些人文化"帝国心态"之婉曲体现。当然,这些选本、词典里自然也收入了中国现代作家作品。

第三,日本中国学家译介和研究中国现当代文学时,往往能与日本社会现实联系起来,紧扣时代主题,反思自身的问题。日本著名法学家戒能通孝说:"鲁迅写的是中国的事情,那当然是和我们不相关的别国的事情,他的杂文写的也是别国的事情。可是现在却不能这样说了。因为今天的日本,倒成了当年鲁迅笔下的中国。"③战后,日本进步知识界存在一个"悔恨共同体"。比如,1984年,竹内好发表了重要论文《中国的近代与日本的近代》(又名《何谓近代》)。他认为,中国走的是"从下向内"的"回心型"的近代化道路,而日本

---

① 尼克松在《1999:不战而胜》里说,当有一天中国的年轻人不再相信他们老祖宗的教导和他们的传统文化时,美国人就不战而胜了。他是从1989年苏联解体那里联想而来的。这值得我们中国人省思。参见[美]理查德·尼克松著,杨鲁军等译:《1999:不战而胜》,上海三联书店1989年版。
② [日]山田晃三:《〈白毛女〉在日本的传播和影响》,张永健主编:《挥毫顶天写真诗——贺敬之文学创作国际学术研讨会论文集》,作家出版社2006年版。
③ 转引自王家平:《鲁迅域外百年传播史:1909—2008》,北京大学出版社2009年版,第110页。

走的是"从上向外"的"转向型"的近代化道路。[①] 竹内好研究鲁迅，以鲁迅为镜子，充分肯定鲁迅以文学启蒙为手段，对内批判国民劣根性，对外理性地处理"拿来主义"的作品。由此，竹内好反观日本在盲目西化过程中缺乏独立思考的精神，实现了一个可疑的现代化；而这种盲目性就是日本文化的劣根性。它最终导致了日本军国主义战争。质言之，竹内好以鲁迅思想为参照，深入思考日本民族的文学和思想等命题，进而鞭挞日本的近代主义，并以此为基点，构筑起"竹内研究思想体系"。他还以这一发展模式和价值范畴展开他的思考和学术研究，因而在学界有"竹内鲁迅"之说。竹内好的研究视野、思路、方法和观念影响深远。在日本发动侵华战争时，"竹内鲁迅"的出现以及不断涌现的追随者和发扬光大者就显得尤为可贵。竹内好是这样想的，在实际行动中也是身体力行的。他是知行合一的大学者。当年，日本右翼分子、军国主义者想利用竹内好的影响，拉竹内好一起打造所谓的"大东亚文学圈"，遭到了竹内好的拒绝。又如，小野忍对中国的抗战文学，如"东北作家""沦陷区文学"和解放区文学的"文学史观"的学术梳理，也是想通过中日文学交流来沟通两国人民的情感。就是在战后，在中日关系仍然十分紧张的艰难时世，日本中国学家依然能够攻坚克难地译介中国现当代文学，以此真诚表达两国人民友好共处的美好愿景。影山三郎在《雷雨》的《译者后记》里写道："译者想向阅读本书的读者表达如下心情，即该剧如能对我们进一步加深对中国人民的亲密感情多少起一点作用的话，那将十分荣幸。我们关于新中国的知识，近来逐渐丰富起来。正如郭沫若先生在序言中说的那样，把过去'悲剧性的社会'同'解放了的中国'联系起来考虑，对生活在'当今日本'的我们来说，没

[①] [日] 竹内好：《中国的近代与日本的近代》，《竹内好全集》（第4卷），东京筑摩书房1980年版，第117页。

有比这更有意义的了。"①曹禺剧作不只是被译成日文,还频频在日本上演,且经久不衰。曹树钧《曹禺剧作在日本的演出和研究》说:"从1935年到1985年半个世纪之中,在日本本土先后演出过《雷雨》《日出》《原野》《家》《蜕变》《明朗的天》6个大戏,几乎曹禺的主要剧作在日本全都上演过。"②21世纪以来,曹禺的好戏还常常在日本上演,比如,2006年11月,北京人艺首度赴日在东京演出三场《雷雨》;2017年10月和2018年2月,东京话剧艺术协会2次演出《雷雨》。此外,《暴风骤雨》的译者鹿地亘在《译者序言》里说:"当今,我们都有这样一个概念:帝国主义的基础是肤浅而脆弱的。读了周立波的长篇小说《暴风骤雨》之后,我首先亲身感受到了这一点,并促使我耐心地把它介绍给日本:军部和财阀之流的所谓'王道乐土'的阴影,事实上就像即将坍塌的一堆沙土,随时都有崩溃的可能。更谈不上什么百年大计!许多日本人并不知道这一点","今天必须明白,当日本重建时,一定不能走老路。沙滩上不能建筑楼房。我们同亚洲的各民族,尤其是我们休戚相关的中国人民的关系,必须打下毫不动摇的坚固的基础。为此,作为一个警告,这部作品让我们看到了一个不寒而栗的真相!"③就是直接写反日本法西斯的《法西斯细菌》在20世纪50年代初也被实藤惠秀译介到日本。实藤惠秀还解释了她译介这部话剧剧本的三点理由:一是"新中国已经没有法西斯细菌了,但在日本,这细菌似乎还在传染";二是剧本描写的对待做学问和搞政治的态度对日本人有启发;三是剧中的静子既是一个善良的日本人,又是

---

① [日]影山三郎著,山三郎、郑振铎译:《雷雨·译者后记》,《雷雨》(日译本),东京汽笛社1936年版,第83页。
② 曹树钧:《曹禺剧作在日本的演出和研究》,《戏剧艺术》2007年第4期。
③ [日]鹿地亘著,鹿地亘、安岛彬译:《暴风骤雨·译者序言》,《暴风骤雨》(日译本),东京鸽子书房1951年版,第3页。

一个善良的中国人,这样处理说明了中日关系的错综复杂。①

第四,日本中国学界研究中国现当代文学的"中国学性""学理性""专执性"很强,尤其以资料考据见长。这既与日本有着深厚的汉学传统有关,也与中国现当代文学同日本现当代文学"你中有我、我中有你"的紧密联系有关。这是世界上其他国与国之间的文学关系所不具备的,尤其是在中国现当代文学与其他外国现当代文学之间更不具备这种互相渗透的关系。晚清时期,在中国人到日本留学的同时,日本汉学在日本学界的地位得以提升,具体表现在日本知名大学在学科设置时,单列出了"中国文学"这一学科。比如,1903年,东京帝国大学将"汉学科"分列为"支那哲学"和"支那文学",尽管那时的日本中国文学研究还局限于中国古典文学,但它却在不经意间培养了一批中国现当代文学研究的专家、学者,如增田涉、竹内好、辛岛骁等。尤其值得指出的是,当年大批到日本留学的中国学子也为中国现当代文学在日本的流布做了大量的基础性工作,比如,现代中国作家鲁迅、欧阳予倩1902年赴日,沈尹默、夏丏尊1905年赴日,钱玄同、周作人1906年赴日,成仿吾1910年赴日,李大钊、刘大白、郭沫若、郁达夫、张资平1913年赴日,李初梨1915年赴日,田汉1916年赴日,郑伯奇1917年赴日,等等。他们在日本创办报刊,把他们在日本本土学习到的、感受到的现代气息化为文字,传递到国内。首先,"这种情况,使日本成为保存与中国现代文学有关的原始资料最为丰富的国家。日本各地图书馆,迄今仍库藏有《浙江潮》《汉风》《天义》《江苏》《译丛》《留东学生》《杂文》等数十种中国留学生创办的杂志"②。其次,他们在日本结社,如创造社等。最后,他们在日

---

① 参见会林、陈坚、绍武编:《夏衍研究资料》,知识产权出版社2010年版,第90页。
② 孙立川、王顺洪:《略论日本研究中国现当代文学的历史与现状》,《北京大学学报(哲学社会科学版)》1990年第5期。

本创作或发表新文学作品，如鲁迅的《摩罗诗力说》、郭沫若的一些诗等。这些"事实"为日本第一代和第二代中国学家从实证角度研究中国现代文学创造了有利条件。这种有利条件连中国大陆学者都不具备。日本中国学家十分重视收集和整理中国现当代文学史料，出版了诸如《五四运动论集》《中国新文学大系续编》《二十世纪中国作家笔名录》等。又如，日本中国学家藤井省三从接受美学和阐释学角度细致地研究了鲁迅的《故乡》，于1997年出版了颇见功力的学术著作《鲁迅〈故乡〉阅读史——近代中国的文学空间》。全书分四章，按中华民国前期、中华民国后期、毛泽东时代和邓小平时代这样四个时期划分，有翔实的材料，有些还是难得一见的史料，从接受美学的角度，勾勒出从1921年发表开始到1997年为止《故乡》在中国中学语文界的接受史，以小见大地展示了现当代中国文学的文学空间。但是，20世纪90年代以来，日本青年一代中国学家采用了崭新的西方人文思潮和研究方法，致力于对中国现当代文学的思辨性分析和演绎及其理论建构，比如，石川忠司的《鲁迅小论》从"言语论"出发，从个人、阶级、民族国家和人类等多个层面，阐释鲁迅现代意识的内涵及构成。他认为："言语一致"的口语，确立了中国人的主体性，而这种主体性又因拥有平等资格参与政治生活而使"建立公民国家成为可能"；个人主体的确立是国家主体确立的前提；但鲁迅又批判了国家、国家主义等意识形态，因为它对个人主体构成一种压迫和消弭；这个"公民国家"既非"列强"，亦非"暴政"，而是尊重和维护人的"个性"的"人之国"；由此彰显了鲁迅的悖论思想。从以上成就斐然的研究中，我们不难看出，日本中国学界对中国现当代文学研究之深，体现了我所说的"中国学性""学理性"。除了"深"之外，还有"专"。而且，"深"得益于"专"。这个"专"就是我接下来就要讲到的"专执性"。所谓"专执性"，是指有的日本中国学家一辈子都在研究中国现当代文学，把毕生的精力用于研究中国现当代文学领域中的某一个具体问题。比如秋吉久纪夫,从 1950 年上大学起就着手翻译艾青的《手推车》,半个多世纪以来,从未中断过译介和研究现当代中国诗歌。虽然他也偶有编译诸如《解放区中国文学论争资料》和《中国文学运动的发展资料》等,但这些仅仅是资料的汇编而已。他译介中国现当代诗歌的动机有三:一是通过译介中国现当代诗歌反省战后日本的挫败感,提振自我和民族信心。后来,他回忆说:"第二次世界大战以后,日本战败,在日本人既成观念之中,有不如对手的脆弱性这样漠然的想法,再加上我想事的倾向性也帮了忙,于是便钻进了这个世界,或许也有年轻人的轻率行事吧。"① 这里所说的年轻气盛,类似于中国青年知识分子的家国情结。二是想以之改变日本人对现当代中国固有的看法。他觉得现当代中国一直在变,在革新,就像新诗汲取了西方现代诗歌营养那样,现当代中国也拥有了世界眼光。三是比较这种"友型文化关系"的中日诗歌发展之优劣,促进相互间取长补短。他觉得,日本现当代诗歌主观性太强,冗长疲沓是其弊害,因此,应该像中国现当代诗歌那样,谱制出专属于它们的节律,并使之定型化。为此,他除了研究闻一多的"三美"外,还饶有兴趣地研究卞之琳诗歌的客观化及其格律化问题,如阴韵、随韵、交韵、抱韵以及十四行诗型、三连同一韵诗型和圆舞曲诗型等。他的译介和研究范围十分宽泛。从田间、王亚平、卞之琳等人的抗战诗歌,到冯至、穆旦等人的现代主义诗歌,他都做了十分有价值的译介和研究。据不完全统计,他编译出版的诗集就有《中国现代诗集》《现代中国诗人冯至集》《现代中国诗人何其芳集》《现代中国诗人卞之琳集》《现代中国诗人艾青集》《现代中国诗人穆旦集》《现代中国诗人戴望舒集》《现代中国诗人阿垅集》《现代中国诗人郑敏集》《现代中国诗人牛汉集》《现

---

① [日]秋吉久纪夫:《跋》,秋吉久纪夫编译:《精选中国现代诗集》,东京土曜美术社 1994 年版,第 166 页。

代中国诗人陈千武集》《精选中国现代诗集——改变面貌的黄色大地》等。他还多次来中国，查找资料，进行实地调查，与中国作家和学者面对面交流。他的研究扎实而见功力，回过头来看，这对我们从事中国现当代文学研究也有助益。归结起来说，就"专执性"而言，根据以上分析，我们可以像学界称道"竹内鲁迅"那样，不妨把秋吉久纪夫的中国现当代诗歌研究称为"秋吉新诗"。

总之，日本对中国现当代文学的译介与研究在世界中国学界占有十分独特而重要的位置，有些经验值得发扬光大，而有些东西必须根除。而且，这种双向交流还在持续之中，比如，田原在日本办《火锅子》杂志，为当代中日文学交往四处奔走；又如，我应邀到日本东京二松学舍大学出席"人·诗·学术——闻一多生诞 120 周年纪念大会国际学术讨论会"，并在大会发言中从闻一多的"三美"主张到他提倡"把诗写得不像诗"，由此兼论闻一多从身体地理学到身体政治学的新诗现代性及其悖论性；等等。有了这些正能量的交互存在，我们有理由相信，中日文学交流一定会继往开来，越来越充实、深入。

第二节
中国现当代文学在苏俄的接受

如果从 1741 年 3 月 23 日刚从北京回国的汉学家 O. K. 罗索欣应邀到俄罗斯科学院，一边教授中文和满文，一边着手翻译中国历史著作算起（此事通常被视为俄国汉学的开端），那么中俄两国间的文化交流就拥有近 300 年的漫长历史。当然，也有人认为俄国汉学的开端应该从 1689 年中俄《尼布楚条约》的签订算起。

刚开始，俄国主要通过满文和欧洲语言"转译"中国典籍，涉及面十分广泛。从那时开始到现在，古今中国文学的各种名典几乎都有俄译版本。这些俄译中国典籍，对后来的苏俄产生了巨大影响。世界文豪托尔斯泰就曾亲自翻译过《道德经》。他十分迷恋孔子、老子，热爱中华民族。他在1884年3月27日的日记里写道："我的道德状况是因为读孔子，主要是读老子的结果。"在《论孔子的著作》中，他又写道："中国人是世界上最古老的民族，中国人是世界上最大的民族……他们不想占有别人的东西，他们也不好战……因此，中国人是世界上最爱好和平的民族。"[①]1880年，俄国汉学家瓦西里耶夫就撰写并出版了世界上第二部"中国文学史"即《中国文学史纲要》。此后，涌现出一大批研究中国文学的俄国汉学精英，如波兹涅耶娃、谢列布里亚科夫、谢曼诺夫、彼得罗夫、索罗金、孟列夫、艾德林、费德林、弗林德、史萍青等。由此可见，俄国汉学根柢之深，影响之大。这为后来苏俄译介和研究中国现当代文学打下了坚实的基础。

以决心通过译介和研究中国现当代文学来推倒"中国墙"为己任的阿列克谢耶夫为首，苏联形成了译介和研究中国现当代文学的中国学家群体，乃至可以被称为20世纪海外中国学界的"苏联中国学派"，其中的代表人物及成果有：阿列克谢耶夫的《你学习新诗了吗？》、费德林的《论中国文学》及其主编的四卷本《中国诗集》（第四卷收录1949—1957年的新诗），艾德林的《当今的中国文学》，索罗金翻译的《围城》，李福清和热洛霍夫采夫合译的《燕山夜话》，果雷金娜、康拉德和施奈德合著的《瞿秋白的创作道路：1899—1935年》及其合译的《瞿秋白选集》，波兹涅耶娃的《〈丁玲选集〉序》，瓦西里耶夫、穆尔扎合编的《文学百科》，卢德曼的《〈子夜〉序》，费多连科的《中国

---

① ［俄］列夫·托尔斯泰：《论孔子的著作》，列夫·托尔斯泰著，冯增义、宋大图、倪蕊琴等译：《托尔斯泰文集》（第15卷），人民文学出版社1989年版，第71页。

现代文学概述》《中国文学》,彼得罗夫的《中国人民的伟大作家——鲁迅》《艾青》,玛尔科娃的《毛泽东主义与知识分子》《抗战时期的诗歌及研究》,切尔卡斯基的《1937—1949年战争年代的中国诗歌》及其博士学位论文《二三十年代的中国诗歌》以及翻译的《60、70年代的诗选》《阴雨林荫路(20—30年代中国抒情诗)》《五更天(30—40年代中国抒情诗)》《四十位诗人(20—40年代中国抒情诗)》《蜀道难(50—80年代中国诗歌)》,伊万科翻译的《幻灭》,谢曼诺夫翻译的《猫城记》《赵子曰》,罗果夫、克里夫佐夫合译的《李有才板话》《小二黑结婚》,尼克里斯卡娅的《曹禺·创作概述》,阿吉玛姆多娃的《田汉：时代背景下的人物》,等等。

20世纪之初,中国和俄国一样,政治动荡、经济萧条、民生穷困,两国之间的文化交流几近于无。五四文学革命及其最初的文学成果,没有能够及时译介、传播到苏俄去。苏俄对此也几乎没有什么了解。只有极个别的具有前瞻意识的中国学家,如阿列克谢耶夫,通过来自中国报刊的零星信息,特别用心地做了大量笔记,积累了这方面丰富的材料和知识。这种零散的研读活动,可以视为苏联的中国学家接受中国现当代文学的草创阶段。2003年,有位苏联中国学家回忆道："著名的汉学家 B. M. 阿列克谢耶夫从一开始就十分关注新中国的文学活动,尽管没有条件去中国,但通过来自中国的报纸杂志做了大量的摘录并予以分类：现代中国知识分子生活、新中国与其文化问题、新中国的政治期望与困境、新中国宗教与宣传。"[①]

1928—1936年是中国现代文学史上的左翼文学时期,是继中国现当代文学与外国文学交往的五四文学时期之后的第二个时期。世界无产阶级文学思潮涌入中国;与此同时,中国左翼文学也被译介

[①] В. М. Алексеев. *Труды по китайской литературе*. Москва: Вост. литература, 2003, p. 269.

到国际无产阶级文学阵营，成为世界无产阶级文学的一个重要组成部分。1930年11月，世界无产阶级革命作家代表大会在苏联乌克兰首都哈尔科夫召开。"左联"派遣萧三出席此次盛会。这之后，中国与世界无产阶级文学运动血脉相连。比如，1931年当"左联五烈士"遇害后，"左联"迅即向世界发布《为国民党屠杀同志致各国革命文学和文化团体及一切为人类进步事业而工作的著作家思想家书》。国际革命作家联盟也迅速地一边给国际各支部发信，一边发表"宣言"，以示抗议、声援。又如，"九一八"事变爆发时，"左联"发表《告国际无产阶级及劳动民众的文化组织书》；作为回应，国际革命作家联盟迅即发表了《告全世界革命作家书》。再如，1936年，当鲁迅逝世时，苏联文艺界专门召开鲁迅追悼会，法捷耶夫任主席，哀悼鲁迅；等等。以上事实表明，在组织关系上，"左联"与世界革命作家同盟联系十分密切。在那个左翼文学思潮兴盛的时代，中国左翼文学在苏联得到了初步的译介。比如，1932年4月，A.罗姆翻译的《萧三诗集》由莫斯科国家出版社出版。又如，1937年，弗·鲁德曼翻译的《子夜》由列宁格勒国家文艺出版社出版。据宋绍香统计，"在1932—1942年的11年间仅翻译解放区作家作品18种，其中还有一种是集体诗集（《中国诗人的宣传诗》）；另外，涉译作家也不多，除集体诗集外，仅译介3位解放区作家（诗人）的作品：萧三的8种，丁玲的8种，罗烽的1种"①。

随着抗战的到来，中国抗战文学成为世界反法西斯文学的一个有机组成部分。中国抗战文学成为中国现当代文学与外国文学交往史上的第三个时代。这一时期中外文学交往出现了重大变局。为了一个共同的目标，苏、中、美、英、法等大国组成了反法西斯统一战线。在

---

① 宋绍香：《中国解放区文学在俄苏：译介、反响、研究》，《文艺理论与批评》2009年第4期。

此大背景下，作为反法西斯斗争一部分的中国抗战文学，在这些同盟国家得到了积极的译介与接受。首先是苏联作协举办各种中国文化或文艺展览会；其次是苏联科学院和国家文艺书籍出版局以及各大报刊纷纷发表中国的抗战文学。"1939年5月20日，苏联塔斯社的一则通讯称：'中国的文艺作品，尤其是关于中国人民英勇抗战的书籍，在苏联的读书界是非常流行的。'该通讯提供的一个数据很能说明问题，那就是1937—1938年间，苏联以15种民族文字印行了有关中国的书籍47种150万册之多。苏联的一位中国文艺作品翻译家M.伊凡诺夫还撰写了《中国作家写些什么》一文，对姚雪垠、丘东平、碧野、张天翼、刘白羽、辛明和黑丁等中国作家所写的抗战文学作品加以评论，并向苏联读书界推荐这些作家的作品。1940—1944年间，中国抗战文学作品在苏联文艺界与读书界的呼声，也是很高的。苏联国家文艺出版社、苏联作家出版社以及以俄、法、德、英等文字出版的《国际文学》杂志、《青年卫队》、《文艺鸟瞰》、《十月》、《文学报》等报刊，都发表中国抗战文学作品的译本、论文、报道文章。苏联著名诗人郭洛德内依主编的波兹涅耶娃所辑的《现代中国新诗集》，收艾青、臧克家、萧三、安娥、田间、王亚平等诗人的诗歌。1945年3月，苏联国家文艺书籍出版局出版了罗果夫编选的《中国小说选集》，选有老舍、张天翼、姚雪垠、萧红、司马文森等人的抗战小说。这些作品在苏联文艺界与读书界受到欢迎。苏联评论家著文介绍，认为中国抗战文学作品在苏联文坛上'占着很高的地位'。"[①]虽然这一时期苏联译介和研究中国现代文学的总体形势不错，但在1943—1945年间，因为德军突袭苏联和苏联的卫国战争，以及日本侵华战争和中国的抗战、国内革命战争的战争因素，两国间的文学交流受到了严重影响。抗战胜利后，美苏争霸开始，苏联积极争取中国倒向它那一边，并主

[①] 苏光文：《大后方文学论稿》，第422—423页。

动向中国示好，比如，1946年，在茅盾50寿辰时，邀请茅盾访苏，同时，苏联驻华大使送给他一个刻有俄国作家格雷巴耶德夫头像的烟盒作为生日贺礼。

20世纪50年代与80年代是苏联译介和研究中国现当代文学的两个高潮期。50年代，由于苏联中国学家对新中国的诞生兴趣浓烈，加上中苏关系处于蜜月期，还有就是左翼文学自身的魅力、中国无产阶级的文化逻辑和社会主义革命斗争的合法性与亲和力，使得苏联译介和研究中国左翼文学的热情高涨。中国现当代文学名家如鲁迅、郭沫若、茅盾、丁玲等的作品都得到了译介，其中，有的作家还是以多卷本选集的形式出版，得到"集束式"译介，如1954—1955年出版了4卷《鲁迅选集》，1956年出版了3卷《茅盾选集》，1957年出版了2卷《老舍选集》[①]等；有的是多作家合集，如1953年费德林编选并作序的《中国作家短篇小说集》等；有的作家还出版了盲文版的选集，如1954年莫斯科教育出版社出版了4卷本盲文版的《鲁迅选集》。由此可见苏联读者对中国当现代文学的喜爱。不少在中国大陆很有名而在西方几乎没有什么名气的现当代中国左翼作家，尤其是那些中国当代成长起来的工农兵作家，如陈登科、杨朔、马烽、冯德英等，在苏联也都得到了不同程度的译介。

新中国成立后不久，中苏合作拍摄大型文献纪录片《解放了中国》《中国人民的胜利》[②]。这两部纪录片由苏联的格拉西莫夫编导。周立波和刘白羽是这两部片子的中方文学顾问。它们荣获"1951年科学

[①] 20世纪50年代，老舍3次访问苏联。短短几年，苏联就出版了老舍短篇小说、剧本、散文选等30多部作品。20世纪50—80年代，苏联出版老舍研究论文和论著约120篇（部），如安季波夫斯基的《老舍的早期创作：主题、人物、形象》、博洛京娜的《老舍战争年代的创作（1937—1949）》、谢曼诺夫的《论老舍的话剧》、司格林的《伟大的幽默大师》、罗季奥诺夫的《老舍与二十世纪中国文学中的国民性》等。

[②] 刘白羽创作了电影文学剧本《中国人民的胜利》。

和文学艺术斯大林奖金"①一等奖。与此同时，丁玲、周立波、贺敬之、丁毅也荣获该奖。②这在一定程度上加速了苏联对他们作品的译介，特别是对他们获奖作品的译介。

20世纪30—50年代，由于对革命文学、左翼文学、人民文学、社会主义文学、红色文学等意识形态的规束，左翼作品成为一统天下的宠儿；在这种情形下，自由主义文学难以成为被译介的对象，比如，直到1944年，老牌作家老舍及其作品才在苏联得到译介。由此可见，苏联译介中国当现代文学作品时出现"左"倾的一边倒的单一化现象。除了译介中国现当代文学外，研究中国现当代文学也是50年代的重头戏，如1953年、1956年费德林先后出版了专著《中国现代文学简论》《中国文学》；1959年波兹涅耶娃出版了《鲁迅的生平与创作》等。

20世纪50年代末、60年代初，由于中苏关系恶化，中苏文学交流陷入冰冻期。在苏联国内"肃反"的情况下，苏联的中国学家们噤若寒蝉，不敢主动译介、传播和接受中国现当代文学。与此同时，中国国内数次政治运动，使得许多作家失去了写作权利。因此，中苏间的跨国交流均处于高危期，谁也不敢越雷池一步，交往几近停滞。20世纪60—70年代，平均每年不到2种俄译本中国现当代文学出版，而且仅有的这几种译本，也还是译介鲁迅、邓拓等"复杂"作家的作品。

20世纪80年代中国推行改革开放，苏联兴起"公开化"思潮，

---

① "斯大林奖金"是1939年12月由苏联人民委员会通过决议设立的国际性奖项。它从1941年起，一年一次，在十月革命节颁奖，到1953年斯大林去世停止；1966年，更名为"苏联国家奖金"。"斯大林奖金"的创设，明显是针锋相对于西方色彩浓烈的"诺贝尔文学奖"。
② 丁玲的长篇小说《太阳照在桑干河上》获"斯大林奖金"二等奖；周立波的长篇小说《暴风骤雨》获"斯大林奖金"三等奖；贺敬之和丁毅执笔的歌剧《白毛女》获"斯大林奖金"二等奖。

中苏关系解冻。苏联中国学家译介中国现当代文学也随之解禁。尤其是，80年代中期以后，随着中苏关系持续升温，至1989年两国恢复正常外交关系，在苏联出现了译介中国当代文学的第二个热潮。李明滨在《俄罗斯年谈中俄文学交流》里说："其翻译数量越来越多，仅以汇集成书的统计，至1987年统计，已翻译出版的中国当代作品：中短篇集有7部，收入小说60篇；长篇小说3部，诗集1部（收入22位诗人的30余首诗）。至于散见于各地报刊的则种类繁多，不计其数。不但有俄文，而且有乌克兰文等苏联其他民族文字的翻译，这种中国当代文学热一直持续到90年代和世纪末。"[1] 当然，从总体上看，这一波译介浪潮还是比不上上一波译介热浪。

中国现当代文学在苏俄的接受呈现如下特点：第一，中国学家队伍庞大，且具有深厚的中国学修养，有些中国学家在国际中国学界影响颇大。第二，他们译介和研究的领域十分广泛。凡是中国现当代文学领域有名的作家作品，几乎都有俄译本，有的还以"选集"的形式出现，有的译本被反复出版；这些译本涉猎中国现当代诗歌、中国现当代小说、中国现当代散文、中国现当代戏剧、中国现当代文艺思潮乃至中国现当代知识分子问题等。第三，这些译介和研究既有全局性问题的系统研究，也有某个专题的局部研究，还有富有特色的个案研究。首先，我们来看宏观研究。比如，苏联中国学家在"十七年"期间集体写作的《文化的命运》，侧重考察在极左思潮影响下现代中国文化和文艺的命运。又如，索罗金和艾德林合著的《中国文学简论》，分析了在延安文艺座谈会精神指导下解放区作家创作的优秀"人民文学"，"描写了伟大的革命现实，描写了旨在民族与社会解放的战无不胜的群众运动"，他们"以自己的文学作品帮助人民消解战争的重荷，

---

[1] 李明滨：《俄罗斯年谈中俄文学交流》，《国外文学》2007年第2期。

以便鼓舞他们投入抗日战争"。① 还如，玛尔科娃的《毛泽东主义与知识分子》和热洛霍夫采夫的《中国的文学理论与政治斗争》都直指在毛泽东文艺思想成为圭臬的环境里中国意识形态的"一元化"，以及所谓知识分子在政治斗争的漩涡中苦苦挣扎的悲惨命运。再如，对中国新诗素有研究的中国学家切尔卡斯基，1972年、1980年先后出版了《二三十年代的中国新诗》《1937—1949年战争年代的中国诗歌》。他以丰赡的史料、犀利的文学史家眼光，系统评介并构架了自新文学诞生至抗战文学为止的中国现代新诗发展史。在第一部著作中，切尔卡斯基论述了20世纪20—30年代中国新诗的主要流派、代表性诗人和主要的诗歌体式，如以徐玉诺为代表的现实主义诗派，以朱自清和王独清为代表的浪漫主义诗派，以李金发为代表的象征主义诗派，以徐志摩和朱湘为代表的新月派和以蒲风为代表的中国诗歌会。他对这些诗人及诗派的评价客观公允。他论述的某些诗人和诗派在当时中国文学史里几乎没有提及，有的即使提及了，也是被当作反面教材，如徐志摩及其新月派。他在分析了从自由诗、欧化诗、抒情诗到史诗的新诗形式嬗变后，进而指出，中国新诗不仅受到了俄国文学影响，也有来自欧洲文学的质素。最后，他充分肯定了20世纪20—30年代中国新诗的意义。他说："中国诗歌作品在许多方面成为世界文学交往的积极参与者。它与东西方各国文学的直接和间接的联系在加紧扩大和深化，因而得到了迅速发展。"② 在后一部著作中，切尔卡斯基着重研究了抗战时期和解放战争时期中国新诗所受两种不同性质战争环境和两种不同"战时文化心态"的影响及其表现，细致入微地分析了艾青、田间、柯仲平、何其芳、蒲风、阮章竞等抗战诗人和解放区诗

---

① ［苏］索罗金、［苏］艾德林：《20世纪40年代的中国人民文学》，《中国文学简论》，莫斯科东方文学出版社1962年版，第178页。
② 转引自［苏］费德林：《中国文学研究与翻译在苏联》，《岱宗学刊》1997年第2期。

人的"抗战诗歌""战争诗歌",指出在战争环境下,诗歌写作、出版、评论之困难,"政论诗"取代了抒情诗,民族情感的宣泄取代了诗歌美学的分析。其次是专题研究。比如,阿列克谢耶夫的著作《你学习新诗了吗?》就专门论及胡适的《尝试集》。他说:"著名学者胡适不具备做诗的天赋,他的诗在古典诗歌评论家看来无疑是笨拙的,甚至是拙劣的模仿。"[1]虽然他的这种评价与当时中国诗坛的实际状况比较接近,但是它对中国新诗最初在苏联的传播与接受无疑也产生过消极影响。好在,有像切尔卡斯基这样专研新诗的中国学家有学理地探讨中国新诗,慢慢消除了人们对中国新诗的误解,抵消了阿列克谢耶夫对新诗传播的负面影响,使人们重新回到客观的中国新诗领域中来。这也是艾青的诗在苏联广受欢迎的原因之一。1991年,苏联解体,切尔卡斯基移居以色列。1993年,俄罗斯东方文学出版社出版了切尔卡斯基的《艾青:太阳的使者》。这部新的艾青研究专著是对1954年彼特罗夫当年那本十分有影响的《艾青评传》的一个呼应。最后是个案研究。这种研究在苏联中国学界比较普遍。20世纪50—60年代,鲁迅成为苏联汉学研究的亮点。这是当时苏联中国学家看重中国革命文学思潮、解放区文学和人民文学的具体反映。因为在他们看来,鲁迅是这方面最有代表性的重要作家。此期,在苏联出版的4部研究鲁迅的专著中,有2部学术价值较高。它们是1959年、1960年出版的波兹涅耶娃的《鲁迅生平与创作》《鲁迅:生活创作随笔》。这两部著作把鲁迅的经历、思想、创作以及小说的主题意蕴和形式美学结合起来分析,并特别指出鲁迅受到了苏联文学的直接影响。这种突出鲁迅受到苏联现实主义影响、鲁迅是受苏联文学滋养后才成为影响巨大的中国革命作家的观点是当时苏联中国学家的主流观点。1977年,荷

---

[1] К. И. Голыгина. *Изучение китайской литературы в России*. Москва: Вост. литература, 2004, p. 23.

兰中国学家佛克马进一步指出，鲁迅并非受到苏联现实主义影响，而是受到了苏联浪漫主义和象征主义的影响，挑战了这种主流观点。[①]过分突显鲁迅与苏联文学的渊源关系，无疑是大国文化沙文主义在学术研究中的体现。当然，也有个别中国学家对此有所警惕，提出了"异见"，比如，1967 年，谢曼诺夫在《鲁迅与后来者》里一反常态地指出，鲁迅的创作是受西方美学和思想的影响，而非苏联美学和思想的影响。这种观点部分地修正了当时苏联中国学家在评介中国现当代文学作品时常常出现的"左倾"意识形态倾向。然而，我们并不能因此走向另一个极端，也就是说，不能因此就否定有些现当代中国作家的确受到过苏联文学的影响。比如，鲁迅与果戈理、契诃夫；比如，郁达夫、巴金、沈从文与屠格涅夫；比如，《子夜》与《战争与和平》等就有千丝万缕的联系。除鲁迅外，茅盾是 20 世纪 30 年代苏联中国学家常常评说的对象。1937 年，卢德曼在给《子夜》俄译本所作的序言里说："该部作品毫无疑问是革命文学的杰作之一。"[②] 在此，卢德曼采用的也是所谓的革命文学的美学标准，政治色彩比较浓烈。总之，长期以来，苏联中国学家是按照"人民文学"的标准来选择、翻译、研究和接受中国现当代作家作品的。获斯大林奖金的作品自然成了他们的热门研究对象。《太阳照在桑干河上》第二版的译者波兹涅耶娃从两方面赞扬这部小说：一方面写出了土改中的新人新事，另一方面也写活了反动势力，从而把"解放区的土地改革以其全部的复杂性展现在我们面前"。[③]《暴风骤雨》第一版的译者鲁德曼指出这部小说

[①] 参见［荷］佛克马：《俄国文学对鲁迅的影响》，乐黛云主编：《当代英语世界鲁迅研究》，江西人民出版社 1993 年版。

[②] 转引自王亚民：《中国现当代文学在俄罗斯的传播与研究》，《新疆大学学报（哲学人文社会科学版）》2007 年第 1 期。

[③] ［苏］波兹涅耶娃：《序言》，《太阳照在桑干河上》（俄译本·第二版），莫斯科外国文学出版社 1962 年版。

成功的第一诀窍是，它塑造了"一系列农村典型人物"："党的智慧和良知的体现者"肖祥，"农民的领头人"赵玉林，老雇农郭全海，"色彩艳丽的人物"白玉山和白大嫂子等。第二个诀窍是，"从艺术形式到语言运用都是广大人民群众通俗易懂的"[①]。《白毛女》的译者罗果夫在该书的序言中，从"人民艺术"的品格、音乐的魅力和"色调与鲜活性"的对话三个方面，总结了这部歌剧所取得的思想和艺术成就。[②] 尽管这些获奖作品在苏联得到了及时的译介与研究，但是苏联各界还是把译介和研究的重点放到了赵树理那里。自1949年《远东》第2期发表俄译本的《李家庄的变迁》以来，苏联的几大报刊如《文学报》《新时代》《列宁格勒真理报》等发表了十余篇评论文章。在他们看来，赵树理是"一个新的大作家"[③]，"近三十年来在描写中国农村生活方面还没有哪一个作家能超过他"[④]。

当然，苏俄中国学界接受中国现当代文学时也存在一些明显的不足：一是轻"现代"而重"当代"；二是轻"非左翼"作家作品而重"左翼"作家作品；三是轻多元文学批评理论而独尊马克思主义的文学批评理论；四是有不少译介和研究对作家作品只做浮光掠影的简介，难以触及作家的灵魂和作品的深邃；五是有些中国学家往往受制于中国大陆意识形态、文学界和评论家的影响，存在"跟风"现象，缺乏独立的姿态、思想和品格。

---

① ［苏］鲁德曼：《序言》，《暴风骤雨》（俄译本·第一版），莫斯科外国文学出版社1951年版。
② ［苏］罗果夫：《序言》，《白毛女》（俄译本），莫斯科外国文学出版社1952年版。
③ ［苏］克里弗佐夫：《论赵树理及其中篇小说〈李家庄的变迁〉》，《李家庄的变迁》（俄译本），莫斯科外国文学出版社1949年版。
④ ［苏］利谢维奇：《论作家赵树理及其创作》，《李有才板话》（俄译本），莫斯科外国文学出版社1974年版。

第三节
中国现当代文学在欧美的行旅

"欧美"是一个涵盖了世界上许多发达国家和地区的大场域。[①] 人们习惯上把它们看成"一体",几乎视之为"西方"的代名词。在我们的观念中,中国与欧美的关系,等同于中国与西方的关系。中国现当代文学在欧美的传播与接受,主要发生在法国、美国、英国、捷克、苏俄、德国等。但是,由于苏俄与中国的特殊关系,我们已经在上一节单列出来进行论述了。这里不再赘述。

如前所述,是敬隐渔与罗曼·罗兰一起开启了中国现当代文学在欧洲传播的先河。几乎与此同时,美国也开始了接受中国现当代文学的历程。最先翻译中国现代文学的是在美国新泽西州大西洋城出生的一名华侨,名叫梁社乾(George Kin Leung)。他首选的对象是《阿Q正传》。为此,从1925年4月起,他与鲁迅一共通了十几封信,请鲁迅帮他审读译文。在此过程中,鲁迅为他指出了两处有待商榷之处。1925年6月14日,鲁迅在日记里写道:"得梁社乾信并誊印本《阿Q正传》二本。"1926年12月11日,鲁迅又在日记里记载:"收梁社乾所寄赠英译《阿Q正传》六本。"[②] 章衣萍在《窗下随笔》里回忆道,鲁迅的《阿Q正传》,商务印书馆有梁社乾的英文译本;其书面包皮,画一阿Q形状,小辫赤足,坐在那里吃旱烟,闻为德人某君手笔;鲁迅看后,笑着说:"阿Q比这还要狡猾些,没有这样老

[①] 其实,欧洲位于整个地球的西部,是地理意义上的西方。而通常人们把欧美统称西方。欧洲分西欧、东欧、南欧、北欧、中欧。因为地缘政治、历史渊源、文化传统和现实纠葛等复杂原因,西欧属于传统意义上的西方。因此,我们讲欧美时,常常特指西欧和美国。

[②] 鲁迅:《鲁迅全集》(第14卷),人民文学出版社1981年版,第627页。

实。"① 可见，商务印书馆在出版这本书时特别用心、十分考究，除了用硬护封装帧外，还请德国画家为之配画。尽管鲁迅不太满意该画，但在当时出版社、译者和画家看来，这是一件相得益彰的好事。

在欧美，最早研究鲁迅的是美国的中国学家巴特勒特。他当时在燕京大学教授西洋文学和哲学。1926年6月11日，在拜访了鲁迅后，他撰写了论文《新中国的思想领袖鲁迅》，发表在1927年美国的《当代历史》第10期上。该文主要从文学史、思想史和影响史的角度全面评价鲁迅："中国最有名的小说家鲁迅，是新文化运动的一个台柱"，"他现在被普遍地认为是当代中国文学的一位伟大的现实主义作家和短篇小说大师"，"他是一个天生急进派，一无所惧的批评家和讽刺家，有独立的精神，并且是民主化的。他用普通话写作品。他是一切迷信的死敌人，笃信科学，鼓吹新思想"。② 同时，该文还谈到了《阿Q正传》在法国的影响以及罗曼·罗兰对它的高度评价。自此，中国现当代文学开始了在欧美传播与接受的历史进程。其具体情况，我在前面的章节里已经做过粗略的描述。这里主要谈谈它们在传播和接受过程中的一些特点。

中国现当代文学在欧美的传播与接受，一开始是由留学生、在华工作的外籍专家、华裔学者、传教士、新闻记者和外交官员启动的，之后，中国学家、高等院校的师生和媒体评论员也渐渐参与进来。比如，最早在法国译介中国现代文学的敬隐渔和徐仲年就是当时留法的中国学生；最早把《阿Q正传》翻译成英文的梁社乾就是华裔学生，他的祖籍是广东；在欧美学者中最早研究鲁迅的是在华工作的外籍专家巴特勒特；新中国建立前在美国高校译介包括鲁迅作品在内

---

① 章衣萍：《窗下随笔》，北新书局1930年版。

② 转引自戈宝权：《中外文学因缘——戈宝权比较文学论文集》，北京出版社1992年版，第602—604页。

的《现代中国小说选》的王际真是华裔学者；传教士以法国和比利时的明兴礼、文宝峰、布里埃尔等为代表；新闻记者有斯诺、史沫特莱等；外交官有美国的伊文·金等；海外中国学家和媒体评论员更是数不胜数。

中国现当代文学在欧美的传播与接受经历了曲曲折折的过程，其"潮起潮落"完全受制于欧美意识形态或欧美对中国态度变化的影响。"一战"后，欧美人民饱受战争之苦后发现了"西方的没落"，转而向东方寻求解除病患的良方，因此将目光转向了以儒家文化为核心的中华文明。那时，作为"战胜国"的中国终于获得了与欧美对话的良机。虽然其时"欧美中心主义"并未完全清除，但是欧美已经部分改变了自鸦片战争以来公然漠视中国的傲慢态度与偏见。罗曼·罗兰推介鲁迅的小说就是为了从现代中国作家作品中"寻找中国才智"，以期为欧洲人指点迷津。就连一开始来华传教的传教士也在灿烂的中华文明（包括中国现代文学）面前，最终"偃旗息鼓"，转而向西方世界译介中国现代文学。随着中国无产阶级文学加入世界无产阶级文学的大家庭，中国的左翼文学、抗战文学、人民文学都被纳入世界革命文学体系，成为其中不可分割的有机组成部分。它们一起为世界反法西斯战争的胜利做出了独特贡献。新中国成立后，由于美苏争霸，奉行和平共处外交方针的中国被美苏孤立，处于第三世界领头羊的位置。在这种冷战环境中，中国现当代文学在欧美的传播与接受出现了下滑的现象。此时，欧美是带着霸权主义的"有色眼镜"来看待中国现当代文学的，即使零星的译介，那也是为欧美反华提供政策依据的"情报资料"。20世纪50年代初，"反共"的麦卡锡主义在美国大行其道，与中共保持亲密关系的斯诺夫妇受到了政治打击；与之相反，有美国政府背景的洛克菲勒基金资助一些中国学家如费正清、夏志清、夏志安等研究中国。夏志清等人编写的《中国手册》就具有情报性质。夏志清的《中国现代小说史》也是在这种背景和条件下写作和出版的。

当然，任何事情都是多面的。20世纪50年代美国反共叫嚣，从侧面刺激了美国青年学子对中国的好奇心。一些学生通过阅读中国现当代文学来了解他们想象中的"红色中国"。于是，在不经意间为美国的中国学界培养了一批译介和研究中国现当代文学的生力军。据葛浩文统计，从1953年到1969年，在美国已经出现了以鲁迅、周作人、丁玲、冰心、巴金、闻一多、曹禺、朱自清和中国新诗为研究对象的博士学位论文13篇[①]；学术专著方面，1970年以前，除了夏志清的《中国现代小说史》外，还有《鲁迅》《1500种小说与话剧》《五四运动史》《巴金》《沈从文》等。方长安和纪海龙撰写系列论文考察了1949—1966年美英对新中国文学传播与接受的意识形态操控。在《1949—1966年美英对新中国作家转型现象的解读》里，他们写道："1949—1966年，美英学界部分学者探讨、解读了新中国作家身份及其创作所发生的变化，出现了两大倾向。一是热衷于分析作家内在心理与其外在行为的联系，用西方标准评判中国作家的转型行为，以此判定作家与新中国政权之间的关系；二是从文本出发，探讨、言说作家在新中国成立前后作品内容、语言风格等方面的变化。他们的言说是'冷战思维'和西方社会特定的历史文化观等因素共同作用的结果。"[②]在《1949—1966年美英解读中国"十七年文学"的思想逻辑》里，他们写道："1949—1966年，美英论者站在西里尔·白之所谓'我们'的立场上，将新中国'十七年文学'视为一种异质的'他者'进行观察和言说，这种特有的'看'与'被看'的对立关系，构成了冷战语境中的美英解读中国'十七年文学'的基本框架与展开言说的思想逻辑。美英所谓的'我们'，有时是冷战意识形态维度上的，有时是西方文化中心主义

---

① [美]葛浩文：《漫谈中国新文学》，香港文学研究社1980年版，第110页。
② 方长安、纪海龙：《1949—1966年美英对新中国作家转型现象的解读》，《福建论坛（人文社会科学版）》2009年第9期。

层面上的,有时则是文学审美观念上的,不同的'我们'所解读出的'他们'有所不同,但在更多的时候是借以阐发其政治意识与文化理念,是一种自我想象性的话语表达。"①在《冷战期间美英对中国"十七年文学"内容的言说》里,他们写道:"冷战期间,美英汉学界对中国'十七年文学'作了特别的解读。1950—1960年代,他们将'十七年文学'视为了解新中国的窗口,文学内容解读成为搜集中国信息的话语活动。1970年代,美英不再如前20年那样注重所谓'异端'作品,开始较为客观地剖析《创业史》《红岩》《山乡巨变》等主流性作品。1980—1990年代初,他们对'十七年文学'的解读大多散见于他类论著、文章里,一些论者尝试着立足中国语境解读新中国文学,以质疑西方新中国文学论的思维逻辑。"②他们还考察了20世纪70年代美英出版的7部中国文学选本,其中,有的选本具有"史"的特点,只不过是以"选"代"史",如沃尔特·梅泽夫和鲁思·梅泽夫合编的《共产主义中国现代戏剧选》③,白志昂和胡德志合编的《中国革命文学选》④,许芥昱的《中国文学图景:一个作家的人民共和国之行》⑤;有的选本则突显新中国文学与传统文学的关系,如詹纳的《现代中国小说选》⑥

---

① 方长安、纪海龙:《1949—1966年美英解读中国"十七年文学"的思想逻辑》,《河北学刊》2010年第3期。
② 方长安、纪海龙:《冷战期间美英对中国"十七年文学"内容的言说》,《湘潭大学学报(哲学社会科学版)》2010年第6期。
③ 收录关汉卿的《窦娥冤》、鲁迅的《过客》、老舍的《龙须沟》、贺敬之和丁毅执笔的《白毛女》、孙芋的《妇女代表》、任德耀的《马兰花》、莎色等人的《南方来信》、翁偶虹和阿甲的《红灯记》。
④ "十七年文学"中入选了秦兆阳的《沉默》、周立波的《新客》和浩然的《初显身手》。
⑤ 分"文革前后""舞台上不再有帝王将相""工农兵讲述自己的故事""民歌、民谣与史诗一瞥",后一部分选的是20世纪60年代初的诗歌。
⑥ 在20部小说中,"十七年小说"占8部:高元勋口述的《二老渊》、郭同德口述的《旗杆镇》、孙犁的《铁木前传》、和谷岩的《枫》、房树民的《霜晨月》、王杏元的《铁笔御史》、唐耿良的《穷棒子办社》、徐道生和陈文彩的《两个稻穗头》。

和约翰·米切尔的《红梨园：革命中国的三部伟大戏剧》[1]；此外，还有两本《毛泽东诗词》，一本是巴恩斯顿、郭清波合译的，一本是聂华苓、保罗·安格尔夫妇合译的。从这些抽样调查的选本中可以看出，关于"十七年文学"，有的力图从中国新文学史的背景里突显其价值和意义；有的尝试突出其口述式的纪实性、说书式的传奇性和戏剧式的时代性；有的是连通新中国文学与中国传统文学的内在渊源；有的注重挖掘作品的审美价值，如两种《毛泽东诗词》，把意识形态隐藏在审美艺术内里，有利于"十七年文学"在海外的传播与接受。

　　中国改革开放后，欧美读者想从中国现当代文学作品中看到西式的自由和民主。正是这种强烈的"求知欲"致使20世纪80年代很多优秀的中国文学作品基本上都有了外文译本。而且，这些西方读者一开始还是比较愿意接受有对外宣传新中国国家意识形态性质的《中国文学》和"熊猫丛书"里推荐的中国文学作品的。但是，1989年后西方对新中国的态度发生了逆转。它们固执地认定新中国已经变成了一个"极权国家"。在西方国家纷纷制裁中国的恶劣环境中，中国现当代文学对外译介与传播遭受到了罕见的冷遇。这种状况一直持续到1991年12月苏联解体和1992年邓小平发表"南方讲话"。这之后，欧美国家渐渐放弃对新中国的"冷战"态度，废弃"制裁"，重新与中国合作。尤其是中国加入"世贸"，成功主办"北京奥运会""上海世博会"后，一个越来越开放、包容、和谐的中国展现在世人面前。中国对欧美敞开胸怀，而欧美对中国的兴趣也越来越浓。与之相应的是，中国现当代文学在欧美的传播与接受出现了史无前例的大好时期。大批的作品被译介到欧美，作家们频繁赴欧美讲学、朗诵

---

[1] 《白蛇传》《野猪林》《智取威虎山》。

和交流。曹禺的戏剧除了之前在欧美以话剧形式演出外[①],90年代之后,它们有的被改编(有的是中国人改编,而有的是外国人改编)成歌剧在欧美演出。1992年1月,华盛顿歌剧院制作的歌剧《原野》在美国肯尼迪表演艺术中心上演。1997年7月,上海歌剧院携自己改编的歌剧《原野》远赴德国和瑞士演出。有的作家的海外故居被列入"非遗"得以展示。2003年,英国遗产委员会为老舍位于伦敦圣詹姆斯花园路的故居,镶上陶瓷制成的蓝牌子,上面刻着"老舍,1899—1966,中国作家",因为1924—1929年,老舍在伦敦大学东方学院任汉语讲师,此间创作了《老张的哲学》《赵子曰》《二马》。

在此,我们再以巴金为例来看看中国现当代文学作品20世纪90年代后在欧美的译介盛况。1999年孔海立、葛浩文合译的英译本《第四病室》初版出版,2005年重版。2001年,当时还是法国巴黎东方语言文化学院研究生的索菲·阿克斯蒂尼翻译了《随想录》之《探索集》。2005年,由郁白(Nicolas Chapuis)、戴鹤白(Roger Darrobers)合译的法译本《憩园》出版。2008年,美国印第安纳波利斯大学出版社出版了翟梅莉(May-lee Chai)翻译《巴金自传》。2011年,欧拉利亚(Eulàlia Jardí)翻译成加泰罗尼亚文的《家》由巴塞罗那维也纳出版社出版。欧拉利亚翻译的《寒夜》《春》先后于2013年和2016年由该社出版。2014年,小行星之书出版社出版了《家》的西班牙语新译本,成为当年马德里书展上最畅销的外语作品。

---

① 1946年8月,美籍华人演出了中文版《北京人》。1949年4月,洛杉矶州立大学和城市学院戏剧专业的师生在洛杉矶城市学院上演英文版《北京人》。1953年4月,英文版《北京人》在纽约再次上演。1980年春,曹禺访美期间,哥伦比亚大学曼西小剧场和纽约辣妈实验小剧场分别上演了《北京人》《日出》。1982年,密苏里大学戏剧系学生排演了《家》,1986年1—2月,在美籍教授费希尔指导下南开大学外文系英语专业学生排演的《雷雨》先后在明尼苏达大学、斯坦福大学等10所美国高校演出11场。

最后，我们以享誉国际诗坛的中国当代诗人西川[①]为例，再来看看中国当代文学是如何享誉欧美诗坛的。欧美刊发西川诗歌的刊物（包括网刊）很多，如英国的《泰晤士报文学副刊》《现代诗歌译丛》、美国的《巴黎评论》《波士顿评论》《塞涅卡评论》《碧山评论》《艾奥瓦评论》《亚特兰大评论》《玛尔帕伊评论》、加拿大的《粮食》、德国的《写作国际》、法国的《行动》、比利时的《诗刊》、意大利的《诗刊》、荷兰的《阿曼达》《向导》《拉斯特》、西班牙的《虚构》《西方杂志》等。1990年以来，西川在海外出版了3种英文诗集即《小老儿及其他诗篇》《墙角之歌》《蚊子志：西川诗选》[②]；德国汉学家、作家彼得·霍夫曼（Peter Hoffmann，中文名字为何致瀚）和布里吉特·霍亨里德（Brigitte Höhenrieder）等人翻译出版了《鹰的话语：西川诗文集》；2009年瑞典最重要的出版社之一沃尔斯特伦和威德斯特兰德（Wahlström & Widstrand）出版了西川的《面孔与历史》。

难怪2009年葛浩文说："现代跟20年前完全不一样了。因为奥运会、因为世博会、因为金融危机，中国的影响力正在越来越显现出来，当然也包括文学、电影方面的影响力。我相信再过几年，中国文学的地位在美国会超过日本文学。现代关于中国文学的书评还是不少的，像《尘埃落定》《丰乳肥臀》的书评都是发表在《华盛顿邮报》和《纽约客》这样权威的报刊上，有的作者还是很有名的书评家。"[③]当然，在这些热闹现象的背后，中西意识形态的分歧依然存在，中西文

---

① 20世纪90年代以来，西川在国际诗坛的影响如日中天，就连与中国极少文学接触和交往的遥远的南美洲也有中国学家翻译西川的诗集，如阿根廷的月下（Bajo la luna）出版社出版了Miguel Ángel Petrecca（中文名字为明雷）翻译的西川诗集《夕光中的蝙蝠》。

② Notes on the Mosquito: Selected Poems / Xi Chuan，由Lucas Klein（中文名字为柯夏智）翻译，由纽约的新方向出版社（New Directions）出版，获得由美国文学翻译家协会（ALTA）颁发的卢西恩·斯泰克亚洲翻译奖（Lucien Stryk Asian Translation Prize）。

③ 转引自季进：《我译故我在——葛浩文访谈录》，《当代作家评论》2009年第6期。

化价值观念的冲突并未消弭。中国现当代文学的"输出"与欧美现当代文学的"输入"之间的逆差依然很大。

  总之，从以上的分析中，我们不难发现，或者因为地缘的关系，或者因为历史的关系，或者因为文化的关系，或者因为政治的关系，或者是因为以上种种兼而有之的复杂关系，中国现当代文学在不同民族、国家和地区之间的传播与接受各不相同。这是中国现当代文学海外传播与接受的多样性和复杂性呈现。

第四章

中国现当代文学在海外的不均衡传播与接受

第一节
中国学家译介与普通读者接受的不平衡

美国学者叶凯蒂说:"'文化流'必然的特性,是不平等流。平等就意味着一潭死水,只有一个高,一个低,文化才能流动。"[1]这种"不平等流"既存在于同一个文化圈内,也存在于不同文化圈之间。从同一个文化圈,乃至同一个民族、国家和地区来看,专家和学者的文学接受绝对与普通读者的文学接受不对等。不仅如此,同一个民族、国家和地区,在历史不同时期的文学接受也不一样,比如古代比现代少,现代又比当代少。还有就是,同一个民族、国家和地区,对不同时期的文学接受也不平衡,比如,古代中国的文学接受显然要少于现代中国的文学接受,而现代中国的文学接受又要少于当代中国的文学接受。不同文化圈之间的文学接受也表现出明显的不对等,比如,欧美国家的文学接受要多于亚非拉国家。

本章,我们要讲的是海外对中国现当代文学的传播与接受长期存在的不平衡现象,主要表现在:专业研究者与普通读者的接受之间、传统汉学与现代中国学的价值评定之间、多个作家"合集"与单一作

---

[1] 转引自季进:《跨语际与跨文化的海外汉学研究——以海外中国现代文学研究为对象》,《"中国文学海外传播"国际学术研讨会会议论文·摘要汇编》,第380页。

家选集出版的冷热之间,以及不同政治、经济和文化区域的文学交往的不平衡。

中国学是海外研究现代中国方方面面的专门学问。一开始,它就是中国学家的专利品,与海外凡夫俗子无涉。只是当中国现当代文学进入海外译介与传播领域后,海外的普通读者才得以借此了解现当代中国,与专业研究者共享中国现当代文学创造的果实。由于两者在知识背景、兴趣爱好、阅读态度和价值取向等方面存在很大差异,所以他们对中国现当代文学的接受就呈现出迥然有异的面貌。"横看成岭侧成峰,远近高低各不同"!

从中国现当代文学海外传播史可以看到,海外译介和传播中国现当代文学的人员,早年是传教士、记者、外交官等[①],后来主要是中国学家。他们关注的是严肃文学(包括宗教文学如基督教文学)和经典作品。他们的研究成果又都是发表在非常专业的学术期刊(不少是宗教刊物)上。所以,其影响仅仅局限于中国学的、宗教学的乃至仅仅是其中的文学研究界这个十分狭小的学术圈子内,难以为普通读者所了解,因而对普通读者影响甚微。早年欧洲传教士译介和传播中国现代文学时,他们自己在大量阅读和研判中国现代文学的基础上,根据基督教教义的伦理准则,给中国现代文学作品划分道德等级,只有那些体现基督教道德理想的作品,才能被译介、传播与接受,并最终分送到各地教民手中,成为教民受教的辅助性读物。因此,经过这种层层筛选,教民所接受到的中国现代文学作品仅占传教士所接受到的中国现代文学作品的百分之几。也就是说,传教士这种特殊身份的中国学家与教民这种特殊身份的"普通"读者,在接受中国现代文学时表现出严重的不平衡。

[①] 对他们,不要简单地以魔鬼论处或以英雄论处,也不要简单地说他们一半是魔鬼一半是天使,要具体问题具体分析。

从以上的论述中，我们已经看到虽然不少中国现当代文学作品被外译出去了，但它们大都成为海外专家、学者和作家的案头书，或者陈列于他们的书橱，或者放置在国家和大学图书馆。俄罗斯民族有藏书的习惯，所以被译介到俄罗斯的图书往往发行量比较大，但这并不就意味着普通读者有了广泛的阅读。质言之，被外译的中国现当代文学作品大都只能成为海外中国学的研究资料，乃至成为某些西方国家作为收集中国情报的"情报源"。海外对中国现当代文学的研究与接受，在欧美、日本和苏联，已经走过一个从零散化，到知识化、专业化，再到学科化，最后到跨学科化的演进历程。以欧美为例，"欧美中国现当代文学研究的发展过程可分为三个阶段：前学科化时期、学科化时期和跨学科时期。前学科化时期是指欧美中国现当代文学研究从属于汉学研究并逐渐向独立学科发展的时期。由于现在公认的中国现代文学的起始时间是1917年，因此，作为其学术研究的前学科化时期是从中国现代文学的起始至20世纪50年代末。学科化时期是指欧美中国现当代文学研究已经脱离汉学研究而成为一门独立的学科，这一时期的时间范畴是从20世纪60年代初至80年代末。跨学科时期是指欧美中国现当代文学的研究已经不再局限于本学科，而是与哲学、艺术、科学等诸多学科交织起来。这一时期的时间范畴从20世纪90年代初至当下"[1]。而这种将中国现当代文学研究学科化和跨学科化的状况在欧美各国发展的情况也存在差异，比如，当美国、法国、苏俄、德国、捷克等国家成为中国现当代文学研究的重镇时，世界上仍有许多国家处于从前学科化到学科化、从汉学研究和中国学研究到将中国现当代文学研究独立成一门学科的过渡时期，比如荷兰、瑞典、丹麦、挪威等，具

---

[1] 杨肖：《欧美中国现当代文学研究的历史分期》，《扬州大学学报（人文社会科学版）》2011年第6期。

体来说，翻译目前仍然是这些北欧小国传播中国现当代文学的"重头戏"。总体上讲，欧美中国现当代文学研究学科化进展较快，专业读者与普通读者之间的距离越来越大。如果我们再往"细部"分析，在欧美内部，美英与欧洲其他大国的不对等尤为明显。美国的专业读者较多，而普通读者较少，呈现两极分化。在当代，尤其是中美建交后，有关中国现代文学的研究，机构较多，队伍较大，成果丰硕，影响甚广，已经成为一门显学；而中国当代文学作品被翻译过去的却不多。有人曾经总结道："中国当代文学在美国：一少二低三无名。"① 2008 年，美国中国学家葛浩文说，中国当代文学在美国十分"小众化"，在美国书店里，"基本情况是根本找不到，偶尔可以找到一本中国文学作品已经非常意外了。我还从来没有见过中国文学作品被摆在最显眼的位置，从来没有"。② 美国翻译家白睿文在谈及中国文学和中国文化在国际上的影响时，也不无感慨地说，在海外，李小龙、成龙、李连杰等拥有很高知名度，但有多少人了解丁玲、莫言、王安忆、余华！《卧虎藏龙》《英雄》等大片颇受欢迎，但又有多少人读过鲁迅的《阿 Q 正传》、茅盾的《子夜》？③ 英国翻译家蓝诗玲说："尽管媒体对中国多有关注，尤其是政治经济方面，但几十年来，中国文学的翻译作品对母语为英语的大众来说始终不易被接受。你若到剑桥这个大学城浏览其最好的学术书店，就会发现中国文学古今所有书籍也不过占据了书架的一层而已，其长度不足一米。"④

---

① 康慨：《中国当代文学在美国：一少二低三无名》，《中华读书报》2011 年 1 月 12 日。
② [美]葛浩文、赋格、张健：《葛浩文：首席且唯一的"接生婆"》，《南方周末》2008 年 3 月 27 日。
③ 转引自苏向东：《海外译介难进主流市场，中国文学何时真正走向世界》，https://culture.ifeng.com/gundong/detail_2010_08/17/1967345_0.shtml，访问时间：2024 年 5 月 9 日。
④ 同上。

当然，我们并不能因此就无视极少数中国现当代文学作品曾畅销英语世界的事实。由伊文·金翻译的老舍小说《骆驼祥子》曾经一度成为美国的畅销书。这主要得益于美国"每月一书俱乐部"。它是美国最早、规模最大、最有影响力的读书俱乐部。从1926年成立至1949年4月，共有会员400万。1945年7月，《每月一书俱乐部新闻》重点推介了《骆驼祥子》，将其列入"八月之选"。随后，美国主流报刊纷纷发表评论文章。在这些力量的共同助推下，《骆驼祥子》乃至成为"妇女俱乐部"讲座的时髦话题，走进了美国市民的公共空间，其畅销的程度也是洛阳纸贵！显然，这是一个"极端"的例子，没有普遍意义。1934年，林语堂直接用英语写作《吾国与吾民》。1935年9月，该书由赛珍珠夫妇开办的出版公司在美国出版发行，3个月内已再版了7版，登上当年美国畅销书排行榜。这之后，它被译成多种欧洲文字，行销欧美。在日本，鲁迅作品连中产阶级家庭主妇都喜爱。在意大利，鲁迅的小说和杂文被编入中学生读物《80年代之材料》。2014年，巴金的《家》被译成西班牙语新译本，由巴塞罗那小行星之书出版社出版，成为当年马德里书展上最畅销的外语文学作品。2015—2016年，随着网络小说《琅琊榜》《花千骨》《云中歌》《那片星空，那片海》等在韩国受到热捧，其热度波及俄罗斯、欧美和东南亚。以麦家《解密》为代表的谍战小说在海外刮起了一股"麦旋风"。2019年7月4日，刘慈欣的科幻小说《三体》在日本上市一周内，加印10次，发行量高达85000册。当然，莫言的小说和姜戎的《狼图腾》等在海外的发行也是可观的。

与中国学家专业性、学术性的理性接受不同，海外普通读者在接受中国现当代文学时常常受制于自身的知识水平、兴趣爱好以及大众传媒导向和政治舆论宣传的牵制，表现出非理性状况。诸如此类的"接受隔膜"限制了中国现当代文学在海外的广泛传播与接受。像葛浩文这么优秀的翻译家翻译的中国当代小说，在英语世界，"没有一本影响超出中国文学读者这小圈子之外"[1]。显然，这不是译文本身的质量问题，而是海外普通读者的文化水平、接受心理，乃至政治成见等问题。意识形态的对峙对普通读者的影响十分显著。1989年后的一段时期，"美国媒体和学生对中国的兴趣也大幅度减退，但西方对中国文学的翻译出版依然保持着旺盛的势头"[2]。这再次表明海外普通读者与中国学家在接受中国现当代文学时存在着严重的"不对等"。

尽管海外普通读者与中国学家之间的差距不可能消除，但是我们仍然可以努力缩小两者之间的差距，至少在接受心态上是可以改变的。换言之，如何让海外普通读者能够像专业研究者那样不带偏见，广泛阅读，深入解读中国现当代文学作品呢？首先，向海外普通读者普及中国文化，就像今天世界各地的孔子学院所做的那样；其次，努力促成中国作家与海外普通读者间的广泛接触、深入对话和有效交流；再次，想方设法让被翻译的中国现当代文学作品更多地进入海外普通读者的视野。至于后者，法国中国学家张寅德从中国现当代文学作品的翻译、出版、发行和接受等方面思考过如何让它们为更多的海外普通读者读到的问题。他说："我们看到，中国当代文学还是一种昂贵的文学，难免给人'物以稀为贵'的感觉。从这个意义上来说，译作是否能被收入袖珍本，直接意味着中国当代文学是否有可能问津低价的普及性传播，有朝一日落入普通读者或者学生们的手中。"[3] 为了降低书价，法国毕基耶出版社在再版陆文夫、王朔等人的作品时，出版了袖珍本，只不过它们的印数和影响比不上法国老牌出版社出版

---

[1] 赵毅衡：《对岸的诱惑：中西文化交流记》（增编版），第105页。
[2] ［美］金介甫：《中国文学（一九四九——一九九九）的英译本出版情况述评》，《当代作家评论》2006年第3期。
[3] ［法］张寅德：《中国当代文学近20年在法国的翻译与接受》，《中国比较文学》2000年第1期。

的袖珍本。除此以外,李晓的《门规》、李碧华的《霸王别姬》、苏童的《妻妾成群》等都是借了电影的光,发挥了电影的聚光效果,迅速在法国有了小说的袖珍本。"不管媒介因素及商业运作如何,中国当代文学陆续收入袖珍本,从某种角度来说,毕竟意味着它开始融入法国文学系统,意味着它将有可能赢得较大的读者市场。"① 总之,如何使海外普通读者、中国学家与中国作家彼此交流、沟通和互动,如何引导和提升海外普通读者阅读中国现当代文学的水平,是摆在海外中国学家面前的亟须解决的重大课题。

第二节
中国古典文学与中国现当代文学价值评定的不对等

19 世纪,作为一门学科,汉学正式确立了。"无论是从研究人员的数量、研究机构的建立,还是从研究成果的质量来看,这一时期的汉学已成为一门举世公认的专门学科。Sinology 一词也随之应运而生,译成中文就是:汉学,或中国研究,指外国人对中国的社会、历史、文化、思想等各方面进行研究的学问。"②

因为在海外具有深厚的根基,而且对世界产生过巨大而深远的影响,汉学受到了许多海外学者、作家和诗人的喜爱,曾经催生了一波又一波的"中国热"。远的暂且不说,单说汉学在 20 世纪初就深

---

① [法]张寅德:《中国当代文学近 20 年在法国的翻译与接受》,《中国比较文学》2000 年第 1 期。
② 何寅、许光华主编:《国外汉学史》,上海外语教育出版社 2002 年版,第 149 页。

刻影响过英美意象派诗人，成为他们诗歌写作的源头、意象、血液和技法。比如，庞德翻译出版过《华夏集》、亚瑟·韦利翻译出版过《汉诗一百七十首》等。有趣的是，受中国古典诗歌传统影响的英美意象派诗歌反过来又直接影响了中国新诗的诞生，成为中国新诗源头活水。换言之，中国古典诗歌是英美意象派诗歌的源头，而英美意象派诗歌又是中国新诗的源头。充当"中间角色"的英美意象派诗歌，对中国古典诗歌充满了崇拜与感激之情，而对它的"衍生品"中国新诗却抱有一种文化霸权性质的优越感。这种复杂的"回返影响"似乎可以部分地说明，海外重视中国古典文学而轻视中国现当代文学的缘故。

另一个原因是，海外汉学家对中国古典文学比较熟悉，因而也容易认同传统中国文学；他们对中国现当代文学相对陌生些。这里又要区分三种情况：第一种情况是，一部分汉学家毕生致力于汉学研究，对汉学心无旁骛，执着痴迷。比如，法国汉学家沙畹和伯希和长期耕耘于中国历史领域，马伯乐和葛兰言专执于中国宗教研究，瑞典汉学家高本汉一辈子痴迷于中西语言学比较，荷兰汉学家高罗佩研究与改写清代小说，英国汉学家龙彼德研究中国戏曲，新西兰汉学家韩南研究金学与红学，等等。这些汉学家是典型的传统汉学家。他们自始至终把自己框定于中国古代文化和中国古典文学研究领地，不越雷池一步。尽管他们本人从未染指过中国现当代文学，但他们扎实而精深的汉学研究既为海外中国现当代文学研究提供了土壤、气候等条件，也为海外的中国现当代文学接受与研究，在机构、人才和学养方面打下了基础；他们的研究眼光、价值取向、科学方法等都启发了后来的海外中国现当代文学研究者。随后不断涌现出来的海外中国现当代文学研究者基本上继承了他们的学统，并发扬光大，最终走上中国现当代文学海外研究的学术道路。第二种情况是，一些来华记者，偶尔接触到中国现当代文学后，渐渐萌生了爱慕之情，于是慢慢开始对其展开译介、传播和研究。例如，1932 年，23 岁的斯诺来到中国，以美国人在上海办的《密勒氏评论报》的记者身份和美国本土的《芝加哥论坛报》驻远东记者的身份，深入中国社会各阶层，调查、报道和研究现代中国的战争、政治、经济等现实问题，发现了一个与西方长期宣扬的"死的中国"完全不同的"活的中国"；于是，他着手研究鲁迅，并与他的夫人一起编译出版了中国现代短篇小说集《活的中国》。第三种情况是，有一些学者从汉学研究领域渐渐跨入中国现当代文学研究领域。例如，苏联汉学家、苏联科学院院士瓦·米·阿列克谢耶夫是苏联汉学的奠基人，著有《中国文学》《东方学》《古老中国》等。他认为，在欧洲诗学中，应有中国诗学的位置。[1] 他主张，中国文化/文学是世界文化/文学的一个部分。他打破欧洲中心论，彰显了中国文化/文学的自身魅力和独特价值。他与第一种情况里讲到的"嗜古"成癖的汉学家不同。他能以开放包容的心态看待中国文化/文学。因此，他也偶尔涉猎中国现当代文学的研究领域，比如，他出版过专著《你学习新诗了吗？》等。尤为可贵的是，他还培养了一批在汉学领域、中国学领域和中国现当代文学海外研究领域卓有成就的弟子，如艾德林、费德林等。刚开始，艾德林也是研究传统中国文学的，出版过《中国文学（概览）》（与索罗金合著）、《陶渊明和他的诗歌》等，后来着手研究中国现当代文学，出版了专著《论今日中国文学》等。费德林的情况与艾德林和阿列克谢耶夫的经历类似。他出版过多部研究屈原的专著，同时选编了《中国作家短篇小说集》等。他们的研究有两个特点。第一个特点是，他们既从事中国古代文学研究又从事中国现当代文学研究，只不过研究的重心仍是中国古代文学，对中国现当代文学的研究还处于起步阶段。第二个特点是，那时他们对中国现当

---

[1] 转引自吴泽霖：《俄国汉学家 B. M. 阿列克谢耶夫的汉学研究》，《"中国文学海外传播"国际学术研讨会会议论文·摘要汇编》，第 373 页。

代文学译介多,"研究"少;毕竟那时中国现代文学才诞生不久,加上传播方面的物质条件限制,致使俄国汉学家难以接触到较多的中国现代文学作品,这些客观条件限制使得他们只能把零星得来的中国现代文学作品译介过去,同时,把主要的研究精力仍然投放在研究中国古典文学上面。

最后一个原因是,中国现当代文学本身还"年轻",且海外影响力远不及传统中国文学。也就是说,相对于有着几千年辉煌历史的传统中国文学而言,中国现当代文学显得太"稚嫩"了,经典的作家与经典的作品还很少,尤其是被译介到海外去的并被海外读者所认同的经典作家作品就更是少而又少了。这种状况导致的直接结果是,海外读者看重传统中国文学而轻视中国现当代文学。中国现当代文学还需要出现多一些的,同时在海外被认可的经典作家作品。这表明中国现当代文学还需要充分发展。

有了这样一些客观的原因,自然就会造成海外读者在接受中国文学时重古代、轻现当代的心理定式。这种"前理解"使得中国现当代文学的海外传播与接受始终处于被动。到目前为止,中国古典文学在海外的传播与接受仍然独占鳌头,独领风骚,很多经典作品都有了译本及其相应的研究成果;而中国现当代文学,相对于传统中国文学,同时相对于国内大量出版的作品及研究而言,在海外的译介、传播、接受和研究就显得相对冷寂了。

正是有了这些海外读者和中国学家的存在,跨文化领域的文学刊物在译介与传播中国文学时,为了顺应"时势",满足海外读者的期待,翻译家在译介中国文学比重的处理上,也就偏重古典而冷落现代。比如,1935年8月,由温源宁主编,在上海创办,立足大陆、面向世界的英文刊物《天下》月刊,在向西方世界译介中国文学时,传统中国文学就是重头戏,中国现代文学很少译介:任玲逊译冰心的《第一次宴会》(载第4卷第3期)、萧红的《手》(载第4卷第5期)、巴金的《星》(载第 5 卷第 1 期)和老舍的《人同此心》(载第 7 卷第 4 期),冯余声译鲁迅的《朝花夕拾》(载第 6 卷第 2 期),李宜燮译沈从文的《萧萧》(载第 7 卷第 3 期),王际真译鲁迅的《孤独者》《伤逝》(载第 11 卷第 1 期),等等。此外,凌叔华除了独自完成自己的小说《写信》的英译并发表于《天下》第 5 卷第 5 期外,还与美国青年诗人朱利安·贝尔合作,将自己的小说翻译成英文,先后发表在《天下》上,如《无聊》发表于第 3 卷第 1 期,《疯了的诗人》发表于第 4 卷第 4 期。据有人对六年来《天下》上发表的英译中国现代文学作品的统计,"现代小说 22 部,白话诗歌 10 首,现代戏剧 2 部"[①]。

媒体译介中国文学的选择是如此,海外普通读者在接受中国文学时更是这样。李欧梵回忆起自己当年在美国读书的情形时说:"由于中国近四五十年历史的影响,中国的学者对于当代特别重视。这与美国正相反。我做学生时根本没有中国现代、当代文学这回事,大家都学古典文学。"[②]

如果我们把问题分析得再细一些,不难发现,在中国现当代文学海外译介、研究与接受方面,中国当代文学又少于中国现代文学。2005 年,访问中国的蒙古诗人奇拉扎布的一番话颇具代表性。他说:"对鲁迅、郭沫若、茅盾、巴金的作品……都很熟悉","但中国当代的文学作品翻译介绍得不多"。[③]

当然,由于世界文化的多样性,不同的文化在对待中国文学时出现的状况就会不一样。比如,在接受中国文学时,印度的情况与世界上绝大部分国家的情况刚好相反。印度不看好传统中国文学,

---

[①] 严慧:《1935—1941:〈天下〉与中西文学交流》,苏州大学中文系博士学位论文 2009 年。
[②] [美]李欧梵:《当代中国文化的现代性和后现代性》,《文学评论》1999 年第 5 期。
[③] 陈喜儒:《蒙古诗人奇拉扎布》,《中国魅力——外国作家在中国》,上海文艺出版社 2009 年版,第 103—104 页。

但对中国现当代文学表现出了部分兴趣。印度的汉学家、中国学家对中国古典文学缺少译介，中国古代四大名著在印度至今没有译本。然而，印度却有少量的中国现当代文学作品的译介。比如，谭云山、谭中父子和印度国际大学中国学院里的个别中国学家对欧阳江河、臧棣等中国当代诗人诗作进行了译介。又如，21世纪以来，印度著名的文学网刊《准岛屿》（Almost Island）与中国著名的文学民刊《今天》杂志进行国际合作，多次邀请中国作家到印度加尔各答、孟买、新德里等地出席中印作家对话活动，《准岛屿》主编莎米斯塔·莫罕蒂（Sharmistha Mohanty）和她的丈夫卡比尔·莫罕蒂（Kabir Mohanty）等印度作家与北岛、李陀、韩少功、格非、欧阳江河、翟永明、西川、刘禾等多次面对面进行深入交流，以公共知识分子角色，共同探讨包括文学艺术在内的诸多公共话题。2015年底，在中印双方的大力推动下，"中印经典和当代作品互译出版项目"印方项目启动；2016年，印方翻译团队正式成立，投入作品译介工程，入选的中方作品有《尘埃落定》《生死疲劳》《白鹿原》《秦腔》等，其译本将由印度主要的印地语、英语出版社之一的印度国家图书基金会负责出版发行。

虽然，我们暂时难以改变海外重中国古典文学而轻中国现当代文学的现状，但是我们完全有理由相信，随着中国综合国力不断增强，随着中外文化交流日益频繁和深入，中国现当代文学不断被译介到海外，人们接触中国现当代文学的机会就越来越多，对中国现当代文学的理解也就会不断加深。质言之，随着中国现当代文学在海外经典化进程的提速，那种长久以来由于种种历史、文化、语言、政治、经济和社会原因而导致的中国现当代文学在海外译介与传播的被动局面就会打破，中国现当代文学与中国古典文学平等参与中外文化交流的愿景就能够实现。

第三节
多个作家"合集"与单一作家选本出版的热与冷

21世纪以前,中国现当代文学作品常以多个作家"合集"的形式在海外出版。而21世纪以来,中国现当代文学作品在海外多以单个作家选本的形式出版。出现这种变化的主要原因,恐怕还在于进入21世纪后,由于中外文学交流频繁,特别是中国政府大力实施文学"走出去"的国家战略,使得单个作家,尤其是那些优秀作家,在海外脱颖而出,几乎再不需要像此前那样通过出"合集"的方式,以整体的力量来显示中国现当代文学的阵容和水平,而眼下某些单个作家就可以显示中国当代文学的水准和高度。当然,这也显示出海外对中国现当代文学的重视程度在增强。

新中国成立前,海外出版的中国现当代文学"合集"有:1929年巴黎里埃德尔书局出版的《中国当代短篇小说家作品选》,1934年美国中国学家伊罗生编译的名为《草鞋脚》的现代中国小说集,1936年斯诺编译的《活的中国——现代中国短篇小说选》,1936年艾克顿、陈世骧合译的《现代中国诗选》,1944年王际真编译的《当代中国小说选》,1946年袁家骅、白英编译的《当代中国短篇小说选》,1946年赵景深编译的《当代中国短篇小说选》,1947年王际真编译的《抗战时期的中国小说》,1947年白英、闻一多合译的《当代中国诗选》,等等。新中国成立后到新时期,海外出版的中国现当代文学"合集"有:路易·艾黎编译的《人民大声说出》(1954年),余光中、殷张兰熙合译的《中国新诗选》《新锐之声》(1961年),许芥昱编译的《二十世纪中国诗歌》(1963年),荣之颖编的《台湾现代诗选》(1972年),约翰·伯宁豪森、泰德·哈特斯编译的《中国革命文学作品集》(1976年),等等。

新时期至新世纪，海外出版的中国现当代文学"合集"有：白哲明、李孟平合译的《伤痕：文革的新小说1977—1978》(1979年)，苏凯玉编译的《中华人民共和国文学作品集》(1979年)，法国出版的"地下小说"集《父亲的归来》(1981年)，杨·温斯顿、茅国权主编的《中国现代小说》(1981年)，殷张兰熙翻译的《夏照：中国当代诗歌选》(1982年)，李怡编的《新写实主义：文革后的作品》(1983年)，萧凤霞、塞尔达·史敦合编的《毛泽东的收获：中国新一代的声音》(1983年)，耿德华选译的《20世纪中国戏剧选》(1983年)，林培瑞编的《倔强的野草：文革以来的通俗与争议性文学》(1983年)、《玫瑰与刺：中国小说的第二次百花齐放，1970—1980》(1984年)，道格拉斯主编的《当代中国文学：后毛时期的小说与诗歌选集》(1984年)，杜迈可编的《繁荣与竞争：后毛时期的中国文学》(1985年)，朱虹编的《中国西部：今日中国之短篇小说》(1988年)，法国爱丽娜出版社出版的《1978—1988年中国短篇小说集》(1988年)，刘年玲等编的《玫瑰色的晚餐：中国女作家的新作品》(1988年)，斯蒂芬·兰恩与金妮·麦肯齐合编的《北京-纽约：中国艺术家与诗人》(1988年)，戴锦编的《春竹：当代中国短篇小说》(1989年)，萧凤霞编的《田沟：农民、知识分子与国家：现代中国小说与历史》(1990年)，爱德华·莫林编译的《红杜鹃：文革以来的中国诗歌》(1990年)，朱虹编的《恬静的白色：当代中国女作家之小说创作及女性小说》(1991年)，龙熙编的《1987—1988年中国短篇小说与中篇小说选》(1991年)，唐纳德·芬科尔编译的《破镜：民主运动中的诗歌》(1991年)，奚密编译的《现代中国诗选》(1991年)，李·罗宾森与汤潮合编的《新潮：当代中国诗选》，托尼·巴恩斯通编译的《来自暴风雨：新中国诗歌》(1993年)，伽利玛出版社出版的《中国当代短篇小说集》(1994年)，方志华编译的《二十世纪中国短篇小说英译》(1995年)，葛浩文与刘绍铭合编的《哥伦比亚中国现当代文学作品选》(1995年)，余孝玲编译的《文革后中国戏剧选，1979—1989》(1996年)，张佩瑶、黎翠珍合编的《牛津中国当代戏剧》(1997年)，颜海平选编的《戏剧与社会：中国当代戏剧选》(1998年)，王晶编选的《中国先锋小说选》(1998年)，王屏编译的《新生代：当代中国诗选》(1999年)，帕特里夏·西伯编译的《红色并非唯一颜色：中国当代女同性恋小说》(2001年)，弗兰克·斯图尔特编译的《迷舟及其他中国新小说》(2003年)，艾米·杜林编译的《中国现代女性写作在革命时(1936—1976)》(2005年)，葛浩文等人编译的《欢叫的麻雀：中国当代短篇小说》(2006年)，祁寿华编译的《珍珠夹克及其他故事：中国当代微型小说》(2008年)，饭塚容编译的10卷本的《Collection中国同时代小说》(2012年)，刘宇昆编译的《看不见的星球：中国当代科幻小说选集》(2016年)、《流浪地球》(2016年)，等等。此外，作为中国政府对外译介的中国现当代文学"合集"的主要是"熊猫丛书"，如《三十年代短篇小说选》《五十年代小说选》《女作家作品选》《中国当代女诗人诗选》等等。

新时期以来，中国当代作家在海外出版翻译版本"合集"的同时，也出版了不少单个作家的专集。莫言、余华、苏童、北岛、西川、翟永明、海子等一批作家在海外出版了个人专集，有的还不止在一个国家，不止用一种外语出版。需要补充说明的是，"熊猫丛书"为了向海外展示中国现当代文学作家个体的艺术成就和特色，着重推出单个作家的专集，已经出版外文专集的作家有鲁迅、李劼人、茅盾、巴金、老舍、冰心、叶圣陶、沈从文、丁玲、郁达夫、吴组缃、李广田、闻一多、戴望舒、艾青、孙犁、萧红、萧乾、施蛰存、艾芜、艾青、马烽、叶君健、刘绍棠、茹志鹃、陆文夫、王蒙、玛拉沁夫、蒋子龙、谌容、宗璞、张贤亮、张承志、梁晓声、邓友梅、古华、汪曾祺、高晓声、王安忆、冯骥才、贾平凹、张洁、韩少功、霍达、池莉、凌力、铁凝、刘恒、舒婷、犁青、益希丹增、扎西达娃、刘震云、周大新、阿成、林希、刘醒龙、史铁生、马丽华、程乃姗、聂鑫森、陈建功、航鹰等。

总体而言，20世纪，新时期之前和新时期之后，中国现当代文学在海外的出版情况有所不同。新时期以前在海外出版的中国现当代文学"合集"远远少于新时期以后在海外出版的"合集"，且前者在选编时几乎没有什么统一标准，随意性比较大，而后者在选编时能够遵循一定的编选标准。还有就是，相对而言，新时期以前在海外出版的中国现当代文学合集与单个作家选集之间的比例相差很大，而新时期以后在海外出版的中国现当代文学合集与单个作家选集之间的比例悬殊不算太大。

这里仅以新时期为例，看看海外通常是按照什么样的标准来编译出版中国现当代文学作品"合集"的，最后又编译出什么样的中国现当代文学"合集"。姜智芹在《中国新时期文学在国外的传播与研究》中对这个问题的梳理给了我很大的启发。她说："除了中国官方的努力、高校和学术刊物的积极配合外，新时期以来的中国文学也在国外得到了大量译介，这条途径甚至可以视为中国文学向外传播的主导力量。这些译介多以多人合集的形式在国外翻译出版，其中有按流派、专题编选的，有按某一时间段组合的，还有一些作家访谈、创作谈及小传，对于其创作反映了中国社会和中国文学的某些重要方面的中国新时期作家，国外也翻译出版了他们的个人中短篇选集或长篇小说单行本。"[①]

首先，让我们来看看海外按新时期文学流派分类编译的"合集"。1. "文革"时期的"地下文学"作品集如1981年在法国出版的《父亲的归来》。2. "伤痕文学"合集如1979年由白哲明和李孟平合译的《伤痕：文革的新小说1977—1978》，在8篇小说中，杨文志的《啊，书》

---

① 姜智芹：《中国新时期文学在国外的传播与研究》，齐鲁书社2011年版，第10页。

和陆文夫的《献身》，中国大陆文学史几乎没有提及。3. "反思文学"和"改革文学"合集如 1983 年由李怡编译的《新写实主义：文革后的作品》，其中收入叶文福的"将军诗"《将军，你不能这样做！》和刘宾雁的报告文学《人妖之间》，编者在《前言》中说："通过社会、政治、经济层面上的深刻反思，中国能够找到行之有效的解决的办法，最终迎来国民的政治前景。"① 4. "寻根文学"合集如 1989 年戴静编选的《春竹：中国当代短篇小说选》，除了《命若琴弦》《树王》《系在皮绳扣上的魂》外，里面收入的"寻根小说"与中国大陆文学史常常提及的"寻根小说"存在较大的出入，如郑万隆的《钟》、韩少功的《归去来》、王安忆的《老康回来》、陈建功的《找乐》、李陀的《七奶奶》、莫言的《枯河》、张承志的《九座宫殿》，虽都是名家，但入选作品仿佛并没有足够的代表性。5. "先锋小说"合集如 1998 年王晶选编的《中国先锋小说选》；等等。

其次，海外按专题和地域编译的中国现当代文学作品合集有：1. "女性文学"合集如 1988 年刘年玲等编的《玫瑰色的晚餐：中国女作家的新作品》，1991 年朱虹编的《恬静的白色：当代中国女作家之小说创作及女性小说》、金婷婷选编的《我要属狼：中国女性作家的新呼声》和 1994 年王恕宁等编选的《蜻蜓：20 世纪中国女作家作品选》等。值得注意的是，这些"合集"中有许多作家是"新面孔"，如包川、马中行、向娅、牛正寰、韩春旭等，正如马中行在《我要属狼》里呐喊的那样——"如果我能从头再活一辈子，我不愿意属羊，我要属狼"②。当然，"女性文学"通常被纳入新时期文学流派之列，也就是说，"女性文学"是一种特殊专题的文学。2. "西部文学"合集如

---

① Lee Yee (ed.). *The New Realism: Writings from China After the Cultural Revolution*. New York: Hippocrene Books Inc., 1983, p. 8.

② Bai Fengxi, etc. *I Wish I Were a Wolf: The New Voice in Chinese Women's Literature*. compiled and translated by Diana B. Kingsbury. Beijing: New World Press, 1994, p. 10.

1988年朱虹编的《中国西部：今日中国之短篇小说》。3."乡土文学"合集如1990年萧凤霞编的《田沟：农民、知识分子与国家：现代中国小说与历史》；等等。

再次，海外按照具有一定文学史意义的"时间段"编译中国现当代文作品合集，形成了多种特殊时间性的"组合译本"。比如，1983年，林培瑞编出了《倔强的野草：文革以来的通俗与争议性文学》；又如，同年，萧凤霞和塞尔达·史敦编的《毛泽东的收获：中国新一代的声音》，是按信仰、家庭、爱情、工作、政治的类别选编1978—1981年的作品；此外还有，1984年林培瑞编的《玫瑰与刺：中国小说的第二次百花齐放，1970—1980》，1985年杜迈可编的《繁荣与竞争：后毛时期的中国文学》（选编的是1979—1980年的作品），1991年龙熙编的《1987—1988年中国短篇小说与中篇小说选》，等等。

最后一种是海外按作家创作谈、访谈和作家小传编译的特殊合集。之所以说它们"特殊"，是因为它们不是严格意义上的中国现当代作家的作品选集，而是作品之外的与作家创作密切相关的材料汇编。编译者把它们汇总在一起，为的是向研究专家提供最原始的材料。这些特殊的合集有：1992年马汉茂和金介甫合编的《现当代作家自画像》，介绍了20多位中国现当代作家；1994年梁丽芳编译的《旭日：中国"迷惘的一代"作家访谈录》，收录作者对26位中国当代作家的访谈录；1997年杜博妮和雷金庆合写的《现代中国文学》，以写传记的手法系统地介绍了1900—1989年中国著名的诗人、小说家和剧作家及其代表性作品，为他们在中国文学史上树碑立传。

21世纪以来，海外出版的中国现当代作家的个人专集数量明显上升，已经远远超过了多个作家"合集"的数量。21世纪第一个十年，在海外以多语种、多版本形式出版现代中国作家个人"专集"的有：阿城的《天上的侮辱》《迷路》，阿来的《尘埃落定》《遥远的温泉》、白先勇的《台北人》《孽子》，柏杨的《丑陋的中国人》，鲍十的《初恋之路》《道路母亲·樱桃》，北岛的《午夜之门》《在天涯：诗歌1991—1996》《蓝房子》《零度以上的风景》，毕飞宇的《三姐妹：玉米、玉秀、玉秧》《上海往事》《凶猛的王徒弟》《雨天的棉花糖》《青衣》，残雪的《空中的蓝光及其他短篇》《黄泥街》《暗夜》，曹乃谦的《到黑夜想你没办法》，曹禺的《北京人》《蜕变》，陈染的《私人生活》，池莉的《太阳出世》《生活秀》《有了快感你就喊》《你以为你是谁》《你是一条河》《看麦娘》《烦恼人生》，高行健的《一个人的圣经》《灵山》《周末四重奏》《给我姥爷买鱼缸》《流浪的鸟》，格非的《青黄、雨季的感觉》《蚌壳》《傻瓜的诗篇》，郭沫若的《抗日战争回忆录》，郭小橹的《石头镇》《她眼中的UFO》《饕餮青春的20个瞬间》《恋人版中英词典》，郭雪波的《大漠传奇》《沙狐》，海岩的《五星大饭店》，海子的《中国诗人海子》，韩东的《扎根》，韩寒的《三重门》《上海的节拍》，韩少功的《山里的传说》《马桥词典》，何家弘的《龙眼石之谜，人生误区》《故事幕后的罪恶》《疯女》，何建明的《中国高考报告》，虹影的《K（爱的艺术）》《上海王》《中国的夏天（裸舞代）》《饥饿的女儿》《伟大的情人》《孔雀的叫喊》，黄蓓佳的《这一瞬间如此辉煌》，黄春明的《苹果的味道》《锣》，黄凡的《慈悲的滋味》，九丹的《龙女》，老舍的《正红旗下》《茶馆》，李昂的《杀夫》《自传小说》《迷园》《暗夜》，李敖的《烈士的神社：1898年中国的改革运动的故事》，李洱的《石榴树上结樱桃》，李冯的《另一个孙悟空》《恋人》，李进祥、石舒清的《穷人的悲伤》，李龙云的《小井胡同》，李乔的《寒夜、孤灯》，李锐的《旧址》，梁晓声的《惊恐与聋子：两篇现代讽刺》，梁羽生的《七剑下天山》，林白的《回廊之椅》，刘庆邦的《神木》，刘恒的《苍河白日梦》，刘索拉的《大继家的小故事》，刘心武的《北京市中心的故事》《老舍之死》，刘醒龙的《挑担茶叶上北京》，刘以鬯的《对倒》，刘震云的《一地鸡毛》《官人》《温故一九四二》，陆文夫的《人之窝》，路遥的《路遥作品集》，茅盾的《茅盾回忆录》，琼瑶的《还珠格格》，邱华栋的《手上的星光》《遗忘者之旅》《黑暗河流上的闪光》，沈大力的《梦湖恋》，施叔青的《香港三部曲》，石舒清的《红花绿叶》，史铁生的《不可避免》，苏童的《龙种不会飞》《米》《我的帝王生涯》《桥上的疯妈妈》《离婚指南》《赎回之船》《碧奴》，铁凝的《大浴女》《第十二夜》《棉花垛》，王安忆的《小城之恋》《长恨歌》《锦绣谷之恋》《忧伤的年代》，王刚的《英格力士》，王家达的《敦煌之梦》，王久辛的《自由的诗：狂雪、蓝月上的黑石桥、肉搏的大雨》，王蒙的《笑而不答》《淡灰色的眼珠》《遥远的西部：关于新疆的小说：哦，穆罕默德·阿迈德、葡萄的精灵、虚掩突兀校园》《舞者》，王朔的《千万别把我当人》，王文兴的《海滨圣母节》，王小波的《在爱情与奴役中的王：2015、黄金时代、东宫西宫》《黄金时代》，卫慧的《上海宝贝》《我的禅》《像卫慧一样疯狂》《嫁给佛》，魏微的《中国之花》《庄的女孩》，西西的《飞毡》，谢冰心的《家书：谢冰心的文革》，欣然的《中国的好女人们》，徐星的《无主题变奏》《剩下的都属于你》，徐小斌的《羽蛇》，严歌苓的《丢了幸福的女孩》《幸福的最后的女儿》《赴宴者》，阎连科的《为人民服务》《列宁的厚爱》《年月日》，杨绛的《洗澡》，杨牧的《奇莱前书：台湾诗人的回忆》，杨显惠的《告别夹边沟》《夹边沟记事》，叶广芩的《采桑子》，叶辛的《对镜》，叶兆言的《一九三七年的爱情》《没有玻璃的花房》，于坚的《0档案》，余华的《一九八六年》《兄弟》《古典爱情：现实一种》《在细雨中呼喊》《许三观卖血记》《河边的错误／世事如烟》《炎热的夏天等6篇》《活着》，余秋雨的《千年一叹》《文化苦旅》《余秋雨精粹：中国文化漫步》，张大春的《野孩子》，张抗抗的《与过去同生：后都市青春小说》，张平的《十里埋伏》《凶犯》，张炜的《离港（消逝的森林、冬天的场景、梳理）》，张贤亮的《男人的一半是女人》，周而复的《南京的陷落》，朱春雨的《橄榄》，成幼殊的《成幼殊诗选》，朱文的《我爱美元和其他中国故事》，朱文颖的《无可替代的故事》，金庸和古龙的大部分武侠小说，等等。①

当然，21世纪第一个十年，在海外也有不少作家作品"合集"出版，如北北等人的《卖燕窝的人》，黄春明等人的《一个人来自鹿港》，李魁贤等人的《李魁贤、李敏勇、路寒袖（台湾现代诗）》，刘恒等人的《同时代的中国文学》，刘继明、张炜、刘庆邦等人的《大城市之外的中国》，杨牧等人的《杨牧、余光中、郑愁予、白荻》，杨牧、罗青的《禁止的游戏和视频诗》，张耳、陈东东合编的《另一个国度：中国当代诗选》等。②

法国中国学家张寅德说，20世纪90年代以来，在法国，"就小说本身的出版形式而言，个人专集自然居多，但也不乏合集的出版，这表明法国译界试图从总体上来把握中国当代文学的走势和倾向。这一点同时吐露出法国译介中国当代文学的焦虑心理"③。因为中国当代文学发展变化十分迅猛，加上城头不断变换大王旗，令人眼花缭乱，难以从宏观上进行把握；因此，"及时而分散"地译介个人专集比较容易，而要出某些方面有一定倾向性的合集就比较困难。即使有个别合集，如《重见天日》（1988年）和《中国当代中短篇小说选》（1994年），那也是已有定论的90年代以前的作家作品。"未有一本90年代的作家合集亦在情理之中。"④在英语世界里，出合集的情况也很少见，即使有合集出版，其目的也是为了能够较为全面地了解行进中的中国。美国中国学家奚密说，21世纪第一个十年里，"已有六本英文诗选面

---

① 有人说，当今在海外最行销的5部中国当代文学作品是天下霸唱的《鬼吹灯》、刘广元的《加勒比宝藏》、《毛主席语录》、金庸的《射雕英雄传》和余华的《活着》。
② 以上翻译作品，均采用被翻译的作品名称，有的与原作品名称不同。
③ ［法］张寅德：《中国当代文学近20年在法国的翻译与接受》，《中国比较文学》2000年第1期。
④ 同上。

世，其主要焦点仍然是当代中国"[1]。而从中国自身对外译介中国文学的目的来说，也主要是为了通过对外译介中国文学向国外传播和宣传改革开放以来的现实中国。所以，从国家对外译介中国文学的战略层面考虑，中国当代文学作品，尤其是新时期以来的中国当代小说，就成为国家着力"推出"的重点，获得了国家各种外译项目经费的资助。据不完全统计，近年来，受到中国作协资助在海外翻译传播的小说集有：2007年俄罗斯出版《中国当代中短篇小说选集》3卷，2008年韩国出版《中国当代中短篇小说选》，2010年德国出版《中国当代小说选》，捷克出版《中国少数民族小说选》，波兰出版《中国当代中短篇小说选》3卷，2011年爱沙尼亚出版《中国儿童文学作品集》，日本勉诚出版有限公司出版《中国当代文学作品集》10卷，2012年美国出版《中国当代小说选》4卷，保加利亚出版保加利亚文版《孙惠芬小说选》，等等。

此外，我们还需要说明一下，海外译介与接受中国现当代文学在文体方面也出现了不平衡的情况。当年，"熊猫丛书"选译的大多是中国现当代短篇小说，而所选译的诗歌也多是古典诗歌，现当代诗歌只翻译了艾青的《黑鳗》和闻一多的《闻一多诗选》。这是国内的情况。国外的情况如何呢？从20世纪90年代法国对中国当代文学的译介上看，主要是小说，"诗歌和戏剧基本缺席"[2]。说诗歌基本缺席有点言过其实，据我所知，诗歌还是有一些法译版本，如朦胧诗的法译。日本的情况有点类似。日本作家大冈信说："非常遗憾的是，日本对中国

---

[1] ［美］奚密：《现代汉诗：翻译与可译性》，《"中国文学海外传播"国际学术研讨会会议论文·摘要汇编》，第16页。据我所知，21世纪第一个十年在海外用英语出版的个人诗选有慕浩然翻译的《秋天的屋顶上：海子诗选》(2010年)、《开锁》(2000年)、《天涯》(2001年)、《无名的小花：顾城诗歌选》(2005年)、《海之梦：顾城诗选》(2005年)等。

[2] ［法］张寅德：《中国当代文学近20年在法国的翻译与接受》，《中国比较文学》2000年第1期。

现代诗的翻译介绍很少，不知道有哪些诗人和作品。"①中日文学交流界人士都认识到："在新时期中日两国的文学交流中，诗的交流，确实薄弱。两国作家互访中，虽有诗人，但主要是小说家。"②也许，从官方角度看，小说家被官方安排出国参加文学活动比诗人多。但是，中外诗人的民间交往远比小说家多。我是世界诗人大会永久会员兼中国办事处副主任，几乎每年都要出国参加一次世界诗人大会，每次都有40人左右，每次都与外国诗人联动。总之，从全局来看，法国和日本的这种状态基本上反映了海外传播中国现当代文学在文体上的不平衡的总体状况。

由此可见，21世纪以来，中国在资助文学外译方面，中国现代文学与中国当代文学，中国当代小说与中国当代诗歌、散文、戏剧，均突显出了不同层次的不平衡。

第四节
文学交往对政经交往的依赖以及区域性不均衡

19世纪以来，"中国热"与"中国学"在欧美的兴起，与资本主义在亚洲的扩张密不可分。换言之，政治因素和经济因素是导致中国学在海外发展的主要原因与外部原因。每当中外政治经济交往频繁的时候，也就是中外文学交往比较频繁的时候，反之亦然。同时，这种跨国文学交往还因国家、民族和地区之间的差异表现出不均衡。总体而

---

① 转引自陈喜儒：《中国魅力——外国作家在中国》，第261—262页。
② 同上，第262页。

言，排除政治的强劲推动外，中国现当代文学在第三世界传播的热度要低于第一世界；而且，在第一世界里，欧洲、日本与美国各自的情况又有很大差异。

冷战以来，美国大学里中国现当代文学的教学与研究有一项重要功能，即为美国政府提供了解中国的情报，借此形成制定对华政策的智库。那时，美国的中国研究构成了美国的地域研究的一个重要部件。它们除了拥有来自东亚各国的资助外，美国政府的资助也十分雄厚。它们招兵买马，尤其喜欢招募那些来自中国台湾或香港地区的，对中国十分了解的，而且思想已经西化的美籍华裔留学生和学者。于是，一批中国学者就这样加入了美国的中国研究智库。拿美国政府的钱，研究中国的问题；又以中国问题的研究，奉献给美国军方和政府。从这条"利益链条"中，我们可以看到，美国的中国现当代文学研究带有十分强烈的意识形态色彩，是冷战思维和政治对抗的结果。夏志清的《中国现代小说史》就是在这种氛围下开始写作的，而且随后引起的"普夏之争"也是在这种背景下展开的。下面，我们来看看夏志清当年留美工作时的境况，听听他当年的心声。他曾回忆道："1951年春天，我一方面忙于写论文，另一方面真不免要为下半年的生活问题着急起来。我虽算是耶鲁英文系的优等生，系主任根本想不到我会在美国谋教职的：东方人，拿到了博士学位，回祖国教授英美文学，这才是正当出路。有一天，同住研究生院宿舍的一位政治系学生对我说：政治系教授饶大卫（David N. Rowe）刚领到政府一笔钱，正在请人帮他研究，你谋教职既有困难，不妨去见见他。我到他办公室去见他，两人一谈即合拍。加上我是英文系的准博士，写英文总没有问题，饶大卫立即给我一张聘书，年薪4000美元，同刚拿到博士学位的耶鲁教员（instructor）是同等待遇。我既找到了事，写论文更要紧，也就无意去谋教职，再去看英文系主任的脸色了。饶大卫雇用了他的得意门生鲁幸·派（Lucian Pye）同我这两位research associates，再加上日裔美籍研究生、教会学校出身的华裔家庭主妇这两位 research associates，人马已全，7月1日开始工作，编写一部《中国手册》(*China: An Area Manual*)，供美国军官参阅之用。那时是朝鲜战争时期，美国政府是很反中共的，所以饶大卫才能申请到这笔钱。数年之后，《中国手册》上中下三册试印本出版，先由美国军方、政方高级官员审阅，可能发觉全书反共立场太强硬（当然书里面别的毛病也不少），未被正式采纳，这对饶大卫自己而言，当然是事业上的一大挫折。否则，这部《中国手册》，美国军官人手一套，饶大卫自己'中国通'的声望也必大为提高。这部《中国手册》试印本一共印了350册，美国各大图书馆也不易见到。"① 在西方物质利益和金钱的诱惑中，在毕业就业的压力下，夏志清们"为五斗米折腰"了！这种实用主义的、意识形态的、社会学的接受视野一直影响到西方对新中国成立以来文学的交往、传播与接受。他们始终把中国当代文学当作了解当代中国现实的窗口和门径，而对其审美创造及美学价值并无多大兴趣。

其实，中国现当代文学在一些亲西方的国家那里，其译介、传播与接受也是困难重重。比如，日本原本是世界上最早传播与接受鲁迅的国家。1946年、1947年《鲁迅作品集》第1卷、第2卷在日本出版后，第3卷（鲁迅杂文集）正准备出版时，由于受到美国占领当局有关政策的限制，最终流产。又如，新中国成立后，中韩文学交往几乎处于隔绝状态，直到20世纪70年代随着韩国民主运动的兴起，中韩之间的文学交往才恢复正常，鲁迅才被奉为韩国的精神导师；到90年代韩国军人统治结束时，中国现当代文学在韩国的译介、传播与接受才兴盛起来。再如，中国与欧美、大洋洲国家的文学交往随着中国与这些国家和地区先后建交而开始常态化。北欧和西欧的有些国家在

---

① ［美］夏志清著，刘绍铭等译：《中译本序》，《中国现代小说史》，第5页。

20世纪50年代前期就已经与中国建交,如1954年中英建立"代办级"外交关系,1964年中法建交,1970年中意、中加建交,1972年中美、中澳、中新(新西兰)建交,等等。

与西方和亲西方的国家不同,在意识形态和社会制度上与新中国比较接近的第三世界国家,尽管也是出于意识形态的考量,但是,它们在译介、传播和接受中国现当代文学时,表现出积极、主动、友好的意愿。"二战"结束后,广大亚非拉国家的人民逐渐摆脱了殖民统治,走上了独立发展的道路,因而具有反帝反封建性质的中国现当代文学,在这些国家、民族和地区,以不同形式如举办电影节、文艺演出和群众聚会等,得到了广泛的认同、传播与接受。比如,1951年3月,时任越南最高领导人胡志明在《在越南劳动党成立仪式上的讲话》中直接引用鲁迅的名言"横眉冷对千夫指,俯首甘为孺子牛"。[①]这种密切而友好的中越文学交往局面直到1979年的对越自卫反击战才发生改变。又如,20世纪50年代初,在罗马尼亚,上映了电影《白毛女》,上演了歌剧《王贵与李香香》,公演了《雷雨》等。还如,中苏文学交往明显受制于两国关系的风风雨雨。20世纪50年代是中苏文学交往的亲密期。到60年代以后中苏关系破裂,受制于苏联的东欧一些国家,与苏联一样,与中国也几乎中断文学交往,如原计划出版由捷克著名中国学家普实克担纲主编的《鲁迅选集》第4卷(杂文)和第5卷(书信),因为此时中国与苏联、东欧社会主义阵营关系的破裂而被迫流产。

新中国成立以来,在西方国家的"围堵"下,中方并没有放弃自主"文化外宣"的努力。受到《苏联文学》的启发和鼓舞,1951年,《中国文学》在北京创刊。它是新中国成立后到2001年为止第一份主动对外译介中国文学尤其是中国当代文学作品的外文官刊。1981年,

---

① [越]胡志明:《胡志明选集》(第2卷),人民出版社1964年版,第164页。

由于新形势发展的新需要，在《中国文学》的基础上，新中国又推出了大型的"熊猫丛书"。它们创办的初衷是，依托对外译介以工农兵题材为主的中国当代文学作品，向外宣传新中国的新形象。这显然是"政治外宣"之使然。但在 20 世纪 90 年代以来商品经济大潮的冲击下，同样因为政治、经济原因被迫停刊。正所谓，成也"政经"，败也"政经"！当下，不少有识之士，期盼复刊《中国文学》和继续出版"熊猫丛书"。这与目前中国在政治经济方面的强劲崛起和高扬的民族精神有关。然而，我们必须清醒地认识到，尽管中国现当代文学海外译介和传播对政治经济有一定的依赖度，但是政治经济并不总是能决定中外文学交往的真正实现。陈建功坦言："改革开放以来，中国文学最著名的译丛'熊猫丛书'虽然走出了国门，但其中很多种书其实在我国的驻外机构里'沉睡'。"[1]我想其原因至少有三点：一是我们所挑选出来对外译介的作品大多数是"正统"的作品，不一定符合西方读者的口味，但受到第三世界国家读者的欢迎。二是翻译的质量很成问题。英国中国学家蓝诗玲说它们的确译得"糟糕""索然无味"[2]。她说这种"大跃进"式的对外译介收效甚微，乃至无效。三是政治因素的干扰，比如 1989 年使得英美读者误解中国政府，由此累及中国文学对外译介的数量、品质与意图。虽然情况并非全然如此，但是如果我们能够正视中国现当代文学在海外难以被接受的现实，既考虑到文学对外译介所受到的来自本土文化环境的影响与规约，又关注到它们在异域文化环境中所经受到的考验，注意本土文化与异域文化两者之间的互动，那么，中国现当代文学在海外的传播与接受就会顺当些。荷兰中国学家伊维德在《中国当代文学在当代荷兰的接受：直接的翻译和交流》中说，新时期中国文学在荷兰的译介之所以能够取得

---

[1] 吴越：《如何叫醒沉睡的"熊猫"》，《文汇报》2009 年 11 月 23 日。
[2] Julia Lovell. "Great Leap Forward." *The Guardian*, January 11, 2005.

显著的成绩,"大概与近20年来中国改革开放所带来的文艺繁荣局面不无关系"①。

令人担忧的是,尽管时间已经进入21世纪,但是西方用政治眼光看待当代中国文学的态度依旧没有改变。2008年,余华的《兄弟》被安吉尔·皮诺和伊莎贝尔·哈布翻译成法文,由法国南方文献(Actes Sud)出版社出版,受到了法国读者的喜爱。这原本是一件大好事。但是,法国各大媒体"跟进性"的评论暴露了法国受众接受《兄弟》的意识形态预设和政治期待。《卢森堡日报》发文说:"作者在描绘两兄弟的冲突当中,展现了一幅从20世纪60年代到今天的中国社会的完整图画。"②《今日法国》发文说:"通过这两种人生轨迹,我们看到了整个刘镇,乃至整个民族的苦难与不幸。"③《书店报》发文说:"在这本书中,读者还会发现昨天和今天中国民众的日常生活……李光头和宋钢所居住的刘镇,是中国20年发展变化的一个完美缩影……余华向我们展示了人民如何生活在国家的变化之中。"④《十字架报》发文说:"从'文革'的残酷到市场经济的残酷,余华涤荡了近年来的历史,把粗野怪诞的故事重现在我们面前。这是一部大河小说,建构宏伟,既有流浪小说的特征,又充满着荒诞色彩,为了解当今的中国,慷慨地打开了一扇门。"⑤

前面我们谈论的是,因为政治和经济的原因,中外文学交往,中国现当代文学海外的译介、传播与接受,出现了区域性的不平衡。出于同样的原因,这种不平衡也存在于同一国家和同一地区的不同历史

---

① [荷]伊维德:《中国当代文学在当代荷兰的接受:直接的翻译和交流》,王宁、葛桂录主编:《神奇的想象——南北欧作家与中国文化》,宁夏人民出版社2005年版,第65页。
② [法]让雷米-巴朗:《中国的传奇之旅》,《卢森堡日报》2008年6月25日。
③ [法]弗朗索瓦:《〈兄弟〉:非凡卓越》,《今日法国》2008年5月24日。
④ [法]安托尼·佛伦:《〈兄弟〉:当代中国的史诗》,《书店报》2008年6月7日。
⑤ [法]詹妮弗·威尔卡姆:《受伤的中国景象》,《十字架报》2008年5月29日。

时期。比如，近年来经济状况的不景气，导致了美国多年来"年度出版"英译中国现当代文学作品没有超过两位数。质言之，市场经济的因素与政治利弊的权衡，决定了西方主流出版社对中国现当代文学的译介采取保守策略。它们通常会放弃对作品的审美考量和艺术坚守，而迁就普通读者的政治期待。比如，在电影热映效应推动下，它们对译介相应的中国现当代文学作品原著保持浓烈的兴趣。因为这些电影的文学原著既符合西方的意识形态（若不符合，那么在译介时也要通过"改写"使之符合），又能行销西方图书市场，给它们带来不菲的经济收益。对此，莫言曾直言不讳地说："中国文学走向世界，张艺谋、陈凯歌的电影起到了开路先锋的作用。最早是因为他们的电影在国际上得奖，造成了国际影响，带动了国外读者对中国文学的阅读需求。"[1] 有鉴于此，为了更好更多地对外译介中国现当代文学，我们应该抓住中国崛起的战略机遇，发挥中国在国际舞台上的政治经济优势，增进中外文学的频繁交往，把优秀的中国现当代文学作品传播到世界各地，并设法使之落地生根，茁壮成长。我们可以继续利用好一些中外文学交往的优质平台和网络。比如，1967 年创立的爱荷华大学"国际写作计划"，在国际文学界影响甚巨。2002 年秋季，余华应邀参加这个"写作计划"后深有感触地说："在美国如果是我这样年龄的一个作家，将会很少外出，会是一个专心致志写自己东西的人，而在中国像我这样年龄的作家经常在天上飞。"[2] 在全球化语境中，余华深感时间紧迫与沉潜性写作之必要性。因此，这个"写作计划"一结束，为了配合《活着》和《许三观卖血记》英文版在美国的发行，为了节省时间，他跑遍了美国著名高校与美国读者进行零距离的亲密

---

[1] 术术：《莫言、李锐："法兰西骑士"归来；莫言、李锐获"法兰西艺术与文学骑士勋章"回国畅谈》，http://book.newdu.com/a/201710/17/21602.html，访问时间：2017 年 10 月 17 日。

[2] 夏榆、许桐辉：《余华：记录两个天壤之别的时代》，《南方人物周刊》2005 年第 18 期。

接触，以增进彼此的理解。与之相应的是，我国也开设了一系列高规格的国家级中外文学交流平台如中方推出的"经典中国国际出版工程""丝路书香翻译资助项目""中国当代作品对外翻译工程"等，把海外中国学家、外国作家、翻译家"请进来"，在你来我往中努力消除隔膜，增进友谊与增强互信，以文学交往为纽带，把大家团结起来，共享人类精神共同创造的艺术精品。

— 第五章 —

中国现当代文学海外传播与接受的差异性

第一节
文化传统与国家价值观差异

世界上不同的国家、民族和地区，有着不同的文化传统和国家价值观。正是这些多样的文化传统和多元的国家价值观，使得我们这个世界丰富多彩，充满魅力，让有着不同个性和追求的人努力在其中寻找适合自己的位置。封建时期，在专制集权主义思想影响下，每个国家、民族和地区在文化多样性的背景下追求着各自文化的统一，在漫长的历史进程中，有的彻底实现了，有的却统一得不够彻底。进入现代社会，在追寻现代性的激烈震荡中，各国、各民族文化的统一开始瓦解，再次走向多元、多样。因此，在不同文化的映照下，各国、各民族文化彼此之间的差异性突显出来。正是因为这种明显的差异，促使不同国家、民族和地区之间不断地进行文化交流，努力在不同的文化传统和国家价值观之间求同存异，共享人类丰富多样的文化盛宴。换言之，尽管在跨文化、跨语际的文化交往中常常发生这样那样的摩擦，但是交流已然成为现代社会人类文化活动的大趋势。在这种背景下，现当代中国文学与现当代外国文学一直处于此起彼伏、时亲时疏的交往过程中，只不过，因为文化传统之间的差异以及国家价值观之间的冲突等原因，在历史的不同时段，导致中国现当代文学海外传播与接受的时冷时热，或者说，在某国、某文化圈内，它们的传播与接受很热，而在另一国、另一种文化圈内，它们的传播与接受却很冷。

这就形成了中国现当代文学海外传播与接受过程中永不均衡的波动状态，而这种不均衡又推动着中国现当代文学海外传播与接受的永不停歇。

从文化价值取向上，梁漱溟把世界文化一分为三。他认为，中国文化是"人对人"的文化，西方文化是"人对自然"的文化，而印度文化是"人对自己的生命"的文化。①中西文化之间的差异十分明显。作为伦理型的中国文化，重视儒家的中庸之道，主张矛盾的对立和转化，以及"家""国"一体，是一种典型的丰富多彩而又高度统一的世俗文化。作为科学型的西方文化，强调工具理性的作用，淡化人文精神的濡染，形成对外无限扩张的野性。正是这种伦理型文化和科学型文化之间的差异与冲突，导致中西文化交往和交流上的困难。1930年，瑞恰慈在中国生活时，艾略特从伦敦给他写信说，西方人想要理解中国的文化和思想，"就像同时看到镜子前后，不可能"②。不同于艾略特完全从西方的视角来看待中国，瑞恰慈是从中国立场来思考中国如何走向世界，从中我们不难看出中西文化交流的障碍非同一般！据安妮·狄拉德在《与中国作家相遇》一书里的记载，1982年9月在洛杉矶举行的中美作家见面会上，以《爱，是不能忘记的》而名扬美国文坛的张洁说："金斯堡先生，你不应该只想着自己！你应当为理想而生活而工作！牢牢地抓住你的目标！你不应该吸毒！想想你对社会应尽的责任吧！你看我，我的生活目标永远清楚，我的头脑从不混乱！"③对此，金斯堡耸耸肩，不屑一顾地说："我的头脑总是混乱的。"这表明，中美作家之间由于文化差异，难以达到真正意义上的沟通与对话。更有甚者，如英国的中国学家蓝诗玲所言，英语国家对

---

① 即梁漱溟著名的"文化三路向说"。参见梁漱溟：《东西文化及其哲学》，商务印书馆2010年版。
② 转引自赵毅衡：《对岸的诱惑：中西文化交流记》（增编版），第169页。
③ 转引自赵毅衡：《对岸的诱惑：中西文化交流记》（增编版），第218—219页。

翻译作品普遍存在反感，甚至出版社都不愿将译者的名字放在封面上。① 这显然是西方文化沙文主义的心态在作祟，也是英语长期作为世界语言的绝对语言优势所致。

就是那些长期被中国大陆学者认定是最西化的中国现当代文学作品，在某些西方翻译家眼里，最终还是因为存在中西文化上的差异而使他们望而却步。比如，1986年，在上海金山召开的一次国际汉学会议上，英国汉学家詹纳森与舒婷攀谈起朦胧诗的翻译时十分无奈地说："我可以翻译其他男诗人的作品，但却不能翻译你的。因为你的语言受中国古典文化的影响很深，那种气氛和内涵外国人是无法传递的。"② 由此我们知道，通常被认为"西方化""现代主义化"色彩较明显的舒婷却被西方学者指认为太中国化、太传统化！③ 仿佛历史老人总是在挑战我们的认知和智识，总是喜欢同彼此有文化隔膜的人们开玩笑。然而，经过自我检视后，舒婷发现自己的文化 DNA 的确是由中国古典文化诗词所滋养的汉语传统与民族精神。正是这些东西使得她的诗歌在中国读者中得到了经久不息的吟诵和广泛的传播，当然，也是这些东西使得她的诗歌成为跨语际翻译一道难以逾越的文化门槛。

至于那些过分追求中国文化底蕴与特色的中国现当代文学作品就更难进入中西文学交往的通道和流程。比如，德国的中国学家阿克

---

① 吕敏宏：《中国现当代小说在英语世界传播的背景、现状及译介模式》，《小说评论》2011年第5期。

② 舒婷：《汉语的魅力值得一生体味》，朱竞编：《汉语的危机》，文化艺术出版社2005年版，第60—61页。

③ 中国当代文学史把包括舒婷在内的朦胧诗指认为现代主义诗歌，依据的是它们表现了自我和个性。而这种自我表现的社会学姿态与意涵，恰恰是西方现代主义所反抗的。而且，与朦胧诗对理想的渴望和对未来的追求（如北岛的《回答》和舒婷的《祖国啊，我亲爱的祖国》等）不同，西方现代主义是消极的、厌世的、颓唐的。所以，从这些角度来看，朦胧诗其实不是真正西方现代主义意义上的诗歌。

曼，面对张洁的《沉重的翅膀》这样一部十分现代的现实主义小说时，能很从容地把它译成德文，并使他成为第一位获得"联邦德国卫礼贤翻译文学奖"头等奖的青年中国学家；而当他面对阿城的道家文化蕴涵很深的小说《棋王》时，他就感到捉襟见肘、望洋兴叹，最终只得放弃对它的译介。① 翻译是传播过程中的重要环节，语言和文化的差异无疑会对小说的翻译和异域阅读增添许多障碍。就连翻译家葛浩文也对贾平凹的《秦腔》中的方言望而却步，迫不得已放弃翻译。小说译本出版完毕，并不意味着传播的结束，"而是异国传播的开始。译本进入异域阅读层面，赢得异域行家的承认和异域读者的反响才是作品在海外传播成功的关键"②。法国中国学家杜特莱曾在访谈中提到中外文化和语言上的双重翻译困难，他认为："对于莫言的作品来说，困难往往在于如何翻译山东农民、国家干部或知识分子在说话时不同的语言层次。译者总是像走在钢丝绳上一样，左右摇摆。他必须努力保持平衡，既不掉在这边，也不掉在那边，换句话说，就是既不完全是'异化翻译'，也不完全是'归化翻译'，而是根据他所翻译的文本进行合理的选择。"③ 此外，他还说："在法国，已经翻译出版了很多中国的古典和当代作品。但与欧洲文学和美国文学相比，普通读者对中国文学的了解还非常有限。译者和出版商的作用仅仅在于选择能够打动法国读者的作品。在上个世纪 80 和 90 年代，阅读中国文学的法国读者数量有了明显增加。目前，作品被译为法语的中国作家的数量和能阅读到的翻译作品数量相当可观，这也许可能会让法国读者望而却步，因为他们总是不知道如何在书店里选择一本中国文学的翻译作品。"④

---

① 参见未冉、李雁刚：《阿克曼：情迷中国文学》，《明日风尚》2009 年第 12 期。
② 转引自鲍晓英：《莫言小说译介研究》，上海交通大学出版社 2016 年版，第 15 页。
③ 刘云虹、[法]杜特莱：《关于中国文学对外译介的对话》，《小说评论》2016 年第 5 期。
④ 同上。

问题还不止存在于中国现当代文学、文化及其翻译本身,中外文化的差异时常左右着海外读者对中国现当代文学的取舍。有海外翻译中国现当代文学第一人之称的美国中国学家葛浩文接受季进采访时说,在中外文学交流史上,墙内开花墙外香的例子确实不少。比如,像《北京娃娃》《狼图腾》这样在国内并不怎么被看好的小说,在国外却大有市场,且评价甚高,"这里面文化的差异、解读的取向应该是不可忽视的因素","一个国家的评价标准或者说文学观,跟另外一个国家的观点当然是有差异的",美国读者"大概喜欢两种小说吧,一种是 sex(性爱)多一点的,第二种是 politics(政治)多一点的,还有一种侦探小说,像裘小龙的小说据说卖得不坏。其他一些比较深刻的作品,就比较难卖得动"。①

此外,国外的某些文化禁忌也会妨碍中国现当代文学的海外译介。比如,日本长期推行所谓保护人权的制度,禁止使用一切所谓的"歧视性语言"。这不仅影响了日本国内的文学创作,也波及对包括中国在内的国外文学的译介,"如中国作家航鹰的《白衣仙女》《明姑娘》,叶文玲的《心香》等译成日文时,有的是以盲女或聋哑人为主人公,有的出现对残疾人的描写,这使译者颇伤脑筋。试想这样一句话'张瞎子和李瞎子去找王瘸子',变成日文为'目不自由的张和目不自由的李去找腿不自由的王',这叫什么话呢?"②

至于完全抛弃中国文化传统和国家价值观的、完全西化的、多少显得"不伦不类"的中国文学作品,欧美读者从"不买账"! 20 世纪 80 年代中期盛行于中国大陆文坛的"先锋小说"几乎都不被西方看好,像孙甘露的小说《呼吸》的法译本在法国发行不畅。这一事实印证了英国中国学家杜博妮在分析中国现当代文学对西方读者吸引力不

---

① 转引自季进:《我译故我在——葛浩文访谈录》,《当代作家评论》2009 年第 6 期。
② 陈喜儒:《"歧视语言"的风波》,《中国魅力——外国作家在中国》,第 288 页。

大时所显露出的西方中心主义思想的观点。她说:"对很多西方读者来说,现代中国作家的作品深受西方文学的影响。由于跨文化接触中普遍存在着时间差,当受到西方影响的中国文学以翻译的形式抵达西方世界时,它们已经显得过时了。"① 对此,俄罗斯中国学家罗季奥诺夫认为,中国当代文学要想在西方产生重要影响,必须注重两个因素,"即历史性和文化底蕴是中国文学在俄罗斯成功传播的不可缺少的条件。那种深受西方文化影响的当代中国文学对俄罗斯读者难以有大的吸引力,或者说它们要想在俄罗斯受欢迎,就必须在某些方面超越西方的文学传统"②。

只有那些既适度地留存了中国文化传统,又适度连通人类共性的中国现当代文学作品在西方才会有较大的市场。杜特莱在谈到阿城小说受法国读者欢迎的原因时说:"直到上个世纪 70 年代末,中国文学才真正展示社会现实。正如您所说,那时的法国汉学家中没有多少人对这种新的文学感兴趣,因此,阿城的小说出版后,法国读者非常高兴能通过翻译阅读这种'新文学'。对我的翻译家同行来说同样,例如很早就开始翻译莫言作品的尚德兰(Chantal Chen-Andro)和陆文夫作品的译者安妮·居里安(Annie Curien),后者把著名的《美食家》一书译成法语,名为《一位中国美食家的生活与激情》。因此,我可以说,中国当代文学中最吸引我的地方就是,通过阅读我可以直接地了解中国人的精神状态以及他们的生活处境。"③ 也许,正是因为看中了韩少功《马桥词典》中民族性与世界性的出色交融,蓝诗玲才开始着手翻译它的。她说:"韩少功的选材、风格、主题、观点和对语言的有力运用,揭示出他拥有道家的开阔胸襟……《马桥

---

① Bonnie S. McDougall and Louie. *The Literature of China in the Twentieth Century*. New York: Columbia UP, 1997, p. 447.
② 高方、许钧:《中国文学如何真正走出去?》,《文汇报》2011 年 1 月 14 日。
③ 刘云虹、[法]杜特莱:《关于中国文学对外译介的对话》,《小说评论》2016 年第 5 期。

词典》既具有世界性，也具有民族性，韩少功在文学继承上兼收并蓄，既受到儒家思想的熏陶，也受到弗洛依德的影响……他的影响来源既有中国的历史和文化，也有西方的历史和文化……使得他的小说既受到中国人的垂青，也得到西方人的喜爱……其风格中既有传统现实主义的成分，也有魔幻现实主义的因素……韩少功笔下的马桥乡民是读者所希望的具有世界性因素的、立体多维的人……马桥的方言、生活及其乡民，也在世界文学中拥有一席之地。"[1] 还有就是，由于超越了地域、文化和传统的观念，美国后现代文学主将罗伯特·库佛和青年作家布莱德·马罗完全认同与欣赏残雪的小说，到处颂扬残雪的小说。[2]

当然，有的海外中国学家在向本国读者译介中国现当代文学作品的同时，还能够以此为镜来反观自己国家的价值观与文化传统。比如，尽管有使中国现当代文学"观念化"之嫌，但日本中国学家丸山升还是能把研究鲁迅和研究"左联"的重心放在反思和批判日本的近代历史上。又如，在 20 世纪 90 年代，当中国作家访问韩国、称赞韩国现代化发展成就时，陪同参观的韩国中国学家却说"我们还没有鲁迅"。[3] 可见，衡量一个国家强弱时，文化／文学是一个多么重要的考量因素啊！更有甚者，有的海外中国学家能够超越自己国家的价值观和自身的文化传统，理性地、客观地看待中国现当代文学，比如，20 世纪 90 年代末期，韩国学者认识到需要在"容共"与"反共"之间寻找到"第三种观点"。[4]

---

[1] "Translator's Preface." Han Shaogong. *The Dictionary of Maqiao*. translated by Julia Lovell. New York: Columbia University Press, 2003, p. x.
[2] 残雪：《为了报仇写小说——残雪访谈录》，湖南文艺出版社 2003 年版，第 146 页。
[3] 参见《补白·我们没有鲁迅》，《鲁迅研究月刊》1994 年第 12 期。
[4] ［韩］西海枝裕美：《"1999 东亚鲁迅学术会议"综述》，《鲁迅研究月刊》2000 年第 12 期。

像中西文化存在巨大差异那样，中印文化之间的鸿沟也不小。众所周知，古印度与古埃及、古巴比伦和中国并称世界四大文明古国。古印度文明疆域极其广阔；18世纪后，印度成为英法的殖民地；到了1947年，印度的领域就只能剩下印度共和国了。印度文化与中国文化的差别具体表现如下：一、从语言种类繁杂上可以看出印度文化极其丰富。印度现有流行语言177种，地方方言544种，一张十卢比的纸币上就印有10余种文字。而中国文化早在秦代已经统一，到汉代发展成为"罢黜百家，独尊儒术"的封建专制主义文化。此后，尽管动乱频繁，但是中华文化，不管是国内其他民族文化如鲜卑族文化、蒙古族文化，还是国外文化如日本文化、"半殖民文化"，都被中原汉族文化所融合。经过长期的淬炼，中国文化突显出统一性、凝聚性和整体性的超稳定性特征。二、有人说，印度文化由犁、纺织机和以"梵天"为宗的宗教哲学构成。这表明印度文化呈现出宗教文化和世俗文化并存的特征。法、欲、利、解脱是印度人的人生追求。这与中国文化的世俗伦理主义有着本质区别。三、与中国文化秉持的"中庸观"不同，印度文化崇尚的是印度佛教大乘中观派的"中道观"。中国文化的"中庸观"主张矛盾的对立及其转化的折中主义，而印度文化的"中道观"则主张"离二边、行中道"的"中间主义"，缺乏辩证思想。

1947年，独立后的印度亲近西方，与中国对抗的政治关系十分明显。历史的因素、文化的因素与现实的因素交织，使得中印文学交往很少。"谭云山、谭中父子和国际大学中国学院对20世纪以来印度对中国文学的译介起了非常重要的推动作用，并取得了不俗的成绩。但整体而言，20世纪以来印度对中国文学的译介比较薄弱，其中对古典文学的译介尤其欠缺。近年来，随着中印当代文学家民间活动的增加，中印当代文学之间的了解有所增加，中国当代著名诗人如欧阳江河、臧棣等的一些诗歌得到了译介，但古典文学译介的不足并未改善，如中国古典四大名著在印度文学中的翻译仍告阙如。造成这种情况的，除了中印文学传统的不同，如印度传统重视诗歌而轻其他、重'神话'而轻'人话'之外，还与中印文学交流的传统、印度的民族传统心理、20 世纪以来包括印度在内的现代东方文化的文化心理有着密切的关系。"[1] 如前文所述，进入 21 世纪后，中印文学交流大为改观，且正在持续发力。

从以上论述中，我们知道，文化传统和国家价值观是影响中国现当代文学海外传播与接受的至关重要的因素。这就既要求作家、翻译家、中国学家和普通读者尊重与理解彼此的文化传统，又要求大家在各自国家战略层面与外国在意识形态上尽量进行协调；同时，在民族性与世界性的统一中，化解对立、对抗，促进文学交流、沟通。

第二节
语言的"字思维"与"词思维"

不同的文字和语言，具有不同的文化意义。就像汉字是中国文化的核心或者说是核心的核心那样，一种文字和语言是一个国家文化的核心。这其中所牵涉的已不单单是一个传统语言学的问题，而是像西方文化语言学所揭示的那样，不同的文字和语言均与不同的思维方式、社会建构、民族国家、意识形态有着密切的联系。汉字和汉语与西方的文字和语言的不同表现在以下几个方面。从语音上看，单音节

---

[1] 曾琼：《二十世纪以来印度的中国文学：译介研究》，《"中国文学海外传播"国际学术研讨会会议论文·摘要汇编》，第 395 页。

是汉字最明显的特征,一音一字,一字一音,且多为开音节;而且汉语有韵调。西方语言,比如印欧语系里的语言,除主要也是单音节外,还有多音节,正是这些多音节,使西方语言与汉语区分开来。从语义上看,汉字和汉语多义词多一些,综合性强一些。从语形上看,汉字是方块型的、建筑型的,而西方语言是符号化的、平面化的。从语法上看,西方语言有性、数、格、时态、前缀、后缀以及主谓宾定补状,有很强的但比较机械的定位功能。从思维方式上看,汉字和汉语偏主观,语言思维相对比较狭窄些,而西方语言刚好相反。这表明,不同的语言文字有着不同的内在的思维规定性,发挥着隐在的,却是持久、深入的作用。总之,汉字和汉语的书写方式不同于西方文字和语言的"言文一致"[1]。我在这里条分缕析地细数中西语言的不同,并非是要分出一个高低来,更不是要说明汉语优越于西方语言。[2] 早在五四时期,钱玄同就激烈质疑和否定过我们常常引以为傲的母语,乃至要把汉语语言文字排除在"世界公用的语言"/世界语之外。他说:"至于不采用东方文字,而云可为世界公用的语言,此则骤看似有未合;然玄同个人之意见,以为此事并无不合,东方之语言,实无采入 Esperanto 之资格。所谓东方语言,以中国语言为主;中国之字形,不消说得,自然不能掺入于拼音文字之内;中国之字义,函糊游移,难得其确当之意义,不逮欧洲远甚,自亦不能采用","中国之字音,则为单音语,同音之字,多且过百,此与拼音文字最不适合"。[3]至于中西语言文字到底孰优孰劣,不是本书所要讨论的范畴。我只是

---

[1] 日本在明治维新时就追寻"言文一致";而中国到晚清才开始"言文一致"的思想启蒙。
[2] 在《中国问题》里,罗素既分析了汉字(繁体字)难以辨认和书写的缺陷,又赞扬了汉字的超稳定性使得中华文明源远流长。从后者出发,罗素认为中国的表意文字优于西方的字母文字,并由此盛赞了中国的儒家伦理与科举取士。
[3] 钱玄同:《答陶履恭论 Esperanto》,《钱玄同文集》(第 1 卷),中国人民大学出版社 1999 年版,第 95—99 页。

想借此说明中西语言文字之间存在很大的差异性。为了简明、形象、概括、有力地说明这些区别,在此,我暂用"字思维"代指中国人的思维,而以"词思维"代指西方人的思维。文化是思维在语言上的反映。或者说,思维方式是人类文化类型的各种特征最集中的体现。西方人不断"向外拓展"的思维方式反映的是西方人的科学型文化观。印度人持续"向内求索"的思维特点反映的是印度人"梵我同一"的宗教与世俗混杂型文化观。中国人辩证的"中庸之道"反映的是中国人的伦理型文化观。由此,我们知晓中国人与印度人、西方人在思维方式和文化观念上相差甚远。

中外思维和文化上的差异,无形中给中国现当代文学的海外译介与传播制造了许多"麻烦"。只有消除这些"麻烦",才能顺利地进行中国现当代文学海外译介和传播。这就给翻译家、中国学家和海外读者提出了更高的要求。对一个翻译中国现当代文学的翻译家来说,至少需要具备以下三个条件:一是要有很好的中文水平和本国语水平;二是要有很好的中国文化知识储备;三是要对现代中国社会有相当了解。当然,如果海外翻译家与中国作家本人能够成为朋友,那么问题就容易解决得多了。《狼图腾》的德文译者、顾彬的弟子卡琳,在翻译过程中遇到的最大困难是,小说里的专有名字和一些她不曾见过也不了解的事物以及内蒙古人的生活习惯。她说:"内蒙古的人吃的是什么,喝的是什么,我都得去了解","不理解我翻译不下去"。为了弄明白这些,她除了查找相关书籍,向有关专家请教外,还多次通过电子邮件,给作家本人姜戎写信,与作家讨论书中的一些细节。她没有见过"狼夹子",无法在德文中准确地描述它的样子。她问作家能不能给她画一个图像。姜戎接信后,就给她画了一幅钢笔勾线的捕狼工具的图片。她这才恍然大悟。当她的译稿最终送到兰登书屋的编辑手中时,编辑在阅稿过程中被译者的这种敬业精神以及译者与作家的真诚交流与配合感动得流泪了。无独有偶,《狼图腾》的英文译者葛浩文在翻译时也曾要求姜戎给他画图示意。卡琳说,每一次翻译对她来说都是一次知识储备、文化修养和精神修为等方面的挑战。她曾坦言,她之所以喜欢如王安忆的《小城之恋》那样的中国现当代小说作品,主要原因之一是它的表达方式委婉,而这种委婉的表达情感的方式恰恰就是东方思维和言说的特征。①

要跨越横亘在"字思维"和"词思维"之间的障碍,首先,译者在翻译前需要做一些必要的"功课"(如上所说有时还需要作家予以配合),同时译者本人除了必备的知识以外,丰富的人生阅历尤显重要。陈建功回忆说:"1984年前后,李陀选编一本《中国当代小说选》,委托在北京大学法律系做访问学者的香港人戴静翻译。戴静事先提醒我们,许多对中国读者不成问题的词句,却会是外国人阅读的障碍,要把一些犄角旮旯的说法改得美国人能够看明白","戴静在《找乐》里把所有美国人可能看不懂的地方画了杠,我把画杠的地方重新写一遍,比如北京的'天桥',你要改成:天桥是上个世纪初在北京南城形成的一片平民游乐场,等等。宁可多写一点,让外国人明白'天桥'是什么"。②《中国当代小说选》于20世纪80年代末由兰登书屋出版后在美国大受欢迎。陈建功分析说,《找乐》英译本的成功,恐怕还不只是因为海外译者与中国作家一起在翻译前做的那些"功课","译者在底特律的汽车工厂工作过,对美国底层生活很熟悉,她把底层生活经验和语言都用上了,这大概是成功秘诀吧"。③其次,在翻译过程中有时需要翻译家对原作进行全局性的"伤筋动骨"式的"改写"。1991年,张艺谋执导的电影《大红灯笼高高挂》在威尼斯电影节获得银狮奖。紧接着,1992年,巴黎弗拉马里翁出版社就出版了

---

① 金莹、卡琳:《每次翻译都是一次挑战》,《文学报》2008年6月5日。
② 转引自吴越:《如何叫醒沉睡的"熊猫"》,《文汇报》2009年11月23日。
③ 同上。

苏童小说原著《妻妾成群》。杨安妮和弗朗索瓦·勒穆瓦纳在翻译时，对小说原著的行文方式与结构进行了大幅度的"改写"，比如，原著中本没有引号的对话在法译本里全部加上了引号；原著中多处对话结尾的句号在法译本里被改换为感叹号；原著中很多长段在法译本里被断成短段。对这种翻译中的"改写"，苏童《米》的译者杜特莱深表"遗憾"。她说："在形式方面，苏童将对话融于叙述之中，没有使用引号将其明显地标示出来，有时会令人难以分辨这些话是出自对话还是人物的内心独白。英文版保留了这种手法，而遗憾的是法国出版社并没有这样做。"[1] 但是，这种"改写"有助于法文读者的接受。《妻妾成群》在法国发行量达六万册。这不仅是电影产生的连锁效应，而且也是法国人的"词思维"对中国作家"字思维""改写"获得成功的反映。这是苏童第一部法译的小说，赢得了这么广泛的读者群，同时，也由此"固化"了苏童在法国读书界和普通读者心目中的形象。此后，苏童的"新历史小说"和"妇女系列"的小说总是优先被法国翻译家选中，如《我的帝王生涯》《红粉》《米》等，而对他的现实题材的作品如《蛇为什么会飞》等则不感兴趣。此乃法国人的"词思维"对苏童写作的译介、传播与接受在持续起作用的结果。

　　中国现当代文学的海外译介还不只是在翻译时遭遇沟通"字思维"和"词思维"的问题，当它们翻译成外文、传播到海外去以后，海外读者是否接受，能否正确解读也是一个很大的问题。对此，李锐百感交集。他既充满感激也不无感慨。感激的是，一个法国作家能够突破"字思维"与"词思维"间的沟壑，从语言层面进入到人性层面，读出他的作品的味道。感慨的是，国内某些批评家恰恰囿于"字思维"的"落后"的肤浅解读。他说："我没有和法国的普通读者交换

---

[1] 转引自杭零、许钧：《对于苏童的小说，历史只是一件外衣——苏童小说在法国的翻译与接受》，《文汇报》2007年3月6日。

过意见。在图书沙龙上有一位法国作家和我对谈,他的名字叫佛楼定。我们对谈的话题就是我的长篇小说《无风之树》,我反倒觉得这位法国读者对我小说的语言形式很敏感,甚至比国内的一些半吊子评论家要敏感得多。他没有从'社会调查'或是'文化优势'的'习惯角度'来阅读我的小说,他纯粹是被小说的故事所感动,被小说的语言所吸引而谈到了'人性的深度',谈到了关于'矮人'的'隐喻',谈到了'语言的丰富性'等等这样一些很文学的问题。"[1]

以上论述表明,只要海外翻译家、中国学家和海外读者具备良好的语言能力、文化修养、社会阅历,并与中国作家保持沟通,就能很好地翻译、研究和品读中国现当代文学作品;在此基础上,他们就有可能突破"字思维"与"词思维"之间的语言障碍和文化壁垒,探入中国现当代文学的"腹地"。

第三节 意识形态认同与西方的"固执"

我们在前面谈到中国现当代文学海外接受的发生时,已经论述过意识形态对它的国家管控。这里讲的"意识形态认同"主要指那些认同中国现当代文学的国家、民族和地区,如亚非拉,当然也包括某些身在西方、心在中国的海外中国学家。这里讲的"西方",不仅指通常意义上的西方,也包括"影子"西方,如日本、韩国、我国台湾

---

[1] 术术:《莫言、李锐:"法兰西骑士"归来;莫言、李锐获"法兰西艺术与文学骑士勋章"回国畅谈》,http://book.newdu.com/a/201710/17/21602.html,访问时间:2017年10月17日。

等受西方意识形态控制或已经西化的国家、民族和地区。西方及其"影子西方"对现当代中国的认同或拒绝是变动不居的。比如,1934年之前,日本中国学家用具有贬抑性、歧视性的政治称谓"支那"来称呼"中国";直到1934年,以竹内好为代表的新一代日本青年学者,胸怀新亚洲和新日本的新的时代使命感,成立日本历史上第一个中国现代文学研究团体——中国文学研究会,从此,日本汉学界、中国学界就以"中国"取代了"支那",在进行颠覆性革命的同时,确立了现代意义上的"中国"观念。总体而言,由于意识形态方面的原因,西方是排斥中国现当代文学的,而社会主义国家则认同中国现当代文学。

欧美中国学家由于处于西方的意识形态和学术体制之中,西方的价值观与话语权力常常主导他们的取舍标准和评价体系,因而他们对中国现当代文学的研究时常出现某种程度的遮蔽、歪曲、误读和错读。最有代表性的例子是夏志清和他的《中国现代小说史》。这部在冷战期间接受美国洛克菲勒基金会资助的著作,对张爱玲任职于麦卡锡执政的美国新闻处期间创作的《秧歌》《赤地之恋》做了过分的夸奖,其反共的政治意识形态昭然若揭。[1]20世纪80年代,作为"国家外宣"而推出的"熊猫丛书"传播到英美时,在《纽约时报书评》发表的评论中,美国中国学家林培瑞的《关于熊猫丛书的书评》,对中国现当代文学,尤其是中国当代小说的评价极低。他认为,除了《老

---

[1] 当然,我也注意到2004年夏志清在接受季进采访时对此问题所做的辩解。他说,当年他的《中国现代小说史》里明明讲了张爱玲、沈从文、钱锺书和张天翼四位优秀小说家,可是后来大家故意忽视他对张天翼在短篇小说贡献方面的褒奖。他还说:"有人说我是反共的,凡是共产党的作家都不好,这其实是冤枉,张天翼不就是左翼作家吗?""我评断作家作品的好坏还是看文学价值的,没有完全用政治来定性。我当年写《小说史》的时候,没有机会读到萧红的小说,后来一看,真是了不起!所以我后来一直要提萧红,她是不朽的作家,几百年都不朽。"参见《对优美作品的发现与批评——夏志清访谈录》,《当代作家评论》2005年第4期。

舍小说》里的小说外，其他的作品如《丁玲小说选》、《茹志鹃小说选》、张贤亮的《绿化树》和古华的《浮屠岭及其他》"毫无例外地服务激进领导层实施的政治举措"，"构思简单，充满了毫无生气的政治行话"。① 如此一来，"尽管美国的一些学院开设课程教学中国当代文学，但西方的偏见阻碍了一般公众对它的更多了解"②。然而，像《上海宝贝》之类在中国被禁的小说，在西方却常常成为卖点。出版商在中国的"禁书"上大做文章，明显是利用中国的政治生态问题赚取西方民众的钱财，大发"政治财"。纵然《上海宝贝》没有如他们预期的那样最终给他们带来滚滚财源，但他们出版的绝大部分中国的"禁书"还是给他们带来了丰厚的商业利润。

在中日交恶期，日本曾经一度要中断对中国现当代文学的译介、传播和接受，但还是有少量的中国现当代文学作品传入日本，原因就像日本中国学家小野忍所指出的那样，"与其说是中国文学本身，不如说是为了了解'支那'"③。在中韩建交前，韩国是绕道台湾来"间接"接受中国大陆当代小说的。虽然到了 2003 年后中国大陆当代小说在韩国得以大量译介，但受青睐的仍然是大陆"流亡作家"如高行健、虹影等人的小说。中国国共两党之间、中国大陆与台湾之间，以及中国与西方之间存在着抑或亲和，抑或对立的，剪不断理还乱的复杂关系。新西兰人路易·艾黎，20 世纪 20 年代来到中国，后加入中国共产党，完全认同中国共产党的意识形态和中国社会主义制度。1954 年，北京出版了由他翻译的歌颂新中国的英译本新诗集《人民大

---

① Perry Link. "Book Review of the Panda Books." *New York Times Book Review*, July 6, 1986.

② Leo Ou-fan Lee. "Under the Thumb of Man." *New York Times Book Review*, January 18, 1987.

③ 转引自夏康达、王晓平主编：《二十世纪国外中国文学研究》，天津人民出版社 2000 年版，第 49 页。

声说出》。而在台湾，由于受到西方世界意识形态的支配和扶持，比如受美国新闻处（1953—1999）出资资助的传统出版社，在20世纪60年代出版了由余光中和殷张兰熙合译的《中国新诗选》和《新锐之声》。两岸出版的这些诗选，由于各自意识形态背景和美学价值取向的不同，彰显的是冷战时期中国共产党与西方"自由世界"之间的对峙。也就是说，政治意识形态依然是制约中国现当代文学海外传播与接受的最大阻力。西方世界对中国现当代文学海外传播与接受的"政治设限"并没有随着时间的流逝、随着中国的崛起而发生根本的改观。对此，台湾著名作家龙应台不无感慨地说："目前，越是在大陆遭受政治批评的作家，越容易受到西方的重视。也就是说，西方对当代中国文学的接纳角度，仍旧是新闻性、社会性、政治性的，还有，观光性的。"[1]西方读者渴望从译介过去的中国现当代文学作品中看到不同于中国官方意识形态的异样的声音，这种非文学性诉求直接影响到西方中国学家，他们常常以是否持有不同政见作为译介中国现当代文学的取舍标准，如加拿大中国学家杜迈可就是以如此的"政治的审美"眼光编选出《当代中国文学》《繁荣与竞争：后毛时期的中国文学》之类的中国当代文学选本的。总体来说，西方对中国当代文学领域中的所谓的"异己文学"兴趣十分浓郁。其实，在对待当代中国的态度上，欧美内部并不总是一致。我们应加以区别对待。换言之，同为我们的"他者"，同为西方，欧洲与美国之间时常是有区别的。比如，具有600多年历史的法兰克福书展，2009年邀请中国担任主宾国。此次书展，中国设立了1200平方米的主宾国展台，196家中国出版单位参展，分9大区域展出图书7600多种，并在前后一年的时间内成功举办了中国主宾国活动612场，其中，"中德文学论坛"影响很大。书展期间，企鹅出版公司、约翰威立出版集团等国际知名出版

---

[1] 龙应台：《人在欧洲》，生活·读书·新知三联书店1994年版，第62页。

集团与中国出版集团和中国作家纷纷签约。然而,西方有些媒体,如美国《出版商周刊》,却就所谓的版权问题,对此次书展蓄意进行歪曲报道。①

与西方的情况相左,一些第三世界国家,尤其是社会主义国家,就很乐意传播与接受中国当代文学,如罗马尼亚、越南、古巴、智利等国家,在新中国建立后的很长一段时期内对新中国文学的译介就很多。比如,1950年,"中罗两国间政治关系的建立,经济和文化交流的需要,以及两国人民相互认识了解的迫切愿望,为文学和文化的交流创造了极为有利的条件,使得中国文学在罗马尼亚的译介和传播得到了前所未有的发展"②。那时,罗马尼亚主要译介和接受的是解放区文学作品和新中国的新的人民文学作品,如《太阳照在桑干河上》、赵树理的短篇小说集《传家宝》(包括《传家宝》《李有才板话》《小二黑结婚》《孟祥英翻身》等)、《三里湾》、《暴风骤雨》、《原动力》、《新儿女英雄传》、《铜墙铁壁》、《白毛女》和毛泽东诗词等;与此同时,他们还译介了中国现代文学中"鲁郭茅巴老曹"的经典作品,如《鲁迅选集》《郭沫若文集》《骆驼祥子和其他短篇》《茅盾小说选》《雷雨》等。只不过这些作品大多是由俄文或其他语言"转译"而来,毕竟"由于50年代中国与苏联和东欧人民民主国家间密切的交往和那个时代特定的政治氛围,这类作品在苏联介绍得很快,为数也颇为可观,而罗马尼亚的翻译家又不失时机地将其中一些转译成了罗文"③。又如,越南一位作家坦露过越南人民欣然接受新中国文学

---

① 参见陈洁:《"中国形象"与出版文化——以美国〈出版商周刊〉十年涉华报道为例》,吴秀明主编:《文化转型与百年文学"中国形象"塑造》,浙江工商大学出版社2011年版,第177—180页。
② 丁超:《中罗文学关系史探》,人民文学出版社2008年版,第99页。
③ 同上,第100页。前文我已谈及欧洲内部的差异性;东欧国家一度是人民民主国家,隶属于苏联统领的华约;而现在东欧很多国家加入了北约和欧盟。

的心迹，具有代表性。他说："我们从具有十分光荣传统和正在十分美好发展中的中国文学中学习了一些很宝贵的经验，这使我们对于越南文学前途的信心更加无比坚强。"①许多第三世界国家把新中国文学视为它们国家当代文学话语的活水源头，并以新中国文学为参照体系，来评判本国文学的价值，乃至以此为榜样确立本国文学的发展方向；宛如中国现当代文学常常需要"依赖"西方现代文学"承认"的那样，第三世界文学把新中国文学作为其"承认的政治"的重要的心理考量与文学标准。但是，在历史上，由于第三世界国家处于西方列强的殖民统治之下，现代中国的革命文学被它们各自的宗主国列为"禁书"，遭到严密封锁。比如，从20世纪初开始，法国殖民当局在越南推行严格的报刊检查制度，不但禁止出版发行本国的进步文学，而且对来自中国等国家的进步文学也禁止翻译、出版和传播；直到1936年，"印度支那平民阵线"成立，这种情况才有所缓解，现代中国革命文学才开始零星地传入越南。众所周知，这种状况，在冷战时期又卷土重来。

对于这种把中国现当代文学海外译介意识形态化，将中国现当代文学政治化并捆绑在"政治外交"的战车上的情况，大多数的中国现当代作家是不赞同的。有的作家表现得尤为激烈，不但反对此种作为，而且还要与之绝交。当然，这种"绝交"不是意识形态上的绝交，而是中国当代先锋作家与海外庸俗翻译家的绝交，是文学审美趣味和政治意识形态上的分道扬镳。正是在这个意义上，残雪说："我反对个别译者将我的作品政治化。我的法文版小说集之一就有这个问题，后来我同译者闹翻了，再不要她翻了。我认为将这样的小说政治化就

---

① ［越］邓台梅：《越南文学与中国文学之间的悠久、密切关系》，《在学习与研究的道路上》第2集，转引自饶芃子主编：《中国文学在东南亚》，暨南大学出版社1999年版，第27页。

是庸俗化。"[①] 而对她的小说的另外两位英译者詹森和张健,残雪充满感激,因为他们忠实于她的小说,而且他们的文学感觉与残雪也比较接近。也许,"纯文学",少一些明显政治内容的文学,是超越东西方不同意识形态障碍的利器。在克罗地亚,有一份纯文学杂志提倡全球先锋作家团结起来,组成一个纯文学圈子,在这个跨国界的纯文学圈子里大家一起分享人们精神的创造果实。

当然,话说回来,中国特殊年代的极左政治思潮曾经严重影响了中国现当代文学在海外的译介、传播、研究与接受。在《对岸的诱惑:中西文化交流记》一书中,赵毅衡记载了两个因受国内政治运动干扰,致使中外作家之间原本常态的交流被无情切断的事例。他写道:"1949 年离开香港时,萧乾似乎有预感,给每个海外朋友发了信,告诉他们'今后连圣诞贺卡也不要寄给我'。但是福斯特找了个迂回路子:1954 年英国文化代表团到北京,其中一位哲学家是旧时相识,带来福斯特的新作和附信,让人带话请萧乾去旅馆。当时萧乾还没有'帽子',依然不敢去取信。原信退回时,福斯特老人一怒之下,找出所有萧乾的信件,全部投之于火。如今,在剑桥大学所藏福斯特档案中,已经没有萧乾的信。至于福斯特给萧乾的 80 多封信,萧乾交给'组织',当时他还建议,'可以卖给英国出版社,所得捐给国家'。文化部门,哪怕当领导的,无人敢做这样的事,也省了一桩大特务案嫌疑。信件本身可能消失于作协档案的纸片大海之中,因此,《福斯特通信集》也未收。再说一桩趣事:埃德加·斯诺 30 年代在北京燕京大学教书,特别赏识没有读过高中的大学二年级学生萧乾,邀请他参加翻译,后来编入第一本中国现代文学选集《活的中国》。1945 年,他们又在巴黎重逢。60 年代初斯诺重访中国,写了《大河彼岸》一书,其中说到中国作家协会副主席老舍接见他,他问

[①] 残雪:《为了报仇写小说——残雪访谈录》,第 146 页。

起萧乾这位30年代的老朋友,老舍回答说:'萧乾正在人民公社快活地劳动着,他对写作已经毫无兴趣。'斯诺于1970年重版此书时,加了一个注:'就是这位老舍,1966年被红卫兵攻击时自杀了。'"[1]此外,中国特殊年代的政治思潮与国外思潮一起发力也影响到中国现当代文学在海外的传播与接受。2009年11月,捷克著名的中国学家高利克应邀访问苏州大学海外汉学研究中心并做了"布拉格汉学派与中国现代文学"的精彩报告。报告会后,他接受学者的联合采访,当问及他的《中国现代文学批评发生史》为什么有的批评家给的篇幅较长,而有的则较短时,他回答说:"那个时候研究周作人、陈独秀和胡适都有一些问题。比如周作人有汉奸身份,假如我把他写得很多,那我就不是中国人民的朋友了。我知道,在我们那里曾经有关我的谣言,说高利克不是中国人民的好朋友。因为1975年,马悦然教授组织了一个关于中国现代文学与社会的学术讨论会,只有我批评了中国对现代作家的政策。我说在中国现在除了鲁迅,其他作家都不受重视,他们生活困难、没有自由……我说了这番话以后,领导就说高利克是中国人民的敌人,我有好几年都不能代表斯洛伐克的汉学家到国外去交流。"[2]质言之,只有克服西方意识形态的"固执",摒弃东西方意识形态之间对立和对抗的"固执",努力寻求文学审美创造上的相近或相同,才是跨文化的文学交流的真义。

其实,"西方"是历史性的西方,多元化的西方。总体上,西方是反对社会主义制度的。这是共识。但是,一些西方左翼人士却站在社会主义这边,欣赏、译介、传播、研究和接受中国左翼文学、革命文学和改革文学。这就提醒我们,在看待西方时,应该具体问题具体分析,要看到西方内在的复杂性和多样性,不要激化矛盾,更不能制造

---

[1] 赵毅衡:《对岸的诱惑:中西文化交流记》(增编版),第122—123页。
[2] 转引自余夏云、梁建东:《现实与神话——高利克访谈录》,《书城》2010年第3期。

冲突，相反要智慧地利用它们，因势利导，巩固中国现当代文学在西方译介、传播、研究和接受的成果，同时，积极开辟新的渠道，进一步丰富中国现当代文学在西方译介、传播、研究和接受的多样性。

第四节
文学的历史、观念与审美差异

　　中国现当代文学在海外译介、传播、研究与接受大体面临两种情况。第一种情况是，它们在脱离中国文化体系和文学系统后，在异域文化体系中会产生一系列反应，那就是，有可能对接受语国家的文学技巧、文类引进、经典重写和诗学观念的更新，乃至意识形态的"修正"产生深刻的影响。第二种情况是，它们旅行到海外后，遭受到来自异域文化体系内部保守力量的抵制，接受语国家会有意地改写、误读、歪曲、排斥它们，致使海外读者不能看到它们的真实面目，它们也就难以发挥自身的"正能量"。换言之，中国现当代文学在海外能否被"正常"地译介、传播、研究和接受，"基本上取决于译者使用的话语策略，但同时也取决于接受方的各种因素，包括图书的装帧和封面设计、广告推销、图书评论、文化和社会机构中使用译本以及读者的阅读和教育体系内的教学"[①]，当然比较深层次的因素还有原语国与目标语国之间在文学的历史、观念和审美方面的差异。正是它们使得

[①] Lawrence Venuti. *Translation and Formation of Cultural Identities. Cultural Functions of Translation.* edited by Christina Schäffner and Helen Kelly-Holmes. Clevedon & London: Multilingual Matters LTD., 1995, p. 10.

中国现当代文学在海外的译介、传播、研究与接受呈现出复杂性、多样性和差异性。

有没有文化上的亲和性与互融性，两国文学之间有没有一定的交往史，以及相互之间的文学观念和审美取向是否相近或趋同，都是影响中国现当代文学海外译介、传播、研究与接受的重要因素。

日本与中国同属汉文化圈。日本曾大批译介中国历史题材的作品，原因就在于这些作品不同程度地"褒扬中国历史文化"。[①]不仅日本，同属东亚汉学圈的国家对那些蕴涵着中原汉文化的中国现当代文学作品十分乐于翻译、传播、研究和接受。比如，新时期以来，金庸的新派武侠小说就因其承载了浓郁的中国传统文化而受到了东南亚各国读者的普遍欢迎。当然，值得我们注意的是，在跨文化交流的过程中也常常会出现一些悖论现象：海外接受的并非中国主流文化和已经经典化的中国现代文学作品，而是中国文化的次要因素，乃至是一些遭到否弃的负面因素，以及一些二三流的，乃至不入流的被淘汰的中国现代文学作品。比如，20世纪初越南读者只对鸳鸯蝴蝶派小说和一些旧式武侠小说感兴趣，在20世纪30年代之前翻译过去的这类作品就有几百部，而对"五四"以后的中国现当代文学作品漠然处之、视而不见。越南中国学家、越南前文联主席邓台梅（邓台玫、邓泰梅）回忆说："自第一次世界大战爆发至第二次世界大战结束的30年间，在我国的各种报纸杂志上，许多作家翻译了相当数量的中国古典文学作品，甚至连徐枕亚的作品也被翻译过来了！然而，白话作家、诗人的创作几乎无人知晓。"[②]

与东南亚读者喜欢"汉文化"的中国现当代文学作品不同，欧美

---

① 王向远：《中国题材日本文学史》，上海古籍出版社2007年版，第7页。
② ［越］邓台梅：《越南文学与中国文学之间的悠久、密切关系》，《在学习与研究的道路上》第2集，转引自饶芃子主编：《中国文学在东南亚》，第27页。

与我们没有文化传统上的同源性，它们需要通过阅读中国现当代文学作品来了解正在发生巨变的现实中国，了解"中国制造"盛行全球的原因。关于这一点，我在前文已经谈到过。这些非文学性因素影响了西方读者对现代中国小说的阅读，"然而，真正引起西方兴趣的，并非我们惯常以为的那些直接描述中国的纪实作品"，"欧美大部分潜在的读者是中产阶级，他们更喜欢小说，而不愿读历史书或政论集"。① 但是，在不少海外中国学家看来，中国现当代小说在内容和艺术中存在着这样那样的缺陷，如"它的腔调幼稚，充满过多的解释"②，"多数当代中国文学作品仍然局限在中国特殊的历史环境里"③，"它要求一种历史的、文化的和理论的框架帮助理解，在这个框架之外，它很难让读者欣赏"④。这也印证了葛浩文的判断。他说："目前，中国当代文学真能深入美国社会的根本没有。"⑤

其实，对文学的认识，对小说的观念，尤其是对中国现当代小说的评判，在欧美内部分歧也很大。具体表现如下：第一，不同欧美国家的读者对小说文体的喜好不一样。葛浩文说，美国读者喜好读短篇小说，越短越好，上下两册的、七八百页的大部头基本上没有人看。⑥ 第二，不同国家有着不同的小说观念。德国中国学家顾彬曾经

---

① 傅小平：《国外专家、学者聚焦"中国文学走向世界"话题——如何与西方文学传统求得共识？》，《文学报》2012 年 9 月 6 日。
② Annie Dillard. *Encounters with Chinese Writers*. Middletown, Connecticut: Wesleyan University Press, 1984, p. 29.
③ Michael S. Duke. *The Problematic Nature of Modern and Contemporary Chinese Fiction in English Translation. Worlds Apart: Recent Chinese Writing and Its Audiences*. edited by Howard Goldblatt. New York: M. E. Sharpe, Inc., 1990, p. 200.
④ Annie Dillard. *Encounters with Chinese Writers*. p. 29.
⑤ 转引自耿强：《中国文学：新时期的译介与传播——"熊猫丛书"英译中国文学研究》，南开大学出版社 2019 年版，第 132 页。
⑥ Howard Goldblatt. "The Writing Lifa." *Washington Post*, April 28, 2002.

质疑过现代中国小说"讲故事"的方式。他认为，莫言、余华等作家在法国、美国等西方国家受到热捧，而在德国受冷落的原因，就在于"德国标准"与"法美标准"不同，前者是纯文学标准，而后者是通俗文学标准。顾彬认为，中国现当代文学与德国文学、世界文学之间存在很大的差距，原因在于当代中国作家如莫言、余华一味地采用19世纪西方的文学方式喋喋不休地讲一些通俗的故事，而放弃了借鉴类似于博尔赫斯和"怎么讲"的技术，因此是落伍的，缺乏现代性的。对此，中国学者给予了有力的反驳，认为中国当代作家讲故事的方式是用以"应对急骤变化的社会现实的自觉努力"①，是与中国经验和乡土情怀紧密联系的"中国现代性"。具言之，"远行人必会讲故事。引用本雅明在《讲故事的人》中的一句话，是为了澄清中国当代文学如何处理与现实的关系的一个迷思，也是为了回应对于中国当代文学的批评的一点思考。问题源自德国学者顾彬对中国当代文学为什么要讲故事的一再质疑，以及国内一些学人对顾彬批评中国文学的盲目赞同。这样的指责，比起误传很久的中国当代'垃圾论'来，杀伤力似乎没有那么强，但是，经过各种传媒不断地放大，这也有可能成为贬抑中国当代文学的一柄利刃了"②。其实，小说观念上的差异也存在于中国与欧美之间。欧美读者以为小说是不以历史因素为重的，而中国小说往往历史色彩比较浓重。这就导致了那些不大了解中国文化和历史的欧美读者常常误读中国小说。比如，韩少功的饱受争议的《马桥词典》，像《哈扎尔词典》那样，尝试"把小说因素与非小说因素作一点搅和，把小说写得不像小说"③，在"词典"与"小说"之间进行跨界

---

① 张志忠：《远行人必会讲故事——就中国文学是否落伍与顾彬先生商榷》，《"中国文学海外传播"国际学术研讨会会议论文·摘要汇编》，第121页。
② 同上。
③ 韩少功：《关于〈马桥词典〉的对话》，《马桥词典》，山东文艺出版社2001年版，第473页。

融通，力图突破新时期以来中国小说常见的形式模式化、板结化，不料这种探索和突破的尝试却给欧美读者造成了阅读上和接受上的困难，有评论说："不熟悉中国文学的西方读者可能读了前 15 页就看不下去了。"① 因为在欧美读者看来，《马桥词典》非驴非马：既不是他们印象中的正统的重视叙述的西方小说，也不是他们想象中的具有丰厚历史内涵的中国小说。还值得提出的是，阿拉伯国家与欧美国家在小说的观念上也相同，比如，阿拉伯语国家十分看重有故事情节的短篇小说。在丝绸之路上的阿拉伯文化里，最为中国读者熟知的《天方夜谭》里的"天方"就是指阿拉伯国家。《一千零一夜》(《天方夜谭》)在中国妇孺皆知。《一千零一日》② 是其衍生品，也为部分中国人知晓。而且，郑和下西洋时，华夏文明与伊斯兰文明进行了辉煌的交流互鉴。在 2010 年的一次国外书展上，埃及翻译家阿齐兹翻译的沈从文的《萧萧》受到了阿拉伯语国家读者的欢迎，成为阿拉伯语国家的畅销书。此外，埃及翻译家叶海亚用阿拉伯语翻译了 70 后作家徐则臣《跑步穿过中关村》《啊，北京》《我们在北京相遇》等中国当代作家作品，在阿拉伯世界也普受欢迎。

值得深入探究的问题是，难道中国当代作家仅仅会讲故事？仅仅止步于讲故事？有没有比讲故事更多的东西？我想，中国当代作家，尤其像莫言、余华、残雪等这类作家，他们的作品价值取向远非停留在讲故事这一感性层面上。日本作家黑井千次的一席话印证了我的观点。他说："我对残雪、莫言的作品更感兴趣。我认为他们的作品比写实写故事前进了一步，更能表达人生和人物性格。"③

这种中外文学观念的差异，这种欧美文学内部观念的分歧，还通

---

① Roger Gathman. "100 Chinese Terma for Rural Solitude." *San Francisco Chronicle*, August 10, 2003.
② 我名之为《天方日谭》。
③ 转引自陈喜儒：《黑井千次的微笑》，《中国魅力——外国作家在中国》，第 247 页。

过目前在世界中国学界享有"重镇"声誉的美国的中国现当代文学研究中体现出来。美国的中国现当代文学研究存在着过度倚重西方话语、西方批评方法、轻视文本的中国语境等方面的不足。"诸位相关美国文学批评家多在西方接受过有关文学研究的系统学术训练，由此，其相应研究遵循并体现着西方的学术传统与学理规范，在研究路径与操作方法等层面都体现出西方的学科建制、批评标准以及言说方式的诸种特征。与之相应，该国汉学领域有关中国现当代小说家及其作品的解读中暴露出过于倚重西方理论模式与批评方法等失当之处。此外，有关学术实践在选取参照层面与批评标准等方面尚存如下弊端，即：或盲目地以西方文学作为中国现当代小说书写的唯一渊源，或不加甄别地将中国作家文本与西方文本进行平行比较，等等，上述现象不免令有识之士产生有关影响的焦虑与关于可比性的质疑。"[1] 温儒敏早就提出要警惕受此影响而在中国大陆学界业已显露端倪的"汉学心态"，尤其要摒弃那种不三不四的"仿汉学"。他主张，引进汉学固然必要，但是要"研究性"地引进，这才是"尊重性"地引进；中国大陆学人的文学研究可以大胆地借鉴汉学，"但问题的发现、问题的建构和方法的选择都应该建立在自己扎实的研究基础之上"。[2] 唯有如此，方能避免海外中国现当代文学研究中容易出现的"空洞化"。质言之，面对西方的中国学和中国本土的文学研究，我们要把整体性

---

[1] 胡燕春：《中国现当代小说在美国的传播与研究》，《黑龙江社会科学》2011年第5期。孙向晨指出，要警惕跨文明比较研究中容易出现的"肤浅的相似性"与"虚假的差异性"；要注意自我与他者在论域和方法上的本源性问题、内在思想脉络问题、建构规范问题的不同，以及存在预设西式"普遍性"诸如根本不存在统一的世界哲学、历史、文化、文学之类的"普遍-特殊范式"；最好是"迂回"他者，将其范式转换成"整体-部分范式"，进而开放性地面对"生活世界"。参见孙向晨：《"汉语哲学"论纲：本源思想、论域与方法》，《中国社会科学》2021年第12期。

[2] 丰捷、姚晓丹：《"仿汉学"文章毛病多，专家：警惕"汉学心态"》，https://www.chinanews.com/cul/news/2009/11-26/1984850.shtml，访问时间：2009年11月26日。

和局部性、世界性和民族性调和起来,在承认差异的同时,勇于发现问题,提出问题,研究问题,然后找出规律。这才是我们对待中外文学的历史、观念和审美差异的科学态度。

从接受美学理论上看,意识形态与文化传统的不同,文学的历史、观念和审美上的差异,造成不同国家、不同时期、不同读者在接受中国现当代文学时表现出不同的"期待视野",即"'在作品问世的历史时刻',其读者在文化、伦理及文学(文类、文体和主题等)等方面对它所抱有的一整套期望"[①]。接受美学理论家尧斯归纳出了读者接受的"三个一般前提因素":"第一是有关这种类型的熟知标准和内在固有的诗法;第二是它同处于同一文学—历史环境中周围熟知作品的联系;第三是虚构与真实、语言的诗意与实用性能之间的对立,这种对立作为一种进行比较的可能性,对于在阅读时善于思考的读者总是随手可得的。"[②] 大体而言,海外接受中国现当代文学基本上是出于猎奇心理,换言之,国外接受中国现当代文学主要是借此了解现当代中国的情况,因此,凡是涉及现当代中国历史的、政治的、具有中国文化特色的文学作品均是国外读者之首选,这种接受现状,无一例外的结果是,海外接受的是残缺的、跛腿的中国现当代文学。比如,在第三世界国家,只有20世纪50年代的部分中国作家的部分作品才符合它们的要求,而绝大部分70—80年代中国作家的作品几乎就被排斥在它们的接受视域之外。括而言之,海外读者接受中国现当代文学通常限于某一作家某一时期的某一题材上。

有的西方中国学家能够正视中外文学的历史、观念和审美之间长期存在的差异以及由此而生成的各个不同的读者接受差异,致力于探

---

① [美]苏珊·R.苏利曼:《本文中的读者·序言》,张廷琛主编:《接受理论》,四川文艺出版社1989年版,第218页。

② [德]汉斯·罗伯特·尧斯:《文学史对文学理论的挑战》,张廷琛主编:《接受理论》,第8页。

索如何尽量减少因这些差异而带来的中外文学交流的负面影响,取得了一些可喜的成绩。一些英美出版社和海外著名翻译家始终在推动这方面的工作,根据本国文化传统、文学观念和读者审美心理,对中国现当代文学在翻译中进行"归化"处理。"事实上,正如日本翻译家饭冢容所言,在中国,目前还缺乏专门为外国读者创作的'外向型'的作家作品,许多中文作品的文体内容与表达方式与译介国读者的社会习惯和审美要求不大符合。另外,由于中西之间对文学传统和小说概念理解差异,外国翻译家普遍认为中国小说缺乏引人入胜的情节主线,缺乏有深度的心理描写。为了使中国文学更好地被国外读者接受,英美出版社通常采用大幅度编译的方法。在葛浩文翻译莫言作品的过程中,编辑经常建议译者对小说的结构进行大幅度修改,有时甚至编写新的开头或结局;在翻译刘震云的《手机》时,葛浩文按照编辑建议打乱小说时间顺序,把第二段挪到前面去做引子,以便能符合美国读者的口味。"[1] 当年,张洁的《爱,是不能忘记的》被列入"熊猫丛书"后,戴乃迭和詹纳在翻译时也对其进行了风格方面的处理,故意淡化其政治色彩,"表现出了女性的敏感"。[2] 至于它在翻译方面存在的弊病,李欧梵毫不掩饰地点出来了。他说:"原文有一些煽情、描述上的陈词滥调与夸张的抒情,这些都能在译文中找到,尽管译文的风格经著名翻译家戴乃迭和詹纳的处理而变得柔和。"[3] 王安忆的《长恨歌》在美国出版前夕,编辑曾经动议将其第一章全部删除掉。如前所述,莫言的小说在被翻译成外文时,也遭遇到了大幅度的修改。对于"归化"的做法,尽管有人持异议说"删节本会在读者中

---

[1] 傅小平:《国外专家、学者聚焦"中国文学走向世界"话题——如何与西方文学传统求得共识?》,《文学报》2012年9月6日。

[2] Leo Ou-fan Lee. "Uder the Thumb of Man." *New York Times Book Review*, January 18, 1987.

[3] Ibid.

塑造一个褊狭而错误的原文印象"①，但是它至少达到了让海外读者能够接受中国现当代文学作品之目的。

有的国家、民族和地区，由于地缘、文缘、历史、政治、审美等因素的影响，很少与中国进行文学交流；但是一旦有了接触，也许就能碰撞出火花，为中国现当代文学在那里传播与接受打下基础。比如，阿拉伯地区的国家和人民与中国之间的交往就明显少于西方，这不仅是由于西方对那里的长期压迫，而且也因为中国文化与阿拉伯文化之间的融合度较低，更直接的原因就是双方平时沟通得太少。2001年夏天，黎巴嫩作家协会主席，著名诗人、剧作家约瑟夫·哈尔卜访华，在参观了冰心文学馆后，深有感触地在留言簿上写下这样的一段话："在我们来到这个遥远的城市之前，并不知道黎巴嫩早已对这里表示热爱和钦佩，即我们的总统已授予德高望重的文学家冰心女士国家骑士级雪松勋章。黎巴嫩作家向你们致敬。你们对文学的忠诚，令人钦佩。向你们已故的人道主义文学家冰心女士表示敬意。她不仅是中国伟大的文学家，也属于全人类。"②而且，他还即席写下了一首短诗《献给冰心》："纪伯伦，东方不朽的精神／冰心，东方伟大的灵魂／你们曾心心相印／而我们，是你们的孩子／我们发誓，永远忠于你们／更加热爱中国／更加热爱黎巴嫩／热爱自由／热爱孩子／热爱土地／热爱和平／我们是红玫瑰／愿您闻到我们的芬芳……"他表示，以后黎巴嫩作家要努力摆脱西方文化霸权的影响，转而面向东方，克服中黎两国文学间业已存在的差异，积极译介中国文学，尤其是中国当代文学，从中汲取营养，学习当代中国人自强不息、奋力拼搏的创造精神。

---

① Leo Ou-fan Lee. "Contemporary Chinese Literature in Translation—A Review Article." *The Journal of Asian Studies*, Vol. 44, No. 3, May, 1985, p. 564 in pp. 561-567.
② 陈喜儒：《高贵典雅的绅士》，《中国魅力——外国作家在中国》，第5页。

中国学的魅力在于"同",海外中国学家在对外译介中国现当代文学时,也为中国国内的现当代中国研究提供新材料,海内与海外相互间有一种学科认同感与亲和力;但海外中国学的魅力更在于"异",即跨文化、跨语际间的误识与误读,诱使人们永不停息地向前探索、求证、求真。要把这种"同"与"异"统合起来,也就是要把普适性与差异性综合起来考虑,力避走偏锋。

第六章

中国现当代文学海外传播与接受的影响力

第一节
"中国学热"时起时伏

在中国历史上，有一些极其重要的历史时段与历史节点，决定着中国与世界联通的成败得失。班固曾经派遣他的属吏甘英出使大秦（罗马）。当年，甘英从龟兹（今库车县）出发，来到地中海；他没有继续前行去完成出使罗马的使命，而是就此掉头，折返回国；就在他折返的那一刻，注定了中国人属于内陆文明的命运。对于亚细亚人转过身去背对海洋，黑格尔说，中国、印度和巴比伦"这些耕地的人民既然闭关自守，并没有分享海洋所赋予的文明"[①]。751年，唐朝三万远征军被大食国（阿拉伯帝国）兵团歼灭，从此国运衰落千年。明朝郑和七下西洋，突如其来，又戛然而止，而此间的狂妄无知最终演绎成神魔传说，郑和被虚构成一只蛤蟆精！来华传教的利玛窦认为，世界上最难的事情就是把中国人看成战士。[②]但这些并没有妨碍外国人对中国的浓厚兴趣、热切关注与接触交往。

13世纪，以马可·波罗等为代表的海外旅行家和以柏朗嘉宾等为代表的传教士来到中国，尤其是自《马可·波罗游记》在欧洲畅销以来，海外掀起了"中国热"。欧洲人还通过《赵氏孤儿》《好逑传》

[①] [德]黑格尔著，王造时译：《历史哲学》，生活·读书·新知三联书店1956年版，第146页。

[②] 参见[英]赫德逊著，王遵仲等译：《欧洲与中国》，中华书局1995年版，第225页。

等中国本土文学作品进一步打开了瞭望中国的窗户。德国翻译家卡尔·戴德尤斯说:"一个民族的文学是一扇窗户,这扇窗户让这个民族向外观望他国人,他国人也可以透过这扇窗户瞥见这个民族的生活世界。"①

西方的"中国热"此消彼长、长短不一、冷热不均、强弱异样,但有规律可循。它基本上是所谓的"黄祸中国"与幻想的"东方乌托邦"之此消彼长。申言之,每当西方把中国想象成"黄祸中国"的时候,就是"中国热"跌至冰点之时。每逢西方把中国想象为"东方乌托邦"的时候,就是"中国热"兴盛之时;而且,在历史的不同时期,西方想象的"东方乌托邦"是不一样的,有时候是"东方乐土",有时候是"东方智慧",有时候是"东方君子之道",有时候是"东方红色圣地",有时候它们彼此交织。

汉学、中国学属于东方学,与国学有同有异。前者是海外学者站在外国立场研究中国的学问,后者是中国学者站在中国立场研究中国传统文化的学问。而海外汉学界、中国学界往往与中国国内的国学界有着密切联系。可以说,中国学术的现代转型是海外汉学家、中国学家与国内的国学家互动的结果。"利玛窦与徐光启,理雅格与王韬,王韬与儒莲,伯希和与罗振玉,胡适与夏德、钢和泰,高本汉与赵元任等等","戴密微在厦门大学任教,卫礼贤执教于北大讲坛,陈寅恪受聘于牛津、剑桥,在20世纪二三十年代双方的交往比今天还要频繁"。②那时,罗素亲临中国,尽管看到了当时的中国军阀割据、列强林立、腐败黑暗、民不聊生,但他还是能从中国立场来思考"中国问题",在中西文明比照中认为中国文明远胜于西方文明——中国的

---

① Karl Dedecius. *Vom Übersetzen Theorie und Praxis.* Frankfurt: Suhrkamp Verlag (suhrkamp taschenbuch 1258), 1986, p. 13.
② 郝平、张西平:《树立文化自觉,推进国际汉学研究》,钱林森编:《法国汉学家论中国文学——现当代文学》,第10—11页。

象形文字、学而优则仕、人本主义都要优胜于西方的拼音文字、贵族血统、宗教神学——并相信中国有望再次成为仅仅次于美国的世界强国。这里需要说明的是，那个时代是国学大师辈出的时代，这就有了中外学者交流中的中方"内应"的基础和前提；而此后，在革命文化异常盛行的年代，国学遭受了重创，被视为需要整理的"国故"，很多内容直接被贬为"国渣"，因此，我们渐渐失去了这样的与海外汉学家交流的基础和前提。正是在这个意义上，我们可以说，那个时代是海内外文化大师之间互动"比今天还要频繁"的时代。

有时，这种"中国热""中国学热"与世界上正在流行的某种热潮遥相呼应。比如，20世纪60年代，在世界范围内盛行文化激进主义，日本、法国、美国等一批青年受此鼓舞，在革命精神上，与中国革命青年连通在一起。换言之，中国的"文革"是有世界文化背景的，就像当年的中国抗战是与世界反法西斯战争联系在一起那样。"20世纪的60年代，美国青年是反叛的一代，马克思、毛泽东和西方马克思主义理论家马尔库塞都是他们的偶像。他们之中也开始掀起'中国热'，搞了许多活动，美国的报章杂志上也不乏中国的报道。"[①]在这批激进的青年人当中，有个影响很大的文学群体，史称"垮掉一代"。艾伦·金斯堡、盖瑞·施耐德是他们中的杰出代表。在《艾伦·金斯堡》中，北岛写道："提起艾伦·金斯堡，在美国家喻户晓。这位美国'垮掉一代'之父，自上世纪五十年代因朗诵他的长诗《嚎叫》一举成名，成为反主流文化的英雄。他在六十到七十年代席卷美国的反越抗议浪潮和左翼造反运动中，扮演了重要角色。可以毫不夸张地说，没有他，这半个世纪的美国历史就会像一本缺页的书，难以卒读。我和艾伦是一九八三年认识的，当时他随美国作家代表团第一次到中国

[①] 张弘等：《跨越太平洋的雨虹——美国作家与中国文化》，宁夏人民出版社2002年版，第411页。

访问。在我的英译者杜博妮的安排下，我们在他下榻的宾馆秘密见面，在场的还有他的亲密战友盖瑞·施耐德（Gary Snyder）。我对那次见面的印象并不太好：他们对中国的当代诗歌所知甚少，让他们感兴趣的似乎是我的异类色彩。"① 后来，北岛在《诗人之死》中又写道："他就是这样，凡是跟当局过不去的、惊世骇俗的、长反骨的、六指的，还有鼻青脸肿的，统统都是他的朋友，恐怕这就是他十五年前在北京跟我会面的主要原因。"②

新时期以来，国外重新兴起"中国热"，"至今热度仍然不断上升"。③ 一开始，作为新时期文艺复兴标志的地下诗歌和朦胧诗，经由香港中文大学《译丛》的发表，成为海外中国学家关注的焦点。到目前为止，在海外，朦胧诗一直是现代汉诗研究的主要焦点。美国中国学家奚密说："在国外，朦胧诗成为一个焦点有几个原因：第一，作为官方诗歌的另类，和充满争议性的新诗潮，它具有象征意义。第二，它对晚近历史的批判性反思和对回归人道主义的呼吁。第三，同样重要的是，接触和互动的机会。如果前两个原因点出朦胧诗精神和主题的特色，最后一个因素造成的影响史是长远的。"④

1996年，宋强、张藏藏、乔边、古清生等人合著的《中国可以说不——冷战后时代的政治与情感抉择》再次点燃中国人的民族主义情绪。文化界的"国学热"、文学界的"人文精神大讨论"、央视《百家讲坛》的热播，都是新的文化守成之强劲表现。当然，我们要谨防把这种过热的文化自恋演变成失态的文化自大，如温元凯、丁一凡、王小东等人在《美元是张纸》里所张扬的那样，从而有可能再次拒绝外来文

---

① 北岛：《蓝房子》，江苏文艺出版社2009年版，第11—12页。
② 同上，第23页。
③ [美]奚密：《现代汉诗：翻译与可译性》，《"中国文学海外传播"国际学术研讨会会议论文·摘要汇编》，第16页。
④ 同上。

化，再度在封闭的世界里夜郎自大，损己也不利人。显然，这种新保守主义，这股文化复古思潮，与国外的"汉学热""中国学热"在价值面向上是不可同日而语的，后者是开放性的、对话性的和建设性的。

中国现当代文学海外的传播与接受，除作品本身的思想品质和艺术素质外，还有一些"基础性的影响因素"，如"政治意识形态与文学的关系，东西方文明的交融与对抗，政府或民间交流的需要等"。[①]具体到近几年的情况来说就是，"比如当前世界似乎正在泛起的'中国热'的带动效应，再如当前文化传播作为一种政府行为时，作家作品的选择就会受到过滤和筛选；以及大型的国家、国际文化交流也会加速或扩大作品的译介速度和范围，更不用说国家整体实力的变化、国家间经济、文化关系方面出现重大变化带来的种种影响了"[②]。近年来，在中国国家"文化外宣"和中国文学"走出去""走进去""走下去"的大环境下，中国当代著名作家纷纷出国访问、演讲、对话和参观。比如，2004 年是法国的"中国文化年"，3 月 19—24 日，由余华、莫言、苏童、李锐、韩少功、格非等 26 名作家和 6 位学者组成的中国作家代表团以及由法方另行邀请的台、港、澳作家 9 人，在巴黎参加主题为"中国文学"的、中国是"主宾国"的"第 24 届法国图书沙龙"。又如，2010 年 1 月 23 日，在法国蓝色港湾的单向街书店，楼上楼下挤满了读者，莫言与海外读者真诚地进行面对面的交流。再如，西川 2017 年 9 月到智利、阿根廷，10 月到美国，11 月到澳大利亚出席交流活动。这种持续的、频繁的、高强度的、高密度的对外交流，无疑更充分、更实在、更有效。总之，这些"基础性影响因素"是导致中国现当代文学海外传播与接受比以往任何时期更活跃、更深入的重要原因。

---

① 刘江凯：《本土性、民族性的世界写作——莫言的海外传播与接受》，《当代作家评论》2011 年第 4 期。

② 同上。

中国现当代文学作品被翻译的语种越多,作品的数量越多,重版的次数越多,说明它们在海外的传播和接受就越广,对其展开研究的可能性就越大。当下,美国、日本与欧洲的中国现当代文学研究已成为海外中国学界的显学。"美国是当下世界汉学研究的'重镇',其汉学领域作为现代汉学的源起与中心,不仅学术机构颇多,而且知名学者辈出。目前,该国关于中国现当代文学的研究业已从 20 世纪中叶曾隶属于地区研究的边缘研究,逐渐转变并发展成为具有鲜明特色与独立定位的专业领域,进而成为海外'中国学'领域当之无愧的'显学'。该国的汉学家群体有关 20 世纪至今中国小说的研究对于'东学西渐'与'西学东渐'的跨文化交流而言,体现出独特且重要的价值,进而引发了数次研讨与争鸣。与此同时,中美学界在中国现当代小说研究领域形成了共生与互动、冲击与回应和共识与论争并存的复杂学术联系,并且逐渐被纳入中美文学关系、现代汉学与比较诗学等研究领域的观照视野,进而成为比较文学研究的题中应有之义。"[①] 进而言之,不只是中国现当代文学影响了海外的读者、专家、学者,而且,海外中国学家的中国现当代文学研究成果又反过来影响了大陆学术界。这种中国现当代文学在中外文学交流中的特殊传播与接受现象叫作"逆传播""逆输入""逆接受",此种影响我们可以称之为"回返影响"。

正是在海外"中国学热"的推动下,中国现当代文学在海外得到了较好的传播。海外曾经出现过"鲁迅热""老舍热""巴金热""林语堂热""冰心热""丁玲热""赵树理热""张爱玲热""莫言热"等中国"作家热"。近年来,海外又出现了中国的"网络文学热"、"科幻小说热"和"谍战小说热"等中国"类型小说热"。这些中国"作家热""类型小说热"均与一定历史时期海外的"中国热""中国学热"息息相关。

尽管历史上不断出现规模和热度不等的"中国热""中国学热",但

[①] 胡燕春:《中国现当代小说在美国的传播与研究》,《黑龙江社会科学》2011 年第 5 期。

我们绝不能被这种"热"冲昏了头脑,尤其要分辨"虚热"之假象。我们必须清醒地认识到,相对于中国现当代文学的巨大体量与存量来说,中国现当代文学被翻译出去的作品仅是九牛一毛!就连当年德国的中国学家艾希,在欧洲"中国热"的狂潮中,也能保持一定的理性,以另类的姿态和刺耳的声音在警醒大家。卫茂平等人在考察这一现象时说:"1925年,中学毕业的艾希前往柏林大学攻读汉学。他的这一选择显然有表现主义时期中国热的因素在内","然而,随着20年代中期德国上空一战阴影的渐次消散,德国经济的起死回生,中国热在重又喧腾的机器声浪中已呈现出强弩之末的态势。由此看来,艾希选择汉学似乎有些不识时务。而这种不合时宜恰恰体现了他的另类"。[①]1927年,艾希撰写了《欧洲对抗中国》,对德国著名作家激赏和膜拜辜鸿铭的《中国反对欧洲观念的辩护》不以为然。他认为,不能把殖民战争简单地归罪于欧洲,中国自身的封闭和僵化也应该是值得反思与批判的。这些"另类"的言论表明,艾希能够理性地看待"中国热"。他没有被"中国热"冲昏头脑。他坚守的是现代人的主体性和现代理性。

第二节
中外现当代作家交往日趋频繁

文学接触和文学交往是促使不同语种文学之间进行译介的重要环节。众所周知,内山完造和他的书店是中国现代作家与外国作家

[①] 卫茂平、马佳欣、郑霞:《异域的召唤——德国作家与中国文化》,宁夏人民出版社2002年版,第318页。

接触和交流的重要平台，尤其是中日现代文学交流的桥梁。1913年，内山完造被日本公司派遣到中国来推销眼药水，在走遍中国大江南北后，1929年，在上海开办"内山书店"。鲁迅是书店的常客，常常到这里买书、会客、交流。内山以此为中介，通过举办"漫谈会"等方式，促进中日文人之间的民间交流，此外，他还利用自己特殊的身份，为鲁迅、许广平和周建人等人提供避难的帮助。后来，他出版了许多记录中日现代文学交往事件的著作，如《上海夜话》《上海风语》《上海霖语》《上海汗语》《中国四十年》等，留下了一批难能可贵的中日文学交流的第一手资料。尤其值得赞赏的是，他对鲁迅不遗余力的推介，在鲁迅走向世界的历史进程中扮演了重要角色。比如，1931年3月，增田涉怀揣日本中国学家佐藤春夫的信函到上海访学，经内山引荐，师从鲁迅。在近10个月的日子里，他坚持每天午后到鲁迅家，聆听鲁迅讲解自己的作品，对鲁迅有了深入的了解。归国后，他撰写了《鲁迅传》《鲁迅印象》；尤其是后者，在比较文学领域里，几乎可以与《歌德对话录》媲美。增田涉提出的"日常鲁迅"成为海外"鲁学"的重要命题。此外，他说鲁迅是"民间文人"，他回忆说鲁迅曾自称"同路人作家"等，都是海外中国学界认识鲁迅、研究鲁迅的重要观点，也有助于将"神话鲁迅"还原为"人间鲁迅"。

　　如果我们把以上的中外文学交往视为"社会性"交往的话，那么接下来要讲到的中外文学交往就是"学术性"交往了。1932年，受北京大学西语系系主任温源宁的邀请，艾克顿在北京大学教了6个学期的英诗和英文写作。此间，班上有个叫陈世骧的学生自己上门拜访他不说，还把卞之琳、林庚、李广田等北京大学青年诗人推荐给他，有时干脆就住在他家。长此以往，师生间建立了深厚情谊，并决定一起翻译中国新诗，这就有了中国最早的英译诗选《现代中国诗选》。1941年，英国中国学家白英就曾以英国大使馆文化官员身份来过中国。1943年,在李约瑟的倡议下,他再度来华,在西南联大教授英诗与海军建筑等课程。在与同事闻一多的多次接触后,彼此间产生了诚挚友谊。于是,两人联手翻译中国新诗,这就有了中国第二本英译诗选《当代中国诗选》的雏形。遗憾的是,还没有等到该诗选出版,闻一多就被国民党特务暗杀了。当这本由中外学人合作翻译的诗选正式出版时,白英在"献词"里特意写上要把它献给已经去世的友人闻一多,并以此向他致敬。此外,我们还可以从2008年上海书店出版的美国学者帕特丽卡·劳伦斯的著作《丽莉·布瑞斯珂的中国眼睛》中获知如下资讯:凌叔华与朱利安·贝尔之间的恋情,显示了新月派与英国的布卢姆斯伯里精英文化圈之间比较密切的互动;这种良性互动,除了使新月派诗人近水楼台先得月地获取了西方文学现代性意识并强化了英国现代派作家的中国文化审美意识外,还推进了彼此之间"文化换位"的思考,为中国现代文学的海外传播与接受培育了良好基础。

中外文学交往除了日常社会性交往和专业学术性交往外,在特殊的年代还出现了非常态的政治性、战争性交往。1928—1932年,作为《朝日新闻》驻上海特派记者,日本的中国学家尾崎秀实与中国左翼作家、斯诺、史沫特莱、路易·艾黎之间关系甚密。他在向共产国际佐尔格提供情报的同时,还协助翻译《阿Q正传》。抗战时期,中美反法西斯文学阵营遥相呼应。比如,中国创办的英文杂志《中国作家》发行到美国后,在美国引起了热烈的反响。当年的《抗战文艺》发表的一份"报告"写道:"1. 美国作家协会来信二次,表示最大的同情,除以该会会报寄赠外,并寄来美金二元,预阅《中国作家》全年。2. 美国《辩证》杂志(Dialectics)转载马尔的《中国文学二十年》一文。3. 美国'批评家集团出版社'来函要求《中国作家》代为编辑 New Writncs in China 一册,并声明酌送相当的稿费。4. 美国的权威文学杂志《小说》(Story),来函要求推荐并代译一个长篇小说,并声明须有'较宣传更丰富之材料的作品'。5.美国《今日中国杂志》转载《中国作家》上的作品。6.美国《活时代》杂志推荐《中国作家》。7.美国最华贵之半月刊《新方向》,在'文学情报'中推荐《中国作家》,内有'中国抗战之文学一方面,已由能运用英文著述如应用祖国文学时同样熟练之作家们写成英文'等介绍。"[①] 在欧美国家眼里,抗战时期的中国是一个需要被扶持的大国形象,因此,对来自中国战场上的"声音"尤为关切。又如,中国左翼文学界与苏联无产阶级文学界交往很深,使得现代中国左翼文学在苏联得到了广泛的译介。1940—1944年间,苏联国家文艺出版社、苏联作家出版社等出版社,以及以俄、法、德、英等多种文字出版的《国际文学》《青年卫队》《文艺鸟瞰》《十月》《文学报》等报刊,出版、发表了大量中国抗战文学作品;此外,苏联中国学家还编辑出版了许多中国抗战文集。还有,当鲁迅去世时,苏联文艺界专门举行鲁迅追悼会,法捷耶夫任主席,并发表重要讲话,高度评价鲁迅一生的丰功伟绩。这一切均表明中国与苏联左翼文学界联系甚密。再如,中国左翼文学与日本无产阶级文学之间的交往也很深。除了我们翻译他们的作品外,他们也不断翻译我们的作品。比如,1934年3月,鲁迅对日本军国主义进行无情抨击的《火》《王道》《监狱》在日本的《改造》上发表;同年,由竹内好与冈崎俊夫发起成立的"中国文学研究会",先后创办《中国文学月报》《中国文学》等,发表许多有关中国现代文学的评论文章;1931—1937年间,日本文坛大量译介鲁迅作品,其中,改造社出版了7卷本《大鲁迅全集》;等等。

抗战时期,为了加强中国抗战文学界与世界反法西斯文学界之间的交往,中华全国文艺界抗敌协会举办各种类型的茶话会、游园会和文娱晚会等,不但加深了中外作家之间的交往,而且也促进了

---

① "文协"出版部:《出版部报告》,《抗战文艺》1941年第7卷第2—3期合刊。

国外作家之间的交往,使文学的双边交往提升为文学的多边交往。比如,1938年7月29日,"文协"在武汉的"法比瑞同学会"举行茶话会,欢迎英国作家阿特丽和日本作家绿川英子,后者即兴发言说:"希望中、英、日三国人民团结起来,共同打倒日本侵略者。"[1]同时,通过"中苏文协""中捷文协""中英文协""中缅文协""东方文协"等组织机构及其《中国作家》《东方呼声》《东方使者》《现代中国》《战时中国》《中国通讯》《中苏文化》等报刊,并通过编辑出版《中国抗战小说选》等抗战文集,掀起了抗战文学"出国""入国"的高潮,使得大后方文学在世界上得到了广泛传播与接受,产生了良好效果。此期,除了静态的、纸质的中国抗战文学文本的译介与传播外,动态的、立体的中国抗战文艺也走出了国门,走上了世界舞台。比如,1944年中国抗敌演剧五队赴缅甸演出,给缅甸反法西斯的英勇人民送去了《国家至上》《金玉满堂》《渡黄河》等剧目,鼓舞了他们的反法西斯斗志。

在冷战的环境下,中外文学交往遭受挫折。尤其是在新中国成立后不久开始的政治运动中,有的中外文人因此而遭到各种名目的政治批判。比如,"文革"期间,刘锡诚和他的夫人马昌仪因为与俄罗斯汉学家李福清之间的交谊,被冠以"里通外国罪",吃尽了苦头。更有甚者,当年有人居然还把所谓的"反革命""修正主义"的帽子扣到了外国人头上。"野间宏先生对中国感情很深,一直关注中国的发展。远在1960年,他就率领日本文学家代表团到中国访问,结识了茅盾、周扬、巴金、冰心、张光年、刘白羽等作家,受到毛主席、周总理、陈毅副总理的接见。可是后来,中国发生了'文化大革命',他的老朋友都变成了'牛鬼蛇神'、'反革命',有的含冤而死。在那政治帽子横飞的年代,竟然有一顶反革命修正主义的帽子,漂洋过海,扣到

---

[1] 《阿特丽女士欢迎小记》,《抗战文艺》1938年第2卷第4期。

了野间宏的头上。他笑着说：'中国杂志上有一篇文章说我是反革命，还是修正主义，两大罪名，挺吓人的……'"①

粉碎"四人帮"后，尽管也有这样或那样的波折，但总体而言中外文学交往和交流进入良性互动状态。海外开展了各种形式的活动提振中外文学交流。"在1981年鲁迅诞辰100周年之际，法国举行了一系列纪念活动。9月21日，中国驻法国使馆举办了鲁迅电影招待会，放映了影片《伤逝》。12月5日，巴黎专卖中国书刊的凤凰书店举办读者座谈会，来自法、德、意和中国的六十多名鲁迅研究者出席座谈会，与读者交流阅读鲁迅作品的体会。12月5日晚，法中友好协会和巴黎第八大学'鲁迅研究中心'共同组织了纪念鲁迅诞辰100周年晚会，晚会在巴黎蓬皮杜文化中心举行，与会者有两百多人，米歇尔·露阿介绍了鲁迅的生平和创作情况，意大利学者安娜·布雅蒂做了《论鲁迅的诗歌》的报告，德国学者顾彬做了《鲁迅笔下的中国女性》的报告。12月6日，法中友协马赛分会举办鲁迅诞辰100周年纪念晚会。"②1988年5—6月，法国文化部邀请阿城、白桦、高行健、古华、韩少功、刘宾雁、刘心武、刘再复、陆文夫、莫言、谌容、王蒙、汪曾祺、张承志、张抗抗、张贤亮、张辛欣、宗璞等中国作家赴法，参加旨在促进翻译外国文学的、名为"国外美人"的文学活动，活动结束后出版了这些作家作品的法译小说集《重见天日》。2000年3月，张炜、苏童、李锐、贾平凹、高行健、韩少功和北岛出席巴黎中法作家和法国中国学家研讨会，会后出版会议论文集《中国文学——过去与当代写作：汉学家和作家互看》。2001年12月，莫言、余华、杨炼、蒋子丹、韩少功、格非、陈思和、戴锦华、白先勇、李昂等参加巴黎中法作家和批评家研讨会，会后出版会议论文集《为现

---

① 陈喜儒：《中国魅力——外国作家在中国》，第204—205页。
② 王家平：《鲁迅域外百年传播史：1909—2008》，第215页。

在而写：中法文学的辩论》。作为"2003—2004 中法文化年"的活动之一，中国派出莫言等知名作家赴法出席法国年度图书交易会，在一周时间里，中国现当代文学作品的法译本就卖出了 15 000 册。2023 年 10 月 21 日，由北京市文联主办，中国图书进出口（集团）有限公司、北京老舍文学院、英国剑桥大学图书馆、李约瑟研究所联合承办的"译介中国——2023 北京作家剑桥行"系列活动分别在剑桥大学图书馆和李约瑟图书馆成功举办，中国作家李洱、徐则臣、乔叶、周晓枫、周敏等与海外汉学家麦大维、艾超世，剑桥大学图书馆中文部主任何妍，李约瑟研究所所长梅建军及东亚科学史图书馆馆长莫弗特等共同研讨"译介中国"的话题。随着中国政府进一步扩大对外开放，不断加强中外文明的交流与互鉴，诸如此类的活动，尤其那些"具身交往"，越来越多，越来越实，越来越深。由此可见，中国作家的出访活动为中国现当代文学在国际上的宣传与造势所产生的巨大影响。

在新时期中外文学交往中，比起小说家、散文家和戏剧家来，中外诗人之间的交流往往是更为活跃。他们是新时期中外文学交流中的一道最亮丽的风景线。因此，值得我们特别提出。新时期以来，中国诗人，尤其是中国现代主义诗人与西方文学界、中国学界的接触与互动十分频繁，无形之中强化了中国现代主义诗歌在西方的译介、传播、研究与接受的广度和力度。美国中国学家奚密说："八十年代以来，一方面许多欧美学者和作家访问过中国，许多人在这里讲学、生活。常见的情况是，通过中国同事或学生，他们接触到当代诗歌。一旦产生了兴趣，他们着手翻译，而且通常是采取合译的方式。另一方面，现代汉诗史上，第一次有那么多的中国诗人来到西方。这不仅限于所有代表性的朦胧诗人（如北岛、舒婷、顾城、江河、杨炼、芒克等），即使新生代和更年轻的诗人（如翟永明、于坚、孟浪、西川、张真、臧棣、张耳、颜峻、王敖等），也有很多机会到海外参加诗歌朗诵会和诗歌节，担任驻校作家，留学深造，或为了其他个人的理由，其中不乏长期定居在国外的诗人。"① 这里仅以西川频繁应邀出国参加国际文艺节为例，1995 年，参加第 26 届荷兰鹿特丹国际诗歌节；1997 年，参加法国巴黎瓦尔德玛涅国际诗歌节；2002 年，参加美国芝加哥人文艺术节；2004 年，参加德国柏林国际文学节（2004）；2017 年，参加阿根廷罗莎里奥国际诗歌节；等等。就连中外文学交流的"盲区"，比如印度，中国当代诗人都有所涉足，并且取得了丰硕的成果。"2009 年 2 月 13 日，北岛、欧阳江河、翟永明、西川、格非、李陀、沈双等一行人抵达印度，在新德里国际文化交流中心与以亚西斯、南地为首的九位学者、作家和诗人举行了为期三天的会议。在这三天里，中印两方的与会者不仅对文学、政治和历史等领域中的很多话题展开了热烈的讨论，而且还举办了多场诗文朗诵会。虽然遇到了很大的语言翻译上的困难，但诗人和作家们心有灵犀，发现彼此沟通并不困难。千百年的时间距离，千万里的空间阻隔，这时候化为乌有，原来，我们可以彼此分享的东西是那么多，包括记忆和忧伤，也包括未来和希望。"②

如前文所述，近年来，西川等中国诗人受邀出国交流机会很多，在国际诗界的有效交流越来越深入，"在场"影响也越来越大，其世界知名度也越来越高。对当代中国文学海外传播的方略和效果来讲，头雁效应显得十分重要和充分必要。"让一部分先富起来，然后走共同富裕的道路"，显然，也适合中国当代文学海外的译介、传播、研究和接受。

近年来，除了中国作家诗人"走出去"在海外开展交流对话外，正如上文奚密所说，国外作家诗人也纷纷来中国访问，与中国作家诗

---

① ［美］奚密：《现代汉诗：翻译与可译性》，《"中国文学海外传播"国际学术研讨会会议论文·摘要汇编》，第 16 页。
② 《中印作家对话专辑·编者按》，《今天》2009 年秋季号总 86 期。

人进行交流对话。比如，2006年7月，作为对中国作家代表团访问的回访，叙利亚作家代表团来华访问。团长哈桑·哈米德是巴勒斯坦人，著名小说家。他说："我从小就向往中国，对中国充满敬意。当时在难民营里能看到阿文版的《中国画报》，很便宜，小孩用零用钱就买得起。我每期都买，看完后，就把里面的风景照片剪下来，贴在床头，看也看不够。中国的天安门、长城、故宫，在我的心里扎了根，常常在梦中出现。当我启程来中国时，高兴得忘了刮胡子。我自以为了解中国，但看了北京、上海、苏州，还是感到震惊，没想到建设得如此之好，如此辉煌。我到过许多国家，但中国的城市比一些欧洲城市还美。中国人民的勤劳、勇敢、智慧、创造力，和平友好的精神，令人钦佩。我是带着问题来的，想与中国作家探讨创作与生活的关系，创新与传统及外来文化的关系，在经济高速发展中文学的作用和意义。"① 又如，2010年5月21—22日，印度作家来华，在北京西郊卧佛山庄与中国作家进行了两场对话。这次对话的具体内容随后发表在《今天》2010年秋季号总第90期上。这次活动是对先前中国诗人访印的回访。正是这些友善的你来我往、礼尚往来，促进了中外文学交流的交汇、共融与互生。

其实，中外文学交往一直处于意识形态化与去意识形态化的矛盾中。2009年法兰克福书展期间，中国作家在法兰克福大学歌德学院会场和法兰克福文学馆的"中国文学之夜"等地开展了一系列的演讲、朗诵和对话活动，莫言、余华、苏童、刘震云、李洱等人的讲演或对话非常火爆。虽然中国当代文学与当代中国意识形态关系的问题依然是国外记者感兴趣的话题，但中国作家总是能机智地、有策略性地予以"迂回"应答。除此之外，有些海外读者、作家和中国学家开始放弃政治意识形态视角，转而从文学艺术和人文精神的角度跟中国作家

---

① 陈喜儒：《哈桑·哈米德》，《中国魅力——外国作家在中国》，第48页。

展开真诚的对话。比如,这次书展期间,莫言与德国作家马丁·瓦尔泽进行的对话和沟通就很"专业"。"德国作家马丁·瓦尔泽就曾在读完《红高粱家族》之后评价说,这部作品与重视思辨的德国文学迥然有异,它更多的是在展示个人精神世界,展示一种广阔的、立体化的生活画面,以及人类本性的心理、生理感受等。莫言得到这些反馈信息后感到很欣慰。他认为,这首先说明作品的翻译比较成功,其次国外的读者、同行能够抛开政治的色彩甚至偏见,用文学艺术以及人文的观点来品读、研究作品是件很让人开心的事。他希望国外读者能以文学本位的阅读来体会中国小说。"①

"有些人一直没有机会见,等有机会见了,却又犹豫了,相见不如不见","有些爱一直没有机会爱,等有机会了,已经不爱了"。张爱玲的这两句话如犹在耳。这提醒我们必须面对中外交往中一种严峻的现实,那就是,有交往并不一定意味着就会有深入的交流。外在的种种因素与内在的多重定力之间的斗争总是会左右着海外中国学家对中国现当代文学的矛盾性接受。在中国现当代文学海外传播史与接受史上,曾经出现过中外作家有了友好交往过后仍然出现一时的误判、误读、隔膜之类的现象;当然,有的中国学家随后又能排除干扰,重新回到拥抱中国现当代作品的轨道上来。日本中国学家辛岛骁就是这方面的典型例子。1926 年,经他的岳父、以《支那文学概论讲话》名世的著名汉学家盐谷温(节山)介绍,辛岛骁在北京初识鲁迅。1929 年,在上海他又见到了鲁迅。因为辛岛骁来中国访问鲁迅的动力与缘由是"佩服那部《中国小说史略》","要向作为学者的鲁迅表示敬意"②,所以,这段时间,辛岛骁对鲁迅充满了"同情的理解"。他坦

---

① 刘江凯:《本土性、民族性的世界写作——莫言的海外传播与接受》,《当代作家评论》2011 年第 4 期。

② 转引自熊融:《鲁迅与日本汉学家辛岛骁》,北京鲁迅博物馆鲁迅研究室编:《鲁迅研究资料》(第 13 辑),第 375—376 页。

言:"具有新人称号的、受到举世欢迎和崇拜的他,体会到了流落厦门、广东的寂寞,回到上海之后,又被新兴的左翼青年敲打,他即使还怀有不曾改变的抱负和热情,也逐渐感到了身边的秋意。"[1]辛岛骁的这段诗意的文字,突显了鲁迅当年在国内左翼文学界所受到的误解、"敲打",以及由此产生的寂寞、孤独和痛苦。可以说,写下这段文字时的辛岛骁是了解、同情和支持鲁迅的。但是,随着中国国内左翼文学界展开的对鲁迅等五四老作家的批判,如阿英的《死去了的阿Q时代》等,受这股风潮的影响,辛岛骁改变了初衷,也"跟风"地指责鲁迅的"落伍"。他说:"然而,鲁迅啊,你要去向何处呢?你的世界已经行不通了。孔乙己和阿Q的时代,已经成为过去","世界性的下一个时代,也就是即将到来的时代,将对你不宣而至了"。[2]好在这股革命风潮对他的影响并不深,与他对鲁迅精神——中华民族民族魂——的景仰相比,微不足道。"正是由于这样,辛岛骁在后来的二十年间,所以关心中国现代的革命动荡,可以说是从鲁迅身上受到了深刻影响的结果。过去,他关心过五四以来的新文学运动,也读过一些作品,这是从一位日本汉学青年的天真的叛逆精神出发的,但从看到了鲁迅的神情以后,就以不同的态度去钻研。正由于这样,当内山邀请他赴宴,最后一次见到鲁迅的背景时,便情不自禁地说:当时,自己'好像一个幼儿园的孩子,从阿姨的后面咬着她的颈脖子,叫一声"老师"似的',曾'为一种冲动所支配,想要把感情一口气吐出来,从后面抱住他'。"[3]与后来成为"满洲国"的"导演者"而走向日本军国主义的岳父不同,辛岛骁始终理解、同情和支持中国革命。也

---

[1] [日]辛岛骁:《论中国的新文艺》,陆晓燕编译:《日本鲁迅研究史料编年(1920—1936)》,天津人民出版社1984年版,第112页。

[2] 同上,第113页。

[3] 转引自熊融:《鲁迅与日本汉学家辛岛骁》,北京鲁迅博物馆鲁迅研究室编:《鲁迅研究资料》(第13辑),第377—378页。

就是说，我们不能因此而失去对中外文学交流的信心。同样是中日文学家之间的交往，莫言与1994年诺贝尔文学奖得主大江健三郎之间就很有默契。2002年，一家电视台拍摄莫言的纪录片时，特地邀请大江健三郎去高密；他们两人深谈了十几个小时。大江健三郎十分推崇莫言。他曾说："21世纪的文学就是属于像莫言这样的中国作家"，"要是让我来选诺贝尔文学奖获奖者，我就选莫言"。①2006年，大江健三郎访问中国，在中国作家协会招待晚宴结束时，送给每位在座的中国作家他的《愁容童子》或《我在暧昧的日本》中译本，留给莫言的赠言是"你是我可怕的竞争对手，但你是我最好的朋友"。

人们常常以为，导致偏见和贬低性"俗套"产生的原因是，处于竞争状态中的不同文化群体之间缺乏一定的接触，换言之，正是不同文化相互接触的缺失或者说接触不够充分，使得他们彼此之间对对方的认知不足，乃至产生错误的看法。所以，有不少人主张，只要增加他们彼此间的接触，通过这些频繁的接触，"就能够把对方持有的偏见与现实进行对照，并且因此纠正这种偏见"②。但是，也有人对这种乐观的"接触预想"提出了质疑，认为"仅仅依靠接触是很不够的，而且交往也从来不是一种中立性质的行为，与他人的关系总是被一种先在的意象制约"③。事实证明，世界上许多不同文化并存的国家、民族和地区，虽然他们彼此间的文化交往不断，但是他们之间的种种文化冲突与对峙局势未见缓和，有时反而显得更加剧烈。毕竟在纷繁的交往中，信息的过量摄入有时也会造成混乱。这就表明，不同文化群体之间，尤其是处于冲突状态的文化群体之间，要想消除固有的偏见和"俗套"，最终能够进行真正平等意义上的交流与对话，仅仅凭借

---

① 转引自兰守亭：《西方倾倒于莫言说故事天分》，《中华读书报》2004年6月23日。
② [法]吕特·阿莫西、安娜·埃尔舍博格·皮埃罗著，丁小会译：《俗套与套语——语言、语用及社会的理论研究》，天津人民出版社2003年版，第46页。
③ 同上。

彼此间的社会交往是远远不够的，还需要立足长远，致力于改变某些基础情况和根本问题，如彼此间文化融通的问题，心理与人格沟通和理解的问题，从而达到标本兼治、事半功倍的效果。当然，以上我们如此反思不同文化之间的社会接触与文学交往，目的不是要否定或者贬低它们的作用，换句话说，我们不是要质询它们正当与否的合法性问题，而是要深究它们的有效性问题。正是在这个意义上，我认为，不同国家之间的文学交流，除了作家之间的交流外，最理想的还是文学作品之间的交流。

第三节
中国现当代作家作品的海外译介及影响

中国现当代文学海外传播与接受主要依靠的是世界各地的中国学家，比如，苏俄的罗季奥诺夫、李福清、阿列克谢耶夫、艾德林、费德林、波兹涅耶娃、彼特罗夫、谢曼诺夫、切尔卡斯基、尼克里斯卡娅等，英国的蓝诗玲、卜立德等，法国的沙畹、伯希和、儒莲、马伯乐、安妮·居里安、杜特莱、约翰·德鲁、金丝燕等，德国的顾彬、马汉茂、卡琳等，日本的青野繁治、藤井省三、吉田富夫、岸阳子、井口晃、近藤直子等，美国的伊文·金、葛浩文、白睿文、夏济安、夏志清、李欧梵、金介甫、奥尔格·郎、梅仪慈、威廉·莱尔、汉乐逸、林培瑞、萧凤霞、塞尔达·斯特恩、叶维廉、王德威、奚密、耿德华、安敏成、梅丹理、柯夏智、戴迈河、岳流萤、蒲安迪、慕浩然、张英进、史书美、谷梅、兰比尔·沃勒、沙博理、戴静、叶凯蒂、金婉婷、王恕宁、约翰·闵福德贾、陪琳、龙熙、卡罗林·乔、穆爱莉、赵茱莉、李又安、玛丽莲·B.扬、安东尼·P.凯恩、唐·J.科恩等，捷克的普实克、高利克等，罗马尼亚的鲁博安夫妇、罗阳、杨玲等，荷兰的佛克马、柯雷、J.斯洛尔霍夫等，瑞典的高本汉、马悦然、陈安娜、夏谷等，澳大利亚的西敏、雷金庆、杜博妮、白杰明等，加拿大的梁丽芳、杜迈可等，新加坡的王润华，等等。显然，这个名单是挂一漏万的。我随手列出这么多海外中国学家的姓名，只是想表明，世界上知名的中国学家的确很多。这也从一个侧面反映出了中国文学，尤其是中国现当代文学在海外传播与接受的程度不可小视。

既然世界上的中国学家灿若星辰，那么他们对中国现当代文学的译介与研究也就无法统计了。所以，为了说明问题，在这里，我只能就新时期以来中国现当代文学海外译介与研究的一些主要现象做一描述。新时期以来，中国作家、政府官员、民间社团与海外中国学家一起努力，通过一系列"组合拳"的方式、渠道和活动，共同促进中国现当代文学在海外的传播与接受。

第一，举办会议，开办写作营，参加书展，互办文化年活动。比如，中方活动有：中国作协举办两届国际汉学家研讨会，在庐山、唐山和天津等地开办"国际写作营"，以及国家有关部门例行主办的北京国际图书博览会，还有地方政府举办的国际诗歌节如青海湖国际诗歌节等。外方活动有：顾彬曾于1985年在西柏林主持召开王蒙作品的国际研讨会；德国总领事馆文化部门举办了三届"中德诗歌翻译大赛"；1988年，法国文化部邀请中国作家代表团到法国来访问，此次活动的名称是"美丽的外国文学"；2004年，"中国文化年"及巴黎"第24届法国图书沙龙"，在此次图书沙龙介绍受邀中国作家的手册上，关于苏童的条目基本上概括了法国公众对苏童的印象——"苏童非常擅长描写模糊遥远的历史，他的小说经常以中华民国和封建时代作为背景。令他声名鹊起的是描写女性的作品，例如1989年被张艺谋搬上银幕的《妻妾成群》。他的笔触敏感细腻，具有内敛的诗意，传达出悲剧意味，在苦难、堕落和颓败的背景上，描绘现代人物和历史人物复杂、犹疑的精神状态"；2006年，王安忆和莫言一起，应邀参加在法国沿海小城圣马罗举行的国际文学书展；2009年，法兰克福书展，中国为主宾国；2012年，在伦敦书展上，中国成为主宾国；2023年，中国作家参加了"跨文化的视野：第75届法兰克福书展"；等等。

第二，从国家层面推出系列对外译介工程和计划，并提供相应的国家资助。比如，外文出版社曾以英、法、德、西、阿等主要语种编译出版了500多部优秀的中国当代文学作品；在中国作家协会外国文学委员会指导下，每年编译出版一本《新中国短篇小说选》，先后以英、法、西等语种出版了7集；还从1978年开始的全国优秀短篇小说评选的获奖作品中，每两年编选一本对外介绍。又如，21世纪以来，中国作协推出了中国当代文学百部精品译介工程，国务院新闻办推出了中国图书对外推广计划；法文版《长恨歌》的出版就得到了国务院新闻办和法国文化部图书中心的赞助。再如，北京师范大学文学院申报的"中国文学海外传播工程"获准立项后，与国家汉办、美国俄克拉荷马大学文理学院、《当代世界文学》杂志社、《今日中国文学》杂志社联合主办了多届中国文学海外传播国际学术研讨会，产生了广泛影响；等等。

第三，积极发挥主流传媒的平台作用，为中国现当代文学海外传播与接受提供有效的发展空间。新中国成立后，主要有外文版《中国文学》、"熊猫丛书"、《世界文学》、《中国日报》，以及近年来推出的《人民文学》"路灯"英文版，等等。在国外有1982年法国《多克什》(*Docš*)出版的"中国新时期文学特刊"；1985年法国《欧洲》(*Europe*)出版的"中国新时期文学特刊"；1987年法国《文学杂志》(*Le Magazine Littéraire*)出版的"中国文学特刊"；此外，还有德国的《南德意志报》、意大利的《意大利邮报》、英国的《泰晤士报》《卫报》《独立报》《观察家》、美国的《纽约时报》《中国文学》《中国季刊》《太平洋事务》《中国现代文学》《亚洲研究月刊》《新共和》《纽约客》《翻译评论》《出版者周刊》《曼哈顿评论》《洛杉矶时报》《芝加哥评论》、法国的《世界报》《阅读》等世界顶尖级报刊经常发表中国现当代作家作品及其评论，并配发他们的照片和简历；还有一些知名出版社出版过中国现当代文学作品，如英国企鹅集团、美国新方向出版社、美国西北大学出版社、美国霍特出版社、德国兰登书屋出版集团、德国鲁尔大学出版社、法国中国蓝出版社、法国伽利玛出版社、意大利理论出版社、日本河出书房新社、日本恒文社、日本春秋文艺出版社等等。

正是有了这么多中国学家的辛勤努力、政府的大力扶持以及传媒的广泛推介和发表，中国现当代文学在海外的传播与接受才结出了硕果。由于种种客观原因，我们难以计算出中国现当代文学外译的真实数据。下面，我只能举几组从不同角度、国别和年份统计出来的数字，目的是为了让大家通过这些数字进一步了解到中国现当代文学外译的成绩确实不小。比如，据李朝全对中国国家图书馆收藏的中国当代文学外译图书的统计，截至 2010 年 7 月，英、法、德、荷、意、西等各种外文语种的中国当代文学外译图书有 873 种，其中，日文 262 种，法文 244 种，英文 166 种，德文 56 种，荷兰文 30 种，罗马尼亚文 13 种，瑞典文和意大利文各 12 种，西班牙文、丹麦文、韩文各 11 种，波兰文和匈牙利文各 9 种，葡萄牙文和捷克文各 4 种，俄文、挪威文和阿尔巴尼亚文各 3 种，克罗地亚文、斯拉夫文和马来文各 2 种，斯洛文尼亚文、土耳其文、乌克兰文和世界语各 1 种；作品被译成西方文字的中国当代作家就有 230 位以上。又如，据杭零博士对法译中国现当代文学作品的统计，截至 2006 年，中国现代文学的法译本（包括复译本在内）约 145 部，其中有短篇小说集、诗歌选集、散文集等，但占绝大多数的是长篇小说；而在中国当代文学方面，1980—2009 年，法国出版的中国当代文学译本（包括复译本多种）有 300 部左右，体裁以小说为主，同时涉及诗歌、戏剧、散文。再如，据俄罗斯圣彼得堡国立大学东方系中国学家罗季奥诺夫统计，1992—2009 年，中国新时期小说散文在俄罗斯出版的单行本共 20 部。

有的中国作家的某一部作品在海外的发行量惊人。到目前为止，《狼图腾》的版权已经输出到美国、英国、澳洲、德国、法国、意大利、日本、韩国、俄罗斯、西班牙、葡萄牙、土耳其、希腊、荷兰、波兰、捷克、泰国、越南、阿拉伯、匈牙利、印度等国，用 30 多个语种出版发行，覆盖了全球 110 多个国家和地区。其中，企鹅出版集团一家就有 4 种不同版式的英文版本，图书发行方式也多种多样，在精装本出版一年后，紧接着出版简装本，并在网上开辟了"在线阅读""声音书""电子书"等形式，发行网点覆盖北美、欧洲、亚太地区及中国。西班牙一个国家就有西班牙语和卡特兰语两种版本。印度以国内多种不同语言出版了许多版本。不仅如此，它还被改编成电影[1]，以便让世界上更多受众接受到。

与同时代的其他作家相比，有的中国作家作品被译介的数量偏多。鲁迅是中国现代作家中作品被外译最多的作家。[2]莫言是中国当代作家中作品被外译最多的作家。这里就不细说，本书"附录二"专题论述莫言。这里再举两个例子。王蒙的作品得到了法国的傅玉霜、俄国的华克生与托洛甫采夫、意大利的费龙佐、韩国的金良守、墨西哥的白佩兰、日本的林芳等人的译介，其中，《活动变人形》《蝴蝶》《夜的眼》被译成意、俄、德、日、韩、英等文字出版，反响良好。

---

[1] 由法国电影导演让·雅克·阿诺与北京紫禁城影业公司签约拍摄了电影《狼图腾》。
[2] 当然，有人说老舍作品在海外的翻译出版比鲁迅还多。这有待进一步考证。

残雪的作品在国外出版了10多种。除了出版她的小说集外，海外还出版了她的评论集，如《灵魂的城堡》于2006年由日本有威望的平凡社出版。尤其值得指出的是，残雪的部分小说入选美国哈佛、康奈尔、哥伦比亚等大学及日本东京中央大学、国学院大学的文学教材，这在中国当代作家是不多见的；这也部分说明残雪的写作已经进入海外一些主要国家的文学系统并已纳入国民知识的教育体系。

有的中国作家作品被外译的语种很多，同时，发行量很大。比如冯骥才，在2014年之前，他的作品被译成英文、法文、德文、日文、俄文等，在4个日文译本中，最受欢迎的是《三寸金莲》，已印4版，亚纪书房还出版了"口袋本"，印数20 000册；早在1985年，苏联还没有解体时，莫斯科虹出版社就出版了《冯骥才中短篇小说集》，印数50 000册，使他成为第一个被介绍到苏联的新时期中国作家；在欧洲，他的中篇小说《感谢生活》有10个版本，《神鞭》在法国和德国各有5个、6个版本，同时被选入牛津大学的教材。总之，冯骥才的作品在海外有30多种译本，在10多个国家发行。

有的国家偏好出版某一位中国作家的某些作品。比如，2005年之前，法国先后出版了6部苏童的小说（集）：《妻妾成群》(*Épouses et concubines*，弗拉马里翁出版社，1991年)、《红粉》(*Visages fardés*，其中还收录了《妇女生活》，毕基耶出版社，1995年)、《罂粟之家》(*La Maison des pavots*，中法文对照版，友丰书局，1996年)、《米》(*Riz*，弗拉马里翁出版社，1998年)、自选小说集《纸鬼》(*Fantômes de papiers*，其中收录18篇短篇小说，德克雷德·布鲁韦出版社，1999年)，以及《我的帝王生涯》(*Je suis l'empereur de Chine*，毕基耶出版社，2005年)。

这么多中国当代文学作品外译出去了，但是，真正能够引起国外主流媒体关注的不多，能够得到国外主流媒体客观公正的评价的就更少。

通常的情况是，国外主流媒体，尤其是西方主流媒体，主要是从意识形态角度择取中国当代文学作品进行政治和道德评价。比如，对高行健创作的评价就是典型的例子。厚达 670 页的法文版《灵山》，1992 年由诺埃尔·杜特莱着手翻译，1995 年由法国南方的一家小出版社出版。当法国权威周刊《快报》(L'Express) 发表了《让我们去读高行健吧！》之后，法国各大报刊和广播电台都纷纷不吝言辞地称赞他，并最终使高行健获得了 2000 年的诺贝尔文学奖，而且使该书的发行量达三十余万册。又如，21 世纪以来，法国出版商、中国学家和海外媒体都聚焦于苏童的女性小说和历史小说，又都带着意识形态的眼镜评判苏童的小说，如诺埃尔·杜特莱说："在《红粉》中，苏童描写是在 1949 年后，在共产主义制度刚刚建立的最初阶段，两名被带进劳改营进行改造的妓女的生活。"[1] 玛丽克莱尔·于奥在《中国当代文学爱好者使用概要》里写道，苏童的小说"以虚构的方式表明了虽然毛泽东时代的中国极力禁止，但旧中国的某些东西依然存在，无法被消灭：那就是不符合社会规范的对性的欲望，那种远不是洁身自好的贤妻良母所应具有的女人的欲望……苏童笔下的女主人公的脑子里在想些什么呢？性欲，她们强烈的性欲，似乎为她们画出了人生的轨迹。毛泽东强调男女平等，甚至是男女无别，而这些女人却费尽心机想要在男人的生活中占有一席之地，靠男人过日子"[2]。菲利普·毕基耶出版社网站发文说："作者细致的描绘，让我们沉浸在一段想象的中国历史中。由于出生在历史被全盘颠覆的'文化大革命'时期，苏童怀有一种重塑历史的激情。"[3]

当然，也有中国学家和海外媒体能够从"文学本位"和人文内涵

---

[1] 转引自杭零、许钧：《对于苏童的小说，历史只是一件外衣——苏童小说在法国的翻译与接受》，《文汇报》2007 年 3 月 6 日。

[2] 同上。

[3] 同上。

评介中国现当代作家作品。比如，2003年，美国短篇小说作家艾米丽·卡特在《明星论坛》上发表文章，赞美《活着》的语言和情节，娓娓道来的叙述方法，简朴优美、未曾雕饰的魅力及小说中关于生、死、命运的内涵。她说："如果现在要读一些东西，显然你应该读一些永恒的东西；《活着》就是这样一流的作品。主人福贵对西方的读者来说，既遥远，又让人觉得熟悉。"[①] 又如，2006年，法国毕基耶出版社出版《长恨歌》后，法国主流媒体的评介显示出了抛弃政治偏见后的专业水平。《世界报》发表评论说："王安忆的作品中飘出一种音乐，萦绕、低徊、紧迫。上海是这本书的主角"，"王安忆精雕细刻，细腻微妙地表达了人物的激情、焦虑和羞耻。而最令人震惊的则是对这座城市的刻画"。[②] 为了让西方读者比较容易接受《长恨歌》，《图书周报》巧用西方文学体系中众所周知的标准来推介它。该报发表评论说，王安忆"用微妙、细腻、幽默而流畅的巴尔扎克式的笔法开篇，并贯穿始终"；在王安忆笔下，上海"有了精致的质感，色彩斑斓，波纹闪烁，如同一幅书法作品"；"王安忆继承了传统，同时柔中有刚地更新着传统"；同时，还称赞它的译文——"精湛的译文令最挑剔的读者折服"。[③]

如此之多的中国现当代文学作品被外译，被介绍，被传播，被研究，那么到底有没有对国外的文学创作产生过深入的影响呢？有是有，但是微乎其微。回溯一下海外对中国现当代文学的接受史和影响史，我们知道，鲁迅是第一位对海外作家创作产生过巨大影响的现代中国作家。比如，缅甸作家、中国学家貌廷的小说《鄂巴》，在主人公形象、人物的关系和小说结尾等方面均受到《阿Q正传》影

[①] 转引自兰守亭：《〈活着〉是一部永恒的家庭史诗》，《中华读书报》2003年12月10日。
[②] 转引自陈熙涵：《〈长恨歌〉在法引起巨大反响》，《文汇报》2006年6月2日。
[③] 同上。

响；因而，当有位华侨将它翻译成中文时，干脆将其取名为《阿八正传》。① 无独有偶，越南作家南高的作品《志飘》里主人公志飘类似于阿Q。② 又如，1952 年，当燕卜荪离开中国前，重又提笔创作，写出了《中国谣曲》。该诗就是采用《王贵与李香香》来"起兴"："他见过了香香姑娘，正要回游击队上。"还如，1971 年，在鲁迅《一件小事》的启发下，意大利诗人弗朗西斯科·里昂内写出了诗歌《阶线》。再如残雪，也是这样一位有海外影响力的中国作家。美国当代作家布莱德·马罗在《残雪进入了我的小说》里写道："我第一次知道残雪的作品是在 1989 年暮春，当时我正在写我的一部长篇——《年历分枝》。由眼光敏锐的乔纳森·布伦特领导的西北大学出版社，给了我一本《天堂里的对话》赠阅本，那是残雪的第一本用英文出版的书。由于当时我完全沉浸在《年历分枝》和它的叙述者格雷斯·布莱什中，所以我直接将《天堂里的对话》放在一堆我选出来暂时不打算读的书上面。但是似乎残雪的书里有某种东西在持续不断地对我发生作用（我直到后来才发现她的笔名是'顽固的雪'的意思，即被煤烟弄脏的、顽固不化的雪，直到春天的解冻快要结束才最后融解），于是我回到那堆书，找出《天堂里的对话》。我刚读了开头的两个故事就被完全吸引住了。我立刻迷上了残雪的小说，这种入迷到了这样的程度，以至于我（当时我整个地与我的叙述者格雷斯搅在一起）意识到残雪也一定会介入格雷斯的生活。所以在那一天，也许第二天，格雷斯遇见了一个叫张力的人，他有一本《天堂里的对话》，他对于残雪的作品是如此的虔诚，所以他给他的小猎狗取了个名字叫'残雪'。"③

---

① 参见夏康达、王晓平主编：《二十世纪国外中国文学研究》，第 188—189 页。
② 参见王家平：《鲁迅域外百年传播史：1909—2008》，第 164 页。
③ [美]布莱德·马罗：《残雪进入了我的小说》，《中华读书报》2004 年 5 月 12 日。

概言之，先是有了不计其数的海外中国学家，然后又有政府、媒体和民间组织的鼎力相助，使得中国现当代文学在海外的翻译、传播、研究与接受呈现出丰富多彩的样态，需要我们细致分析。尤为可喜可贺的是，有个别中国现当代作家作品已经悄然影响到了海外的主流文学系统，部分纳入海外国民知识教育体系，而不再只是在异域文学的边缘"溜达"、徘徊、游走。

第四节
中国现当代作家海外获奖

文学的海外获奖，是文学在海外获得广泛影响和深入接受的高光体现。中国现当代作家作品在海外获奖，至少部分地说明了这些获奖作家作品已经走出国门，走进海外文学圈，并获得了某些海外文学精英和专家学者的首肯与赞誉。当然，这里必须予以说明的是，海外授予中国现当代作家作品奖励的情况不尽相同，总体来说，大约有以下四种情况。

第一种情况是授予中国现当代作家作品本身的。美国威尔斯利学院东亚系主任宋明炜教授长期研究中国当代新科幻小说。他认为，刘慈欣、韩松、王晋康、陈楸帆、夏笳、宝树、郝景芳、飞氘等创作"后人类""反类型化""奇观"的新科幻小说，正在世界上掀起一股"中国科幻新浪潮"。[①] 这些不同于以往旧科幻小说的当代新科幻小说创作实绩及影响，促使海外中国现当代文学研究界不再将其视为"俗

---

① 参见宋明炜：《中国科幻新浪潮：历史·诗学·文本》，上海文艺出版社 2020 年版。

文学",如美籍华人王德威把这种中国当代新科幻小说纳入主流文学与文学史的研究范畴中,即将其纳入中国现当代文学主要问题与现代性的学术视野内进行考察,着力推动中国当代文学研究范式的转变。对于中国现当代文学某种类型的文体创作的奖励,明显体现国际评奖及奖励倾向于创作自身与文本质量。比如,对21世纪中国科幻小说创作成就的奖掖。2015年,刘慈欣的《三体》荣获第73届世界科幻大会颁发的"雨果奖"最佳长篇小说奖。这是亚洲人首次获此殊荣。喜事连连。2016年,郝景芳的《北京折叠》荣获第74届世界科幻大会颁发的"雨果奖"最佳中短篇小说奖。又如,对21世纪中国儿童文学创作成就的奖励。2016年,曹文轩的《草房子》《青铜葵花》《火印》等荣获国际安徒生奖。[①] 这类奖励专题性、专业性、文学性很强,因而其纯粹性很高。

第二种情况是授予中国现当代文学作品的译本的。葛浩文翻译的部分中国当代小说频频在海外获奖,更多的还是因为他本人的译本在海外有着良好声誉的影响,也就是说,是翻译家本人的"声誉资本"以及他高质量的译本在发挥主导作用。比如,2007年他翻译的姜戎的《狼图腾》,2009年他翻译的苏童的《河岸》,2010年他和妻子林丽君合译的毕飞宇的《玉米》,先后获得英仕曼亚洲文学奖(曼布克奖)。恰恰是因为他的翻译以及这些译本在海外的获奖,反过来给这些中国作家带来了良好的声誉资本。2015年,安纳莉丝翻译的残雪长篇小说《最后的情人》(英文版)获得美国最佳翻译小说奖。众所周知,残雪在海外的美誉度明显高于中国,这也许与她的外文译本有关系。难怪她累累被诺贝尔文学奖提名。因为诗歌比非诗文类更

---

① 颁奖词:"曹文轩的作品读起来很美,书写了关于悲伤和苦痛的童年生活,树立了孩子们面对艰难生活挑战的榜样,能够赢得广泛的儿童读者的喜爱。"参见 https://baijiahao.baidu.com/s?id=1768919352391318671&wfr=spider&for=pc,访问时间:2023年6月17日。

难译，所以对翻译及其翻译家的选择更为严苛。换言之，对诗而言，原作与译者之间、诗人与译者之间的"适配比"要求很高。如果没有被要求严格的中国知名诗人认可，海外翻译家就不能翻译他们的诗歌。据我所知，在这方面，西川和欧阳江河要求很严。他们俩都认可美国翻译家柯夏智、安迪等人。如果不是他们认可的海外翻译家，他们宁愿自己的诗不被翻译成外文。2013年，柯夏智翻译的《蚊子志：西川诗选》（英文版）获得美国翻译家协会颁发的卢西恩·斯泰克亚洲翻译奖。

第三种情况是受到意识形态左右的授奖。比如，1939年12月20日，根据苏联人民委员会决议设立的"斯大林奖金"，专门奖给那些在无产阶级文学领域取得杰出成绩的作品。斯大林除了亲自审查获奖作品和确定奖项外，有时还专门下达创作提纲，处处体现当时世界无产阶级阵营里"老大"的政治意志。苏联的文化权贵、被称为"受斯大林宠爱的作家"的西蒙诺夫6次获得斯大林奖金。那段岁月，在苏联，斯大林奖金荣誉的背后是意识形态博弈下的"告密""苦难"或人性得失。如前所述，1951年，丁玲的《太阳照在桑干河上》获二等奖，周立波的《暴风骤雨》和贺敬之、丁毅执笔的《白毛女》获三等奖。这些作品在苏联"老大哥"那里获得的政治绝对正确的最高荣誉奖——世界社会主义阵营里最高荣誉的文艺奖，一度给这些中国作家带来了荣耀，同时，在国外社会主义国家如苏联等掀起了译介和研究它们的热潮；但是，这种荣耀也因中苏关系交恶而烟消云散。福祸相依！不仅如此，有的作家还在随后的极左运动中受到批判，如1955年丁玲被定为"丁玲、陈企霞反党小集团"成员；1957年又被定为"丁玲、冯雪峰右派反党集团"成员；划入"右派"后，丁玲下放北大荒、投入监狱等。新时期以来，海外对中国作家的授奖，意识形态色彩逐渐黯淡了些，或者说隐蔽了些，但还在某些西方奖项里如影随形。西方有些奖几乎可以称之为"影子奖"。毋庸讳言，王蒙获意大利蒙德罗文学奖、日本创作学会和平与文化奖等，其中不乏意识形态因素考量。我这样说海外"影子奖"，无意诋毁王蒙对当代汉语文学写作的杰出贡献。

第四种情况是多种因素兼而有之，难以说清楚到底是作家本人的因素，原著中思想艺术的因素，翻译版本的因素，还是意识形态的因素在起作用。比如，1982年巴金获意大利但丁学会颁发的"国际但丁文学奖"，1983年获法国荣誉军团奖章；当年作为国际笔会中心副会长的艾青，1985年获法国文学艺术最高勋章；1997年贾平凹的《废都》获法国"菲米娜外国文学奖"，1988年贾平凹的《浮躁》获第八届美国美孚石油公司"飞马文学奖"；1997年西川获联合国教科文组织阿奇伯格奖修金；1998年余华的《活着》获意大利格林扎纳·卡佛文学，2002年获澳大利亚悬念句子文学奖；2002年西川获美国弗里曼基金会奖修金；2003年贾平凹获得法国文化交流部颁发的"法兰西共和国文学艺术荣誉奖"[1]；2004年莫言、李锐和余华获"法兰西艺术与文学骑士勋章"；2004年余华的《许三观卖血记》获美国巴恩斯·诺贝尔新发现图书奖；2008年余华的《兄弟》获法国首届"国际信使外国小说奖"；2011年翟永明获意大利Ceppo Pistoia国际文学奖；2013年王安忆获"法兰西艺术与文学骑士勋章"；2022年《兄弟》获俄罗斯第20届亚斯纳亚·波利亚纳文学奖最佳外语作品奖；等等。当然，在世人的文学奖观念中，"一奖顶一万奖""千奖万奖，不如诺奖"。这种观念根深蒂固，不可动摇。2012年，莫言斩获诺贝尔文学奖这个世界上最大的奖。这对中国现当代文学在海外的扩散度、知名度、美誉度，对它们在海外的译介、传播、阅读、研究、影响是以往任何一

---

[1] 法国驻华大使在给贾平凹的贺信中说："您的作品在法国影响很大，这项荣誉是授予您作品内容的丰富多彩性与题材的广泛性。"转引自李勇、穆涛：《中国著名作家贾平凹获法国文学荣誉奖》，https://www.chinanews.com/n/2003-06-30/26/319092.html，访问时间：2003年6月30日。

个中国文学家所获的奖都无法比拟的。

总体来看，中外文学交流在新中国成立后远比新中国成立前频繁得多。新中国成立前，中国现当代作家作品海外获奖很少。而新中国成立后，尤其是新时期以来，随着中外文学交流日盛，中国现当代作家作品在海外获奖逐渐增多。中国作家在海外获奖，必然会增加他们在海外的知名度，必将有利于他们的作品在海外的传播与接受。但是，中国现当代作家作品在海外获得各种文学奖这一事实，只能表示海外对中国现当代作家作品某种程度的认可与亲善，并不能因此说明它们就已经融入外国的文学系统了。谈到中国现当代文学在海外获奖，中国现当代作家与诺贝尔文学奖之间的关系就显得尤为重要。据不完全统计，在中国现当代作家中被提名为诺贝尔文学奖候选人的有100多人次，而真正与之关系"密切"的作家就屈指可数了，如鲁迅、林语堂、老舍、沈从文、北岛、高行健、莫言等。

鲁迅开启了中国现代作家与诺贝尔文学奖的话题。1927年9月17日，鲁迅收到台静农的信件，信里提及瑞典人斯文·赫定想请刘半农帮助，提名鲁迅为诺贝尔文学奖的候选人。同年9月25日，鲁迅写了像"获奖感言"那样的回信作为回应，原信内容如下："静农兄：九月十七日来信收到了。请你转致半农先生，我感谢他的好意，为我，为中国。但我很抱歉，我不愿意如此。诺贝尔赏金，梁启超自然不配，我也不配，要拿这钱，还欠努力。世界上比我好的作家何限，他们得不到。你看我译的那本《小约翰》，我哪里做得出来，然而这作者就没有得到。或者我所便宜的，是我是中国人，靠着这'中国'两个字罢，那么，与陈焕章在美国做《孔门理财学》而得博士无异了，自己也觉得好笑。我觉得中国实在还没有可得诺贝尔赏金的人，瑞典最好是不要理我们，谁也不给。倘因为黄色脸皮人，格外优待从宽，反足以长中国人的虚荣心，以为真可与别国大作家比肩了，结果将很坏。我眼前所见的依然黑暗，有些疲倦，有些颓唐，此后能否创作，尚在不可知之数。倘这事成功而从此不再动笔，对不起人；倘再写，也许变了翰林文字，一无可观了。还是照旧的没有名誉而穷之为好罢。"① 有人质疑此事的真实性。比如，2008年11月29日，在题为"诺贝尔文学奖与华文文学"的讲座上，马悦然说："我知道大陆出了一些谣言，说瑞典学院院士斯文·赫定在1930年代初在中国的时候，问过鲁迅他愿不愿意接受诺贝尔文学奖，说的是鲁迅拒绝接受。我查了瑞典学院的档案之后，敢肯定地说这只是谣言。瑞典学院从来没有问过一个作家愿意不愿意接受奖。"② 又如，在《鲁迅爱过的人》一书的第九章《平生风义兼师友——台静农与鲁迅》中，蔡登山写道："至于鲁迅在1927年拒绝诺贝尔文学奖的提名，多年来未得其详。1989年北京鲁迅博物馆兼鲁迅研究室主任陈漱渝到台静农的台北寓所对他的访问中，台静农终于道出事情的原委：那年9月中旬，魏建功先生在北京中山公园举行订婚宴，北大同人刘半农、钱玄同等都前往祝贺。席间半农把我叫出去，说北大任教的瑞典人斯文·赫定是诺贝尔奖金的评委之一，他想为中国作家争取一个名额。当时有人积极为梁启超活动，半农以为不妥，他觉得鲁迅才是理想的候选人。但是，半农先生快人快马，口无遮挡，他怕碰鲁迅的钉子，便嘱我出面函商，如果鲁迅同意，则立即着手进行参加评选的准备——如将参评的作品翻译成英文，准备推荐材料之类，结果鲁迅回信谢绝，下一步的工作便没有进行。"③ 然而，2005年，诺贝尔文学奖评委会主席、《诺贝尔奖内幕》的作者谢尔·埃斯普马克在接受《南方周末》的记者采访时说："战前是没有来自中国的作家被提名。以前有一个考古学家斯文·赫定曾经建议把

---

① 鲁迅：《致台静农（9月25日）》，《鲁迅书信集》（上卷），人民文学出版社1976年版，第161—162页。
② 转引自赵瑜：《小闲事：恋爱中的鲁迅》，武汉出版社2009年版，第169页。
③ 蔡登山：《鲁迅爱过的人》，文汇出版社2008年版。

诺贝尔奖给中国的胡适,但是(瑞典)学院认为胡适不是一个作家,更像一个思想家或者改革家。所以没有给他。在 1930 年代中期,学院曾经派人给鲁迅带话,传给他一个信息,就是想提名他。但是鲁迅自己认为他不配,他谢绝了。"①这是一桩"诺奖公案",各方说法不一,估计这也是一桩永远无解的悬案了吧。

林语堂与诺贝尔文学奖之间也存在"恩恩怨怨"的关系。这一点,我已经在前面的章节里有所提及。这里不再赘述。在老舍诞辰 110 周年之际,舒乙向媒体披露了老舍未获诺贝尔奖的内幕。他说,1968 年,瑞典文学院原本决定将诺贝尔文学奖颁给老舍,因而派驻华大使寻访老舍的下落,在得知老舍去世后,按诺贝尔文学奖不颁给已故之人的规定,只好在剩下的其他四个候选人之中遴选,最后选定了川端康成,老舍就这样与诺贝尔文学奖失之交臂。②1985 年,马悦然被选进瑞典文学院担任诺贝尔文学奖评委后,着手翻译沈从文的作品,先后翻译了《沈从文自传》《边城》和《长河》。1987 年、1988 年,沈从文两度进入诺贝尔文学奖终审名单,但也因种种原因最终未能获奖。中国现当代作家与诺贝尔文学奖之间的关系还真是剪不断理还乱啊。

当然,百余年来,在百余名中国作家成为诺贝尔文学奖提名人、候选人之中,最终只有高行健和莫言摘取了这顶文学桂冠。可是,在他们两人中,高行健得奖时已加入法国国籍,因而,莫言成了获得此奖的第一位中国籍作家,终于圆了中国人期盼已久的诺贝尔文学奖之长梦、深梦、美梦。2012 年 10 月 11 日,瑞典文学院诺贝尔文学奖评审委员会宣布,中国作家莫言获得 2012 年诺贝尔文学

---

① 转引自赵瑜:《小闲事:恋爱中的鲁迅》,第 170 页。
② 华商:《老舍昨天诞辰 110 周年,舒乙披露——老舍未获诺贝尔奖内幕》,《宁波日报》2009 年 2 月 4 日。

奖。①12月7日，在瑞典文学院领奖时，莫言做了题为"讲故事的人"

---

① 瑞典文学院诺奖委员会主席瓦斯特伯格宣读莫言获诺贝尔文学奖的授奖辞："莫言是个诗人，他撕下了程式化的宣传海报，让个人在芸芸众生中凸显而出。莫言用讥讽和嘲弄的手法向历史及其谎言、向政治虚伪和被剥夺后的贫瘠发起攻击。他用戏弄和不加掩饰的快感，揭露了人类生活的最黑暗方面，在不经意间找到了有强烈象征意义的形象。高密东北乡体现了中国的民间故事和历史。很少的旅程能超越这些故事和历史进入一个这样的国度，那里驴子和猪的叫嚣淹没了人的声音，爱与邪恶呈现了超自然的比例。莫言的幻想翱翔越了整个人类。他是了不起的自然描述者；他知道饥饿的所有含意。20世纪中国的残酷无情从来没有像他笔下的英雄、情人、施暴者、强盗以及坚强、不屈不挠的母亲们那样得以如此赤裸裸地描述。他给我们展示的世界没有真相、没有常识、更没有怜悯，那里的人们都鲁莽、无助和荒谬。这一苦痛的证据就是中国历史上经常出现的吃人肉的风俗。在莫言的笔下，吃人肉象征着毫无节制的消费、铺张、垃圾、肉欲和无法描述的欲望。只有他能够跨越种种禁忌界限试图加以阐释。莫言的小说《酒国》中，最美味的佳肴是烤三岁童子肉。男童成为很难享受到的食品。而女童，因无人问津反而得以生存。这一讥讽的对象正是中国的独生子女政策，因为这一政策女婴被流产，规模之众多达天文数字：女孩子不够好，都没人愿意吃她们。莫言就此话题还写了一部完整的小说《蛙》。莫言的故事都伪装成神话和寓言，将所有的价值观置于故事的主题中。在莫言笔下的中国，我们从来没有遇见过一个理想具有合乎标准特征的公民。莫言描写的人物都充满了活力，不惜用非常规的步骤和方法来实现他们的人生理想，打破被命运和政治所规划的牢笼。莫言所描述的过去，不是共产主义宣传画中的快乐历史，而是他用夸张、模仿以及神话和民间故事的变体重现五十年的宣传，令人信服、深入细致。在他最杰出的小说《丰乳肥臀》中，女性角度一直占据主导位置。莫言描述了大跃进和1960年代的大饥荒。他嘲笑试图用兔子精液让母羊受孕的伪科学革命派，他们把所有对此表示怀疑的人斥为右派分子。这部小说的结局是90年代的新资本主义，所有的骗子因为兜售美容产品而致富，仍在试图通过异体受精孵化出凤凰。在莫言的作品中，一个被人遗忘的农民世界在我们的眼前崛起、生机勃勃，即便是最刺鼻的气体也让人心旷神怡，虽然是令人目瞪口呆的冷酷无情却充满了快乐的无私。他的笔下从来没有一刻枯燥乏味。这个作家知道所有的一切，并能描述所有的一切，各种手工艺、铁匠活、建筑、开沟、畜牧和土匪的花招诡计。他的笔尖附着了所有的人类生活。他是继拉伯雷和斯威夫特之后，也是继我们这个时代的加西亚·马尔克斯之后比很多人都更为滑稽和震撼人心的作家。他的辛辣是胡椒式的。在他描写中国最近一百年的宏大如挂毯的故事中，既没有跳舞的独角兽，也没有跳绳的少女。但他所描写的猪圈般的生活如此独特以致我们觉得已经在那里呆了太久。莫言的家乡是一个无数美德与最卑鄙冷酷交战的地方。那些敢于去的人，等待你们的将是一次踉跄的文学冒险。中国以及世界何曾被如此史诗般的春潮所吞噬？在莫言的作品中，世界文学发出的巨吼淹没了很多同代人的声音。"参见 https://www.renrendoc.com/paper/89267176.html，访问时间：2020年7月10日。

的演讲,那一刻,全世界都在倾听他讲述的"中国故事"。许多中外人士认为,莫言获诺贝尔文学奖,必将成为中国现当代文学进一步走向世界的有力触媒、持久激情和不竭动力,必然会使世界尤其是西方把眼光投向莫言周围的其他同样优秀的中国作家。莫言在诺贝尔文学奖颁奖仪式前夜举行的新闻发布会上对记者说:"我想我的获奖会引起中国读者对文学的热情,我也希望,我的获奖对中国文学的发展起到积极的推动作用。"[1]

总之,"中国热"、中外作家交流、中国作家作品海外译介与中国作家海外获奖,长久以来,形成了一股合力,共同促进中国现当代文学在海外的传播与接受。这是毋庸置疑的事实。在以后的中国现当代文学海外译介、传播、研究与接受进程中,我们需要更有力度,更具理性,着力避免可能出现的政治误读,使中国现当代文学在海外的传播与接受健康、有序、持续地发展。

---

[1] 转引自刘一楠等:《向世界讲述中国故事》,《文艺报》2012年12月10日。

第七章

中国现当代文学海外传播与接受中的中国形象塑造

第一节
中国形象塑造的制约性因素

形象是人们对世界的感性和理性统合起来的认知。按照不同的标准,我们可以把形象分为不同的类别,比如,外在形象和内在形象,个人形象和集体形象,自我形象和他者形象,民族形象和国家形象,弱国形象和强国形象,卑劣形象和光辉形象,正确形象和歪曲形象,等等。"'形象'指某种掺杂知识与想象的'表述'或'话语'。"[1]形象是由主观与客观、内在与外在、历史与现实、间接与直接、自我与他者等复杂因素糅合而成的。正如丹麦学者斯文德·埃里克·拉森所说:"一种形象绝不仅仅具有一种直接可读的内容。洞悉一种形象的内涵总是暗含着形象本身的视角与使用或产生形象的视角之间的摆动。"[2]具体到"国家形象"而言,它可分国外他者想象的形象(即他塑形象)、国内自身想象的形象(即自塑形象)和自我与他者共同想象的形象(即合塑形象)三大类。而比较文学形象学研究的往往是前者。从前者的视野来看,就某个作家对"异国形象"的想象和塑造而言,"形象是一种情感的思想的混合物。它以一个作家、一个集体思想中的在场成分(对异国的理解和想象)置换了一个缺席的原型(异国),制

---

[1] 周宁:《天朝遥远——西方的"中国形象"研究》,北京大学出版社2006年版,第3页。所谓"话语"指某个说话者持续的信息传递或者是某个相对完整的本文。

[2] 转引自乐黛云、张辉主编:《文化传递与文学形象》,北京大学出版社1999年版,第209页。

作(或宣传)了某一形象的个人或群体;通过对异国的描述,显示或表达了他们自己所向往的一个虚构空间;他们在这个空间里以形象化的方式,表达各种社会的、文化的、意识形态的范式,在审视和想象着'他者'的同时,也进行着自我审视和反思"①。我们再将视角聚焦到"中国形象"即"中国国家形象",它"指的是关于中国的综合性意识,它不仅是一种国家主权概念、民族概念与地域概念,同时还是一种历史概念、文化概念与审美概念"②。这里讲的中国国家形象,既有中国自己想象、塑造和表达的中国形象,也有西方他者想象、塑造和表达的中国形象。而西方的中国形象"是西方文化投射的一种关于文化他者的幻象,它并不一定再现中国的现实,但却一定表现西方文化的真实,是西方现代文化自我审视、自我反思、自我想象与自我书写的方式,表现了西方现代文化潜意识的欲望与恐怖,揭示出西方社会自身所处的文化想象与意识形态空间"③。"在特定文化传统中,'中国形象'作为一种表达体系或话语一旦形成,就以某种似是而非的真理性左右着人们关于中国的'看法'与'说法',为不同场合发生的文本提供用以表述中国的词汇、意象和各种修辞技巧,体现出观念、文化和历史中的某种权力结构,并开始向政治、经济、道德、权力渗透。"④也就是说,就中国国家形象塑造而言,它主要是由域外国家、民族和地区塑造的,质言之,长久以来,中国国家形象海外塑造的话语权被牢牢地掌握在域外国家、民族和地区手中,即中国国家形象绝大部分是他塑的中国国家形象,至于自塑的中国国家形象和合塑的中国国家形象

---

① 陈惇等主编:《比较文学》,高等教育出版社1997年版,第167—168页。
② 方爱武、吴秀明:《文学的中国想象与跨域——跨文化语境下的"中国形象"塑造及传播》,吴秀明主编:《文化转型与百年文学"中国形象"塑造》,第3页。
③ 周宁:《世界之中国:域外"中国形象"研究·前言》,周宁编:《世界之中国:域外"中国形象"研究》,南京大学出版社2007年版,第7页。
④ 同上,第13页。

占比很小。大体上讲，中国国家形象塑造的话语权被国外掌控6个多世纪，而且在不同世纪由不同域外国家、民族和地区主导：14—15世纪由意大利主导，16—17世纪由西班牙和葡萄牙主导，18世纪由法国主导，19世纪由英国与德国主导，20世纪由美国主导。其实，如前所言，中国形象塑造除了这些海外他塑外，中国自塑以及中国自塑与海外他塑之间的"间塑"（间性塑造）即"互塑""合塑"也很重要。换言之，我们在文学对外传播与接受领域里所讲到的中国形象，既不单指中国文学自身所塑造的中国形象，也不单指海外读者通过他者眼光所塑造的中国形象，又不单指海外作家站在他者立场上所塑造的中国形象，而是一种介乎三者之间的"漂移的中国形象"。质言之，在中国文学跨文化、跨语际、跨国族行旅中，它自身塑造的中国形象，经由海外中国学家的译介，加上他们对其进行文化形象或意识形态的他者处理，最终呈现在海外读者面前的是那种改造过的中国形象。

中国形象的本土书写及其海外传播与接受并非流动不居。这种变化时大时小、时强时弱、时现时隐。由于东西方文化差异较大，意识形态又难以融合，所以东西方关系时好时坏、时亲时疏。萨义德用钟摆运动原理来形容西方对东方的看法前后变化的巨大落差。他说："然而几乎无一例外的是这种过高的评价马上被相反的评价所取代：东方一下子可悲地成了非人道、反民主、落后、野蛮等的代名词。钟摆从一个方向摆向另一个方向：从过高的评价一下子走向过低的评价。"[1] 其实，萨义德的说法也绝对了些，因为东西方关系除了蜜月期和交恶期这两种极端的"非常态"外，它们的常态往往是平和的，而非戏剧化的。列文森说："五四以后中国文化形象已被博物馆化了。"[2]

---

[1] [美]爱德华·W. 萨义德著，王宇根译：《东方学》，生活·读书·新知三联书店1999年版，第194页。

[2] 转引自陈洁：《"中国形象"与出版文化——以美国〈出版商周刊〉十年涉华报道为例》，吴秀明主编：《文化转型与百年文学"中国形象"塑造》，第170页。

他所谓的"博物馆化"就是凝固化了，定型了，封存化了，展示化了。在他看来，现代中国的文化形象已然成为历史的记忆。其实，这种看法忽视了现代中国社会波澜壮阔的历史画卷，以及中外各方面频繁交流的复杂事实。而且，实际情形恰恰与列文森所说相左："五四"以前，中国封建社会处于超稳定结构，一直到辛亥革命废除封建帝制进入现代世界后，中国开始了风云激荡的岁月。总之，萨义德太过激进，而列文森太过保守。我认为，应以一颗"平常心"理性地看待西方的"东方观"，既要看到它的大起大落，又要看到它平日里的潜滋暗长与波澜不惊，犹如偶见的激流与常见的小溪那样。

对许多外国人来讲，中国是一个遥远而陌生的国度。2009年，我到墨西哥阿卡普尔科参加第28届世界诗人大会。会后，在墨西哥城大街上，我们与一群墨西哥青年交流。对于中国，他们大都只知道孔子和北京奥运。换句话说，他们脑海里的中国形象是来源于少得可怜的关于中国的古旧书本或时尚新媒体对中国的介绍与报道。那些国外的旅行家、外交官、商人、传教士、启蒙思想家、中国学家、作家、记者来到中国，把他们对中国的观感、印象和认知即"中国形象"写成文字，从而帮助本国读者在脑海里形塑属于他们自己的"中国形象"。

中国现当代文学海外传播与接受过程中所建构的中国形象，是多种因素与多种力量互动的结果。具言之，一方面，中国现当代文学作品自身所形塑的中国形象，很大程度上影响了国外译者对它的选择和评介，以及国外读者对它的接受；另一方面，译者和读者深层的文化心理、译者和读者意识里面固有的中国形象，有时也会参与到新一轮的中国形象的建构之中，并对其进行"改写"。如此一来，"作品中的中国形象"、译者和读者的"前中国形象"一起作用于"新的中国形象"的建构。这就是中国现当代文学海外传播与接受中"中国形象"发生、发展、演变的内在逻辑，其逻辑起点也许还不只是在晚清，也许在几千年前，在中外文化开始交流的那个节点上，只不过晚清之前域外不是从现代国家意义上来想象、塑造和表达中国形象。

晚清以降，百年形成的"中国形象谱系"十分庞杂，大致有"家庭中国形象""道德中国形象""人文中国形象""民族中国形象""老中国儿女形象""哀伤逆子形象""自然中国形象""自性中国形象""济世侠客形象""红色中国形象""社会主义新人形象""改革者形象""世界公民形象""弱国形象""被扶持的大国形象""东方社会主义大国形象"和"崛起的大国形象"等等。我比较赞同王寅生在《西方的中国形象》里依据历史发展的先后顺序，把几千年来海外塑造的古代中国形象分为"大汗的大陆""大中华帝国""孔夫子的中国""停滞的帝国""专制的帝国""野蛮的帝国"。[①]尽管海外的中国形象塑造错综复杂，并非泾渭分明，但是为了梳理和把握的便利，我将在接下来的论述中按照历时性的逻辑顺序，把中国现当代文学在海外塑造的中国形象区分为"贫弱中国形象""红色中国形象""开放中国形象"，并逐一述之。

第二节
西方歧视话语形塑"贫弱中国"形象

西方很早就流行着赛里斯人[②]从树上采集特殊的羊毛织成丝绸的传说。关于这一点，我们可以从古希腊和古罗马诗歌所吟唱的"丝绸之国"里看出。比如，维吉尔的《农事诗》写道："叫我怎么说呢？赛

[①] 参见王寅生编订：《西方的中国形象》（上下册），团结出版社2015年版。
[②] Seres，即中国人。

里斯人从他们那里的树叶上采集下了非常纤细的羊毛。"[1]又如，奥维德的《恋歌》写道："怎么？你的秀发这样纤细，以致不敢梳妆，如像肌肤黝黑的赛里斯人的面纱一样。"[2]诸如此类对中国异国情调的兴趣与猎奇般关注，到18世纪演进成遍及欧洲大地的"中国热"。但是，随着18世纪末、19世纪初欧洲的全面发展，在欧洲人心目中，中国的地位和形象一落千丈，"黄祸论"[3]开始风行，"傅满洲博士"的形象是"黄祸的集中体现者"。[4]这种情况直至"一战"后才开始有所缓解。迪金森的《约翰中国佬的来信》中的"中国佬"这一东方圣哲形象逐渐取代愚昧落后的、诡计多端的"傅满洲博士"形象。由此我们认识到，西方对中国的读解受到文化背景、文化屏障、文化选择、文化改造与现实考量等多种因素影响。怎样读懂中国？何以读懂中国？何能读懂中国？成为西方人的恒久话题。

近代以来，关于中国的书写，仅仅由西方旅行家所撰写的著作就有博韦德文森特的《世界镜鉴》、柏朗嘉宾的《蒙古行记》、鄂多立克的《东游记》、门多萨的《中华大帝国史》、毛姆的《在中国屏风上》

---

[1] 维吉尔所说的赛里斯人从树叶上采集羊毛，是一种道听途说的关于远古中国的神奇传说；似乎应该是中国人从桑树上采摘桑叶，喂养蚕，桑蚕成熟为蚕茧，最后由蚕茧缫丝。

[2] 参见〔法〕戈岱司编，耿昇译：《希腊拉丁作家远东古文献辑录》，中华书局1987年版，第2页。

[3] 日本人也是黄色人种。他们在19世纪也受到了白种人的歧视和压迫。他们也奋起反抗。但他们与中国人的"和合"理想不同。有的日本人一味沉浸于军国主义，称霸全世界的侵略迷梦、帝国狂想而不觉悟！这值得日本人深刻反思。田冈岭云说："19世纪黄色人种为白色人种所压，共雌伏于其下，而未来之20世纪则如何？依然是白色人种胜乎？将来黄色人种胜乎？大势默移潜动，虽今日不可予知，而黄色人种崛起之机，吾征清之举确可证之。虽不幸中道其事沮之，吾辈想有光辉希望之吾日本帝国之前途，确信来世纪世界之霸权当归于吾黄色人种之手。吾人于吾学界，亦当翘然从憎懂之崇拜西欧之残梦中觉醒、崛起，八弦光辉吾东洋文物之新光彩，并握学界之霸权。"转引自王晓平：《中外文学交流史：中国—日本卷》，第593页。

[4] Sax Rohmer. *The Insidious Doctor Fu-Manchu.* New York: Pyramid Press, 1961, p. 17.

等。这些真假难辨的旅行书写[①]构建的是落后的、专制的、野蛮的、衰败的、没落的、病恹恹的中国形象。这些海外的旅行书写可以称之为"游记汉学"。显然,它们是浮光掠影的、走马观花的、随意拼凑的、向壁虚构的浪漫图画。[②]随着西方帝国主义的兴起,传教士汉学盛行起来。费正清认为,来华传教士在中西文化交流中扮演了"核心的角色",因为他们站在一种双行道上,"他们在向西方传递中国形象的同时也塑造了中国人对外部世界的观点"。[③]不同于"游记汉学","传教士汉学"能够依据基础文献对真实的中国进行研究,但由于其肩负的文化传教的使命,以及其内化的文化帝国主义思想,给他们塑造的中国形象涂抹上了一层偏激的政治色彩和宗教色彩,其影响在西方教民中甚广。虽然"专业汉学"在认识论上突飞猛进,但由于它的"小圈子"性质,使得它的传播面、受众面与影响面在"二战"前远不及游记汉学和传教士汉学。

从游记汉学、传教士汉学到专业汉学,国外对中国的认识渐渐深入,而随之建构起来的中国形象也应该渐渐变得真实而清晰起来。对此,萨义德并不那么乐观。在《东方学》里,萨义德说:"东方主义的所有一切都与东方无关,这种观念直接受惠于西方的各种表现技巧。"[④]显然,这与西方汉学的实际情况有出入。远的不说,在此,我们还是拿上面提到的毛姆为例。尽管因文化隔膜之故,他对中国文化难免有些误读,但他本人对在书写中国时可能出现的东方主义、殖民主义和种族主义保持高度警惕。他告诫自己:"心灵的眼睛使我

[①] 因为有的冠以中国游记的书籍,其实作者本人根本就没有来过中国;它们只是根据现成的资料编写而成。
[②] 参见郝平、张西平:《树立文化自觉,推进国际汉学研究》,钱林森编:《法国汉学家论中国文学——现当代文学》,第6页。
[③] 同上,第3页。
[④] 同上,第6页。

完全盲目，以致对感官的眼睛所目睹的东西反倒视而不见。"① 毛姆是在提示西方汉学家和普通读者，在认识中国、建构中国形象时，必须排除"选择性失明"，避免"预设""前见"，注重实地观察，眼见为实。当然，因主体的差异、客体的变化以及文化背景的不同，虽同为汉学家，乃至同为专业汉学家，他们对中国形象的塑造是不尽相同的。比如，同为传教士，文宝峰对中国形象的塑造明显不同于一般传教士对中国形象的塑造。这一点我们在第一章第一节里已经论述过。又如，日本汉学家的追求和作为，也因人而异、各有千秋。那些来中国旅行过的具有所谓的"支那趣味"的日本汉学家，他们眼中的现实中国与想象中的中国存在严重的错位。"在当时的日本人眼里中国是已死去的、停滞的、无生命的、传说中的世界，作为满足日本人模仿欧洲东方主义情绪的古代国家。日本'支那趣味'的多义性可归结为以下几点"："对西方的憧憬"，"对西方眼中的日本情绪的兴趣"，"与西方东方主义不同之处是对亚洲各国强调'同一性'，如：'日韩同祖''同文同种''内鲜一体''五族协和'和'大东亚共荣圈'"，"把中国作为官能、满足性要求的对象"。② 如第三章第一节所述，日本浪人井上红梅曾把《阿Q正传》译为《支那革命畸人传》，并将其发表在低俗刊物《奇谈》上。在译文正文前面，井上红梅写道："它取材于一个成为革命牺牲者的可怜农民的整个儿一生。鲁迅氏以一流的讽刺性的观察表现了第一次革命时的社会状态，以那个国家的国情，可以认为这样的牺牲者在现代训政时期一定很多。所谓畸人，实际上是真正的自然人，本传的妙味正在于此。"③ 他认为阿Q这个"真正

---

① [英]萨默塞特·毛姆著，唐建清译：《在中国屏风上》，江苏人民出版社2006年版，第131页。
② [日]藤田梨那：《日本现代文学中的中国》，《"中国文学海外传播"国际学术研讨会会议论文·摘要汇编》，第201页。
③ 转引自王晓平：《梅红樱粉——日本作家与中国文化》，第156页。

的自然人"的"畸变"和死亡,表现的是当时中国社会的病态。他欣赏该小说讽刺的"妙味"属于典型的"支那趣味"。还有,日本"白桦派"作家长与善郎一开始竟然根据中国古代帝王如刘邦、项羽和康熙的形象来想象从未见过面的鲁迅。他说:"我总是感到他心境凶险、阴暗、棱角锐利,印象不太好。"① 但当他在1935年5月的一个晚上与鲁迅真的见面后,他得到的印象就完全不同了。这些日本中国学家心中的中国形象重现了西方视野下的"黄祸"中国形象,带有严重的种族歧视和国族偏见。

在西方歧视的视镜中,西方的中国形象与中国人自己所塑造的中国形象之间处于严重的矛盾、对立、对抗、对话的紧张状态:西方总喜欢将自己放在"自者"的优越位置,而把中国放在"他者"的劣势位置,然后,居高临下地用野蛮的"他者中国"来确认文明的"自者西方"。针对这种先入为主、贬人扬己、一边倒的他者/自我、中国/西方、进步/落后、民主/专制、文明/野蛮的不平等价值区分,近代以来,一些游走于西方的现代中国知识分子,纷纷著书立说,对西方中国形象的认知、言说和建构方面的种种偏失与"不见",进行纠正、补充和重建。比如,1884年,陈季同出版了《中国人自画像》,给西方世界形塑了"以家为本"的、"积家而成国"的"家庭中国"形象。②

---

① [日]长与善郎:《与鲁迅会见的晚上》,北京鲁迅博物馆鲁迅研究室编:《鲁迅研究资料》(第13辑),第144页。
② 当然,在封建专制压迫下,中国旧式大家庭常常成为封建专制的堡垒;在帝制中国,家长制赋予牢固皇权合法性与绝对权威性,形成以家长制为基础的君主制的所谓的家国同构;因此,孙中山领导的辛亥革命与五四新文化运动都提倡反抗家长、捣毁家庭,然后离家出走,走向个性解放和社会解放。质言之,在漫长的封建社会,中国人"爱乡而亡国"、爱家而亡族(民族和国家)。陈季同所说的"积家而成国",其实是积"小家"而成"大家",仍然只是"家庭",根本不能成其为国家;他所说的"国",究其实质是封建中国历史长河里换汤不换药的历代王朝。郑伯奇曾以此抨击中国社会长期以来的封建割据,同时,在《国民文学论》里,他又倡导"爱国"应通过"爱乡"来表达,才能使"爱乡"与"爱国"统一,才能产生现代性的"国民""民族""国民文学"。参见郑伯奇:《国民文学论》,《创造周报》1923—1924年第33—35号。

又如，1915 年，辜鸿铭出版了《中国人的精神》，以"君子之道"为核心的"道德中国"来否弃"大不列颠的群氓崇拜和德意志的强权崇拜"，毕竟后者是导致欧洲走向衰败的祸根！再如，1935 年，林语堂出版了《吾国与吾民》，向西方，尤其是英语世界展示了审美化的、具有"美感"特色的"人文中国"形象。① "综上所述，陈季同'家庭中国'的真正含义在于表明以家庭制度为核心的中国体现了西方自由、民主、博爱精神，辜鸿铭是在西方基督教传统与浪漫主义的知识谱系中发现了'道德中国'的现代意义，林语堂的'人文中国'则包含了以西方'现代性'批判中国'惰性'、以中国'人文主义'疗救西方'现代性'的双重蕴涵。"② 他们的这些论述与努力，有效地纠正了西方用停滞眼光看待现代中国的"落伍"状况。这种放眼世界、读解中国的现代眼光，形成了中国人眼中的中国形象与西方人心目中的中国形象以及西方人自身的文化想象之间的多重对话。总之，现代中国学人在西方世界塑造的"家庭中国""道德中国"和"人文中国"诸种正面的积极的中国形象，纠正和重塑了西方人观念中负面的消极的中国形象。不难发现，像陈季同、辜鸿铭和林语堂这样不但是中国较早睁开眼睛看世界的具有浓烈家国情怀的知识分子，而且也是中国较早走出国门、向西方学习、具有世界眼光的现代知识分子。他们时时、事事、处处都将中国的一切，尤其是中国优秀传统文化里的一切，与西方现代性进行"比附"，并通过这些生硬的"比附"来证明中国自古就不落后，至今也不落后。这种总是要用西方价值来评判中国，让西方认可中国，进而形成的西方的"承认的政治"，反映出中国现代知识分子不自信、较自卑的心理，也曲隐地反映出他们观

---

① 罗素在《中国问题》里，谈及中国的"人本主义"优于西方的"宗教神学"。参见[英]伯特兰·罗素著，田瑞雪译：《中国问题》，中国画报出版社 2019 年版。
② 朱水涌、严昕：《闽籍学者的一种中国想象——试论陈季同、辜鸿铭、林语堂的"中国形象"塑造》，吴秀明主编：《文化转型与百年文学"中国形象"塑造》，第 78 页。

念里早已内置了西方现代文化优越于中国文化的思想和前提。如此一来，像西方的"东方学"那样，中国成了证明西方优越的论据，中国的主体性、正当性和合法性受到了一定程度的伤害。相反，我们也要警惕用西方来证明中国优越性的沙文做派，警惕那种说什么西方现代所有的先进科技与文化在中国古代早就有的自大心理与狂妄言说。

除了现代中国知识分子在海外积极宣传正面的中国形象外，国内的现代知识分子，在现代世界浪潮的推动下，也在不断地求新求变，在否定"古老中国"形象的同时，尝试着描述和建构"现代中国"形象。与20世纪初刘铁云的《老残游记》里的"危船"和曾朴的《孽海花》里的"沉陆"等言说衰败的中华帝国形象不同，1902年，梁启超的《新中国未来记》以"世博"代表未来新中国的现代形象，1905年，吴沃尧的《新石头记》假想了贾宝玉重返红尘后参观"世博"并乘坐潜水艇的现代化的新生活场景。这些相对"古老中国"而言的异质化的"现代中国"想象，显然是受到了西方现代文化的影响和鼓舞。晚清文学里这种故意忽视正在饱受西方列强侵略的现实中国的黑暗，而把希望寄托在光明的未来中国身上的做法，凸显了晚清开明知识分子建设现代民族国家的强烈愿望。

五四文学与晚清文学在建构现代民族国家这一点上，立脚点是一致的，但出发点存在差异。以鲁迅为代表的五四文学作家群体，以其现实主义的批判精神，深入刻画现实中国里的农民、妇女、小市民和知识分子，如阿Q、祥林嫂、魏连殳等，展现的是落后、专制、野蛮的积贫积弱的中国形象。胡适的《睡美人之歌》，把有着五千年悠久文明的中国比喻成一个熟睡的美人，到了20世纪了，是她该觉醒的时候了，然而如何才能醒来呢？只有靠西方武士给中国美人深情一吻，中国美人才会醒来。胡适用这个浪漫的爱情故事，用熟睡与唤醒，喻指只有在西方现代文明的启蒙下，现代中国才能得以建立。这就是一种如詹明信所说的"第三世界的民族寓言"①。胡适笔下的这个"民族寓言",恰恰反映出近代以来中国知识分子普遍患有的巨人症、自大狂和受虐幻想症。其实,中西文明之间不是谁唤醒谁的问题,更不是谁归化谁的问题,而是要在自由平等和相互尊重的前提下展开对话的问题。

从晚清到"五四",尽管在中国现代文学作品里刻画的中国形象是"危船""沉陆""东方病夫""东亚病夫""人肉筵席的厨房""睡美人""睡狮"②"醒狮""少年中国",但是不同于西方的歧视性话语一味夸大和强化中国形象的丑陋一面,为审丑而审丑,捡了芝麻丢了西瓜。也就是说,两者表面上相似,但在立意上却存在本质的不同。而现代中国作家展示这些现实中的消极的方面,"哀其不幸,怒其不争",其目的是为了破旧立新,像郭沫若在《女神》里所说的是为了中国的"凤凰涅槃",审丑最终是为了审美,化丑为美!逐"新",追寻现代化,是20世纪初中国的时代强音。

概言之,在19世纪末、20世纪初的文化转型中,西方歧视性话语塑造的是贫弱的中国形象,中国现代知识分子在西方世界塑造的是传统而美好的中国形象,中国现代知识分子在国内塑造的是立足现实、揭露病痛以引起疗救注意的、具有现代启蒙性质的中国形象。它们共同构成了20世纪初海内外中国形象的知识谱系。

---

① [美]詹明信著,张京媛译:《处于跨国资本主义时代的第三世界文学》,《晚期资本主义的文化逻辑》,生活·读书·新知三联书店2003年版,第534页。
② 鲁迅在《黄祸》里说,至于"黄祸"论调,"那时是解作黄色人种将要席卷欧洲的意思的,有些英雄听到了这句话,恰如听得被白人恭维为'睡狮'一样,得意了好几年,准备着去做欧洲的主子"。鲁迅:《黄祸》,《准风月谈》,联华书局1936年版,第153页。在鲁迅看来,这些人依然在沉睡,依然没有觉醒。拿破仑说过,中国是一只睡狮,一旦他醒来,整个世界都会为之颤抖。这仍是在渲染中国积贫积弱论与中国威胁论即黄祸论。

第三节
海外激进话语形塑"红色中国"形象

同样是受到来自西方话语的影响，与上面讲到的受到西方启蒙话语影响不同，这里要讲的是受到马克思主义影响而在中国现当代文学里出现的愈来愈高涨的阶级／革命话语，从革命文学、左翼文学，到抗战文学，再到"十七年文学"，最后到"文革文学"，这种阶级／革命话语常常以革命浪漫主义的激情，以集体想象的方式，塑造了"红色中国"形象。现代中国革命常常被欧美国家命名为"红祸威胁论"。它与"黄祸威胁论""贫穷落后论"一样，都把中国妖魔化、丑化。英国作家萨克斯·罗默从1913年至1959年间创作了17部"傅满洲"系列畅销小说，以博学多才而阴险狠毒的"傅满洲"作为"黄祸威胁论""红祸威胁论"的化身。我在前面已经讲到过，英美的中国学家，在评介新中国文学时，故意把兴奋点聚焦于一些中国作家在新中国建立前后态度的变化，以此彰显新中国的意识形态对作家的普遍压制。这些译介给西方读者塑造的是新中国是一个由共产党专制的危险的极权国家。比如，在《积极分子与逃避主义者：老一代作家》里，文森·Y.C.把巴金视为新中国的热情歌颂者，而把沈从文看作新政权的逃避者，以此说明在新中国政治语境的压力下，现当代中国作家所做出的不同政治选择，并由此呈现新中国文坛"分裂"的文化生态。又如，沃尔特·梅泽夫和鲁思·梅泽夫编译《共产主义中国现代戏剧选》的意图是，以"共产主义中国现代戏剧"为窗口，通过它们来观察新中国政治生态的变化。再如，白志昂和胡志德在编选《中国革命文学选》时，认为新中国绝大多数作品缺乏社会批判精神和反思性而成为意识形态的传声筒。还如，夏志清的《中国现代小说史》把左派作家和不同时段的共产主义文学几乎都做了"降格"处理，而把所谓的"独立作家"如张爱玲等抬到很高的位置。他对中国革命和"红色中国"的偏见是显而易见的。最后如,在《共产主义中国的异己文学》的最后一章"异己文学的重要意义"里,墨尔·吉尔德曼写道:"共产主义中国的革命作家们的人生历程比创作更值得玩味。尽管有人决心将他们的群体特征抹掉,把全体知识分子纳入政权体系之中,但他们仍旧是官僚体制的汪洋大海里一个无形而又独立存在的小岛","他们亲自参与消灭了一个旧社会,又亲手帮助建立了一个新社会。而今,他们却发现自己与新旧两个社会都格格不入"。[①] 这些英美的中国学家,对新中国及其工农兵文学带有强烈的政治偏见。他们故意夸大共产主义文学与自由主义文学、保守主义文学之间的矛盾和对立,并由此大肆褒奖后者而极力贬低前者,甚至认为前者毫无艺术价值可言。

这种"红祸威胁论"一直延续到20世纪70年代,随着中西方关系的改善才有所稀释。一个显著的特征就是,有些英美的中国学家在评判"十七年文学"时,不再像此前那样一棍子打死,而是能够比较客观地看待它们,并且部分地肯定了它们的艺术创新。有的学者在综合分析了1970年英美的中国"十七年文学"选本后,得出的结论是,"其意识形态色彩并不浓厚,选家多从文学发展轨迹、作品内容以及审美特征出发编选作品,肯定'十七年文学'某些层面的艺术价值"[②]。尤其值得注意的是,英美的"十七年选本"中有两本《毛泽东诗词》,都由西方中国学家与华裔学者合编而成,并都对毛泽东诗词给予了很高的评价。聂华苓和保罗·安格尔夫妇说,毛泽东诗词做到了"革命的政治内容和尽可能完美的艺术形式的统一"[③]。巴恩斯顿和郭清波

[①] 参见[美]墨尔·吉尔德曼:《共产主义中国的异己文学》,哈佛大学出版社1967年版。

[②] 纪海龙、方长安:《1970年英美的中国"17年文学"选本论》,《福建论坛(人文社会科学版)》2010年第9期。

[③] [美]聂华苓、[美]保罗·昂格尔著,万成译:《革命的领袖、浪漫的诗人》,萧延中主编:《外国学者评毛泽东》第3卷,中国工人出版社1997年版,第421页。

说:"结构化的形式使毛获得的意象组合在一起,游刃有余。"[1] 不同于此前某些别有用心的西方中国学家对毛泽东本人及其领导的中国革命的肆意抹黑,这些西方中国学家客观地塑造了世界上最大红色国家的领袖的伟大形象。

毛泽东诗词向海外读者传播了新中国的大国形象。国家形象是人们对一个国家方方面面包括主权、民族、历史、军事、外交、经济、文化和审美的意识的综合。晚清至新中国成立前,中国的国家形象几乎都是负面的,人们常用"危船""陆沉""东亚病夫""睡狮"这些贬义词来指涉它。而毛泽东诗词给海外读者传播的是全新的"红色中国"形象,它与西方某些国家的灰色形象形成了鲜明对照。这个红色中国是中国人民用自己的鲜血和才智打拼下来的"如此多娇"的江山。新中国坚持四项基本原则,与美苏企图称霸世界的霸权国家形象截然不同。中国是珍视和平与发展的国家。早在1935年,毛泽东就在《念奴娇·昆仑》里写道:"太平世界,环球同此凉热。"毛泽东以这种"环球"性的眼光来看待国与国之间的关系,尤其是中国与世界"同此凉热"的紧密联系。意味深长的是,1972年,美国总统尼克松突破坚冰,来华访问,与中国建交;在与毛泽东长谈的过程中,当他发现毛泽东有些疲倦时,机智地引用毛泽东的诗句"只争朝夕",结束了此次会谈。试想,一个美国总统,一个长期与新中国对抗的大国元首,在如此严肃的外交场合,居然还能记起毛泽东诗句,使之恰当地、适时地派上用场,来表达彼此间的意愿,发挥了外交辞令的功用。这一方面说明了在西方世界高层领导那里毛泽东诗词早已耳熟能详,另一方面证实了毛泽东诗词在海外传播中的确发挥了实实在在的正能量。此外,1954年,印度总理尼赫鲁在与毛泽东

---

[1] Willis Barnstonein, Ko Ching-po. *The Poems of Mao Tse-tung*. New York: Harper & Row Press, 1972, p. 18.

会谈时,也常常把话题转向毛泽东诗词;1974年,塞内加尔总统桑戈尔访华时,曾对毛泽东诗词发出盛赞,并用以分析当时动荡的国际形势;等等。如果说那是过往的事情,那么当下是不是还有证据来证明毛泽东诗词在海外仍然在不间断地传递它的正能量呢? 1993年5月,法国前总统吉斯卡尔·德斯坦应邀到上海参加第11届国际行动理事会,在接受中央电视台的采访时,他说:"毛泽东在法国知识分子中的威望很高,一方面由于他的文学作品,他的文章写得很美,他的诗歌在法国很有名,另一方面由于他领导中国共产党进行的漫长而艰苦的斗争以及他本人的伟大决策能力。"[1]除了尼克松、尼赫鲁、桑戈尔和吉斯卡尔·德斯坦等国家元首外,还有许多国家的领导人曾经热情地称赞过毛泽东,为他的谋略、才智和人格喝彩,如斯大林、金日成、英国前首相爱德华·希思、日本前总理大臣大平正芳、墨西哥前总统埃米略·希尔、加拿大前总理特鲁多、澳大利亚前总理高夫·惠特拉姆、柬埔寨前国家元首诺罗敦·西哈努克、赞比亚前总统卡翁达、巴基斯坦前总理本·布托等。这些史实表明毛泽东在许多外国元首心目中地位很高。我们可以说,毛泽东是世界上"元首中的元首""军事家中的军事家""思想家中的思想家""文学家中的文学家"。尽管这其中《毛泽东选集》发挥了巨大的作用,但毛泽东诗词也功不可没!

从以上的描述与分析中,我们发现,毛泽东诗词在海外的传播不仅影响了海外学术界、文学界,而且还影响了海外政界,尤其是不少国家的元首。质言之,它们已突破了一般意义上的中国现当代文学在海外"小圈子"式的热闹,其传递的正能量已经波及海外一些国家政要,其影响力已经波及海外一些国家的决策层,由此改变国外民众对

---

[1] [法]吉斯卡尔·德斯坦:《毛泽东是人类思想的灯塔》,余飘主编:《中外著名人士谈毛泽东》,大众文艺出版社1999年版,第160页。

现当代中国的看法，为促进中外文化深入交流，改善中国的外交关系，重塑当代中国形象，起到了不可替代的历史作用。尽管如此，总体而言，海外对中国仍然知之甚少，也就是说，中外文化交流依然很不充分，海外意识形态的输入大于我国意识形态的输出。在这种"声誉资本"存在严重不对等的形势下，我们不妨仍然让"文学输出"先行，尤其是优先输出像《毛泽东诗词》这样历久弥新的、被历史反复证明能够传递中国正能量的文学作品，让世界更好地了解中国，也使中国更好地走向世界。其实，早在这以前，特别是在抗战时期，世界上就有不少有识之士关心、理解和支持中国人民的革命事业，与中国人民携手共进，把正面的、积极的和进步的"红色中国"形象输送到海外去。比如，中华全国文艺界抗敌协会意识到中国抗战文学"出国"的重要性和必要性，以"文学外宣"为手段，先后编译了《中国抗战小说选》《中国抗战诗选》《中国抗战文艺选集》，并在美国、英国、匈牙利和南斯拉夫等国家发行。南斯拉夫《南星》月报曾发表文章热情评价这些作品："这里没有玫瑰花和恋爱，有的是残酷的战争，中国人民的苦痛，和奴隶反抗、争取自由的斗争。这些故事反映了中国的现实，中国人民有着和善而好义的精神，却断乎不愿意做人牛马。"① 又如，"文协"总会与香港分会联合主办的英文杂志《中国作家》也向世界各地发行。再如，"文协"出版的《出版部报告》记录了当年《中国作家》"在美国文艺界所产生的反响"的信息。还如，1939年5月20日，苏联塔斯社称，"中国的文艺作品，尤其是关于中国人民英勇抗战的书籍，在苏联的读书界是非常流行的"；它还提供了一些数据，1937—1938年间，苏联以15种民族文字印行了中国的书籍47种150万册。伊凡诺夫的《中国作家写些什么》、波兹涅耶娃编辑的《现代中国新诗集》、罗果夫编选的《中国小说选》都不遗余力地译介

---

① [南]受箴：《世界语的世界文学》，《文学月报》1939年第2卷第4期。

中国抗战文学作品，在世界反法西斯文学阵营里产生了巨大影响，有效地开辟了"第二战场"。

当然，有的中国学家在传播和塑造中国形象时，投入了不少个人的主观想象。与前面谈到的恶意歪曲中国的那些西方中国学家不同，有些西方中国学家在不扭曲中国形象的前提下，对中国形象进行了适度的改写，使之易于被国外读者所接受。斯诺的《红星照耀中国》，就是在认同中国革命的前提下，适度改写了中国形象，显得比较客观、公正、独特，受到了世界读者的欢迎。该书在1937年出版英文版后，几个星期就销售10多万册，两个月内还连续印行了5个版次，并被翻译成10多种语言。海外中国学家对中国形象进行适度改写的背后，是他们自身的"他者"意识之使然。如前面所说，因不满西方人抱残守缺地固守"死的中国"不放，历时五年，斯诺编译并出版了《活的中国——现代中国短篇小说选》，向西方世界呈现出生机勃勃的"活的中国"的现代中国形象。为了使西方读者更好地了解中国现代文学，斯诺把中国现代文学放在世界文学语境中进行比对、阐释和研究。比如，在论述当年对西方人来说还十分陌生的阿Q时，他不得不提到西方读者耳熟能详的唐·吉诃德。他说："阿Q是个唐·吉诃德式的逗人发笑的人物。"[①] 在英美同样畅销的、英国作家安娜·路易斯·斯特朗撰写的"普及本"《五分之一的人类》《中国的一百万人》以及弗雷达·阿特丽的《日本在中国的赌博》《中国在抗战中》也是因为对中国形象进行了适度改写后而获得成功的。当然，这种改写必须注意一个度。如果超过这个度，就会演变成歪曲、误读和霸权。就像我在前面讲到的井上红梅"恶搞"《阿Q正传》那样，日本右翼分子当年也曾"歪读"《华威先生》以鼓舞日本军国主义的"士气"。诸如此类的跨语际文化传递中的文化利用是值得我们深思的。

---

① 尹均生、安危：《斯诺》，人民日报出版社2005年版，第126页。

第四节
海外理性话语形塑"开放中国"形象

从近现代历史发展的情况来看,不管是中国文学中的中国形象的塑造,还是海外读者接受中的中国形象的塑造,都受到了西方近现代文化的影响。有的是受到了欧美启蒙文化的影响,产生了现代中国作家的批判国民性话语;有的是受到了苏俄文化的影响,形成了肯定普通民众反压迫的激进性话语;有的是在西方文化影响下对中国传统文化和中国本土经验进行反思,形成了中西合流与古今融汇的理性话语。前面两种话语以及由此塑造的中国形象,我们已经在本章的第二节和第三节里论述过了。这里专门谈谈海外理性话语以及由此塑造的中国形象。

改革开放以来,理性话语在海外形塑中国形象时比较盛行,发挥了它的"正能量"。换言之,新时期以来,中国现当代文学在海外传播与接受既没有走全盘"西方化"的老路子,也没有走完全"东方化"/"中国化"的老路子。以往,我们要么以西方现代文学为参考标准,用启蒙话语或革命话语,创造一种异质性的"文学中国"形象;要么以中国传统为根基,用充满诗意的本土话语或传统话语,创造一种本土性的"文学中国"形象。前者使"中国形象"异质化、浪漫化,后者使"中国形象"封闭化、狭隘化。因此,对以往的中国现当代文学在海外传播与接受过程中塑造中国形象进行适时的文化调适是合乎理性、合乎时代潮流的必然选择。在跨文化、跨语际、跨国族的文学交流中,国家形象的塑造是互动的,而且,原语国在其中往往占主导地位,发挥积极作用。正是因为如此,在中外文学交流中的中国形象的塑造,中国就应该主动作为,努力改变此前被歪曲的中国国家形象,还中国形象以真实面貌,此乃新时期以来中国现当代文学海外译介、传播和研究的主要任务之一。

在这种新形势下,新时期以来,为了常态、全面、积极、有效地自我传播改革开放进程中现当代中国的国家形象,《中国文学》调整了此前把文学输出等同于对外宣传的方针,以多样化、多元化、艺术化作为选译文学向外传播的标准,使意识形态祛魅,淡化不同意识形态之间对立的政治色彩。"熊猫丛书"的出版,进一步加大文学对外输出的规模和力度,以现实主义为主体的中国现当代文学得到了广泛的对外译介。不少海外读者就是通过《中国文学》和"熊猫丛书"了解了中国现当代文学和新中国的新的人民形象的。一位印度作家说:"通过《中国文学》,我们眼前展开了新中国新的人民形象。"[1]美国的中国学家何谷理说:"熊猫丛书明显的意图是向外界展现出现代中国文学的标准形象","毫无疑问它反映出中国人将中国文学推向世界并让海外读者所欣赏的雄心壮志"。[2]但是,在市场经济冲刷下,这种良好的态势,随着文学的边缘化而渐趋冷淡,冷淡到2000年《中国文学》的被迫停刊。尤其值得注意的是,1989年后,西方国家改变了此前把中国视为开放中国的印象与期待,转而把中国视为"极权社会""东方专制国家",并对中国实施制裁,抵制中国官方推行的中国现当代文学的海外输出。此后,西方感兴趣的只是流亡海外的中国作家及其作品。1980年遭查禁的民刊《今天》1990年得以在挪威复刊。西方社会把这些流亡作家视为遭中国所谓极权政治的迫害者和民主斗士,其作品符合西方读者心目中的"政治正确"的意识形态标准。其实,这只是西方读者对当代中国脱离现实境况的自我想象,与真实的中国、发展的中国、崛起的中国、复兴的中国相距甚远。

21世纪以来,随着文化强国战略的提出和实施,为了消除中西

---

[1] 转引自吴旸:《〈中国文学〉的诞生》,《对外大传播》1999年第6期。

[2] [美]何谷理:《熊猫丛书翻译系列》,《中国文学》1984年第6卷。

之间业已存在的隔阂，促进和扩大中西文化／文学交流，国家主动采取了一系列积极有效的措施，加大对外译介和传播中国现当代文学，如中国作家协会已经启动了"中国当代文学百部精品译介工程"等。从中国作家协会公布的待译作家作品目录来看，囊括了丰富多彩的中国当代文学作品，而不像"十七年"和"文革"时期那样单一地译介和传播革命文学、红色文学。莫言、余华、苏童、残雪、王安忆、贾平凹、王蒙、韩少功、北岛的作品在海外广受欢迎就是很好的例证。莫言的小说题材十分广泛，在历时跨度上常常从民国写到当下。他用民间视角去重新解读中国近现代历史以及历史中个人的卑微命运，对此前的宏大叙事和正统意识形态进行巧妙的解构。他说："我小说中的人物确实是在中国这块土地上土生土长起来的。土，是我走向世界的一个重要原因。"[1] 当然，莫言小说中的"土"不是沈从文笔下那种用诗性话语营构的虚幻性的乌托邦，而是类似于马尔克斯和福克纳那样的在世界视野下的本土书写；并且，与沈从文"贴着人写"写法不同，莫言是"盯着人写"，将写好、写活、写典型人物置于好看的故事之上。[2] 莫言既没有简单地退守东方，也没有粗暴地拒绝西方，而是机智地融合了东西文学传统，从而形成了个性独具的创作风格和美学范式。我将其名为"野性叙事"。余华用客观、冷静、朴素、平实的叙述把暴力渲染与象征运用并置在一起，使他的小说获得了人性的深度。对此，美国作家艾米丽·卡特赞叹："如果现代要读一些东西，显然你应该读一些永恒的东西。《活着》就是这样一流的作品。"[3] 余华小说有深厚的中国现代文学传统的浸润，但又不局限于"中国性"，更没有外国人所厌倦的在文学作品中强行推销中

---

[1] 舒晋瑜：《莫言：土，是我走向世界的原因》，《中华读书报》2010年2月8日。
[2] 参见《莫言：文学写作要"盯着人写"》，https://news.ifeng.com/c/7fcAeqJ4PZe，访问时间：2012年5月18日。
[3] 转引自兰守亭：《〈活着〉是一部永恒的家庭史诗》，《中华读书报》2003年12月10日。

国意识的"外宣"色彩,因而具有普适性,易于为海外读者所接受。余华的《兄弟》在西方颇受欢迎。美国媒体曾经撰文评论:"余华承袭了鲁迅的文化精神。我们感觉到,他并不是在给外国人讲述这个故事,他似乎也不关心如何向世界上的其他国家描绘中国。"[1]苏童以书写女性的不幸命运和历史的沉疴著称,就像西方评论家所说的那样,"尽管《河岸》把我们带到了毛泽东时代的中国,可苏童笔下的人物几乎没有表现出任何政治愿望,也没有在运动中获罪,他们只关心满足个人的基本需求,满足性的欲望和骑在别人头上"[2]。尽管苏童作品里的中国风物比比皆是,并以苦难叙事满足了外国人阅读中国作品时的猎奇心理,但苏童主要是用这些零碎的、片断性的个体叙事去瓦解宏大整一的历史叙事,显示出重铸历史的隐秘激情。比如,《红粉》就摒弃了新中国把旧时代的烟花女子这种"非人"改造成"新人"的常见的叙事模式,秋仪和小粤都以不同的方式逃避了历史对她们的个人规划、设计和改造:秋仪最终遁入佛门;而小粤虽然表面上接受被改造的安排,但内心里拒绝改造,有时痛苦得想一死了之。以怪诞、阴鸷、卡夫卡式风格著称的残雪,在海外有很高的文名,美国作家、评论家罗伯特·库弗誉之为"新的世界大师"[3]。西方评论家认为残雪的价值在于她的小说写作贡献了一种具有革命性质的最有趣的文学创造[4],"残雪艺术的创造性,不仅在于描绘了中国,尤其在于它用新的有趣的方式描绘了人类"[5]。也就是说,残雪把人类形象和中国形象融合在一起,进而以中国形象寓写人类形象。王安忆小说的上海怀旧情结和对道德感的维护,为西方人提供了了解现

---

[1] Jess Row. "Chinese Idol." *New York Times Book Review*, March 8, 2009, p. 15.
[2] Yiyun Li. "The Boat to Redemption by Su Tong." *The Guardian*, January 9, 2010.
[3] 参见《残雪文集》第1卷,湖南文艺出版社1988年版,封三引海外评语。
[4] 同上。
[5] 萧元选编:《圣殿的倾圮——残雪之谜·序言》,贵州人民出版社1993年版。

代中国的独特视角，契合了西方人阅读异国情调的猎奇心理。① 贾平凹以"商州系列"之类的地域小说名世。他在全球化语境中观察中国的"变"与"不变"。比如，在西方读者看来，《废都》重在"废"而不在"性"。这与中国读者的观感——重在"性"而次在"废"——大异其趣。在西方读者那里，"性"已是陈词滥调，是过时的东西。他们认为小说写"性"是为了更深入地揭示"废"。《费加罗报》当年刊发《废都》的书评称："贾平凹给读者提供了一幅中国当代生活的巨幅画卷，他以讽刺的笔法，通过对知识分子和显贵阶层的细腻分析，揭示了当代社会的精神荒原。由于平庸、退让抑或物欲，人们不知不觉地在生活中沉沦，被阴谋所吞噬。"② 王蒙是社会责任感十分突出的部长级作家，民族精神和国家意识分外强烈；同时，他又是一位不断探索创新的先锋作家。印度作家吉屯德拉·巴迪亚说："王蒙的小说超越了国家和意识形态的界限……思想大胆、意图清晰是王蒙小说的显著特点。"③ 虽然韩少功提倡并践行"寻根文学"，但他既没有固守传统一端，也没有倒向拉美魔幻现实主义，而是在民族文化之根和世界文学之法的双行道上游走，在政治话语与个人记忆之间周旋。对此，国外评论家进行了充分肯定："韩少功的社会批评隐喻不仅仅是针对中国，对中国以外的国家和社会同样适用。"④ 尽管北岛不是中国政府对外推介的诗人，但他在世界上影响巨大。这与他写作中的"变"与"不变"密切相关。北岛出国后的写作逐渐稀释了此前写作中的意识形态对抗性，转而处理一些具有人类共性的命题，尽管被宇文所安

---

① Lisa Movius. "Rewriting Old Shanghai: Tragic Tales of Beautiful Young Titillate Again." *Asian Wall Street Journal*, May 16-18, 2003.

② Diane de Margerie. *Le Figaro*, December 11, 1997.

③ 转引自温奉桥：《多维视野中的王蒙——"王蒙文学创作国际学术研讨会"述要》，《中国海洋大学学报（社会科学版）》2004年第3期。

④ Mark Leenhouts. *Leaving the World to Enter the World: Han Shaogong and Chinese Root-Seeking Literature.* Leiden: CNWS Publications, 2005, pp. 38-39.

嘲讽为"世界诗歌",但其影响遍及世界各地。宇文所安希望北岛继续写作他所欣赏的"红色诗歌""对抗诗歌""暴力诗歌",而没有认识到北岛顺应时势,不断拓新,为世人奉献出了开放的、有"普世价值"的诗歌。从以上简略分析中,我们不难看到,无论是中国官方极力对外推介的作家,还是海外主动译介、传播、研究和接受的作家,只要他的写作具有世界视野和开放心态,只要他的作品中国性和全球性兼备,那么,他的作品就会在海外受到欢迎。质言之,"现代化"的中国与现代化世界之间的彼此勾连,共同塑造了"开放中国"的形象。

上述内容,我们主要讲的是单个作家是如何塑造开放的中国形象的。其实,新时期以来,许多作家不约而同地集体塑造开放的中国形象。关于这一点,我们可以从海外中国学家编译的中国现当代文学作品及其编选的明确意图看出。1994 年,王德威和戴静编选并出版了《狂奔:新一代中国作家》,收入自 20 世纪 80 年代末至 90 年代初的中国当代文学作品,包括在海外如在美国、新西兰的华文作家用中文写作的文学作品,如莫言的《神嫖》、也斯的《超越与传真》、余华的《现实一种》、钟玲的《望安》、朱天文的《柴师傅》、杨炼的《鬼话》、西西的《母鱼》、苏童的《狂奔》、唐敏的《我不是猫》、顾肇森的《素月》、杨照的《我们的童年》等 14 篇。王德威认为这一时期的中文小说具有怪世奇谈性、历史的抒情诗化和消遣性。他在《后记》中阐明了编这个选本的意图:"旨在提供一个崭新的中国形象,这个中国不再仅是地理意义和意识形态意义上的中国,而是一个同外界有文化交融、体现共同的文学想象的中国","现在的中国正向世界敞开胸怀,再以旧的地缘政治视角看待中国的文学,已显得不合时宜"。① 这些

---

① David Der-wei Wang and Jeanne Tai (eds.). *Running Wild: New Chinese Writers.* New York: Columbia University Press, 1994, pp. 238–239.

作品以文化交融来超越地域与政治的局限，给世界塑造出了一个文化"大中国"的文学形象。显然，这种"大中华"形象，进一步丰富了"开放中国"形象的内涵和外延及意义。

虽然海外译介、传播和接受中国现当代文学是零散的，但是这种他者传播仍然是文学走出去的重要途径。他者传播的有效性往往大于自我传播的有效性。因此，海外中国形象的建构，尤其是"开放中国"形象的塑造，必须加大他者传播与接受的力度、广度和深度。

— 结 语 —

"走出去""走进去""走下去"与"中国现当代学"建构的文化战略

第一节
文学译介与"走出去""走进去""走下去"

从中国现当代文学走向世界的历史进程来看,粗略地划分,可以把中国现当代文学在海外译介、传播、研究和接受分为三个阶段。第一阶段是从晚清到新中国成立之前,此期主要是海外中国学家,包括传教士、留学生、记者、外交官等在从事对外译介中国现代文学的工作,译介队伍不大,且多为自发行为,影响面也比较窄。第二个阶段是新中国成立后至改革开放前,此期国家机构主动对外译介,国家有组织的译介规模大于个人译介规模,文学译介成为国家对外宣传的一种载体,受制于国内、国际政治风云的变幻。第三个阶段是改革开放以来一直到现在,这是中国现当代文学对外译介最好时期,文学对外译介的队伍日益壮大,译介的模式日趋多样化,译介的成果逐渐丰富,影响的力度也在不断扩大。总体而言,中国现当代文学对外译介的历史不算太长,且时断时续,除了小部分的国家组织外,大多数是散兵游勇,所以它的阶段性比较明显,而且在海外产生的影响还十分有限。也就是说,它在海外的文学场域中所积累的文化资本还比较薄弱,乃至西方仍然有人在指责中国现当代文学是些陈词滥调、拾人牙慧、落伍过时的通俗书写。比如著名的东方主义学者詹明信就不屑一顾地说:"第三世界小说不会带给我们阅读普鲁斯特或乔伊斯时的满足感;或许更糟糕的是,这些小说反而提醒我们它们不过是我们第一世界文化发展的过时阶段，于是我们不得不得出结论'第三世界作家现在仍然是像德莱塞或舍伍德·安德森那样写作'。"[1]这种状况表明，西方对中国现当代文学还相当隔膜。

近年来，文学界、文化界和学术界都在谈论中国现当代文学如何"走出去""走进去""走下去"的问题。有人主张"渠道为王"，有人主张"媒体为王"，有人主张"资金为重"，但更多的人认同"内容为本"。虽然大家的着眼点、出发点和目标点不尽相同，但相对而言话题大都聚集于"走出去""走进去""走下去"的路径与介质，即出版、版权和产品"走出去""走进去""走下去"的三条路径以及纸介、数字、网络和影像传播等方式。最近几年，又多了一个潜力无比的人工智能。总之，中国现当代文学"走出去""走进去""走下去"的途径和介质是多种多样的。

从晚清陈季同、曾朴那里开始一直到当下，为什么人们要乐此不倦地提出中国现当代文学"走出去""走进去""走下去"的话题呢？难道它们未曾"走出去""走进去""走下去"吗？难道它们从来就没有参与世界文学发展的进程吗？远的情况不说，单从 2000 年出版了 50 年之久的《中国文学》刊物的停刊和出版了 20 年的"熊猫丛书"的停印这两件事情上看，在诸种不合历史事实的说法背后，其实都有它们自身的合逻辑性。这就是，尽管中国现当代文学早就开始了在海外传播与接受的历程，但由于语言的、历史的、政治的、经济的、文学的、文化的原因，其量与质一直都不理想。然而，随着全球化的来临与"逆全球化"的博弈，随着当代中国的强劲崛起，随着中国现当代文学的日臻成熟，中国现当代文学渴望能够强劲地、持续地、有效地"走出去""走进去""走下去"，期盼能够得到国际社会和世界文坛的

---

[1] Fredric Jameson. "Third-World Literature in the Era of Multinational Capitalism." *Social Text*, No. 15, Autumn, 1986, pp. 65–88.

普遍认同与有效接受，就显得比以往任何历史时期尤为急迫。对此，国内不少学者发表了他们的高见，如胡志挥的《谁来向国外译介中国作品》[①]、肖惊鸿的《把中国文学推向世界》[②]、王勇的《中国文学译介阵地丢失的文化反思与对策》[③]、潘文国的《译入与译出》[④]、徐慎贵的《中国文学出版社"熊猫丛书"简况》[⑤]、谢天振的《谁来向世界译介中国文学与中国文化？》[⑥]、胡德香的《对译入译出的文化思考》[⑦]、王恩冕的《从母语译入外语：东亚三国的经验对比》[⑧]、唐述宗和何琼的《文化全球化背景下的"东学西渐"》[⑨]，等等。学界的这些热议，足见中国现当代文学"走出去""走进去""走下去"的命题已经引发了文学界、文化界、传媒界和学术界新一轮的深思。

中国现当代文学"走出去""走进去""走下去"，首先遭遇到的"瓶颈"是语言和文化问题。然而，在很多人看来，这仅仅是一个翻译问题。翻译学的学者特别注重翻译在推动中国现当代文学走向世界中所发挥的重要作用。王宁认为，通过对外翻译中国文学，能够助力中国文学走向世界，重塑中国的文学大国形象。[⑩] 胡志挥从语言的角

---

① 胡志挥：《谁来向国外译介中国作品——为我国英语编译水准一辩》，《中华读书报》2003年1月29日。
② 肖惊鸿：《把中国文学推向世界——经济全球化语境下中国文学译介的现状和问题》，《文艺报》2003年4月17日。
③ 王勇：《中国文学译介阵地丢失的文化反思与对策》，《许昌学院学报》2003年第6期。
④ 潘文国：《译入与译出——谈中国译者从事汉籍英译的意义》，《中国翻译》2004年第2期。
⑤ 徐慎贵：《中国文学出版社"熊猫丛书"简况》，《青山在》2005年第4期。
⑥ 谢天振：《谁来向世界译介中国文学与中国文化？》，《文景》2005年第5期。
⑦ 胡德香：《对译入译出的文化思考》，《海南大学学报（人文社会科学版）》2006年第3期。
⑧ 王恩冕：《从母语译入外语：东亚三国的经验对比》，《中国翻译》2008年第1期。
⑨ 唐述宗、何琼：《文化全球化背景下的"东学西渐"——寻求与西方文明的平等对话》，《中国科技翻译》2008年第2期。
⑩ 王宁：《"世界文学"与翻译》，《文艺研究》2009年第3期。

度说:"只要翻得好,编得好,市场就不愁。"① 其实问题并非如此简单和乐观。

中国现当代文学翻译的问题通常又派生出西方心态、中国文本和翻译技术等方面的问题。具体来说就是:第一,在西方强势话语影响下,不少欧美学者、作家、诗人认为,文学不可译,诗歌更不可译。比如,美国诗人弗罗斯特说的"诗意是在翻译中丢掉的东西"②,就具有代表性。其实,这是英语作为世界通用语对世界其他语种包括汉语及其汉语文学的歧视和否定的别样表现,仿佛只有英语文学才是有价值的文学,代表了世界文学的标准,其他语种的文学价值小或没有什么价值,可有可无。因此,中国现当代文学翻译出去的很少,而且在英语世界所拥有的读者也不多。这种英语强势霸权心态严重影响和制约了中国现当代文学的翻译、传播、研究与接受。第二,从中国现当代文学的文本来看,一些现实主义的作品,故事性很强的作品,就容易翻译,而一些浪漫主义的作品,抒情的作品,相对就难翻译些;如果从文体上看,诗歌又比小说、散文和戏剧难译些;如果仅仅拿诗歌

---

① 胡志挥:《谁来向国外译介中国作品——为我国英语编译水准一辩》,《中华读书报》2003年1月29日。

② 关于弗罗斯特这句名言"Poetry is what gets lost in translation"的出处,美国印第安纳州泰勒大学(Taylor University)英语副教授汤姆·萨特利(Thom Satterlee)曾对此做过研究,专门写过一篇文章详细考证。他的基本结论是:(1)弗罗斯特的任何著作、文章中都没有这句话。这个结论是曾经编辑过弗罗斯特文集(*Robert Frost: Collected Poems, Prose, and Plays*)的马克·理查森(Mark Richardson)所说。(2)弗罗斯特的朋友路易斯·昂特迈尔(Louis Untermeyer)在《罗伯特·弗罗斯特:回顾》(*Robert Frost: A Backward Look*)一书中提到,弗罗斯特曾经说过这样的话:"You've often heard me say—perhaps too often—that poetry is what is lost in translation. It is also what is lost in interpretation."(你们常常听我说——也许说得次数太多了——诗意就是在翻译过程中丢失的东西,也是在解读中丢失的东西)。这也只能算一家之言。它的出处还有待进一步考证。另外,有人认为,一两个错别字,一两处缺陷,并不影响一部伟大作品的伟大;换言之,伟大作品经得起一两处印刷错误或一两处印刷缺陷。如果是这样的话,正确的翻译对原作来说应该不会造成致命的损伤,只要原作足够伟大!

翻译来说，那些以节奏、语感和气息见长的诗歌又比另一些以词语、理性和事实见长的诗歌难翻译一些。比如，北岛诗歌因为具有"抗磨损性"而被广泛译介就是一个典型案例。第三，从翻译技术上看，不少人停留在传统翻译学领域谈论翻译的"归化"或"异化"问题。所谓"归化"，指"译者所要做的就是让他／她的译作'隐形'，以产生一种虚幻的透明效果，同时遮掩住其虚幻身份，使译作看上去'自然天成'，看不出翻译的痕迹"。[1] 联系到中国现当代文学作品的翻译，就是指翻译家在翻译中国现当代文学作品时，尽量按照"目标语"国家的文化传统、思维方式和语言习惯来翻译，乃至"改写"中文原著，让海外读者最终在译作中感觉不到中国文化、思维和汉语诸如此类异质化的、陌生化、中国化的因素，而与他们国家作家原创的作品相仿佛，基本上看不出是中国作家创作的作品。所谓"异化"，指"通过干扰目标语文化中通行的方法，来彰显异域文本的差异性"。[2] 它强调最大限度地忠实于原著，以便在翻译中还能保留"源语国"文学作品的原汁原味。质言之，"归化"看重"达"，"异化"看重"信"。目前，在西方认同并流行的是"归化"策略。美国的中国学家胡志德高度评价葛浩文采用"归化法"翻译萧红的《呼兰河传》所达到的出人意料的良好效果。他说："葛浩文的翻译清晰、准确，最重要的是他捕捉到了原作的神韵"，"我觉得在好几个地方，尤其是小说的开头，英译本读起来比原作还要好。实际上，这是我们对于译者所表现出来的出色英语文体风格的敬意"。[3]

如上所述，不少学者把文学翻译中的"归化"与"异化"对立起来

---

[1] Lawrence Venuti. *The Translator's Invisibility: A History of Translation.* Shanghai: Foreign Language Education Press, 2004, p. 5.

[2] Ibid., p. 20.

[3] Thoedore Huters. Book Review: "The Field of Life and Death and Tales of Hulan River." *Chinese Literature: Essays, Articles, Reviews*, Vol. 3, No. 1, January, 1981.

看问题，但是美国的中国学家奚密并没有作如是观，或者说，她放弃执着纠缠于两者的谁是谁非，而是努力调和两者之间的紧张关系，提出了"选择性的亲和"的理想方案。她在《现代汉诗：翻译与可译性》里说，"可译的中国"必须到"选择性的契合"或者说"选择性的亲和"里去寻找。她以现代汉诗为例，颇有见地指出：首先，译者与其翻译作品之间最明显的契合是它的"新"，即"高度原创性的前卫作品"；其次就是读者、作家、诗人、翻译家与中国现当代文学建立在知性与美学共鸣基础上的广泛"接触"。她的结论是，"翻译既不是对'同'的确认，也不是对'异'的追求。它是相遇，是亲和，是一种开启新世界的方法"①。

话说回来，其实，不管是谈"归化"，还是谈"异化"，还是谈"选择性的亲和"，它们还都只是在封闭的纯翻译学的"小天地"里讨论中国现当代文学海外译介这一"综合工程"的"大问题"，其视野之狭窄，方法之简陋，观念之陈旧，显而易见。也就是说，传统翻译学理论已经解释不了，也解决不了中国现当代文学海外译介、传播、研究、接受和影响这类庞杂的问题，比如通常占主导作用的"译入语文化中的诗学、赞助人和意识形态的三大要素"②之类的问题。因为，如果以英语为例，正如"译介学家"谢天振所言，"我们不仅需要把文本翻译成不错的英文，也要考虑译成英文后的作品如何才能在英语国家传播，被英语国家的读者接受"③。

更有甚者，有不少国家对中国现当代文学的译介，还是依靠贩卖"二手货"。这就造成了跨文化传播与接受过程中的以讹传讹的现象。

---

① [美]奚密：《现代汉诗：翻译与可译性》，《"中国文学海外传播"国际学术研讨会会议论文·摘要汇编》，第17—18页。

② André Lefevere. "Translated Literature: An Integrated Theory." *The Bulletin of the Midwest Modern Language Association*, Vol. 14, No. 1, Spring, 1981, p. 75 in pp. 68-78.

③ 谢天振、王研：《如何向世界告知中国文化》，《辽宁日报》2008年5月9日。

"亚洲文化圈情况较为乐观，英语地区也还尚可，最麻烦的是人们通常认为的'小语种'地区。在西班牙某大学的一次博士学位论文答辩会上，精通汉语、西语的教授雷爱琳气愤地发现，学生博士学位论文引用的西语译文错误百出：'我爱你到死'被简化为'我爱你'，'总是'被译成'有时候'，一些对仗、夸张的修辞被直白地译出。这些错误使得作品发生了本质变化，从而失掉了其本身的特点。这一现象在小语种翻译中并不少见，一个很重要的原因是，这些翻译并非直接从中文翻译得到，而是从英译本转译而来。这部分翻译家抱怨，英语世界的读者至少有机会分辨中文作品的好与坏，而他们的选择实在少之又少。基于此，建立一套行之有效的翻译工作机制、培养优秀翻译人才就十分重要。"① "大语种"翻译的问题都还没有解决，"小语种"翻译的问题更是难以提上议事日程。由此可见，跨语际翻译的问题的确十分复杂、难解。但是，充满宿命意味的是，我们又不得不认真思考并尝试着去解决这些"啃硬骨头"的难题。

我们首先要解决的问题是，走出传统翻译学里面的某些认识上的误区和盲区。从当代"译介学"的视角，分析制约中国现当代文学"走出去""走进去""走下去"的综合因素。与传统翻译研究不同的是，当代译介学不认为翻译仅仅限于不同语码之间的转换与还原，而是一种译介行为。"它以文学译介为基本研究对象，由此展开文学传播、接受、影响等方面的研究。"② 这是 20 世纪 70—80 年代西方兴起的"文化转向"在翻译研究领域所取得的一个重要成果。它突破了纯

---

① 李晓晨：《让优秀的中国文学走向世界》，《文艺报》2012 年 12 月 5 日。可行方案有举办中外汉学交流活动如世界汉学大会和国际汉学翻译家大会等，以及设立国家级翻译资助项目及其国家级奖项如中华图书特殊贡献奖和鲁迅文学奖翻译奖等，从体制机制方面注重培养和奖励海外翻译家和海外来华留学翻译人才等。

② 查明建：《译介学：渊源、性质、内容与方法——兼评比较文学论著、教材中有关"译介学"的论述》，《中国比较文学》2005 年第 1 期。

粹的语言学研究视野,"转而讨论跨越语言界限的文本生产所涉及的诸多因素"[1],也就是说,它不再追究"应该如何翻译""什么是好的翻译""翻译的原则是什么"诸如此类老生常谈的问题,而是"把重点放在了一种描述性的方法是,去探索'译本在做什么?它们怎样在世上流通并引起反响?'"[2]美国华盛顿大学伯佑铭教授说:"中国国家综合实力、意识形态差异、影视传播、作家交流、学术推动、中国当代文学的地域风情、民俗特色、传统与时代内容,以及独特文学经验和达到的艺术水平等,都是推动当代文学海外传播的重要原因。"[3]质言之,中国现当代文学海外传播与接受,不仅仅是如何翻译、翻译得好不好的问题,而是要综合考虑传播与接受过程中内因和外因等方方面面的问题。

在文本之外影响中国现当代文学海外传播与接受的因素中,首要的是传媒的介入与推动。中国现当代文学作品的电影化、电视剧化、动漫化助力了它们的海外传播与接受,比如,电影《红高粱》《白棉花》《幸福时光》(《师傅越来越幽默》)、《暖》(《白狗秋千架》)、《人到中年》、《活着》、《边走边唱》(《命若琴弦》)、《大红灯笼高高挂》(《妻妾成群》)、《黄土地》(《深谷回声》)、《菊豆》(《伏羲伏羲》)、《秋菊打官司》、《埋伏》、《万箭穿心》、《阳光灿烂的日子》(《动物凶猛》)、《手机》、《狼图腾》、《三体》、《流浪地球》和电视剧《从森林里来的孩子》(张洁)等。此外,还有近年来根据中国网络文学改编的电影和电视连续剧在海外热播。在谈到自己的作品在国外的影响时,莫言毫不讳言地说,

---

[1] Suan Bassnett and André Lefevere. *Constructing Cultures: Essays on Literary Translation*. Clevedon and London: Multilingual Matters Ltd., 1998, p. 133.

[2] Sherry Simon. *Gender in Translation: Cultural Identity and the Politics of Transmission*. London and New York: Routledge, 1996, p. 7.

[3] 转引自刘江凯:《本土性、民族性的世界写作——莫言的海外传播与接受》,《当代作家评论》2011年第4期。

客观地讲，有张艺谋的功劳在里面。1987年，电影《红高粱》在德国得了金熊奖，很多人先是看了电影然后找原著、找作家。20世纪80年代末，不少作家都沾了张艺谋的光。张艺谋的电影开路，后面就是小说跟上去。[①]这一点是不容否定的。但是，我们也并不能因此就把电影和电视剧的助力强调到极点。其实，真正能持续影响读者的还是小说本身的魅力，像莫言的《酒国》《丰乳肥臀》《生死疲劳》等作品并没有被拍成电影或电视剧，但它们在海外的影响并不比《红高粱》低。尤其是，近年来，域外翻译家、出版社和经纪人开始摒弃意识形态、文化隔膜和流行"跟风"，理性化地、审美地关注中国作家和中国文学，比如，葛浩文对毕飞宇、苏童等作家作品的翻译就是例证。

2000年10月，中国共产党十五届五中全会审议通过《中共中央关于制定国民经济和社会发展第十个五年计划的建议》，提出了"走出去"战略，不过只限于经济"走出去"。在2007年10月15日召开的党的十七大上，胡锦涛同志在报告中明确提出"加强对外文化交流，吸收各国优秀文明成果，增强中华文化国际影响力"。由此，中国文化"走出去""走进去""走下去"的国家观念正式形成。在此政治背景下，政府着力推动中国现当代文学的对外译介和对外宣传，比如"中国作家百部精品工程""中国图书对外推广计划""中国文化著作翻译出版工程""中华图书特别贡献奖""北京国际图书博览会"等等。《中国文学》和"熊猫丛书"数十年来在译介中国现当代文学的得失经验和教训告诉我们，我们必须改变国家"包办"的译介模式，由政府"包办"而转变为政府"引导"：国家给予政策和资金等方面的支持，由海外中国学家主导，本土译者和作家协助，拓宽译介渠道、传播途径，让更多关心中国现当代文学海外传播与接受的各方力量参与进来，构建国内与国外、国家机构与民间组织、译者与资助人、翻译

[①] 转引自舒晋瑜：《莫言：土，是我走向世界的原因》，《中华读书报》2010年2月8日。

与评论之间的良性互动局面。比如，高等教育出版社与美国老牌施普林格出版社联合推出英文版的季刊《中国文学研究前沿》(Frontiers of Literary Studies in China)，先由编委会从近年来中文期刊上发表的学术论文中挑选出优秀者，翻译成英文，然后交美方出版社定稿。在此基础上，有人建议：建立"外译中"基地，如翻译夏令营、翻译工作坊、翻译研讨班等。就后者而言，中国国家新闻出版总署与英国艺术委员会、英国文学翻译中心、澳大利亚悉尼大学等几个机构合作，由凤凰集团与英国企鹅出版集团联合承办，先后在莫干山和苏州开办了第一、第二届中英文学翻译研讨班，主要以交流的形式，就一些翻译实例，让海外翻译家与国内作家坐在一起进行非常有针对性的研讨。研讨班除了邀请葛浩文、杜博妮、蓝诗玲等著名翻译家外，还邀请阎连科、毕飞宇、盛可以等作家到场。还有，就是通过网络形成了几个翻译圈子，如著名的"纸上共和国"(Paper Republic)等。此外，中国外文局外文出版社与香港中文大学、台湾大学合作正在建设中的中文翻译网站"译道"，专为翻译提供中国文学作品的作者和译者介绍以及翻译时间等信息，可以用中英文进行查询。它将大大便利于中国文学的对外翻译与研究。许多海外中国学家对中国现当代文学与文化怀有深厚而真挚的情感，有个别海外中国学家为此而停止乃至放弃原有的工作，全身心地投入到中国现当代文学的对外译介和研究中来。

因此，国家新闻出版总署等相关部门应因势利导，募集"现代中国文学域外译介"专项基金，设立海外译介奖，奖励那些翻译、评论、研究中国现当代文学的国外翻译家、图书评论员、媒体记者和海外中国学家，以资鼓励他们及时翻译中国文学的最新力作，撰写新书推介文章，并发表在海外主流媒体上，像当年拉美国家打开美国市场那样。当然，也要鼓励中国本土评论家到海外主流报刊发表文章，就像张颐武等在美国权威杂志《今日世界文学》2007年6—7月号"当代中国文学专刊"上发表评说中国当代文学的文章那样，对中国现当代文学进行符号价值的再生产，以增加它们在海外文学场域中的文化资本，除了会让西方读者感受到亲切感，产生"无缝对接"的效果，也会扩大中国现当代文学的世界影响，同时也反馈中国当代文学界、出版界、知识界。最后，在国外设立"外译中"图书销售机构或联络海外知名图书经销商代理销售，就像当年"熊猫丛书"所拓展的营销渠道那样：中国国际书店在英国和美国分别开设了常青图书（英国）有限公司和常青图书（美国）有限公司，以及在北美地区联系了南加州的中国书刊公司（China Books & Periodicals Inc.）和波士顿的陈随公司（Cheng & Tsui Company）。当然，应该尽量优先选择那些在海外销售渠道通畅的大型图书出版社，为在海外被译介的中国现当代文学作品争取较大的市场销售份额，在销售中扩大影响。据说，像美国的哥伦比亚大学出版社这样的海外大学出版社，太过于学术化、纯粹化、小众化，使得被它出版的王安忆的《长恨歌》(*The Song of Everlasting Sorrow: A Novel of Shanghai*)、朱文的《我爱美元》(*I Love Dollars*)、陈染的《私人生活》(*A Private Life*)、韩少功的《马桥词典》(*A Dictionary of Maqiao*)等作品对外销售清冷，始终在美国处于边缘状态。

尤其值得特别提出的是，改革开放以来，由于我们国家把经济建设放在头等重要的位置，导致我们主要与西方发达国家打交道，着力于中西经济／文化／文学交流，而把此前长期与我们打交道的老朋友第三世界的亚非拉国家放到了次要位置。因此，这些国家就成为眼下中国现当代文学海外传播的薄弱环节，是我们未来工作的新的发力点。我们应该加快推进这方面的工作，把它们的作家请进来，让亚非拉作家们耳闻目染，零距离地接触中国现当代文学，并向本国传递中国现当代文学的资讯，再次促进中国现当代文学在那里的有效传播与接受。巴金逝世的那一年，毛里求斯作家协会秘书长、作家斯巴鲁克来中国访问。在华期间，他在电视上，在报纸上，在中国现代文学馆巴金灵堂里，在上海作家协会巴金图片展厅里，亲身体会到中国人民对巴金的热爱,备受感动。他说:"来中国之前,我不知道巴金,也没读过他的作品,但这几天从新闻媒体有关巴金先生的报道中,我知道了他是怎样一位伟大的作家,他的人品和文品在中国人心目中的地位。他的逝世已经成为中国的一个重大事件。在文学日益边缘化、社会物质化、充满种种诱惑的今天,读者对巴金的真挚感情,让我看到了文学蕴含的巨大力量,看到了文学的希望和未来。我为巴金骄傲,为中国文学骄傲,也为自己是一个作家而感到欣慰。"[①]我相信,有了如此跨国的文学感动,巴金一定会成为他此后了解中国现当代文学的重要契机和最佳窗口。试想,如果这样的事件多了,这样的感动多了,中国现当代文学海外传播与接受的窗口也会渐渐多起来,乃至盛世中国会彻底地征服这些外来的"访客"。也是在同年,与斯巴鲁克同行的毛里求斯作家协会副主席、诗人阿卜杜拉提夫在中国访问的一个星期里,写了一本厚厚的笔记。整个行程下来,让他突然想起了恺撒大帝的一句霸气冲天的话——"我来了,我看到了,我征服了",只不过因时因地因事因人不同,现在他要反其意而用之,面对崛起的中国,他心悦诚服地说:"我来了,我看到了,我被征服了!"他还解释了他的思想前后发生如此巨变的根本原因:"我到过四十多个国家,但从来没有这样震惊。过去,我读过一些关于中国的书,知道中国有灿烂的古代文明,但在近代落伍,贫穷落后,被侵略掠夺,饱受屈辱,是发展中的国家。然而来到中国一看,经济发展神速,现代化设施应有尽有,我恍若置身于欧洲发达国家。我从书本上了解的中国,与我亲眼看到的中国,有天壤之别,简直不敢相信。中国大地上古老与现代的和谐交融,中国人民的热情友好和对文化的珍视和尊重,确实征服了我,所以我才想起恺撒的话。"[②]由此,我们进一

---

① 陈喜儒:《斯巴鲁克先生》,《中国魅力——外国作家在中国》,第28页。
② 陈喜儒:《文学是一面窗子》,《中国魅力——外国作家在中国》,第33页。

步看到,中国现当代文学要"走出去""走进去""走下去",就很有必要"请进来",尤其是邀请国外作家、翻译家、中国学家、出版家来华访问,使他们在耳闻目睹崛起的中国后,也发出"我来了,我看到了,我被征服了"的由衷感叹,改变他们对中国的固有观念,重新认识中国,加深对真实中国的了解,并最终愿意为中外文化/文学交流做出贡献。如此一来,何愁中国现当代文学走不出去呢?!

第二节
"中国现当代学"的理性建构

真正使翻译出去的中国现当代文学作品在海外得以广泛传播,乃至产生深度接受和持续影响,落地生根,渗入到海外的文学系统,就像西方现代文学渗入中国现当代文学系统那样,除了通常大家谈到的要从民族特色和普遍人性方面提高中国现当代文学水平,突显翻译、译介和传播在使中国现当代文学走向世界过程中所扮演的重要角色外,还必须把"走出去""走进去""走下去"的方略与"中国学",尤其是"中国现当代学"[①]的建构联动起来。鉴于目前中国现当代文学"走出去""走进去""走下去"和"中国现当代学"建构的有限性、零散性、

[①] 前面我们已经谈论过"汉学""中国学"均是外国人站在自己国家、民族和地区的立场研究古代中国或现代中国的学问,总是掣肘于外国"他者"影响;而王一川在《中国形象诗学》里提出外国人基于中国立场研究现当代中国的学问是"中国现代学"。我觉得称之为"中国现当代学"更加确切。此乃真正当代意义上的外国人在中国发现"现当代中国"的"中国现当代中心观",由此能够体现原有带偏见的"中国学"的当代性;换言之,在新时代语境中,我们应该把"西方现代性"的"中国学"推进到"中国当代性"的"中国现当代学"。

偏颇性和可能性，我们有必要进行如下的多维度思考：既要建设好中国现当代文学"走出去""走进去""走下去"的系统工程，又要开展好中国现当代文学的海外推广活动；既要思考人（作家、译者、出版者、传播者、读者、研究者）的因素，又要思考艺术技巧的因素；还有就是，让自我传播与他者传播相融，把文化认同与文化改写结合，使小众话语与大众话语互渗，同时，要处理好本土经验与"普世价值"、文化自信与文化自省、仿造性与原创性的关系[①]；还要分析外媒的相关报道；最后还要做的工作就是研究中国现当代文学的海外传播史与接受史。

　　悠久的汉学和中国学传统，良好的汉学和中国学环境，以及强大的综合国力，是中国现当代文学海外传播与接受的坚实基础。像法国那样有着深厚汉学和中国学传统的国家，18世纪就掀起了"中国热"，还由此催生了世界的"中国热"。那时，法国的启蒙思想运动是全世界的榜样，而中国的道德哲学乃至康熙皇帝，是法国的楷模。也就是说，那时，经由法国，汉学走向世界，进入了一种良性互动的传播与接受的轨道。正是有了这样的氛围，所以，中国现当代文学作品基本上在法国都有译介。同样，像日本这样具有深厚汉学和中国学传统的国家，对中国现当代文学的研究，不仅是男人的天下，女性学者也脱颖而出，比如日本早稻田大学教授岸阳子，除了翻译贾平凹、韩少功、陈建功、张承志、扎西达娃、洪峰等当代中国作家的小说，还长期致力于研究现代中国女性作家，除了研究许广平、关露、张洁、王安忆、叶广芩、残雪等现代中国女性作家的"个体"外，还出版了综论性的学术专著《东北沦陷时期的中国女作家》。像美国这样的世界超级大国，面对中国的崛起，在21世纪也加紧了对中国的研究，而

---

① 方爱武、吴秀明：《文学的中国想象与跨域——跨文化语境下的"中国形象"塑造及传播》，吴秀明主编：《文化转型与百年文学"中国形象"塑造》。

在美国译介的中国现当代文学作品，自然而然地影响到整个西方国家。有坚实基础的传播与接受中国现当代文学的国家固然重要，但我们不能满足于此。我们还要从建构"中国现当代学"的长远发展着眼，接续开展一系列行之有效的工作。首先，我们应该认识到接受和培养来华的海外留学生也是"中国现当代学"建构的重要举措。如此一来，"中国现当代学"的建构后继有人、薪火相传。特别是那些渴望来华学习的留学生更是我们需要特别关心的对象。比如，2006年，约旦《舆论报》记者、青年作家、诗人萨瓦尔访问中国后，动情地说："我还想向教育部申请，来中国留学，学习汉语，将来从事约旦与中国文学交流和作品的互译工作。"[①] 其次，我们应该鼓励海外中国现当代学家、作家、记者、外交官写一些普及性的介绍中国现当代文学的文章，让海外读者对中国现当代文学有个大体的印象，激发和培养他们对中国现当代文学的爱好和兴趣。比如，20世纪40年代之前，在"欧洲语言中有关中国的新文学几乎什么记载都没有"[②] 的情况下，对中国"知识阶层、作家、新文学"最为熟悉的捷克的中国学家普实克，出于"严厉"地"热爱"中国，主要根据他在中国的实地考察和研究，满腔热忱地向欧洲读者撰写了介绍中国文化的通俗易懂的随笔集《中国——我的姐妹》。1940年，该书在捷克出版后，在欧洲引起了强烈反响，激起了许多欧洲青年学习汉语、访问中国、研究中国的热望。后来，"布拉格学派"的形成与此不无关联。当然，在海外，真正能够深入了解和研究中国现当代文学的学者，还不只是国外学者，更不只是留学生，更是外籍华裔学者。也就是说，海外华人学者才是海外"中国现当代学"建构的主力军。夏志清也谈到过这方面的意见。

---

① 转引自陈喜儒：《中国魅力——外国作家在中国》，第38页。
② [捷]普实克著，丛林等译：《中国——我的姐妹》，外语教学与研究出版社2005年版，第425页。

他说:"一般美国人都很笨的,洋学者还是不行,中国现代文学研究最终还是要靠华人学者。"[1] 比如,王德威在与哥伦比亚大学出版公司合作时,就是本着多元的、"大中华"的、文化中国的理念来主编出版"中国文学翻译系列"丛书的,推出了陈染的《私人生活》、朱文的《我爱美元》、韩少功的《马桥词典》、叶兆言的《一九三七年的爱情》、王安忆的《长恨歌》、张爱玲的《海上花》和《流言》、张大春的《野孩子》、朱天文的《荒人手记》、吴浊流的《亚细亚的孤儿》、李乔的《寒夜》等。此乃我所说的典型的"中国现当代学"学术立场的生动展现。我想,如果不是深谙中国现当代文学的华人学者,是不可能有如此全面而精当的识见与作为的。

海外的中国现当代文学研究与国内的中国现当代文学研究可以形成互动,成功的例子很多,但是也有失败的情况,比如关于"后学"的讨论。我们既不可小视这种互动,也不可夸大它们。我赞同王德威的话:"海外的中国现代文学研究过去的二十几年给国内学界带来的一些影响,我觉得是值得肯定的,尤其是相对于中国的国情,相对于历史和政治的因素,海外汉学所代表的一种很有想象力的研究方向,绝对是一个正面的效应。但是,进入九十年代以后,海外与国内的交流越来越频繁,国内出去的人也多了,对海外汉学,我现在倒觉得应该更多地用平常心来对待了,不必过于夸大它的功效。"[2] 因此,为了使中国现当代文学更好地"走向世界",必须把"走出去""走进去""走下去"的战略考量与夯实"中国现当代学"基础结合起来予以通盘考虑,以使更多中国现当代文学在海外传播与接受得更长久、更有实效。质言之,我们需要从翻译层面、译介学层面、国家与社会支

---

[1] 转引自季进:《另一种声音——海外汉学访谈录》,复旦大学出版社 2011 年版,第 43 页。
[2] 转引自季进:《另一种声音——海外汉学访谈录》,第 78 页。

援层面以及"中国现当代学"学科建设层面规划中国现当代文学海外传播与接受的战略方案和发展纲要。

至此,我们对于中国现当代文学"走出去""走进去""走下去"与"中国现当代学"建构的探讨并没有停止。在此基础上,有的专家又做出了如下进一步的提醒:不要以为仅仅"依靠文本翻译输出、文学史扩容或者文学教学课程",中国文学就能顺理成章地走向世界,更不能以为中国文学走向世界就真的成了世界文学了,要"重新理解和建立关于民族文学与世界文学的新观念",要把中国文学作为一种世界文学来反观自身,也就是说,只有以这种"文学外位性的普遍理解",克服民族文学僵化的片面性和封闭性,中国文学最终"才有可能在鲜活的存在层面真正成为世界文学的有机部分"。[①] 简而言之,中国现当代文学在海外传播与接受不只是浅表上的、空间上的"扩容"问题,而是深层次的、时空兼备的、灵活的、有机"融入"问题。看来,重新梳理、反思我们现有的文学观念、翻译观念和译介学观念,从观念的改变着手,才不至于出现方向性的错误,更不至于最终将西方文学永久放在"超经典"的光荣榜上,相应地,把中国文学始终钉在第三世界文学/弱国文学的耻辱柱上。对此,陈思和做了更为深入的反思。他说:"这时候'走向世界'就成为文学界的一个时髦话题,这个语词里隐含着时代的焦虑与渴望:所谓'走向',即意味着中国至今尚未走进'世界',尚未成为世界的一个成员,那么,是什么样的'世界'既排除了中国又制约着中国呢?(与此相伴的是当时的流行语'落后要挨打'、'开除球籍'等,都反映了类似的时代情绪。)显然,在现代化的全球性语境里,中国与世界的关系成为一种时间性的同向差距,中外文学关系相应地趋向于这种诠释:中国的现

[①] 陈跃红:《扩容与融入:简论中国文学海外传播的某些观念误区》,《"中国文学海外传播"国际学术研讨会会议论文·摘要汇编》,第228—229页。

代文学是在世界文学思潮的影响下形成的,中国文学唯有对世界文学样板的模仿与追求中,才能产生世界性的意义。虽然在影响研究中也注意到民族性的关系,但所谓'愈是民族的愈具有世界性'的格言,使用的仍然是'世界'的标准,潜藏其背后的依然是被'世界'承认的渴望。"① 而且,这个"世界"通常专指"西方",申言之,渴望被"世界"承认就是渴望被"西方"承认。显然,这依然还是以西方为鹄的迎合殖民的奴才心理。也就是说,我们应该把中国文学的海外传播与接受、中国文化的输出战略与中国文学世界性维度的建构结合起来考察,而不是在一个自我封闭或陈旧老套的环境里思考这些统关全局性的重大问题。

莫言获得2012年诺贝尔文学奖以及此前许多中国现当代作家获得国际各级各类文学奖项后,是否就意味着中国当代文学与西方当代文学不存在"时间性的同向差距"了?是否能够以此证明当代中国文学与当代西方文学已然处于"空间性的同一位置"上了?说到底,有没有一种所谓的终极的"世界文学"?没有一个所谓的同一性的"世界"标准?对这些问题的解答,还需要从理论与实践上做进一步清理。大卫·达姆罗什在《世界文学理论读本》里说:"在任何人想要为其提出一种理论,甚至为其命名之前,世界文学早就作为一种实践形式而存在了。……因此,世界文学的现象比当今作为大多数文学研究基础的现代国别文学早好几个世纪。"② 他的意思是,作为一种文学实践,世界文学早于当今任何"现代国别文学"好多个世纪;世界文学是一种具有"好几个世纪"历史沉淀的文学经典的过去式;而"现代国别文学"还只是一种文学现象的进行时,它们最终能不能也成为

---

① 陈思和:《20世纪中外文学关系研究中的"世界性因素"的几点思考》,《中国比较文学》2001年第1期。

② [美]大卫·达姆罗什、刘洪涛、尹星主编:《世界文学理论读本》,封底。

"一种文学经典的过去式",即世界文学,现在说了不算,一切须要交给时间,交给"好几个世纪"的时间去检验、淘洗和评定。

面对"中国走向世界""21世纪将会是中国的世纪"①的时代呼声,以及孔子学院在世界各地纷纷建立,有的学者认为这些现象的背后,隐藏着一系列更为深层次的问题,即中国文化"走出去""走进去""走下去"和"中国现当代学"建构,到底是为了向世界解释中国崛起的意图,还是要另起炉灶,另立一个足以与西方抗衡的主流文化标准,还是与西方携手共建一个公正、和平、发展、共享的东西文化秩序?②我想,后者才是中国文学"走出去""走进去""走下去"和"中国现当代学"建构的理想境界。俗话说得好,人无远虑,必有近忧。显然,以上这些思考纯属"远虑"或者说"愿景"。

愿景终归是愿景,现实终归是现实。而现实是在中外文学的输出与输入中,我们的"文学赤字"惊人!如果我们暂时还达不到双向或多向交流,那么在"走出去""走进去""走下去"不畅达的情况下,进一步"请进来"仍然是必要的。乃至有人毫不客气说:"目前中国应以译入为主,要成为真正意义上的翻译输出国尚需时日。"③毕竟中国人

---

① 美国俄亥俄州立大学菲舍尔商学院教授、《中国的世纪》作者申卡尔在接受媒体采访时谈到,20世纪是美国的世纪,而21世纪将会是中国的世纪。参见[美]申卡尔:《加强创新能力,形成中国世纪》,《创新科技》2005年第7期。还有人说,15世纪是葡萄牙的世纪,16世纪是西班牙的世纪,17世纪是荷兰的世纪,18—19世纪是英国的世纪。从15世纪至20世纪依次是谁的世纪,已成历史,盖棺论定了。至于21世纪到底是谁的世纪?或者它根本就不是谁的世纪?换言之,它压根儿就不再是由哪一个国家主宰的世纪,而是一个"人类命运共同体"的新世纪?那些操作"21世纪是中国的世纪"的外国人,其中,有一部分人别有用心,因为它常常被某些别有用心的西方政客解读渲染成所谓的"中国威胁论",进而激起他们群起而攻之地"围堵中国"、千方百计地遏制中国和平发展和中华民族伟大复兴。因此,对于西方人常常挂在嘴边的"21世纪是中国的世纪"的论调,我们中国人需要有保持理性的清醒、高度的警惕与足够的定力。当然,中国人也不能"如是说",毕竟那是一种帝国心态和霸权思想的危险言说。

② 参见《中国崛起:中国文化如何走向世界?》,凤凰网专稿2008年12月19日。

③ 胡德香:《对译入译出的文化思考》,《海南大学学报(人文社会科学版)》2006年第3期。

对于西方文化的了解远远超过西方人对中国文化的了解。"现代中国文学界对西方文学了解之透彻,远非光顾一下中国文学的西方任何学术机构能比拟。如果让中国文学界专家(假定没有官员坐镇)评定诺贝尔文学奖,绝对会比瑞典人弄出的现在这张单子更准,更精彩。"①这种自识、自省、自觉是中国现当代文学"走出去""走进去""走下去"的有利条件。这样的知己知彼,这样的以退为进、攻防并举,目的只有一个,那就是,进一步促使中国文学与世界文学的互相聚首,尤其是让世界文学理解中国文学,长此以往,中国文学"走出去""走进去""走下去"就顺当了。也就是说,增强沟通、对话与理解,在"走出去""走进去""走下去"的同时也不要忘了"请进来"。因为,鲁迅当年就告诫过我们:中国作家必须不断通过学习外国文学来丰富自己。②因为,我们既在世界外,也在世界中。同时,"对于中国的出版商而言,最重要的是,要转变思维方式。他们应该思考的,不是'西方出版社会从我们的书目中选中哪本',而是'我们有哪些他们需要的产品或者我们能够做点什么满足他们的需要'。他们需要更多的耐心,因为任何一次成功的合作都需要长期的沟通。在中国文学的海外译介上更是如此"③。

德国汉堡大学教授、作家关愚谦说:"一个国家只要国强民富,必然会引起世界的关注和兴趣。目前,中国经济崛起,政治影响不

---

① 赵毅衡:《对岸的诱惑:中西文化交流记》(增编版),第105页。
② 鲁迅说:"我看中国书时,总觉得就沉静下去,与实人生离开;读外国书——但除了印度——时,往往就与人生接触,想做点事。中国书虽有劝人入世的话,也多是僵尸的乐观;外国书即使是颓唐和厌世的,但却是活人的颓唐和厌世。我以为要少——或者竟不——看中国书,多看外国书。少看中国书,其结果不过不能作文而已。但现在的青年最要紧的是'行',不是'言'。只要是活人,不能作文算什么大不了的事。"参见鲁迅:《青年必读书》,《京报副刊》1925年2月21日。
③ 傅小平:《国外专家、学者聚焦"中国文学走向世界"话题——如何与西方文学传统求得共识?》,《文学报》2012年9月6日。

断扩大，我完全有信心，中国文学走向世界的高潮必将到来。"[1] 而法国菲利普·毕基耶出版社"中国文学丛书"主编陈丰说，中国文学已经走向世界了。[2] 这两句话都没错，只是立足点不同而已。前者是说，中国现当代文学在海外的译介、传播与影响还很有限，需要加大力度。他是从中国现当代文学在海外"扩容"的角度上讲的。后者是说，中国现当代文学一直就是世界文学的一部分，而且也已经达到了国际水平；它一直在场，只是在海外的数量少了些。他是从中国现当代文学的"现代观念"和"写作水准"上来讲的。质言之，一个说的是中国现当代文学的外部发展问题，一个谈的是中国现当代文学内在水平问题，两者之间并不矛盾。因此，我们需要把两者统筹起来予以综合考虑，把量与质，把观念与事实，把"走出去""走进去""走下去"与"中国现当代学"结合起来考虑。只有这样，我们才能既避免在构建与世界文学关系时有可能出现的狭隘的民族主义倾向，又避免将中国文学海外传播与接受视为"定义""绑定"中国文学的世界地位的工具，即要求"承认的政治"的工具。

我始终坚信：人类不灭，文学不死！传播不息，接受不止！

---

[1] 转引自苏向东：《海外译介难进主流市场，中国文学何时真正走向世界》，https://culture.ifeng.com/gundong/detail_2010_08/17/1967345_3.shtml，访问时间：2024 年 5 月 9 日。

[2] 同上。

— 附录一 —

北岛海外诗歌的传播与接受

在一场学术报告的开场白里,针对北岛,我曾说了这样几句话:"从'文革'孤独者到海外漂泊者,/从文化军师到文化'巫'师,/人生荒诞感替代了英雄悲壮感。/宣告什么已经不重要了,/对抗是永远的内在姿态。"

据北岛在《杜伦》里回忆,1987 年 3 月,当他第二次远赴英国杜伦大学东亚系时,海外漂泊生涯就正式开始了。[①] 除了在纽约郊区有一个属于自己的家外,此后的北岛,几乎四海为家,是名副其实的"全球漂泊者"[②],直到 2008 年接受香港中文大学的邀请,才正式在香港定居,暂时安顿了下来;但是,可以想见,其"热爱旅途中的生活"[③]的"候鸟"的性格、习性和命运,终究不会改变北岛"在路上"的"永远的漂泊者"的角色。何况他喜欢漂泊,并且有这种持续的"隐秘的冲动"在驱使,还"并不太在意途经的地方"[④];何况有血液在召唤,内心已疯狂,天涯在前方。

就像刘小枫把知识分子的流亡划分为外在流亡、内在流亡和本体论流亡那样,在此,我也愿意把北岛在海外的漂泊分为外在漂泊、内

[①] 北岛:《杜伦》,《午夜之门》,江苏文艺出版社 2009 年版,第 212 页。
[②] 孟悦:《瞎子领瞎子,穿过光明》,北岛:《午夜之门》,第 5 页。
[③] 北岛:《纽约变奏》,《午夜之门》,第 41 页。
[④] 同上,第 61 页。

在漂泊和本体论漂泊,而且它们常常是"三位一体"的。在《搬家记》里,北岛说:"旅行是种生活方式。一个旅行者,他的生活总是处于出发与抵达之间。从哪儿来到哪儿去都无所谓,重要的是持未知态度,在漂泊中把握自己,对,一无所有地漂泊。"[①]注定永远"在路上"的北岛,不会停止他漂泊的脚步,毕竟他"厌倦了同样的风景和邻居"[②],毕竟只有旅行方能使他永葆青春和写作的源泉、动力和活力。他的《东方旅行者》表达了同样的意愿:"早饭包括面包果酱奶油/和茶。我看窗外肥胖的鸽子/周围的客人动作迟缓/水族馆//我沿着气泡攀登/四匹花斑小马的精彩表演/它们期待的是燕麦/细细咀嚼时间的快乐//我沿着雷鸣的掌声攀登。"从该诗中,作为主旋律的,并以单行独立成节的、反复出现的"我沿着……攀登",可以看出诗人旅行的方向只有一个,而且总是向前,向上,仿佛一支离弦的箭,一切都是被动的,就像水族馆里的鱼儿,就像马戏场上的马驹,永远在生与死之间、起点与终点之间,无止息地奔忙着,迷惘中掺杂着莫名的激动。对此,美国的中国学家奚密在《从边缘出发》里,剖析与归纳了北岛等人海外漂泊的状态和心绪。她读出了以北岛为代表的一类漂泊海外的中国当代先锋诗人在诗歌写作里流露出流放中茫然与逃避的意绪。她感受到了北岛海外漂泊中再次被"边缘化"以及"边缘化"的心理变化和诗歌写作策略的调整。[③]这无疑是恰切的。《今天》派"当年不但边缘而且很"地下",但是,随着国内政治环境和知识气候的变化,他们渐渐浮出历史地表,从"地下"到"地上",公开喊出了"一代人"的声音;然而,由于众所周知的原因,他们再度沉寂下来,不少人只能别无选择地在异国他乡做一个长途孤寂的当代行吟诗人。当然,你说他们是流亡/去国可以,你说他们是海外漂泊也行。

---

① 北岛:《搬家记》,《蓝房子》,第 157 页。
② 同上。
③ 参见[美]奚密:《从边缘出发》,广东人民出版社 2000 年版,第 42—52 页。

尽管流亡与漂泊有着严格意义上的区分，但如果结合历史的复杂性和诗人思想的丰富性，我们完全可以超越这些词语能指的精确定义，从文化上广义地理解和使用它们，以避免非此即彼、非黑即白的简单武断。所以，我们在这里就没有必要纠缠于这些用词精确与否之类的细枝末节。让我们把注意力集中到奚密对北岛被再度边缘化的评价。从中国新诗发展史和新诗现代性的角度，奚密提出，新诗自诞生之日起就被置于边缘化的境地[①]，处于"迅速转化中的传统社会"与"大众传媒和消费主义为主导的现代社会"[②]之边缘，具有现代性，是一个"现代现象"[③]，只是随后的革命文学视诗歌为革命的喉舌、旗帜、投枪、匕首、炮弹，使诗歌成为意识形态的核心话语，与革命同谋，这种对诗歌边缘化的"否定性反应"，挤占了诗歌与"中心话语"应有的距离，钝化了诗歌先锋的探索性，因此，值得我们认真清理与检讨。[④]按照奚密的这种观点，北岛的海外诗歌写作就是这种检讨的结果。它们使诗歌摆脱那些超负荷的东西，回到诗歌应有的常态，回到诗歌边缘化的本位，再次使诗成为诗。在一次"答记者问"时，北岛说："我们这些作家当年被批判也好被赞扬也好，反正一夜成名，备受瞩目。突然有一天醒来，发现自己什么也不是。这种巨大的反差，会特别受不了。那是我生命中的一大关。慢慢地，心变得平静了，一切从头开始，做一个普通人，学会自己生活，学会在异国他乡用自己的母语写作。那是重新修行的过程，通过写作来修行并重新认识生活，认识

---

① 其实，新诗诞生于启蒙时代，一开始就被置于现代启蒙的中心，比如，郭沫若的新诗当年像现在的摇滚乐那样在青年群体里广为传颂，换言之，草创时期的中国新诗并非如奚密所讲处于社会边缘位置。只是到了"革命文学"的时代，新诗的中心角色与社会主流地位得到了进一步强化和巩固，一直到"十七年""文革"时发展到了无以加的地步了。
② ［美］奚密：《从边缘出发》，第 1 页。
③ 同上。
④ 同上，第 23 页。

自己。"①在《失败之书》前言里,北岛写道:"我得感谢这些年的漂泊,使我远离中心,脱离浮躁,让生命真正沉潜下来。在北欧的漫漫长夜,我一次次陷入绝望,默默祈祷,为了此刻也为了来生,为了战胜内心的软弱。我在一次采访中说过:'漂泊是穿越虚无的没有终点的旅行',经历无边的虚无才知道存在有限的意义。"②在《巴黎故事》里,北岛谈到萨特时,仿佛也是自言自语:"漂泊既是虚无又是被迫选择,如同存在与虚无的约会。"③以无证有,以漂泊验证存在。这种观念如同里尔克在《献给奥弗斯的十四行诗》里所写的:"向存在的大地说:我流,/向流动的大海说:我在。"④

尽管如此,漂泊与迷惘还是始终伴随着北岛。法国的中国家金丝燕说,海外的中国作家通常会面临四种困境:"原有的抵抗对象消失,原有的牵制似乎不复存在;对语言的焦虑,表现的愿望与表现的限制的矛盾——语言从古到今与作家的对峙;是被读者创造,还是创造读者;现代性与自我问题。"⑤北岛同样面临这些困局。对他而言,语言问题、读者问题和现代性问题是优先受到关注的。

重新做一个诗人、重新修行、重新认知、重新写作、重新生活,是北岛海外漂泊的主旨。这意味着北岛海外写作有一个明显的自觉的调适过程。这一调适,令绝大多数国内外的读者、批评家很不适应。他们对在海外漂泊的北岛很有意见,而且国内的反应比国外的反应更加激烈。这以1999年陕西师范大学出版社出版的《十作家批判书》和2001年时代文艺出版社出版的《十诗人批判书》为代表。"值得注意的

---

① 唐晓渡:《热爱自由与平静——北岛答记者问》,《诗潮》2003年第2期。
② 北岛:《自序》,《失败之书》,汕头大学出版社2004年版。
③ 北岛:《巴黎故事》,《午夜之门》,第47页。
④ 这两句是我意译的。
⑤ [法]金丝燕:《合唱与隐潜:一种世界文学观念——论中国当代文学的态度》,钱林森编:《法国汉学家论中国文学——现当代文学》,第398—399页。

是，无论是《十作家批判书》还是《十诗人批判书》，北岛都在被批判之列。在《十作家批判书》里，徐江写了《诺贝尔的噩梦——北岛批判》，先后提出了'为什么偏偏是北岛''北岛有个大问题''没有"北岛二世"''诺贝尔"阴谋"与世界诗歌'4个问题，主要批判了北岛诗歌'反文革话语'的顽症。而在《十诗人批判书》里，岑浪写了《失魂落魄在异乡——北岛批判》，先后提出'北岛病了''欧阳江河为北岛写了悼词''在一个没有英雄的年代，北岛最终也没有能够成为一个人'3个问题。如果前文还算研究性文章的话，那么后文则充满了暴力美学的粗鄙倾向，遍及全文的谩骂几乎淹没了少得可怜的思考。难怪有人指责'酷评'是不负责任的轻狂为文。我曾经从人们对北岛的误读与隔膜及其与文学史之间达成的合谋着手，阐释了恢复'《今天》派'命名和重勘北岛文学版图之必要；以流亡为界碑，梳理了北岛流亡前的'废墟诗歌'之得失，同时从'常'与'变'之辩证关系的角度，详细地解读了北岛流亡后的'流亡诗歌'，归纳它们在思考诗人与母语之间的关系及其作为流亡者对祖国的深厚感情、揭示生活与幸福的不真实性、个体话语存在之可能和难度、质疑本体论和逻辑世界、返乡的坚定指向及其困难等方面的新贡献。"① 其实，国内部分青年诗人的强烈不满，主要源于对北岛海外生活与写作的不了解。其中，就少不了臆想的成分。

对于北岛在海外漂泊的情形，大概有以下三种看法：第一，国内一些诗歌批评家，尤其是一些曾经是《今天》派的推动者，以及一些青年诗人（如上文提到的相关"批判书"的作者），对北岛在海外游历表示不理解，似乎他是在浪费生命，无谓地耗散自己的创造力。显然，这是捕风捉影式的妄加猜测，是皮相之谈。比如网上有如此丑化北岛的恶搞文字："一身倦怠地推着小推车出入大大小小的国际空港，在一系列国际笔会、诗歌朗诵会、文学节上疲于奔命，活像个文

---

① 杨四平：《中国新诗理论批评史》，安徽教育出版社2008年版，第287页。

化孤儿。"① 对此，我倒同意西川讲的"该出国的出国，该接轨的接轨，该出书的出书，该开研讨会的开研讨会，该上电视、报纸、杂志的上电视、报纸、杂志"。各人管好各人自己的事，才是健康的公民意识。谁也不是圣人，用不着对别人指手画脚。第二，一些海外中国学家过分乐观地评判北岛海外漂泊的价值，如孟悦在《瞎子领瞎子，穿过光明》里描述了北岛在海外漂泊的魏晋名士状态："流浪者找流浪者，流浪者认流浪者"，"这些相坐、同看、共处、对饮、畅聊、戏谑、倾诉聆听，乃至昂首高唱，正是诗人期望与其流浪的同类之间保有的那种认可与接纳、嬉耍且分享、忠实单纯的为友方式"②，此乃高山流水觅知音、"谈笑有鸿儒，往来无白丁"的、人生与艺术的至境。北岛说："正是由于漂泊，我结识了施耐德、帕斯、特朗斯特罗姆、布莱顿巴赫等其他国际知名作家，也结识了像芥末和于泳这样随风浪沉浮的小人物。"③ 漂泊成就了中年后的北岛及其海外写作。第三，一些海外中国学家比较客观地看待北岛在海外漂泊的实况，如李欧梵在《既亲又疏的距离感》里披露的一个细节：北岛在哈佛演讲时，当有人问他"你是一个持不同政见者吗？"北岛回答："我不愿意被贴上另一个政治标签。"④ 好在现在国内已经出版了北岛的散文集《失败之书》(后"一分为三"即《青灯》《蓝房子》《午夜之门》)《时间的玫瑰》《城门开》等，这些文章有助于人们解开心中的疙瘩，了解一个真实的海外北岛。

尽管如此，还是有人揪住北岛在《南非行》里写到的国际诗歌节上出现的分裂与争斗不放，认为：在"新的支配欲望"条件下，在文

---

① 马策：《随笔：一个漂泊者的〈失败之书〉》，https://news.sina.com.cn/cul/2004-11-22/949.html，访问时间：2024 年 10 月 30 日。
② 孟悦：《瞎子领瞎子，穿过光明》，北岛：《午夜之门》，第 6 页。
③ 北岛：《自序》，《失败之书》。
④ ［美］李欧梵：《既亲又疏的距离感》，北岛：《午夜歌手——北岛诗选 1972—1994》，台北九歌出版社 1995 年版，第 5 页。

化与语言的区隔下,世界诗人之间不可能展开实质性的交流;既然彼此不能进行交流,也就没有必要去交流,漂泊的意义也就大打折扣。其实,北岛在该文中只是原生态地呈现国际诗歌节上交流的困难与磨合,还援引了 R. S. 托马斯的话:如果这个世界的人们从没有互相发现,日子会好得多,有大片的水域隔开他们,然后还反讽道:"也许他是对的,交流引起新的争斗。"① 其实,北岛是想告诉我们,尽管争斗难以避免,但交流还是需要的,而且有时显然尤为必要。的确,我们不能因为知道人总有一死,就不要认真地活着! 有争斗才有交流,有交流才有交锋,有交锋才有进步。不同文化与语言的人们之间进行跨文化、跨语际、跨国族交流,都会面临这样那样的"失语状态中的尴尬"。在《纽约一日》中,北岛写到这样一个令人尴尬的场面:"朗诵会只有二十来个听众,估计要么是学校胁迫的,要么是为免费的红酒点心的。院长坐镇,哪个敢溜? 我念中文,艾略特念英文翻译。听众像是二十来部虽然联网但全部切断电源的电脑:拒绝任何信息。我和艾略特交换了一下眼色,草草收场。"② 对于通过朗诵,传播诗歌,交流思想,北岛是既爱又厌,又厌有爱,爱厌交加,五味杂陈! 在《朗诵记》中,北岛描述了诗歌朗诵,有时令人动容,有时需要冒风险,有时却是为了营生……不像古代的文人墨客"把酒临风,应答唱和,感怀赠别,生死无限"③,现如今,诗人成为另类;但是"不管怎么着,朗诵给诗人提供了证明自己不聋不哑、免费旅行和被世界认知的机会"④。这就是诗歌朗诵在国际文化交流中的特殊意义。说得偏激一点,尽管语言之间有障碍,但是那种翻译式的日常交流在诗人之间不一定需要很流畅,有时大家彼此之间声色交流、磕磕绊绊、比比划

---

① 北岛:《南非行》,《蓝房子》,第 109 页。
② 北岛:《纽约一日》,《蓝房子》,第 146 页。
③ 北岛:《朗诵记》,《蓝房子》,第 181 页。
④ 同上,第 177 页。

划、相互微笑,就能激起心灵的波澜。正如北岛在《纽约变奏》里自嘲的那样,"诗歌本来就说不清,用另一种说不清的语言也许更好"[1]。高品位的交流,"谈话"不一定重要,彼此倾听更重要。

其实,对北岛而言,实际情况并不总是如此。尽管北岛英文不好,但毕竟他早在20世纪70年代末就翻译英语诗歌,加上几十年的海外漂泊,而且还不断地用英语与英语世界的作家们打交道,并用英语在国外大学里教书,所以,英语对他来说,早已不是什么障碍了,也就是说,在国际诗歌活动中,北岛用英语进行诗歌交流已经不成问题,而且,不但不成问题,反而取得了丰硕的成果。北岛周游了世界上许多国家,结识了许多国外著名诗人,在世界各地朗诵自己的诗歌,参加各种国际诗歌活动,与各国诗人、读者和专家一起分享汉语和汉诗带来的欢乐。但是,这又与欧洲典型的"公共知识分子"热衷于社会活动不一样。[2]比如,在《布莱顿·布莱顿巴赫》里,北岛记述了他与南非作家布莱顿之间的深交:1994年国际作家议会在里斯本开理事会,布莱顿送给北岛他的回忆录《自白》,并在扉页上写上:"给我亲爱的朋友和歌伴北岛,致以美好的祝愿,九四年九月二十九日,里斯本。"[3]《自白》里还写有这样一小段:"不知道为什么,一个中国诗人,对我的这段故事特别感兴趣。他竟然要替换我,不仅用第一人称,还要把几十页的内容压缩成这么一小段。"因此,北岛也感到,自己"不再是所谓的潜在的读者……参与他的写作",因为北岛相信"逃跑是一个永恒的主题",不只是布莱顿在跑,北岛也在跑,

---

[1] 北岛:《纽约变奏》,《午夜之门》,第33页。

[2] 我在前文讲过,印度作家和诗人与中国作家和诗人在一起开会交流时,他们喜欢谈论公共话题,如国际关系、政治经济、社会发展、民主进步等,很少专门就文学谈文学。也就是说,印度的作家诗人与欧洲的作家诗人一样,在社交公开场合,总喜欢凸显自己作为公共知识分子的角色与存在,这与中国作家和诗人在国内外文学研讨会上时时不忘自己是专业知识分子是不一样的。

[3] 北岛:《布莱顿·布莱顿巴赫》,《午夜之门》,第156页。

"每个不愿与权力认同的人都在跑"。① 这两个异国他乡的朋友之间，感同身受，相互认同，亲如兄弟，不仅如此，北岛还专门为他写了一首诗："……你释放的疯狂／是铸造寂静的真理／骄傲如内伤闪烁／使谈话暗淡……／风在阅读车辙／向蓝丝绸以外的疼痛／致敬。"② 又如，在与丹麦诗人托马斯的交往中，北岛也与他产生了深情厚谊。在听说他中风的消息后，北岛写了首诗给他，让对方潸然泪下："你把一首诗的最后一句／锁在心里——那是你的重心／随钟声摆动的教堂的重心／和无头天使跳舞时／你保持住了平衡……"③ 两颗心就这样碰撞在一起，产生了夺目的火花。

国际诗歌交流十分必要，意义重大，就像帕斯所说的，诗歌是宗教和革命以外的第三种声音，这声音并不能真正消除仇恨，或许多少能起到某种缓解作用。像当年创办荷兰鹿特丹国际诗歌节的宗旨所希望的那样，通过不断举办国际诗歌节，"让某些诗人重复出现，通过时间展现他们的变化"④。总之，在国际诗歌交流中，斗争与交流并存，尴尬与温馨同在。这正是它之所以持久地吸引不同国家诗人参与其中的重要原因。

这里要特别提到在海外复刊的《今天》，因为它在传播北岛海外诗歌和其他汉语诗歌方面起到了不可替代的作用。而在荷兰的中国学家柯雷眼里，有价值的《今天》，是那个曾经在中国大陆起到过煽风点火作用的《今天》，而海外复刊的《今天》几乎可以忽略不计；因为在他看来，进入 20 世纪 90 年代以后以《今天》为核心的"团体"和"主义"已经分崩离析，诗人写作更加个人化了。因此，他在 1996 年出版的专著《粉碎的语言：中国当代诗歌与多多》里大谈特谈《今天》

---

① 北岛：《布莱顿·布莱顿巴赫》，《午夜之门》，第 163 页。
② 同上，第 160 页。
③ 北岛：《蓝房子》，《蓝房子》，第 73 页。
④ 北岛：《马丁国王》，《午夜之门》，第 181 页。

及《今天》派,而 2008 年出版的专著《精神、混乱和金钱时代的中国诗歌》则是避而不谈。其实,不只柯雷这样,包括许多中国当代诗人在内的海内外诗歌界几乎都作如是观。1990 年 8 月,北岛和朋友们在奥斯陆聚会,决定复刊《今天》。"从办刊的方针来看,新老《今天》还是有其一贯的延续性的。坚持先锋,拒绝成为主流话语的工具。1991 年,北岛和他的朋友们在艾奥瓦开了一次会,做了比较大的调整,使《今天》成为一份独一无二的跨地域的汉语文学刊物。十个编辑来自世界上十个不同的地方,这在世界杂志史上大概也是绝无仅有的。杂志编辑部也几经搬迁,从奥斯陆到斯德哥尔摩,然后到洛杉矶、台湾和香港。"① 复刊后的《今天》有意淡化意识形态色彩,主张开放多元,坚持先锋品位,依然是现代汉语写作的标杆性的前卫场域,发表当前优秀作家、诗人、艺术家和评论家的作品,成为海外文学界、艺术界、中国学界了解当代汉语文学写作的重要窗口,对向外传播当代汉语文学发挥了重要功效。

近年来,北岛出版的中文诗集有:《在天涯》(香港牛津大学出版社 1993 年版)、《午夜歌手》(台北九歌出版社 1995 年版)、《零度以上的风景》(台北九歌出版社 1996 年版)、《开锁》(台北九歌出版社 1998 年版)等;出版的外文版诗集有:《旧雪》(英文版)、《在天涯》(英文版)、《霜降时节》(丹麦文版)、《白日梦》(英文版/德文版/法文版)等,而且美国新方向出版社就出版了数种。接下来,我们从以下三个层面来讨论北岛海外诗歌在海外的接受。

第一个层面是海外普通大众的接受。这方面十分有限,当然,这恰恰反证了北岛诗歌的精英性。它们真的是"写给极少数人"的。北岛一直是写作方向感极强的诗人。从北岛诗歌话语修辞的角度,陈超勾画出了北岛整个写作路线图及诗学系谱:"象征主义—意象主义—

---

① 河西:《北岛与〈今天〉30 年》,《南方日报》2009 年 4 月 12 日。

超现实主义。"①当然，万变不离其宗，那就是，北岛对"生存真实性"和"艺术自觉性"的双重担当与持守。在回答"你出国前后的诗有什么不同"时，北岛直截了当地说："我没有觉得有什么断裂，语言经验上是一致的。如果说变化，可能现在的诗更往里走，更想探索自己内心历程，更复杂，更难懂……我能感到和读者的距离在拉大"，"诗一直都是写给秘密读者的"，"那时，生活经验和写作很密切。……现在，写作变得更曲折隐秘了"。②有一次，北岛与李欧梵为了募捐，到一华人社区朗诵；当北岛正在朗诵时，一个老人站了起来说，听不懂；李欧梵忙插话说，你先听完，等一会儿我来给你们讲解，等我讲解完了，你们自然也就懂了。北岛诗歌始终要面临普通听众的"懂"与"不懂"的质询和责难。这是由北岛诗歌属性决定的，当然，这也是先锋诗歌的普遍的宿命。

第二个层面是海外诗人们的接受。尽管他们比普通受众接受的情况要好些，但情况仍不容乐观，不过也不要过于悲观，毕竟还是有一些知音，即北岛在上面讲的"秘密读者"。知音原本就像高山流水那样难以寻觅、难以遇见。金斯堡就是北岛诗歌在海外接受中有名的知音之一。如前文所述，1983年，金斯堡随美国作家代表团一行来到中国，金斯堡和盖特在旅馆里秘密地与北岛匆匆忙忙见面；他们之间的对话是通过北岛诗歌的英译者杜博尼的翻译进行的，后来北岛在《艾伦·金斯堡》里回忆说："我对那次见面的印象并不太好；他们对中国的当代诗歌所知甚少，让他们感兴趣的似乎是我的异类色彩。"③但是，后来在新泽西诗歌节上，艾伦与北岛同台朗诵，"他读我的诗的英文翻译。他事先圈圈点点，改动词序。上了台，他就像疯狂的火车头吼叫着，向疯狂的听众奔去，把我孤单单地抛在那里。以后我再

---

① 陈超：《北岛论》，《文艺争鸣》2007年第8期。
② 唐晓渡：《热爱自由与平静——北岛答记者问》，《诗潮》2003年第2期。
③ 北岛：《艾伦·金斯堡》，《蓝房子》，第12页。

也不敢请他帮我读诗了"①。这些均表明，北岛与金斯堡之间由最初的误解到后来的熟知，愿意当众朗诵彼此的诗，足见他们之间的友情甚笃。然而，李陀在《一颗温润明亮的珍珠》里质疑道："北岛说金斯堡坦白自己看不懂北岛的诗，然后北岛又用同样程度的坦诚表示，他也看不懂金斯堡的诗，这真让我吃了一惊。如果他们俩彼此都看不懂对方的诗，那他们的诗又是写给谁看的呢？"②在这里，我想以北岛和孟悦都引用的英语成语"瞎子领瞎子"来回答李陀：一个外国的瞎子领着一个中国的瞎子，穿过光明，或者相反，一个中国的瞎子领着一个外国的瞎子，穿过光明。质言之，跨文化、跨语际、跨国族的诗歌阅读与接受，大多数的时候就是这种"瞎子领瞎子"状态。这一方面反映了跨文化、跨语际诗歌传播与接受的无奈与尴尬，另一方面又体现了跨文化、跨语际、跨国族的诗歌交流中有可能触及在母语环境下无法发现的真正属于诗歌的东西，毕竟在"瞎子领瞎子"的状况下，"陌生化"的东西很多，尤其是那潜藏在诗歌深处的渺远的声音通常难以看见，更难以听见，但它们的文学性却容易呈现。由此，我们看到跨文化、跨语际、跨国族的诗歌交流的必要性、紧迫性和重要性。其实，不同国家诗人之间对彼此诗歌的接受不仅仅通过朗诵，还有更为深入一步的阅读，即给他喜欢的国外诗人撰写评论。北岛在《鲍尔·博鲁姆》里写到丹麦诗歌界的中心人物鲍尔·博鲁姆时说，"我的很多诗都看不懂，但他喜欢"③，也写到他为北岛丹麦文诗集《霜降时节》写书评的情节。这篇书评发表在当地的报纸上，北岛当时的房东读到后，对北岛另眼相看，并为此而骄傲。北岛还在《杜伦》里提到他当年的一个叫内特的美国学生，后来成了文学评论家，也曾经为北

---

① 北岛：《艾伦·金斯堡》，《蓝房子》，第14页。
② 李陀：《一颗温润明亮的珍珠》，北岛：《蓝房子》，第7页。
③ 北岛：《鲍尔·博鲁姆》，《午夜之门》，第153页。

岛的一本英译诗集写了书评《在语言水平上》。[1]还有就是，个别大师级诗人，虽然既没有公开朗诵过北岛的诗，也没有为北岛的诗写点什么，对北岛的诗可能只是有保留的喜欢，但他们也是沉默的北岛诗歌的忠实接受者，比如北岛在《帕斯》里写道："他从提包里掏出我刚出版的英文诗集《旧雪》，让我吃了一惊，他说他喜欢，飞机上一直在读。"[2]更有甚者，有的诗人对北岛及其诗歌有相当娴熟的理解，能够大体把握北岛诗歌的神与魂，比如北岛在《依萨卡庄园的主人》里提到的杰曼就是这样一位让人难忘的比利时诗人，他径直叫北岛"八月的梦游者"[3]，实属不易。

第三个层面是海外中国学家们的接受。比起国外普通大众和国外著名诗人来，海外中国学家们的接受影响更广、更深入、更持久，也更复杂。这首先得益于北岛与海外中国学家们有着广泛的接触。中国学家们常常慕名来拜访北岛，请北岛到他们所任教的大学去演讲，或者干脆聘请北岛为他们学校的教授，抑或是驻校诗人，如德国的顾彬。当然，也有的中国学家根本与北岛就不认识，只是凭着兴趣心无旁骛地研读北岛诗歌并撰写评论。

欧阳江河在《北岛诗的三种读法》里条分缕析地归结了北岛海外诗歌的政治读法、系谱读法和修辞读法，并希望读者超越"现象的和功利性的声音"而能够倾听到"诗的声音""诗意的隐秘声音"。[4]其实，在此基础上，我们还可以进行"细化"，将北岛海外诗歌的读法分为六种，即文化性读法、政治性读法、思想性读法、系谱性读法、修辞性读法、综合性读法。下面，我逐一加以论述。

一、文化性读法。受中国国情和意识形态影响，中国本土对北岛

---

[1] 北岛：《杜伦》，《午夜之门》，第26页。
[2] 北岛：《帕斯》，《蓝房子》，第171页。
[3] 北岛：《依萨卡庄园的主人》，《午夜之门》，第171页。
[4] 参见欧阳江河：《站在虚构这边》，生活·读书·新知三联书店2001年版。

诗歌的接受仍处于"北岛神话"的意识形态幻影中，还在以"对抗写作""政治写作"来阅读北岛，显然，这种固化的标准已经严重不适应北岛海外那些变化了的写作。西方读者已经注意到了这一变化，认为要剥离附加在北岛海外诗歌上的"地方性""历史性"，将其还原成"透明的载体"，从而获取北岛海外诗歌所传达的"被解放的想象力和纯粹的人类感情"。这种观点要求人们不要再把北岛海外诗歌看成是中国性的，而要看成是属于世界性的，是一种超越了政治限定，乃至超越了国族限定的所谓的"世界诗歌"。这以宇文所安为代表。他在《什么是世界诗歌》里说："西方读者一般来说会喜欢北岛诗中非政治的一面，认为这个层面表征了'世界'诗人应有的广度。而我接触过的中国新诗读者则倾向于喜爱北岛早期政治色彩浓厚的诗，对北岛脱离政治、向私人关怀的转变，他们感到惋惜。"[①] 当然，这并不等于说宇文所安肯定了所有的"非政治性诗歌"，恰恰相反，几乎除了北岛诗歌外的所有中国现代诗，不论是政治性诗歌，还是非政治性诗歌，在宇文所安看来，"都存在着滥情"，而且这种不良状况，新诗比古诗更严重、"影响更深刻"。为什么宇文所安推崇北岛海外诗歌创作，是因为它们具有"可译的公共意象"，符合其"普世价值"的诗歌标准，最有可能成为其理想中的"世界诗歌"。其实，在宇文所安的"世界诗歌"观念的背后存在着黑格尔所说的"主奴等级关系"[②]，也就是詹明信所分析的第一世界文学与第三世界文学之间的等级关系[③]；质言之，在宇文所安的意识里，西方就等于世界，西方标准就是世界标准，西方诗歌就是世界诗歌，其背后的后殖民文化霸权思想十分明显。这是我们需要警觉的。

虽然北岛意识到"背景"和对象都已改变，先前的那种对抗变得

---

① [美]宇文所安：《什么是世界诗歌》，《新诗评论》2006年第1期。
② 参见[德]黑格尔著，先刚译：《精神现象学》，人民出版社2013年版，第118—126页。
③ 参见[美]詹明信著，张旭东编，陈清侨等译：《晚期资本主义的文化逻辑》，生活·读书·新知三联书店2003年版。

模糊起来，需要重新思考，需要调适策略，但是这并不意味着北岛就真的放弃了对抗，而成为一个文化意义上的"世界公民"，写那种抽象意义上的不着边际的所谓"世界诗歌"了。漂泊的北岛，常常真切感受到的是母语的悬浮状态。在《乡音》里，北岛说："我对着镜子说中文"，感觉"祖国是一种乡音"，并且，为这种远隔祖国带来的疏离感而恐惧不已。他还说："我喜欢中文的音调，喜欢那种它孤悬于另一种语境中的感觉。"也就是说，虽然客观的距离使他同母语的关系改变了，但是这种变化不是变得疏远了、陌生了，反而变得更密切了，更实在了。他说："对于一个在他乡用汉语写作的人来说，母语是唯一的现实。"[①] 我们每个人对于母语和故乡，往往因疏而亲，因近而怯。北岛对母语的体会，在布罗茨基的剑、盾、宇宙舱这 3 个比喻外，添加了一个"伤口"。因此，我认为，对北岛海外诗歌的阅读，既要把它读成中国的，也要把它读成世界的，而不能将其限定在哪一种意义上。北岛海外诗歌写作是跨文化的文化性写作，是中国性与世界性、本土性与全球性之变奏和鸣。

二、思想性读法。德国的中国学家顾彬是这方面的代表。他的那篇名文《预言家的终结——20 世纪的中国思想和中国诗》，从"内在一致的上下关联"[②]出发，考察 20 世纪中国诗歌发展与中国现代思想史之间的勾连。如欧阳江河所言，顾彬"对北岛 1989 年以后的诗作则是放在流亡生活的背景，放在'渴望'依照伦理观念建立起一个新的群体秩序这一'中国情结'中去阅读的"[③]。因此，顾彬认为，"所有流亡作家的共同特征就是他们的内心世界摆脱不开本国政治与文化的背景"[④]。在《预言家的终结》里，在谈到北岛于漂泊生涯中写的那些

---

① 转引自唐晓渡：《传统就像血缘的召唤——北岛访谈录》，《诗潮》2004 年第 3 期。
② ［德］顾彬：《预言家的终结——20 世纪的中国思想和中国诗》，《今天》1993 年第 3 期。
③ 参见欧阳江河：《站在虚构这边》，第 100 页。
④ ［德］顾彬：《预言家的终结——20 世纪的中国思想和中国诗》，《今天》1993 年第 3 期。

"告别国家的诗"之后,顾彬提出了一连串的询问:"我不知道中国的一代杰出诗人在流亡中写下的诗篇是否将失去与中国的联系?如果失去了,我不知道这对于中国诗的历史进程是福音还是不幸?有的人已正式宣称中国并不存在。有的人正在全面地退出中国。一些有预见性的西方汉学家已经在着手研究:去掉中国性和政治性后,某些有代表性的中国诗人的作品里还剩下什么?"[1]显然,顾彬欣赏的是北岛出国前写的诗,而对出国后写的诗并不怎么看好。尽管如此,北岛还是专门撰写了他与顾彬交谊的长篇散文《空山》。在该文中,我们仍不难看出他们俩的深情厚谊。顾彬也专门为北岛写过3首诗。但是,这并不能掩盖他们在对具体问题的认识上存在分歧。顾彬的意思是,进入市场经济时代以后,在当代中国,预言家随着预言时代、理想时代的终结而终结,尤其是漂泊在外的曾经的预言家势必相时而动地放弃预言,即在他们的写作中"去掉中国性和政治性"[2]。顾彬的德国思想背景使他喜欢从神学和浪漫主义的角度去看待和分析问题。他对北岛和以北岛为代表的新时期"中国诗"的分析,自然也就带有神学色彩和浪漫主义成分。所以,他把漂泊海外之前的北岛称为"预言家",与之相应地将北岛出国前的写作称为"预言"。其实,像北岛这样的中国当代诗人是没有神学思想的,他们有的只是政治思想和强烈的意识形态。他们朦胧诗时期的写作是"宣告",就像北岛那首名诗《宣告——给遇罗克烈士》所"宣告"的那样:"在没有英雄的年代里/我只想做一个人"。如此"宣告",石破天惊!振聋发聩!从这个意义上讲,北岛是位"宣告家"。显而易见,在此,我想把顾彬所说的出国前的北岛是"预言家"改成"宣告家"。

北岛海外漂泊生活与他在海外"告别国家"的写作之间没有必然

---

[1] [德]顾彬:《预言家的终结——20世纪的中国思想和中国诗》,《今天》1993年第3期。
[2] 参见欧阳江河:《站在虚构这边》,第106页。

的关系。不仅欧洲的中国学家作如是观,美国的中国学家大部分也持这种看法。比如,斯蒂芬·欧文从"中国"和"古诗"出发,阅读北岛的海外诗歌;结论是,他既没有从中找到他希望看到的"中国",也没有找到西方意义上的"诗歌"。[1] 又如,韩南曾经撰文指责北岛海外诗歌如英语译文,在后现代境况中完全"被全球化"了,失去了中国性和本土性。[2] 再如,在《上帝的中国儿子》里,北岛写到的耶鲁大学中国史专家史景迁恐怕也是这样来读解北岛海外诗歌的。

这些中国学家具有很强的文化优越感,高高在上,后殖民趣味浓烈。这是欧美中国学家的通病。对此,北岛进行了严厉的批评。他说:"汉学只不过是为他人提供了一种向度,并未覆盖一切。依我看,不少汉学家毁就毁在这儿;汉学既是饭碗,又反过来主宰其精神世界;这种互相占有的结果,使他们失去了'白金尺'。"[3]

实际上,北岛"去国"后,继续用中文写作,也常常触及先前的人与事。他在海外写作的大量散文更是如此。还有就是,北岛海外诗歌里大量使用"祖国""故乡""乡音""母语""怀乡""乡愁"。在这些事实面前,你还能由此下判语说,北岛"去国"后的写作去掉了中国性和政治性了吗!恰恰相反,他身上的中国性不是淡化了,而是更强烈、更隐秘了!正如北岛在《空山》里写到的,"一个人往往要远离传统,才能获得某种批判能力"[4]。屈原的《哀郢》不也如此吗?

三、政治性读法。这在北岛诗歌海外接受中表现得尤为突出,占主导地位。由于中西文化差异,尤其是冷战思维、后冷战思维和后殖民思维的影响,中西文学长期被置于优劣等级化评判中。诚如欧阳

---

[1] 参见欧阳江河:《站在虚构这边》,第105页。
[2] 参见[美]李欧梵:《在哈佛做访问教授》,http://blog.sina.com.cn/lioufan,访问时间:2006年12月5日。
[3] 北岛:《他乡的天空》,《午夜之门》,第101页。
[4] 北岛:《空山》,《午夜之门》,第147页。

江河所言，西方中国学家只想在中国现当代文学中听到"政治"的声音，而把"诗"的荣光留给西方经典文本。[①]这是西方中国学家惯用的思维、逻辑和标准。北岛诗歌在 20 世纪 80 年代后之所以在西方世界产生巨大影响，主要是因为它们被视为西方世界了解中国现实及其对抗资源的一种政治文本而产生了政治效用。这决定了绝大多数中国学家的思维逻辑。比如，荷兰的中国学家柯雷在《当代中国先锋诗歌与诗人形象》中说，北岛"之所以被人铭记，主要是因为他文本之外的影响"，"北岛是一个'持不同政见者'，在海外获得了传奇性成功"。[②]尽管柯雷自身也在努力"去政治化"，但在对待北岛海外写作和海外复刊《今天》的问题上，表现出了浓重的政治化倾向。他在把更多的关注投向了影响并没有超过北岛的北岛好友多多的同时，又对复刊后的《今天》和海外北岛的写作几乎是视而不见，这或许多少受到了个人情绪的影响。柯雷身上这种"分裂"、犹疑的状况，直到 21 世纪才有所改变。这是后话，放在后面说。由于欧阳江河在《另一种阅读》《北岛诗的三种读法》中对北岛海外诗歌的政治性读法做了严密的、科学的、富有真知灼见的学理分析，我在这里就不再赘述了。

四、系谱性读法。这种读法就是从诗人的写作资源、写作格局、写作变化、写作影响等方面系统勾勒诗人创作来龙去脉的图谱。在西方，有两种意见：一种意见认为北岛海外写作与在国内写作没有发生什么变化，如顾彬、柯雷等；一种意见认为北岛"去国"前后诗歌写作变化很大，如宇文所安、欧文、韩南、奚密、李欧梵等。李欧梵认为北岛"现在比以前写得好"。他说："世界汉学家都喜欢中国民间的东西"，"北岛刚到美国的时候，我就对他说，你应该多看些其他国家

---

① 欧阳江河：《站在虚构这边》，第 188 页。
② ［荷］柯雷著，梁建东、张晓红译：《当代中国先锋诗歌与诗人形象》，《当代文坛》2009 年第 4 期。

的东西，他后来就看多了"。①当然，在这里，我以这样的方式引出李欧梵的话，不是为了说明它们之间的因果关系，恰恰相反，是为了清除它们之间可能存在的因果关系。也就是说，北岛并非按照李欧梵的意见去阅读与写作。但是，据李欧梵观察，北岛的海外诗歌写作，的确是既有民间性又有国际视野，既积极投入又保持理性的距离感，由此获得了开阔的发展时空。与之相呼应的是，国内诗评家欧阳江河认为，"去国"后的北岛，已经从国内时期的"青春写作"进入海外时期的"音调和意象是内敛的、略显压抑的、对话性质的""中年写作"。②我认为，不要过分夸大北岛"去国"前后写作的变化，要注意北岛海外诗歌写作中"常"与"变"的辩证关系。

五、修辞性读法。通俗来讲就是用形式主义、结构主义和新批评方法对北岛海外诗歌进行"内部研究""文本细读"。欧阳江河指出，这种读法关注的是"能否发现特定语境中某些词语所产生的语义移位和偏差，能否指出种种变化的方向、特征和影响"③。法国的中国学家金丝燕是这方面的代表。她在《细读的悖论——诗书写的不可能与自由》里细致分析了北岛诗歌的四层"断裂"：空间与听觉的音乐性、词语的音乐性、词义的差延、词义的裂口。她认为："北岛以诗的写作与公共空间保持距离。他宁愿消失在特殊性之中而不愿沉溺在社会与人民的主体性里。"④所以，她看重北岛海外诗歌中"词语互相撞击所产生的场和生活被借用的程度"⑤。因为她主张"诗在裂口永恒"⑥。

---

① 张英、季进、[美]李欧梵：《当代没有知识小说》，《南方周末》2004年1月29日。
② 欧阳江河：《站在虚构这边》，第192页。
③ 同上，第205页。
④ [法]金丝燕：《细读的悖论——诗书写的不可能与自由》，钱林森编：《法国汉学家论中国文学——现当代文学》，第245页。
⑤ 同上，第238页。
⑥ [法]金丝燕：《细读的悖论——诗书写的不可能与自由》，钱林森编：《法国汉学家论中国文学——现当代文学》，第246页。

比如，她分析北岛的《写作》："打开那本书／词已磨损，废墟／有着帝国的完整"。她说，诗中呈现的写作是词义的差延与裂变，致使词的本义变成灰烬，而在这种灰烬的尽头就是"前意义"的完整的诗的地带。这种修辞性读法无疑对于解读北岛海外诗歌中的荒谬、悖论、反讽、嘲弄、自嘲、玩笑、张力、实验性和超现实，实现"瞎子领瞎子，穿过光明"，是有助益的。只可惜，这方面的工作，海外中国家们做得不多。当然，国内批评家也做得不够。反过来讲，如果中国学家们多聚焦于对北岛海外诗歌的修辞性阅读，必将利于北岛诗歌在海外的传播与接受。

六、综合性读法。顾名思义，就是把上面讲到的文化性读法、思想性读法、政治性读法、系谱性读法、修辞性读法综合运用在一起的复合型读法。它将有利于全方位、多角度、多层次地进入和呈现北岛诗歌的丰富世界，如此一来，什么文化资源呀，思想元素呀，政治背景呀，诗人的前世今生呀，作者意图呀，读者期待呀文本内外的一切风景就能够尽收眼底，可以想见，那一定是风光无限啊。只可惜，海外中国学家在这方面所做的努力还很不够。除了刚才讲到的金丝燕外，还有个别海外中国学家已经涉足这一领域，如荷兰的中国学家柯雷2008年出版的新著《精神、混乱和金钱时代的中国诗歌》虽不是研究北岛的专著，但还是涉猎了北岛海外诗歌创作。该书每一部分均围绕"文本、语境和元文本"即"诗歌""诗歌的社会-政治语境和文化语境"和"批评性话语"三个轴心概念展开研究和论述，是一种综合性的学术研究，值得提倡。

总而言之，比起北岛诗歌的巨大成就以及在海外的非凡影响来，北岛诗歌，尤其是在海外创作的诗歌，在海外的传播和接受是不能令人满意的。这里特别要提醒中国学家注意的是，当务之急就是要破解政治性读法挂帅的迷局，切实做好修辞性读法，并最终走综合性读法之路。

— 附录二 —

莫言小说的海外传播与接受

从传统汉学到现代中国学,从海外传播《诗经》到海外传播鲁迅,标志着中国文学海外传播的现代转型,其现代性体现在:晚清以降到20世纪的世界文学版图中,海外人士慢慢地"发现"了中国现当代文学,要么将其当作寻找中国才智的通道,要么将其视为勾连世界无产阶级革命文学的桥梁,要么将其纳入世界反法西斯的文学体系,要么将其置于冷战背景下做反反复复的意识形态的考虑,要么将其作为了解现实中国风云变幻的镜像,要么将其转换为象征符号和文学资本在世界范围内开展文学交往。而从海外传播鲁迅到海外传播莫言,又标志着中国文学海外传播的当代转型,其"当代性"体现在新中国主动发动国家组织的力量对外传播中国文学,而且传播的是越来越成熟并在海外获得越来越高声望的当代中国文学,以及中国文学对外传播的传播者、传播介质、传播方法、传播理论的"当代化"和专业化。

中国文学海外传播的"当代化",既非日本中国学家竹内好所说的日本那种"由上向外"的"转向型"近代化,亦非中国那种"由下向内"的"回心型"近代化①,而是在当代中国文学海外传播过程中渐渐

---

① [日]竹内好:《何谓近代》,《竹内好文集》(第4卷),东京筑摩书店1981年版,第8页。

形成的具有"中国特色"的当代化。在一次主讲莫言"野性叙事"讲座的开场白中,我曾说:"千言万言,不如莫言。然而,莫言偏好多言!"莫言小说在海外的传播与接受,是在中国文学海外传播当代转型的情境中进行的。

一
诸种力量促成莫言小说的海外传播

　　从发生学的角度看,莫言小说海外传播得益于多方"合力"的推动。
　　最重要的力量是一批天赋异禀、埋头苦干、深爱莫言的海外中国学家。据我目前所掌握的资料得知,莫言作品海外介绍最早出现在日本报刊上。"1986年,日本文学评论家近藤直子在《中国语》(1986.4)'文艺短论'专栏对莫言的中篇小说《透明的红萝卜》进行了介绍性研究;同年7月,井口晃在日本专营中国书籍的东方书店的刊物《东方》上发表了《阅读中国文学——莫言的中篇小说〈金发婴儿〉》。"[①] 这与近80年前周氏兄弟在日本公开"亮相"何其相似! 1909年5月1日,东京出版的《日本及日本人》杂志第508期"文艺杂事"专栏刊登了周氏兄弟翻译的《域外小说集》出版的相关消息。这是世界上最早介绍周氏兄弟从事文学活动的消息,是周氏兄弟最早在海外传播的声音。事到如今,"鲁迅全集"已在日本出版。莫言直追鲁迅。日本是莫言在海外出版作品最多的国家。几乎他的每部作品都有了日译本,其中,尤其以东京大学中国学家藤井省三和日本佛教大学中国学家吉田富

---

① 卢茂君:《莫言作品在日本》,《文艺报》2012年11月14日。

夫译介得最多、最好。藤井先后翻译了《秋水》《来自中国农村——莫言短篇集》《苍蝇·门牙》《怀抱鲜花的女人》《酒国》；吉田先后翻译了《丰乳肥臀》《师傅越来越幽默——莫言中短篇选集》《白狗秋千架——莫言自选短篇集》《四十一炮》和《生死疲劳》。至 2012 年底，他们俩的共同努力，"使得莫言将成为继鲁迅之后，文学作品在日本被翻译出版最完整的中国作家"①。在英语世界，葛浩文是最佳翻译莫言小说的中国学家。对此，美国的中国学家王德威曾赞不绝口："我也很敬佩葛浩文多年以来持之以恒地对中国文学的译介。他是美国头号的中国文学的 translator，尤其是对莫言持续关注，每本都翻，现在还在翻译《生死疲劳》。葛浩文能这么积极地翻译，出版的途径已经相当畅通。"②

其次是国家主流意识形态的强势推动。中国当代文学对外译介有起有伏，既有我们主动推介出去的，也有海外中国学家凭着自己兴趣选择外译的。新中国成立以来，从国家战略层面，官方出版了英法两种文字的《中国文学》期刊，并对外推出了系列"熊猫丛书"。这种"里应外合"，形成了中国当代文学海外传播国内外良好互动的态势。莫言小说就是在这种可人局面下被翻译成外文走出国门的。他最早被译成外文的小说是《枯河》，那是 1987 年的事情，发表在《中国文学》上。也许是由于翻译水平等原因，它在海外并没有产生什么实质性影响。进入 20 世纪 90 年代，随着我国综合国力进一步增强，"文化强国"上升为国家发展战略。在发展"文化软实力"总动员下，作为国家方略的文学"走出去""走进去""走下去"付诸实践。比如，2004 年，在中法文化年系列活动中，莫言成为"中国文学"沙龙的焦点人物，法国主流报刊《世界报》《费加罗报》《人道报》《新观察家》

---

① 卢茂君：《莫言作品在日本》，《文艺报》2012 年 11 月 14 日。
② ［美］王德威：《当代文学：评论与翻译》，《当代作家评论》2008 年第 6 期。

《视点》等纷纷对其做了采访或评介。同年,莫言被授予"法兰西艺术与文学骑士勋章"。又如,在中国担任主宾国的2009年德国法兰克福书展上,包括莫言在内的中国作家集体亮相,与世界出版业进行深层次的沟通。再如,2012年,中国是伦敦书展主宾国,英国大使馆文化教育处邀请包括莫言在内的数十位中国当代著名作家于4—11月赴英国参加各地的文学节和艺术节。作为此次书展的"中国市场重点活动"之一,在企鹅公司的策划下,莫言还与英国作家马琳娜·柳薇卡(Marina Lewycka)就"人与地域"进行对话。这些活动使得莫言21世纪以来常常现身于国际文学交流和对话的平台,大大拉近了莫言与外国读者和媒体之间的距离。

莫言小说海外传播发生的第三股力量是影视剧改编的助力和市场经济的发力。包括莫言在内的中国当代当红作家几乎都或多或少地借了电影的光,如张艺谋导演的《红高粱》(莫言的《红高粱家族》改编)、《暖》(莫言的《白狗秋千架》改编)、《幸福时光》(莫言的《师傅越来越幽默》改编)、《活着》(余华的《活着》改编)、《大红灯笼高高挂》(苏童的《妻妾成群》改编)、《摇啊摇,摇到外婆桥》(李晓的《门规》改编)等,又如陈凯歌导演的《霸王别姬》(李碧华的《霸王别姬》改编)等。而且,当电影"热映"和获奖后,海外出版社在出版小说原著时,通常以大牌明星(如巩俐)倩影做封面,封底还特别标明该小说是某某电影的原著。比如,电影《红高粱》在国外公映并获得柏林国际电影节金熊奖后,莫言和他的小说在海外不胫而走。据不完全统计,《红高粱家族》有英文、法文、德文、意大利文、日文、西班牙文、希伯来文、瑞典文、挪威文、荷兰文、韩文、越南文版本等,《丰乳肥臀》有英文、法文、日文、意大利文、荷兰文、韩文、越南文、西班牙文、波兰文、葡萄牙文、塞尔维亚文版本等,《檀香刑》有越南文、日文、意大利文、韩文、法文版本等。有人说,莫言是海外被译介得最多的中国当代作家。这个断语大抵正确。

当然，莫言小说在海外成功传播与接受，最为根本的还在于莫言小说自身所具有的迷人魅力。莫言既写近代以来中国农民的痛苦，也写他们那种"狂欢的热闹的精神"。因而，莫言小说超越一般乡土小说"乡恋"的狭隘和局限，重构民族性与普遍人性之间的复杂关系；它也超越了知青作家在知青小说里对农村生活的表象化描写；它又比那种简单追随"文明冲突"模式以及观念化地看待农村文化的寻根小说更加关注生命的物质乡土；它还比新写实小说多了许多强烈的喧哗与骚动。莫言小说着力表现躁动的、顽强的原始生命力；而且总是将其置于与文明的冲突之中予以野性表现，同时展示了文明的监护、惩戒、暴力、驯化的压抑机制及其使这种压抑最终转向幻想与感官系统异常发达的代偿机制。莫言是一位敏于感觉且富于想象力的作家，是一位将充分解放感官和肉体以达到生命自由状态视为生活理想的作家。这种想象力是通过"大量独创的如钻石般闪光的比喻"来表现的。总之，不同于制度化生活及其惟实原则，莫言小说里的狂欢化生活及其惟乐原则，使它们具有鲜明的主题学、文体学、风格学上的狂欢化风格，即混响的声音、杂芜的文体、开放的结构、戏谑的言辞、动作和仪式。这才是持续推动莫言小说海外广泛传播、深度传播和经典传播的"原动力"。

二
莫言小说多维度的海外接受

莫言小说在海外传播 37 年了。它们在许多国家、民族和地区得到了不同程度的译介和研究，如前所述，他的全部作品在日本几乎都被翻译出来了。但是，由于国家价值观的差异、文化传统的差异、现实社会发展需求的差异，以及文学的历史、观念与审美的差异，按文学传播的国别和轨迹来看，莫言小说在海外传播的情况各有千秋。

莫言小说的海外译介始于20世纪80年代末期，进入20世纪90年代就渐渐增多，真正开始形成海外译介热潮是在21世纪。据不完全统计，至2010年，按莫言小说种类来算，同一作品复译的、多人合集的数量不计，大体情况如下：越南语有16种，法语有15种，日语有11种，英语有7种，德语和韩语都是6种，意大利语有5种，瑞典语和荷兰语各有3种，波兰语有2种，西班牙语、挪威语和罗马尼亚语各1种。虽然越南从21世纪才开始译介莫言小说，但是越南语版本最多，可见越南中国学家和读者对莫言的喜爱程度之深，莫言作品的影响面之广。"根据越南文化部出版局的资料显示，越文版的《丰乳肥臀》是2001年最走红的书，仅仅是位于河内市阮太学路175号的前锋书店一天就能卖300多本，营业额达0.25亿越南盾，创造了越南近几年来图书印数的最高纪录。"[①] 这种"奇迹"的出现，无疑与进入21世纪后越南经济社会的跨越式发展，中越文化频繁交流，以及越南与中国传统文化血脉相连息息相关。美中不足的是，越南对莫言小说的研究较少，也没有出现标志性的成果。同样是亚洲国家而且同处"东亚汉学圈"的韩国译介莫言小说方面显得落伍了些。韩国与日本一样追随美国等西方国家，在意识形态上与中国处于对立状态，这无疑给中国与韩日之间的文学交流带来了滞涩，但为何日本却能保持较高的译介莫言小说的兴头呢？这一方面是因为日本与越南、韩国一样跟中国都是近邻，另一方面是因为近

---

① ［越］陶文琉：《以〈丰乳肥臀〉为例论莫言小说对越南文学的影响》，http://www.cnpubg.com/book/2010/0119/12997.shtml，访问时间：2010年1月19日。

代以来日本与中国现当代文学一直保持着浓厚的"交情",即使是在抗战期间,还是有像竹内好那样的正直的中国学家创办"中国文学研究会",编辑出版《中国文学月报》,不遗余力地出版"鲁迅全集",以及译介中国左翼革命文学、抗战文学,并以此作为抵抗日本军国主义的"学术堡垒"。法国是欧美国家中译介中国现当代文学最多的国家。它对莫言小说的译介和研究略低于日本。相对而言,其他西方国家译介莫言小说显得少了许多,尤其是像美国这样的大国,译介得更少。这是因为法国曾经是世界汉学的中心,巴黎素有"世界汉学之都"的美誉;还因为法国这个国家崇尚文化多元,好新好奇,总能以开放的姿态拥抱一切在它看来有价值的异域文化。而美国受"冷战"思维影响太深,加上它要在世界"做老大"的霸权思想,以及美国民众严重的"排外"心态,不喜欢阅读翻译过来的作品,即使有像葛浩文那样执着地、高水平地译介莫言,像王德威那样高水平的《千言万语,何若莫言》的研究,莫言小说在美国还是受到冷遇,无法像林语堂和老舍的作品那样在美国成为轰动一时的畅销书。像出版葛浩文翻译的《丰乳肥臀》的纽约阿尔卡德出版社只是一个私人办的小出版社,出版商只是凭着自己的兴趣选择并出版莫言小说,没有期望它会带来商业利润。我想,如果各国、各语种之间译介莫言小说相对平衡些、平稳些,将会对于莫言—世界/世界—莫言产生更好的良性互动。

海外在译介和研究莫言小说文本时受到了多种因素的制约。这既有外在的制约性因素,又有内在的制约性因素。它们共同影响着莫言小说在海外的接受。大体而言,莫言小说海外接受有以下几种常见的维度,而且这些维度之间常常是交叉使用的。

第一种是意识形态接受维度。德国汉学家、中国学家顾彬在他的专著《二十世纪中国文学史》里,把莫言创作纳入"20世纪末中国文学的商业化"的框架来谈。他认为,在莫言那里"艺术与商业完全能够并行不悖","作为党员和军人的莫言不仅利用市场,也利用国家意识形态,这一点我们在他拍成电影后异常成功的首部长篇小说《红高粱家族》中看得很清楚";"作者懂得把大量爱国主义混入到爱情、战争和痛饮烧酒的情节中去,从而完全站在了'公众意见'这边";"因此,文学批评者越来越倾向于将莫言或者其他作家那里的过度的暴力渲染,阐释为1949年以后中国道路的寓言或者是对中国传统的戏仿"。① 显然,顾彬是从反意识形态的角度来谈论莫言小说的意识形态的。他陷入了他自己批评莫言时所说的"回到在政治非正确性中同时做到政治正确性的问题"②的怪圈之中。西方有的译者为了取悦读者,对莫言小说进行任意"改写"、误译,比如将《红高粱》里描写戴凤莲的那句话"她老人家不仅仅是抗日英雄,也是个性解放的先驱"里的后半句有意译为吸引眼球的"性解放的先驱"。③ 这种现象背后透露的是西方强势文化对待弱势文化的"西方中心论"的沙文心态。当年美国的中国学家伊文·金在翻译老舍的《骆驼祥子》时硬是把原有的悲剧结局改写成祥子最终与小福子喜结良缘。但是,世界第一流的翻译家葛浩文虽然也在翻译中采取意译的归化策略,但他绝不哗众取宠地肆意歪曲原著,反而给原著添光增彩。

　　第二种是思想接受维度。莫言小说继承了鲁迅批判国民性的传统,始终关注中国农村的变革,以此来思考人性、自由和存在之类的思想性命题。加拿大的中国学家杜迈可十分赞赏《天堂蒜薹之歌》,认为它"是莫言最有思想性的文本","是二十世纪中国小说中形象地再现农民生活复杂性的最具想象力和艺术造诣的作品";他还从技术

---

① [德]顾彬著,范劲等译:《二十世纪中国文学史》,第345—346页。
② 同上,第349页。
③ 转引自[法]张寅德:《中国当代文学近20年在法国的翻译与接受》,《中国比较文学》2000年第1期。

上指出,"小说一方面对当年'新中国'的乌托邦叙述,作乡愁式的敬礼,一方面却也完全颠覆了这一叙述"。①《丰乳肥臀》的日译者吉田富夫认为,"其他作家写的农村和农民往往是观察的产物,是说教的对象,而莫言笔下的农民则不是这样,他不是站在农民的立场上替农民说话,而是在以一个农民的身份进行讲述",写出了"农民的灵魂"。②对此,持不同文学观念的中国学家则有完全相反的看法。顾彬则认为,像莫言和余华这样的中国当代先锋作家,如果依据德国的文学标准来看,他们的先锋其实很俗套,因为他们只会讲故事,而且语言的背后没有什么思想意蕴和文化寄托。无独有偶,美国的中国学家李欧梵也持相似的看法。在一次学术访谈中,李欧梵说:"小说其实也可以写抽象小说,但大陆这方面写得很少。中国最精彩的一些小说基本上是跟口语或者民间语言关系很近的小说,从'五四'到现在。莫言最精彩的就是他的民间语言,从早期的《红高粱》到现在的《檀香刑》都是这样。可以倒过来说,讲思想的小说就少了。"③我觉得,顾彬与李欧梵在给莫言下断语前,都存在一个预设,用一种非此即彼的二元对立的思维方式暗示:莫言会用地道的民间语言讲很好的民间故事,但就是没有思想寄寓。在他们那里,仿佛好的语言和故事必然伴随着苍白的思想。与好的故事和好的语言相比,莫言更看重小说的使命重在写活人物,要"盯着人写";在莫言看来,作为小说家,只有把人物写活了,写成独特的"这一个",像贾宝玉、林黛玉、阿Q、吴荪甫、觉慧、祥子、繁漪、翠翠、萧萧、曹七巧、梁三老汉、梁生宝、

---

① Michael S. Duke. "Past, Present, and Future in Mo Yan's Fiction of the 1980s." in Ellen Widmer and David Der-wei Wang (eds.), *From May Fourth to June Fourth: Fiction and Film in Twentieth-Century China*. Cambridge: Harvard University Press, 1993.
② 转引自卢茂君:《莫言作品在日本》,《文艺报》2012年11月14日。
③ [美]李欧梵、季进:《李欧梵季进对话录》,苏州大学出版社2003年版,第240—241页。

林道静、福贵、许三观、余占鳌、戴凤莲、罗密欧、朱丽叶、哈姆雷特、李尔王、唐·吉诃德、阿巴贡、安娜·卡列尼娜、玛丝洛娃、答尔丢夫、维特、浮士德、梅非斯特、唐璜、于连、葛朗台、包法利夫人、简·爱、苔丝、约翰·克利斯朵夫、奥涅金、奥勃洛摩夫、拉斯科尔尼科夫等等。莫言欲与世界文学大师比肩。他笔下的人物要进入世界文学人物形象谱系。

第三种是哲学接受维度。王德威是继夏志清、李欧梵之后美国的中国现当代文学研究的又一标杆性人物。他们都主张以日常生活的审美现代性来消解五四文学的启蒙现代性和左翼文学的革命现代性。他们提出以现代性观念重新思考主体性、民族国家、自由独立之类的世纪命题,对于拓展中国现当代文学时空,重排中国现当代文学经典系列,重绘中国现当代文学版图具有积极的建设性意义。王德威也是用这种"日常生活审美现代性"来评说莫言小说创作的。他说:"莫言的作品,至少可引发下列三个讨论方向:(一)历史的空间想象可能;(二)叙述与时间、记忆的交错关系;(三)政治与情色主体的重新定义。"[1] 这三个方向分别对应的是"从天堂到茅房""从历史到野史""从主体到身体"。这类研究从哲学层面高屋建瓴地把握到了莫言创作的精髓、命脉与走向。美国科罗拉多大学博士陈雪莱在其博士学位论文《连续性与非连续性:莫言的小说世界》里就莫言的历史观进行了辩证分析。她说:"一方面,莫言描绘了道德化了的历史上的非道德现象,也就是说,他采取的是反对官方意识形态的叙事态度;另一方面,他通过颠覆以前历史小说中的善恶二元对立,把历史复杂化了。"[2] 的确,莫言是在现象学的影响下,用与"知识考古

---

[1] [美]王德威:《当代小说二十家》,生活·读书·新知三联书店2007年版,第216页。
[2] Shelly W. Chan. *Continuity and discontinuity: The Fictional World of Mo Yan*. Ph.D. dissertation, University of Colorado, 2003, p. 31.

学"类似的新历史主义方法来看待历史,书写历史。英属哥伦比亚大学的博士方津才(音,Jincai Fang)在其博士学位论文《当代中国男性作家张贤亮、莫言和贾平凹小说中男性气质的危机与父权的重建》里以《红高粱》①为例,肯定莫言"试图通过重新界定、重新定位自我和他者的关系,来质疑儒家固若金汤的等级制度"。他认为,莫言笔下的"好汉""与性感女人有瓜葛","新女性"尽管"具有男性的精神气质",但"又让'独立'的女性依附于不同的男人"。②总之,莫言对儒家等级制度的批判多少显得犹疑不定。其实,在对莫言小说的哲学接受方面,不同文化的读者可以从中找到一些普适性的东西。当然,这种普遍性、人类性的东西又是通过中国本土经验来呈现的。也就是说,本土的东西要有人类性的照射才有生气,而人类性的东西要有本土性的填充才会充实。正是站在这样的角度,葛浩文说,莫言小说"具有吸引世界目光的主题和感人肺腑的意象,很容易就跨越国界"③。

第四种是美学接受维度。在《异国情调》中,法国的中国学家谢阁兰(Victor Segalen)提出了不同文化交流过程中"差异美学"的问题。他认为,凡是人们耳熟能详的东西,很难激起人们的美感,只有那些陌生的、异质化的东西才能成为美之源泉。莫言小说中的中国农村,尤其是山东高密东北乡④的男男女女,怪人怪事,对于普通中国

---

① 在莫言的《红高粱家族》里,"红高粱"既是物质粮食,又是现实空间,还是充满原始野性和旺盛生命力的象征。
② Jincai Fang. *The Crisis of Emasculation and Restoration of Patriarchy in the Fiction of Chinese Contemporary Male Writers Zhang Xiangliang, Mo Yan and Jia Pinywa.* Ph.D. dissertation, The University of British Columbia, 2004, p. 243.
③ Howard Goldblatt. "Mo Yan's Novels Are Wearing Me Out." *World Literature Today*, July/August, 2009.
④ 莫言小说里常常出现故乡。《白狗秋千架》首次出现"高密东北乡"。莫言小说里的故乡"只是一个想象的起点","既不是过去的也不是现在的",而是他"想象中的生活"。

读者来说都是陌生的、新奇的、刺激的,更何况遥远的异国他乡的读者!法国巴黎第七大学比较文学系张寅德教授用"怪诞"二字来概括莫言小说的美学,可谓一针见血。在《莫言小说中的怪诞》里,他说,莫言"写作的主调是物质性和身体",莫言肆无忌惮地大写"在平庸乏味的物质性基础上堆积起来的描写将身体指向下身和兽性",用狂欢的极具感性的方式着力渲染"悲剧的怪诞"和"幻想的怪诞"。[1]有的中国学家用"暴力美学"来概括莫言小说的美学特征。的确,和余华一样,莫言对暴力书写有一种令人诧异的执着与迷恋。他们都不厌其烦、事无巨细地将那些令人毛骨悚然、惨不忍睹的血腥场面和暴力细节铺排在读者面前,比如莫言,在《红高粱》中写活剥人皮,在《酒国》里写吃婴儿宴,在《檀香刑》里写各式各样的酷刑。似乎没有哪一位作家能够像莫言和余华那样大写特写暴力,沉迷暴力。因此,怪诞美学、暴力美学成为莫言小说的一个重要标识(而余华小说彰显暴力美学而几无怪诞美学)。

第五种是文本接受维度。这是一种比较纯粹的从文学内部来读解文学作品的视角和方法。海外读者十分看重莫言说故事的天分。比如,对于《红高粱》的独创性,莫言满意于自己在该小说里首创的人称视角,即主要以"我奶奶""我爷爷"——"既是第一人称视角又是一个全知的视角"——来展开叙述,将叙述者和被叙述者紧密地结合在一起。当 2003 年莫言的短篇小说集《师傅越来越幽默》在美国出版时,美国《时代周刊》发表文章说:"从整部小说集中,读者可以充分感受到莫言在有意识地运用各种写作形式和写作手法——从悲剧形式到讽刺手法,从寓言色彩到纯朴的现实主义方式。"[2]这些好

---

[1] 参见钱林森编:《法国汉学家论中国文学——现当代文学》,第 282—299 页。
[2] 转引自兰守亭:《西方倾倒于莫言说故事天分》,《中华读书报》2004 年 6 月 23 日。

看的故事是通过巴洛克式的叙事方式表现出来的。美国"非文学研究"的中国学家金介甫在看了《酒国》后说:"这部小说比莫言已出版的作品都更为独特,它不仅采用了魔幻现实主义的夸张手法,而且使用了现代主义的碎片式叙事和后现代主义杂糅风格。"[1]有的中国学家还注意到了莫言小说的史诗性,比如《华尔街日报》曾经发表评论说:"《生死疲劳》是一部通过地主的多次投胎转世,揭示中国历史的喜剧性史诗。"[2]如果我们把莫言现有的小说"串起来",就可以看到中国历史上的重大事件及其延迤;并且,可以通过其中的芸芸众生的恩恩怨怨、生离死别,读出中华民族漫长的苦难史、血泪史、屈辱史、情欲史和心灵史。当然,莫言是通过民间传奇的方式来架构他的民族史诗的。其实,小说语言是文学作品的重要特征之一。对此,莫言有着高度的自觉。比如,《红高粱》在语言的运用上,始终追求一种富有思想张力的艺术表达,一切均服从于主体的自由创造与审美快感,而全然不顾政治和文化的约束以及美学和道德的框限。在回答记者采访时,他说:"如果说我的作品在国外有一点点影响,那是因为我的小说有个性,语言的个性使我的小说中国特色浓厚。我小说中的人物确实是在中国这块土地上土生土长起来的。土,是我走向世界的一个重要原因。"[3]莫言小说从不吝惜笔墨,总是铺写大量细节,并在这些细节处大肆渲染,一任感性流淌。这些似乎缺乏节制的语言爆炸和细节夸饰,使得他的小说给人以庞杂的感觉,然而,这正是莫言呀!我将其称为"野性叙事"。

---

[1] Jeffrey C. Kinkley. "The Republic of Wine." *World Literature Today*, Vol. 74, Iss. 3, Summer, 2000.
[2] Robert J. Hughes. "Born Again: Chinese Author Mo Yan Weaves an Absurdist Reincarnation Tale." *Wall Street Journal* (Eastern edition), March 15, 2008.
[3] 舒晋瑜:《莫言:土,是我走向世界的原因》,《中华读书报》2010年2月8日。

三
莫言获奖的意义

  有人说，莫言获 2012 年度诺贝尔文学奖，主要得益于陈安娜成功的瑞典文翻译。其实，这只是其中一个重要原因。试想，陈安娜也翻译了当代中国其他作家的好小说，为什么偏偏只有莫言获奖呢？看来，还得要看小说本身写得是否吻合"诺奖"评委的审美标准和文学趣味！译者固然重要，但作者原文始终是根本。对作家而言，一切靠文本说话！文本就是王道！我们完全有理由相信，在目前和今后很长一段时间内，在世界文学领域，"莫言"是出现率很高的字眼，主要是因为他摘取了 2012 年度诺贝尔文学奖，圆了中国人这个长久的跨世纪的梦想。莫言获奖消息传开后，海内外反响强烈，众说纷纭，与莫言小说写作"狂欢"式的众声喧哗十分吻合。

  那么到底如何来看待这个现象？我以为，仅有文学视角不行，仅有文化视角也不行，仅用意识形态视角更不行，因为"诺奖"毕竟是世界上最重要的、最有影响力的、最有公信度的文学大奖。我们应该采取跨文化交流的视角、比较文学与世界文学的视角、译介学的视角进行认真审视。

  众所周知，莫言曾经获得过国内外各种大奖或荣誉：国内的有第八届茅盾文学奖、全国中篇小说奖、台湾联合文学奖、第二届冯牧文学奖、台湾联合报 2001 年十大好书奖、首届鼎钧文学奖、华语文学传媒大奖·年度杰出成就奖、香港公开大学授予荣誉文学博士等等；国外的有法国儒尔·巴泰庸外国文学奖、法兰西文化艺术骑士勋章、第三十届意大利诺尼诺国际文学奖、日本第 17 届福冈亚洲文化奖等等。尽管名目繁多，但是其轰动效应并不大，都是"文学圈子"内的小热闹。这并不意味着莫言小说写作水平成问题，而是因为"大环境"造成的文学边缘化使然。"诺奖"就不一样了。它是一个真正意义上的全球文学奖,有人比喻说其轰动世界的效用不亚于许海峰当年在奥运会上为中国队夺得首金。它已经突破了文学小圈子,成为一个"热词",把边缘化的文学稍微往社会生活的中心推近了那么一点点,仅仅是一点点,不会出现某些文学理想主义者想象的那样"重返"中心。文学依然在边缘处待着,中国文学也不会因为一个人获得了"诺奖"而改变它现有的位置、状态和姿态。那种认为"中国文学从此站起来了"的乌托邦是粗浅而有害的文学民族主义、文学地方主义和文化霸权主义。顶多只能说,因为莫言获了"诺奖",使中国作家增加了文学自信,感受到了文学带来的荣光,扩大了中国文学的影响。这对中国文学本身而言并不改变什么。还有人想借此而"重写文学史",把莫言从此前"文学大合唱的队伍"中单列出来,给予一整章的大篇幅重写加以表述。我想,现在看来,这也是一种明智而科学的抉择。不过,我们还是应该以平常心来看待"诺奖"。它只是一种评价某个作家创作的标准,而不一定就是文学史的尺度,彰显得更多的是获奖作家的声誉资本。当然,我这样说,并非是要否定莫言已有的文学成就,而是提醒大家对"诺奖"本身要持理性态度。

其实,在莫言获"诺奖"之前,在文学海外"输出"并创造"神话"的是姜戎的《狼图腾》。其出版策划人安波舜在接受《中华读书报》记者采访时说,到目前为止,《狼图腾》的版权已经以30多个语种输出,覆盖全球110多个国家和地区,销售都相当不错,收益也很可观:《狼图腾》的版税一般是10%,也有起始8%,达到一定印数后再逐步递增,最高达15%。目前已转译完成的外文版本中,预付金最高的版本达20万欧元,少则几千美金。[①]到目前为止,莫言还没有哪一部小说在海外创造如此的佳绩,制造这样的"神话",尽管这

---

① 舒晋瑜:《解密〈狼图腾〉版权输出神话》,《中华读书报》2009年9月2日。

并非莫言的文学目标。当然，我坚信，随着莫言获"诺奖"，中国现当代文学的文学声望会与国家综合国力和影响力一起上升，中国现当代文学不会再是弱势话语，作为强势话语之一，它将与其他文学强者站在同一平台，参与世界文学对话进程。这也许才是莫言小说海外传播、接受以及获"诺奖"的启示与意义。

后　记

在对中国现当代文学海外传播与接受这一课题的系统研究中，我必须面对并处理这样一些问题，比如，"海外"的"外"要"外"到哪里？是不是要把中国之外的世界上所有国家、民族和地区在这方面的情况都事无巨细地进行梳理、分析、归纳和总结？中国现当代文学海外传播与接受的现状如何？存在哪些问题？它们是如何发生的？经历了怎样的流变？文本接受的状况是什么样子？在此过程中又塑造了怎样的"中国形象"？以及中国现当代文学如何更好地走出国门、走向世界，并为海外读者深度接受？这些问题明显涉及中国现当代文学海外传播与接受的方方面面，同时也关系到我们对它们进行总体把握和深入理解。显然，由于这些问题太多、太大、太杂，在研究过程中，我不可能奢望全面、系统、深入、细致地讨论它们，并一劳永逸地"一揽子"解决它们；明智的做法只能是，拎出一些主要命题，并抓住这些主要命题里的"矛盾的主要方面"，对中国现当代文学海外传播与接受的整体情况进行初步梳理，提炼出一些本质性特征，总结出一些客观规律，努力做出一些较为科学的结论，乃至生发出一些新的论题。毕竟尼采早警示过世间学人：建构体系的研究是不诚实的。①

无疑，这样的表述似乎既有为自己开脱的嫌疑，又显得有点"王

---

① 尼采说："我不信任一切体系构造者并且避开他们。构造体系的意愿是一种不诚实的表现。"参见［德］尼采著，周国平译：《偶像的黄昏或怎样用锤子从事哲学思考》，北京十月文艺出版社2019年版，第68页。

婆卖瓜，自卖自夸"了。但我深知：这些问题既可以说是具体的，也可以说是庞杂的；其中，每一个问题都是一个学术"深渊""黑洞"，如中国现当代文学在不同国家、民族和地区传播与接受的情况，又如它们在不同历史时期具体的传播与接受面貌，诸如此类的问题，其海量信息及其复杂纠缠需要无数学人的皓首穷经。悖论的是，即便如此，也不一定就能彻底地分出个子丑寅卯来！换言之，对于这些"大问题"，即使"切口"再小，也不一定就能洞若观火。以往人们做学问，贪大求全，结果大多"空对空"；当下人们做学问，落小落细，结果大多烦琐芜杂；也就是说，固然大而无当是下三滥，但也不必迷信以小见大，因为"以小"不一定就能"见大"。当下，我们满眼尽是"以小见小"，仿佛学问满满，其实大多是一地鸡毛，拎不清，也提不起。如何在大小之间，全精之间，游刃有余，出神入化，对我们当代学人是重大考验。做学问是一场场智力、毅力和耐力的打拼。在众多学术难题中，我选择这么一块难啃的"学术骨头"，显然是吃力不讨好。但我依然"明知山有虎，偏向虎山行"，义无反顾，勇往直前，历经数年，终于写出了这么一部提纲挈领式的书稿。自始至终，我体会到的都是西西弗斯式的无奈与欢愉。

现在回过头来反思我所做的这些工作，审视写下的如此文字，总是感觉不够踏实，不够舒坦，深感陷入"人一开口说话，上帝就会发笑"的尴尬境地。无独有偶，在《〈野草〉题辞》里，鲁迅开门见山地表达了同样的困惑："当我沉默着的时候，我觉得充实；我将开口，同时感到空虚。"[1] 人们"言"的往往不是"思"的全部，有时乃至不是"思"的本身，而是另外一种新的东西；但悖谬的是，人又不得不"思"，不得不"言"。众所周知，得意忘言，"口是心非"，言不尽意，是知识分子喜忧参半的家常便饭。

---

[1] 鲁迅：《〈野草〉题辞》，《语丝》1927 年第 138 期。

显然，我的这项研究工作也有不少遗珠之憾。明眼人一看便知，我把绝大部分精力和论说放在了中国现当代文学海外的种种传播与接受上面，而很少去反思海外的多元化传播与接受到底给现当代中国文学的写作、阅读、研究、历史化和经典化产生了什么影响。其实，这属于跨文化、跨语际、跨国族交流中比较常见的"回返影响""逆传播""逆接受"的问题。遥想当年，中国古典诗歌被英美意象派鼻祖庞德译介、接受、转化生成为西方现代主义诗歌之后，又折返回来直接影响到胡适等人的白话诗写作，乃至还影响到后来的中国现代主义诗歌的写作，而且这种影响一直还在持续。那么，在这种中外文学交流史、传播史、接受史和影响史的启示下，我们是否应该停下来想想：中国现当代文学在海外绕了一圈或数圈之后，是否也给中国当代文学产生了影响呢？如果有，那是哪些方面的影响？是通过何种途径影响的？影响的深广度如何？答案是肯定的。从能够看得见的外在影响来看，正是由于中国现当代文学在海外的传播与接受，使得中国作家有信心远赴重洋去海外交流，身体力行地从事跨文化交流的"摆渡"工作，向海外读者"宣讲"中国文学，促进中国现当代文学在海外的再度接受与深度接受。从潜移默化的内在影响来看，海外对中国现当代文学的传播与接受给中国文学造成的影响至少有以下三点：第一，海外对中国现当代文学的研究，是一种深度接受，它给大陆学者的文学史研究产生了深远的影响。比如，很长一段时间以来，国内学者言必称"现代性"之类的"汉学心态"以及大陆学界曾经十分风行的"重写文学史"就是这种影响的典型反映；还有就是，20世纪60年代以来，一些长期被边缘化的现代中国作家，宛如一块块文学化石，被重新发掘出来，在这方面成绩突出的是夏志清的《中国现代小说史》，它对张爱玲、沈从文、钱锺书等中国现当代作家的倾力推崇，给大陆学术界乃至读书者，造成了持续的影响。第二，国内曾经盛行和正在流行的投机性的写作，也是这种影响造成的及时性反映。20世纪80年代以来的后殖民主义写作与"汉学心理"写作就是看到了海外读者和译者喜欢怎样的中国文学经验，我们的文学就供给相应的时代症候写作的文学经验。这种"影响的焦虑"，在新时期到新世纪的中国文学领域内表现得尤为突出，致使中国作家不能客观地、历史地、真实地书写中国经验，从而造成了海外对中国和中国文学经验的"误读"。正是在这个意义上，顾彬发难说："什么是中国作家的作品中特有的，什么不是；什么是要紧的，什么不是"①；"粪便、尿和臭屁似乎就构成中国农民。中国总是批判欧洲对她的错误呈现，如果允许我们把这个时髦批判掉转过来，则中国当代文学也面临这样的问题，即在中国像你我那样的普通人是否被'如此'地正确呈现了出来"②。在此，我并不是说中国作家不能在作品里书写中国社会的缺陷，而是说要像鲁迅写阿Q那样用历史辩证法去写，不能为了迎合海外读者，尤其是为了迎合西方读者，而放弃客观标准，故意放大、夸大中国社会的阴暗面。这是值得中国作家时时警惕和记取的。

在这项课题研究行将结束之前，我之所以还要"补缀"以上这些话，并非是为了勉力补充我的这项研究中的某些遗漏部分，而是因为我觉得很有必要再次重申我选做这个课题的用意、用心、用力、喜悦、困惑和无奈。学无止境！与其说这是本课题研究的结束，不如说这是本课题研究的新开始。

需要补充说明的是，本书是我主持的国家社会科学基金一般项目"20世纪中国文学的海外接受研究"（10BZW106）的结题成果，曾以课题名称为结题书稿名称申请结项，后经全国哲学社会科学规划办公室组织相关专家进行匿名评审，最终鉴定为"优秀"等级，结项证书编号为20140184。我原本想以"20世纪中国文学"来泛称中国现当代

---

① ［德］顾彬著，范劲等译：《二十世纪中国文学史》，第361页。
② 同上，第350页。

文学，但随后发现这一具有特指意味的说法常常被误读成仅限时间上的 20 世纪了，而这显然"窄化"了我的研究视域和研究对象。为了避免此类误解，我曾改用欧美和台港学界惯用的"现代中国文学"（即具有现代性的中国文学）来称谓此书的研究对象。因此，此书曾以《跨文化的对话与想象：现代中国文学海外传播与接受》为名出版。这次出版属于修订版。为了让读者更直截地知晓该书研究的对象及内容，所以改用了现名。我始终留意着中国现当代文学海外传播与接受，对此课题长期保持浓厚的学术兴趣和密切的前沿关注。在修订时，我也曾考虑过，是否要对原书进行大改。但我最终发现，这十年，除了一些新材料（新译著、新论文、新论著、新活动、新奖项等）的量的堆积外，中国现当代文学海外传播与接受的总体格局、大体样貌、思维观念、中介路径、方法策略、内外勾连、脉络走势、立场观点等并未发生根本性变化。我以为，只有等到量变引起了质变，才有重新通盘考虑并全面大改原书之必要。但这并不妨碍我借此机会添加某些重要的新文献并对原书里的某些重要论题及观念做更为深入的阐发。

本书的出版，曾经得到了国家社会科学基金资助；现在修订再版，获中央高校基本科研业务费专项资助。同时，商务印书馆上海分馆的陈越遥女士为本书的顺利出版付出了难能可贵的智力和体力；我指导的在读博士生刘永雍也为本书的校对做了大量成效显著的出色工作。在此，一并致以谢忱。

杨四平

2024 年 1 月 10 日修订于上海